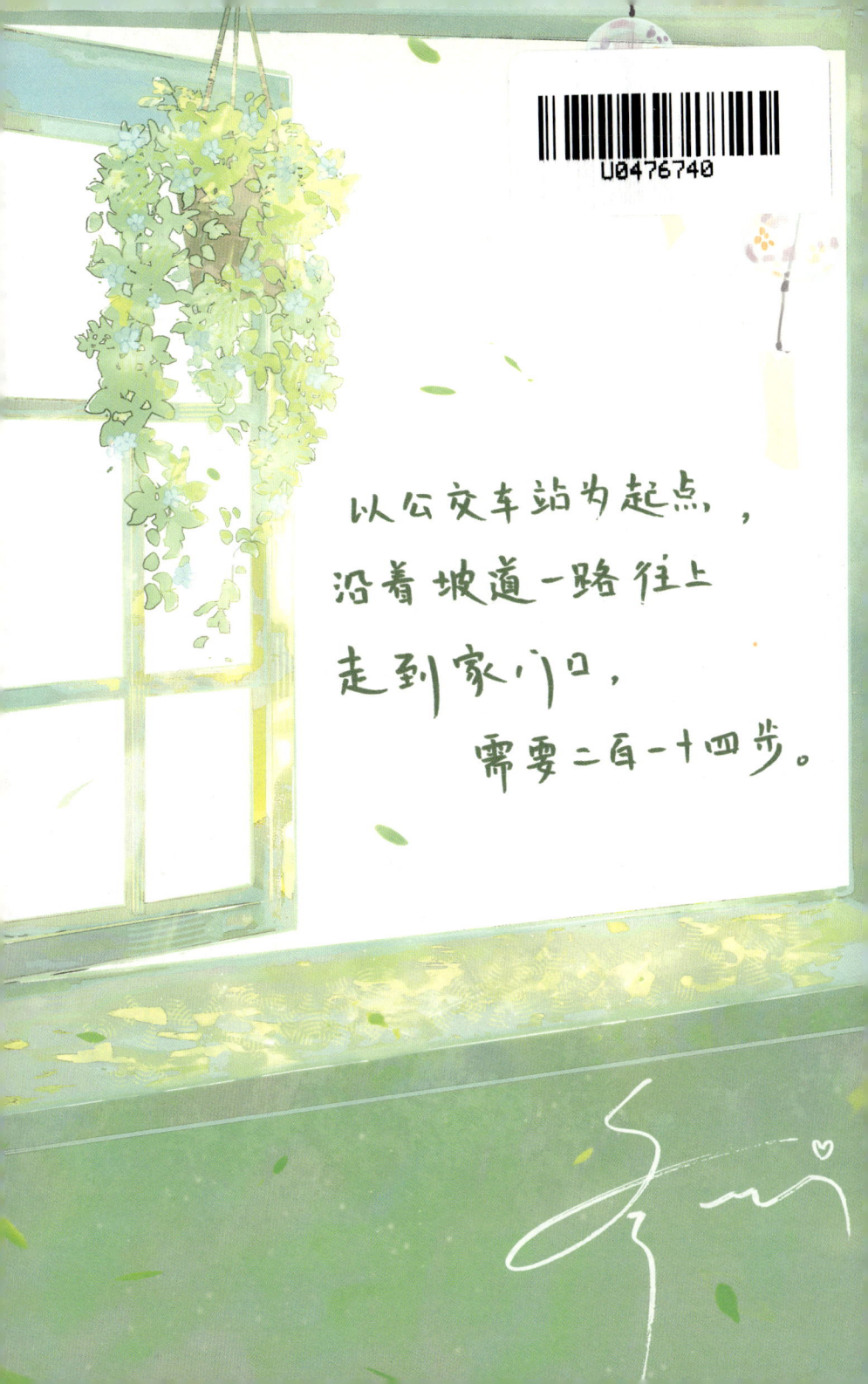

以公交车站为起点，
沿着坡道一路往上
走到家门口，
　　需要二百一十四步。

因为游安理，
就是我想要靠近的人啊。

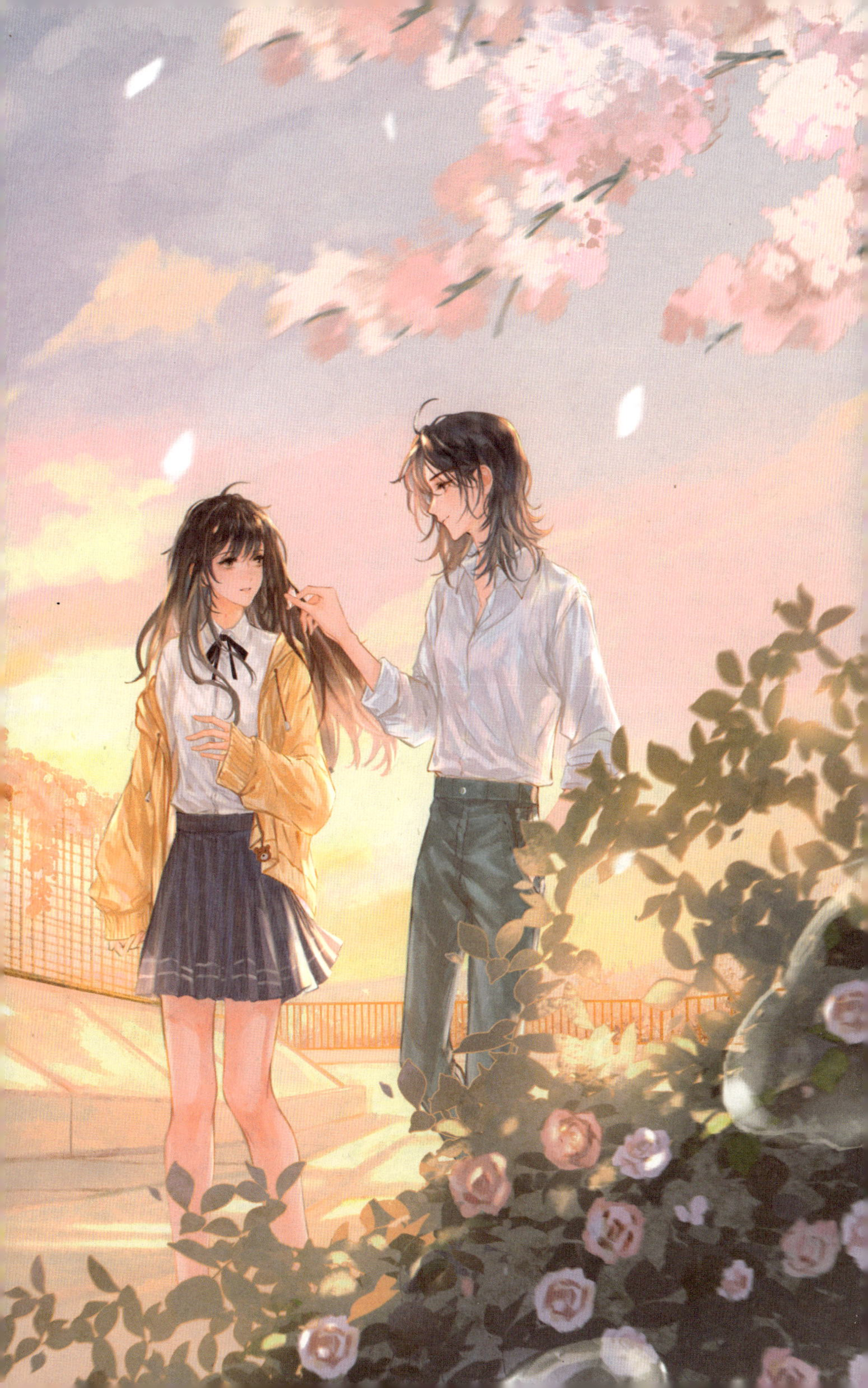

"游安理。"左颜叫她。
她回答:"嗯。"

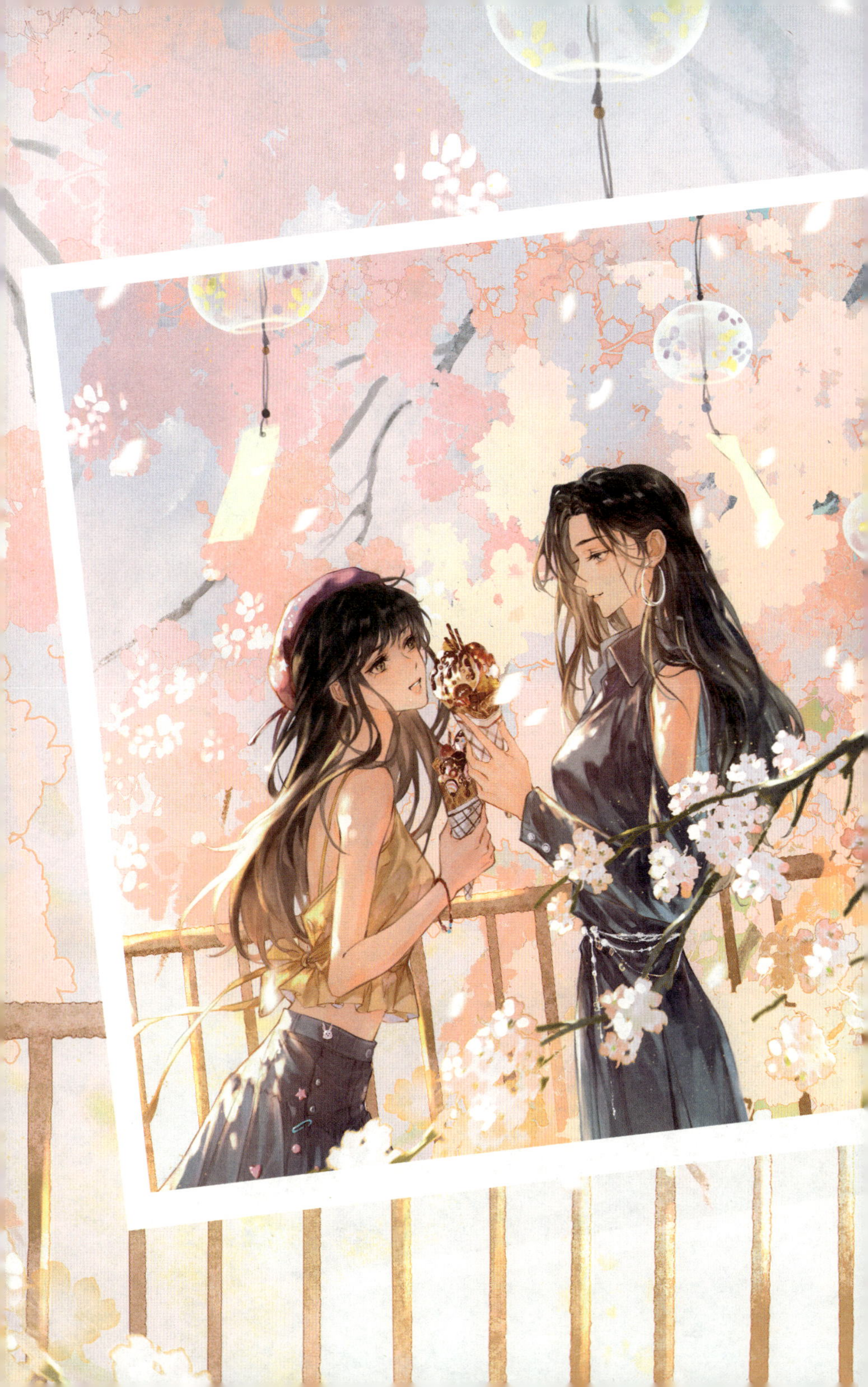

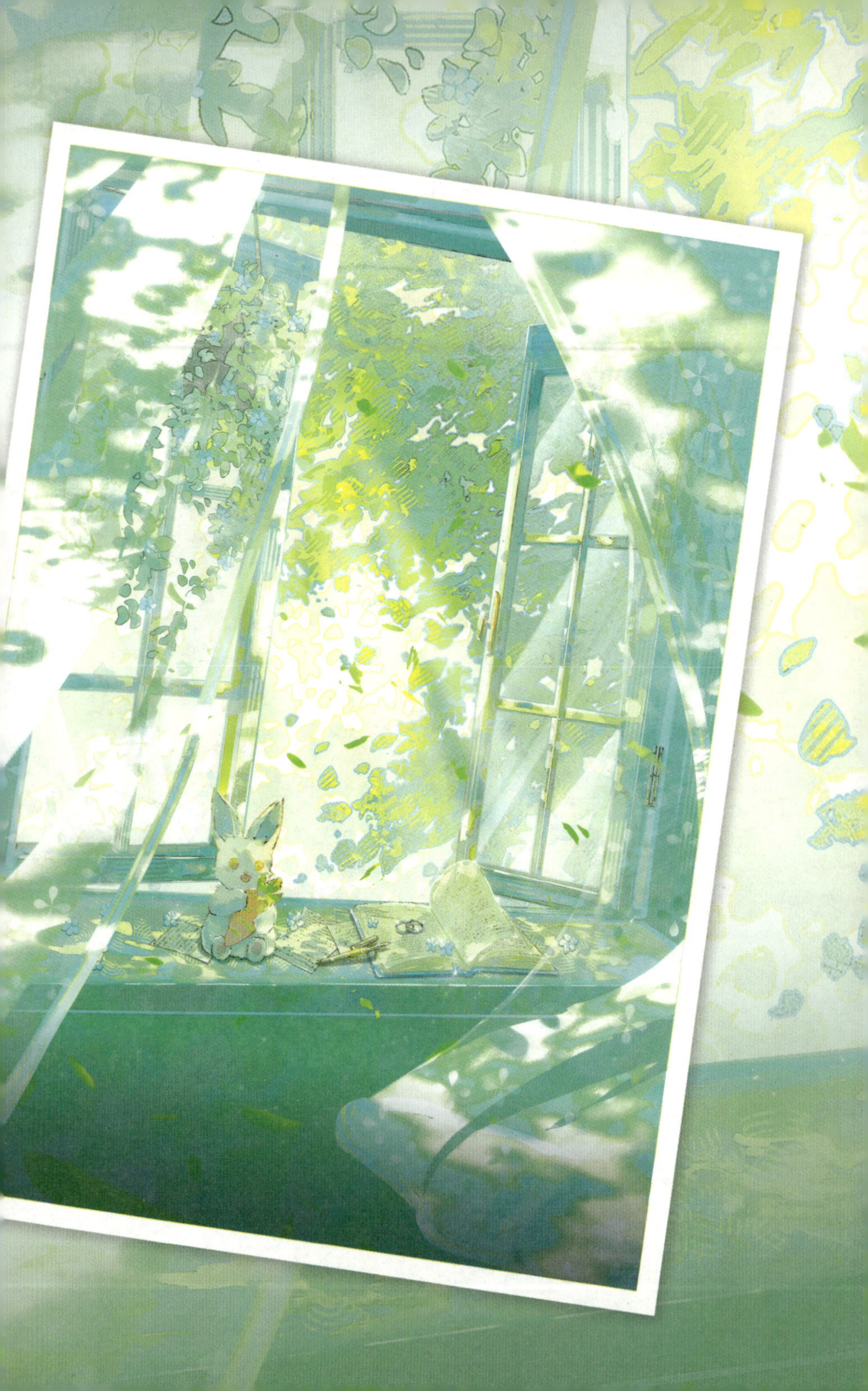

世界上不会再有比你更完美的礼物了。

左颜
疯兔子

萝卜头
游安理

魅丽文化　花火工作室

回避

冬日解剖 著

长江出版社
CHANGJIANG PRESS

图书在版编目（CIP）数据

回避 / 冬日解剖著. — 武汉：长江出版社，2024.6
ISBN 978-7-5492-9411-4

Ⅰ. ①回… Ⅱ. ①冬… Ⅲ. ①长篇小说－中国－当代 Ⅳ. ① I247.5

中国国家版本馆 CIP 数据核字（2024）第 068294 号

回避 / 冬日解剖 著
HUIBI

出　　版	长江出版社
	（武汉市解放大道 1863 号）
出版统筹	曾英姿
选题策划	艾璐璐
市场发行	长江出版社发行部
网　　址	http://www.cjpress.cn
责任编辑	罗紫晨
印　　刷	湖南天闻新华印务有限公司
版　　次	2024 年 6 月第 1 版
印　　次	2024 年 6 月第 1 次印刷
开　　本	880mm×1230mm 1/32
印　　张	10
字　　数	288 千字
书　　号	ISBN 978-7-5492-9411-4
定　　价	46.80 元

版权所有　盗版必究（举报电话：027-82926804）
（如发现印装质量问题，请寄本社调换，电话 027-82926804）

目录

第一章 新来的顶头上司
"如果可以回到二十六岁生日当天，你最想做什么？"
"我会给自己一个诚恳的忠告：顶头上司和酒这两样东西，再香也是碰不得的。"
.... 001

第二章 假如她没有遇上游安理
世人的无知与傲慢大多来自那一句"我以为"。
用这三个字去衡量得失，去解读人性，去改变与抉择，实在是很愚昧的行为。
可惜左颜明白这个道理时，已经是在失去了很多个春夏秋冬以后。
.... 027

第三章 发现新大陆的人
当你开始有意地去观察和留意时，那些以前从来没发现的事情就会一件接一件地出现在你面前。
.... 105

第四章 我想做的事情

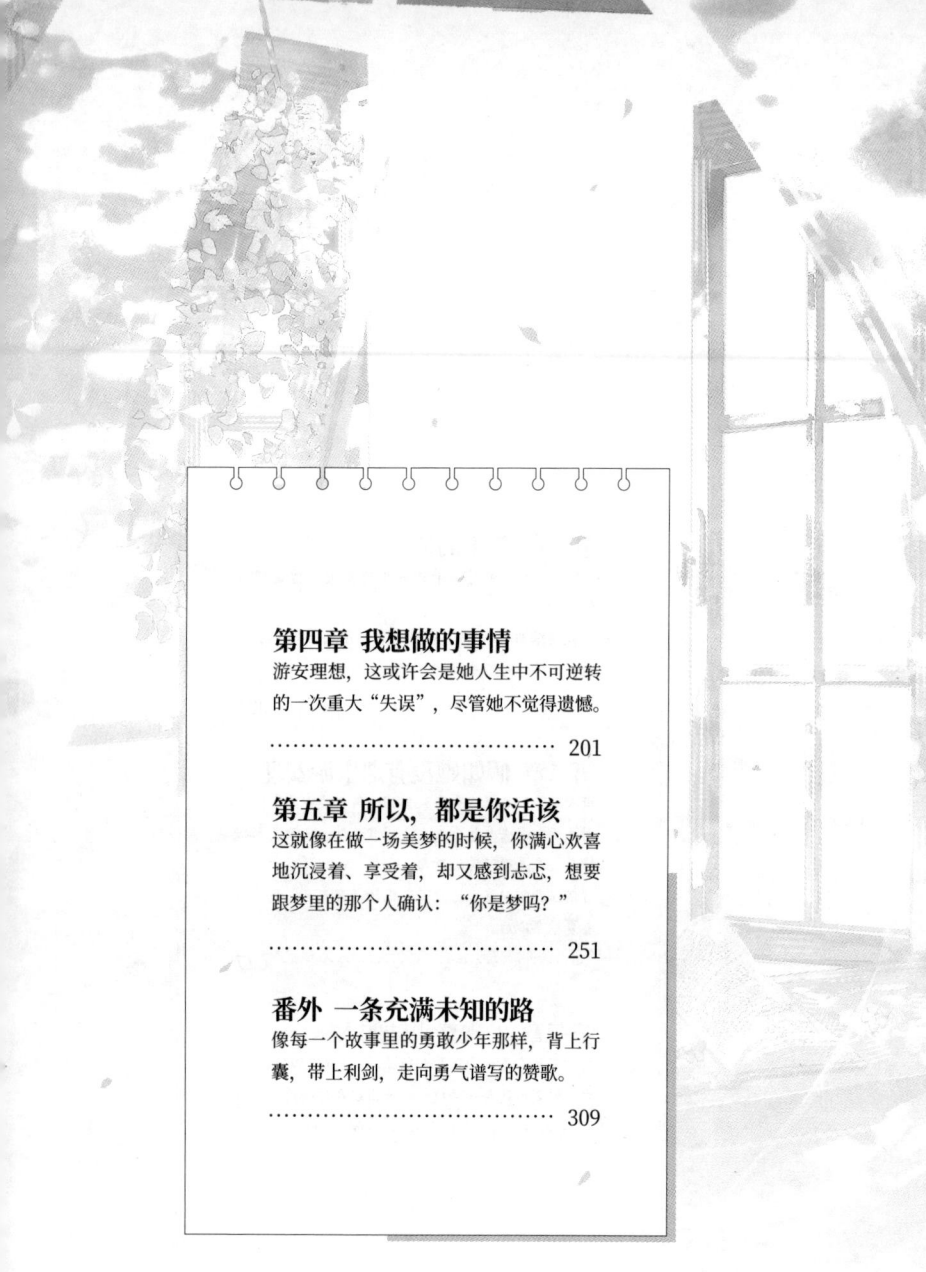

游安理想,这或许会是她人生中不可逆转的一次重大"失误",尽管她不觉得遗憾。

.... 201

第五章 所以,都是你活该

这就像在做一场美梦的时候,你满心欢喜地沉浸着、享受着,却又感到忐忑,想要跟梦里的那个人确认:"你是梦吗?"

.... 251

番外 一条充满未知的路

像每一个故事里的勇敢少年那样,背上行囊,带上利剑,走向勇气谱写的赞歌。

.... 309

C o n t e n t s

第一章

新来的顶头上司

"如果可以回到二十六岁生日当天,你最想做什么?"

"我会给自己一个诚恳的忠告:顶头上司和酒这两样东西,再香也是碰不得的。"

早上七点半，闹钟"丁零零"地响着，把被子裹成一团的人翻了个身，从被窝里钻出一个脑袋，头发乱糟糟的。铃声孜孜不倦地响着，在即将重复第五遍时，她终于摸到了枕头下面的手机，手指在冰凉的屏幕上胡乱点按了半天，烦人的声音才戛然而止——这鬼天气，手机都快变成一块冰砖了。

她皱着眉头坐起来，冷空气一溜进被窝，就让人从暖洋洋的美梦里回到了残酷的现实。

"真烦，辞职算了。"左颜骂骂咧咧地钻出被窝，磨蹭着爬下了床。

她穿着睡衣走进浴室，拧开水龙头用凉水拍了拍脸，瞌睡立马没了大半，总算是勉强打起了精神，开始洗漱。换作往常，她可不敢碰这么冷的水，她一身的娇气毛病是从娘胎里带出来的，二十五年都没改掉。

不过，今天是一个特殊的日子。新来的"衣食父母"从这个周一开始正式上任，也就意味着她赖以生存的舒适圈马上就要变天了。

以过去三年她在公司里的种种表现来看，将来公司不景气或者被收购，裁员的第一批名单里准有她。左颜可不想让这一天来得太早，所以她决定从今天起收敛自己的懒散，给新来的顶头上司展示出一副积极向上的精神面貌——虽然她不知道自己能装几天，但坚持一天是一天。

她洗漱完打开手机一看，天气预报显示今日最低气温 13 度。要不是离十一月还有半个月，她真想立刻换上冬装出门。左颜理了理刚吹干的头发，站在全身镜前一边换衣服，一边认真思考这个方案的可行性。橘格纹的羊毛呢子裹身裙的最后一颗纽扣扣上了，配上雪白的羊毛打底衫，倒是比预想中更适合她的身形。

"算了，今天还是穿好看点吧。"左颜看着镜子里的自己，颇为遗憾地打消了穿冬装的念头。

前台的周姐消息最灵通，早在一个星期前就在几个群里透露了新来的这位顶头上司的个人信息。其中关于喜好的第一条，就是"对审美和品位的要求高到了离谱的程度"。

左颜这才火急火燎地上网搜索了一些穿搭教学，几番挣扎之后，还是忍痛割舍了购物车里的那款VR头显，连夜下单了衣服、包包和鞋子，赶在今天之前凑齐了一身勉强合格的装备。入秋前买的那些T恤和连帽卫衣，只能在家穿了。

这一大早花的时间比以往多了二十分钟，临出门前，左颜紧赶慢赶化了个淡妆，又照葫芦画瓢地搞了个简单的发型，确认没有任何遗漏之后，才换上黑色短靴，抓着风衣外套和挎包匆匆出了门。她已经很久没有经历过这么"兵荒马乱"的早晨了。

光荣晋升"打工人"这三年来，她的职场生活一直很悠闲。

现在的这份工作是左颜理想中的工作，事不多，福利好，基本不加班，每天到点就走人，前一位顶头上司还特别好说话。虽然工资不高，但对她这种不热衷社交的单身女性来说也算够用。因此，当这种好日子要到头时，左颜时隔多年再次生出了危机感。她虽然接受了现实，但并不打算坐以待毙。

"出来混还是要靠关系，听说刘经理提前大半个月在平安饭店订了包间，结果现在只能搞成别人的欢迎会了。"

"换了我肯定气死了，给'空降兵'办欢迎会，还不如自己一个人吃大餐算了。"

"要不说人家是经理呢，你懂什么，平安饭店多贵啊，钱哪能白花。"

左颜拿起打印好的资料，那叠纸上还带着打印后的余温，抓在手心里挺舒服的。

茶水间里的两个人端着杯子出来，她面色如常地跟他们打了个招呼，回到了自己的座位上。她的位置靠着窗，好在有几盆落地绿植挡住了大半面积，她才能三年如一日地躲着太阳打盹偷闲。可惜了，从今天开始，美好的职场人生就要结束了。

墙上的时钟走到了九点零五分，整个部门该来的人都已经来了，除了今天的主角。

办公区里的一群人在自己的座位上装模作样地忙了一早上，眼看着时间一分一秒过去，传说中的"空降兵"连个人影都没有。第一个憋不住的人终于开始"顶风作案"，点开了小群。紧接着，群消息就狂轰滥炸似的蹦了出来。

左颜开了最小的窗口，拿着起钉器装订资料，偶尔瞥几眼电脑屏幕上刷过的消息。有人觉得这是"新官上任三把火",走高调路线,说明背景不是一般的大。左颜微微摇头,心说哪来那么多的电视剧桥段,搞不好就是单纯的迟到。任职第一天就迟到,这下可有好戏看了。遗憾的是,左颜最终没能亲眼看到这场别开生面的好戏,因为她被"地中海"抓去做"壮丁"了。

隔壁行政部的上司又来了,因为他的发型像"地中海",所以得了这个外号。他一踏进办公区,左颜就知道不妙,连忙垂下头避免和他对视,把手里这件枯燥无聊的杂活做出了八百万项目的架势。

然而,"地中海"还是一眼就看到了她,也不知道这个偏僻的位置在他眼里怎么就那么万里挑一。他气定神闲地抬手一指,上下嘴皮子一碰,左颜就心如死灰地收拾好东西,跟着他一起出外勤了。等下一批实习生来了,她一定要把这个位置换掉。出外勤这种事,对一个懒散的人来说不亚于去工地搬砖。一上午的时间就让她脱了一层皮,连看群消息听八卦的精力都没了,也就不知道她早上的猜测成了真。

左颜回公司的时间太晚,职工食堂里最好吃的菜早已经卖完了。她对剩下的菜兴致缺缺,便到楼下的便利店买了饭团和热豆浆,勉强对付了午饭。午休时间还没结束,左颜按着不太舒服的小腹走出电梯,忍不住怀疑那个金枪鱼饭团是不是有点问题。

她翻了翻挎包,摸到湿纸巾后直接转身往卫生间走。

卫生间外面的洗手台前站着三个人,是隔壁部门的同事,她们正对着镜子一边补妆一边聊天,见她进来,话题就转了个弯。左颜肚子难受,没心思去关注别人的闲聊话题,快步走进了里面的隔间。上个厕所的工夫,她又开始想念自己的休闲裤和连帽卫衣——这身衣服看着好看,穿上才知道有多麻烦。

左颜有些烦躁地按下抽水,起身准备拉上打底裤,却感到一股热流顺着腿根流了下来。

生活的重击从来都是拳拳到肉,一击更比一击强。

左颜面无表情地在挎包里掏了三四回,最后不得不接受一个事实——她没带卫生巾。

她将手机解锁了屏幕,点进通讯列表翻了一遍,手指在几个人的名上反复滑着,却找不出一个能让她拉下脸开口求助的人。左颜坐在马桶上,开始反省自己这三年到底是怎么混的,最后得出了一个结论:不管怎么混的,都白混了。

外面三人的谈笑声慢慢远去,卫生间里静了下来。右边的隔间门突然被推开,高跟鞋踩着台阶走下去,不疾不徐地经过左颜面前的这道隔间门。左颜这才意识到卫生间里还有别人。脚步声停了,洗手台的水声紧接着响起,在这短短的时间内,左颜内心挣扎,摇摆不定,当水声停下时,她心一横,开口喊住了那个人:"外面的美女,等一下!"

高跟鞋的声音一顿,随后折返回来,停在了她的隔间门外。

左颜这辈子都没有这么尴尬过,她揪着腿上的裙子,羊毛呢子的面料被她捏得都快皱成一团了。算了,往好处想,这样至少不会被认识的人看笑话。

左颜选择性忽略了逻辑问题,做完心理建设后,再次开口道:"那个,不好意思,能不能……"她脸上烧得发烫,却不得不强装镇定地说完了这句话,"借我一片卫生巾?"

卫生间里安静下来,左颜不知道自己等了多久,只知道那道声音响起时,她像个终于获得救赎的虔诚信徒,差点感动得热泪盈眶。

"稍等一下。"女人的声音清亮悦耳,语气却很平淡。

听口音不是本地人,左颜一下子松了口气,公司里她认识的女同事大多都是本地人,其他的外地人里也没有谁是这样标准的北方普通话口音。"谢谢。"左颜连忙道谢。

听着高跟鞋的声音再次远去,她紧绷着的那根弦才松了下来。左颜忽然后知后觉地意识到,对方的声音好像有点耳熟。直到踩着高跟鞋的人回到卫生间,停在了她的隔间门外,她也没想起来是什么时候听过这个人的声音。

"从上面递给你?"站在外面的女人开口问。

隔间门不高,左颜伸手就能够到。她一手提着裙子站了起来,回道:"麻烦你了。"

外面的人抬起手,将一个浅蓝色包装的条状物从上方递了进去。左颜连忙接过来,再次道谢:"谢谢,你帮了我大忙。"

"没事，我只有这个，不知道你能不能用。"她的声音没什么情绪。

左颜不好意思再麻烦她，连包装都没仔细看一眼，直接回答："这个就行，谢谢你了。"

高跟鞋的声音消失后，左颜呼出一口气，看了看手里的卫生棉条。包装上用英文写着最小号，她知道怎么用。午休时间马上就要结束了，左颜顾不得其他，直接撕开了包装。从隔间出来后，她竟然有一种劫后余生的感觉。

用最短的时间洗完手，左颜站在镜子前整理了一下衣服和头发，又补了粉底，才把自己收拾好。虽然几经波折，但给新来的顶头上司留下一个好印象还是来得及的。左颜打起精神，背着挎包走了出去。

办公区坐满了人，乍看过去，每个人似乎都在很认真地忙着自己的事，但左颜知道，这些人没一个在干正事。她见怪不怪地回到自己的座位上，打开电脑，放下挎包，然后不动声色地调整了一下坐姿。

还是尽早去一趟楼下的便利店吧，左颜一边想着，一边找出自己早上装订好的资料，开始检查错处和遗漏。下午两点整，一阵高跟鞋的声音穿过嘈杂的走廊，进入办公区。

左颜一心二用，一边检查资料，一边瞥着电脑屏幕上的群消息，没留意到这道声音。

下一刻，一道清亮的女声响起："人都来齐了吗？"

左颜还没反应过来，就见自己对面位置上的张小美站起来，大声回答："游总监，左颜已经回来了。"

一瞬间，原本有些吵的办公区安静下来，所有人都看向她。左颜莫名生出了一种在教室里上课的错觉，她就像个突然被点名的问题学生一样，条件反射地站起身，转头看向"班主任"。一头波浪长卷发的女人侧过头来，对上了她的目光。

当看清那张神情淡漠的脸时，左颜情不自禁地为这个世界献上了"最美好"的问候。

通常情况下，一般人很难记住七八年前发生的事，以及那时候遇到的大部分人。

别说七八年前了，左颜毕业不过三年时间，连大学同学长什么样都不记得了，在街上碰见也认不出来。她一直笃定地认为，那些陈芝麻烂谷子的事，她早就忘得一干二净了。

说句老掉牙的话，只要时间够长，没有什么是不能被改变、不能被遗忘的——在今天之前，左颜对这句话深以为然。

会议室里安静得只剩下女人平缓的声音，在座的人却没一个敢走神，至少表面上他们都听得很认真。

左颜垂着头，握着笔飞快地做着会议记录。这三年来她别的能力马马虎虎，听写的速度倒是称得上炉火纯青，也难怪到今天还是个可有可无的一般职员。等哪天部门内部彻底不需要笔录式的会议记录了，大概她就得卷铺盖走人了。

她一心二用，一边听着写着，一边任由思维的杂草在大脑里野蛮生长——哦，这声音真是够冷淡的。

游安理扫了眼角落里低着头的人，将最后几件事简单交代了一下便宣布散会。整个会议室里的人显然都松了口气。这一上任就跳过所有流程直接进入工作状态的快节奏，让他们很难立刻适应。一群人交换了眼神，从彼此的眼神里确认了一件事——这个"空降兵"是个狠角色。

会议室的门打开，一群人抱着文件和资料匆匆走出去。左颜用最短的时间给会议记录做了个收尾，跟在他们后面准备离开。

"左颜稍等一下。"站在投影仪前的女人开口叫住了她。

左颜猛地停下脚步。她前面的同事回过头，给了她一个同情的眼神，然后加快速度溜出了会议室。

片刻后，左颜抱着会议记录本转身走了过去。一头波浪长卷发的女人正在关投影仪，左颜脚步一顿，这些工作是她该做的，但她刚刚忘记了。

女人没说什么，关上投影仪之后，直接拿起桌上的手机。

"微信二维码。"她解锁了手机屏幕，语气平淡地开口。

左颜抬头看了女人一眼，几秒后，她放下会议记录本，腾出手来打开手机。

二维码被扫描后，新的好友申请发了过来，左颜看着对方的头像和昵称，手指的动作停了停，还是点了通过。没过多久，对话框里就弹出一条新消息——一个文件包。

左颜愣了下，抬头看向她。

"明天的会议资料，记得开会前打印装订好，有不明白的地方再问我。"游安理说完，将手机熄了屏，侧头看过来。

两人的视线在今天第二次对上。左颜偏过头，将会议记录本抱在怀里，点头回答："了解了，您放心。"

她说完便转身走向会议室的大门，正要迈出大门，身后的人又一次叫住她："对了。"

左颜顿了一下，转头问："还有什么事吗，游总监？"

女人穿着灰色西装外套，西服长裤裹着两条笔直的腿，配着一双五厘米的黑色高跟鞋，单调的搭配看起来也很赏心悦目。她看着左颜的眼睛，平静地回答："我只是想提醒你，卫生棉条是普通流量款的，最好在两个小时之内换掉。"

左颜捏紧了手里的会议记录本，微微一笑，温和而礼貌地回答："好的，谢谢游总监提醒。"

她说完就头也不回、健步如飞地走出了会议室。

游安理笑了笑，打开手机，手指在屏幕上一划，将第一个对话框置顶。

左颜将会议记录本放在办公桌上，随即去楼下的便利店买了卫生巾换上。她站在洗手台前，洗干净手之后用冷水拍了拍脖子，冷得刺骨的水让她打了个哆嗦，也让她迅速找回了思考能力。一个显而易见的事实是，坐在总监办公室里的女人正是那个游安理，不是同名同姓，也没有撞脸。左颜当然知道她之前在卫生间喊住的人不是游安理的可能性微乎其微，但不妨碍她在会议结束前一直心存侥幸。紧接着，她就被残忍的现实重重一击。

她双手撑着洗手台，差点没忍住把脏话骂出口。

扪心自问，她生平做过的最恶毒的事情，也不过是把没分类的垃圾偷偷扔进垃圾桶。交过罚款之后怎么还要遭报应？难道没素质也在业障深重的范围内吗？

左颜越想越不痛快，舒服的日子过久了，她已经很久没遇到过这么不痛快的事情了，其丢脸的程度也是前所未有。早上出门前她还满脑子想着怎么保住这份工作，现在她已经在脑子里拟好了辞呈，离职原因：与之前的补习老师狭路相逢于卫生间。

然而，俗话说得好，好死不如赖活着。左颜回到自己的座位上时已经彻底冷静下来。她想起了自己的房租水电，愿望清单里待付款的游戏，以及发布了三个月却还没买到手的VR头显……想到这里，左颜灵光一闪，立刻打开购物平台登录上去，找到最新的那几笔订单，把还没用过的新衣服、新包、新鞋挨个申请了退货退款。

至于身上这套穿了快一天的装备，自然不可能退掉了。可恶，游安理罪加一等。左颜咬牙切齿地关掉了网页。

"请进。"女人的声音从门后传来，刘经理立刻挤出一张笑脸，抱着一堆文件夹推开门，走进了总监办公室——这个原本是该属于他的地方。

"游总监，您让我帮忙找的档案全都在这里了。"

刘经理走到那张磨砂玻璃办公桌前，停下了脚步。在对方应答之前，他没有擅自将东西放到桌上。

也不知道怎么回事，面前这个女人明明才三十出头，却让他这个年长者倍感压力，面对面说话时也不自觉地变得小心翼翼。这一天下来，部门里所有员工的反应也证明了这不是他一个人的问题。

游安理把桌面清出一片区域，抬头道："麻烦您了，就先放在这里吧。"

刘经理没问她要这些东西做什么，他是职场老人了，心态调整得很快，他也很清楚，自己未必就真的没有机会了。

等说完了正事，他才笑着开口问："游总监来这边以后习不习惯？听说你是北方人，南方的天气挺折磨人的，您要是有什么需要就尽管跟我说，我是本地人，这边大大小小的事情我相对清楚些。"

游安理再次抬起头看向他，脸上也带了一点笑，不疏离，也不算亲昵："刘经理有什么事就说吧，我初来乍到，以后还要劳您多多指点。"

"这么说就生分了，自家人互相帮衬一下都是分内的事。"

刘经理长了一张大众脸，笑起来显得慈眉善目，很容易让人产生好感，所以他总爱笑着跟人说话，手底下的人给他取了个"笑面虎"的外号。见她直接挑明了，他也就不兜圈子了，开口道："是这样的，我听说您刚从国外回来，想来也是吃烦了西餐，所以在本地的特色饭店订了个包间，也不正式，就是咱们部门的人一起吃顿便饭，想问问您方不方便。"

游安理侧头看了眼电脑屏幕上的日程，问："请问具体的时间是？"

刘经理连忙回答："后天晚上，下班后直接过去。"

她想了想，抬起头看过去，回道："那这顿饭记我账上吧，正好我也想跟大家熟悉一下，以后才好相处。"

刘经理没想到她比看起来要好说话，这倒是一个意外的发现。

等离开总监办公室后，他才收起了脸上的笑。当初听说空降的总监是一个海归小年轻，他心里就憋了一口气，只恨自己没背景，到嘴的鸭子都能飞了。现在看来，对方并不是一个软柿子。他这口气搞不好只能憋着了。

"欸，左颜，刚刚游总监留下你做什么啊？是因为你上午没在公司吗？"

左颜听到这话就一口闷气直往嗓子眼蹿。她以前只觉得这个张小美缺了点脑子，没想到还缺心眼。左颜接了一杯热水，端起杯子转过身，一边往茶水间外走，一边回答："她就是给了我明天的会议资料而已，我上午出外勤是跟刘经理报备了的。"

张小美"哦"了一声，随口安慰她："你就是没报备也无所谓，她自己早上还迟到了呢。"

左颜懒得再跟她重复一遍自己到底有没有报备，端着水杯就准备走出去。

"等一下。"她脚步一顿，转过身看着张小美，问道，"你说她早上迟到了？"

张小美撕开一颗奶球丢进马克杯，疑惑地反问："你没看群消息吗？他们都讨论了一天了，说没见过第一天上班就扣工资的总监。"

游步惠

五题

左颜回到座位上，放下了水杯。她扫了眼电脑屏幕，抓住鼠标将群消息的窗口关掉，继续埋头做今天剩下的工作。反正又不是扣她的工资，不关她的事。

临近下班的时候，左颜加快速度把杂七杂八的琐事处理完——这是她每天工作效率最高的时间段。确定今天也能准时下班后，她松了口气，坐直身体活动了一下手臂和脖子。

左颜在电脑上逛了逛社交网站和论坛，最后的一点时间也打发完了，她收拾好自己的东西，准备关电脑走人。然而，生活总是在你最轻松愉悦的时候给你找点麻烦。

左颜又被抓"壮丁"了。她真的很想知道隔壁行政部的人为什么总是来他们事业部找人帮忙，还老是逮着她一个人"薅羊毛"。

"地中海"是公司里某个高层的亲戚，平日里嚣张惯了，连刘经理都要对他礼让三分，能不招惹就不招惹。左颜一个小员工，当然是让做什么做什么，一句怨言都不敢有。

她帮着跑上跑下，把新到的办公用品挨个送到各个部门后，时间离下班的点已经过去了半个多小时。一想到待会儿挤地铁要撞上下班高峰期，左颜就一口气憋在胸口出不来。

人倒霉的时候连喝口凉水都塞牙。这一天下来，真是没一件好事。

等好不容易被"地中海"放回来，办公区的人都走光了，左颜摇了摇又酸又胀痛的腰，走到办公桌前拿起包和手机，转身走出去，准备用门卡将玻璃门锁上。

"稍等一下。"女人的声音从门内传来，这是左颜今天第三次听到这句话了。

左颜很想立刻把门锁上，但遗憾的是，她没有。她甚至不能掉头就走，因为锁门的卡在她手上。

一身灰色西装外套的女人大步流星地走出来，对左颜点了点头："谢谢。"

"没关系。"左颜神色自若地答道，飞快地刷卡把门锁好，然后转身走向电梯。

女人不疾不徐地跟着左颜，最后停在了离她半米远的地方。在等电梯的过程里，左颜难得当了一回虔诚的信徒，内心向头顶上方可能存在的上天祈祷：求你了，让我消停会儿吧。

也许是上天真的听见了她的心声，两人一直到进了电梯，都没有任何交流，就像真正的陌生人那样。

左颜盯着数字慢慢跳动的显示屏，只等到达一楼后就立刻逃之夭夭。红色的阿拉伯数字跳到了"5"，曙光就在眼前了。

这时，左颜身旁的人忽然开口道："放轻松一点。"

左颜愣了一下，下意识地转头看过去。

女人单手插在裤兜里，双眼平视着前面的电梯门，淡淡地说："你一紧张，心思就全写在脸上，谁都能看出来。"

游安理说着，侧过头来，第三次与她目光相接："这件事，我不是早就教过你了吗？"

游安理是个不会迟到的人。她就像把时间观念刻在了骨子里一样，无时无刻不在用一把隐形的尺子衡量着自己的每一次行动。

在给左颜补习的那个暑假里，她从未迟到过哪怕半分钟，无论刮风下雨还是下冰雹。那时候的左颜烦透了她所谓的原则，从第一天起就琢磨着怎么对付她，让她趁早知难而退，另谋高就。在这人之前，她已经用同样的手段赶走了五个家教。

左颜坚信，游安理就是第六个，而且不会是最后一个。

"这道题又错了。"坐在窗边的女人用红笔在卷子上敲了敲，声音听不出情绪。

她垂着头，乌黑的及肩短发散落，细碎的发梢在午后的阳光下折射出一圈刺眼的光晕。

左颜随手把铅笔一扔，懒散地靠在椅子上，开口道："就是不会啊，我能有什么办法？"

游安理的表情连半点变化都没有，她点了点头，回道："我再讲一遍，你认真听。"

左颜扫了眼她雪白的侧脸，偏过头看向墙上挂着的小圆钟，打断了她："我想吃麦旋风，你陪我去买吧，吃点好吃的我就有精神了。"

游安理看着手里的卷子，丝毫不为所动："离下课时间还有两个半小时。"她面色平静，声音没有半点起伏。

油盐不进的女人。左颜忍不住"啧"了一声，烦躁起来。暑假已经过去十天了，她还整天被关在家里听这个女人念经，听得耳朵都要起茧子了。这几天她也不是没试过以前用的那些手段，然而屡试不爽的方法放在这个女人身上就跟抛媚眼给瞎子一样，白忙活了。

也不知道她爸从哪里找来的这个人，仿佛是她的克星一样，威逼利诱、装怪耍脾气统统没用。左颜听着她没完没了讲题的声音，有些不耐地抖起了腿。她放假后到现在还没打过游戏，电脑和游戏机全被没收了，电视也没了信号，只有一个小灵通，不能上网不说，连贪吃蛇和俄罗斯方块都没有！家里没有任何娱乐设备，她又被断了生活费，还有个人看管着她不让出门，这几天下来她差点憋死。

不行，再这样下去，这家里必然会疯一个。

"嗞——"左颜皱起眉头，按住了肚子，身子也软了下来，做出一副谁都能看明白的模样。

偏偏坐在窗边的女人看都没看她一眼，只不咸不淡地问了一句："又怎么了？"

左颜差点破功发脾气，但关键时刻她的定力总要强一点，硬是忍住了。她一边捂着肚子，一边垂下眼，"虚弱"地回答："我不知道，突然肚子疼。"

游安理这才将目光从卷子上收回，侧头看向她："我们俩今天吃的饭菜应该是一样的。"

她语气平淡地道出了事实。

左颜暗骂了一声，脑子飞快地转着，随即找补了一句："可能是'大姨妈'来了，这里好疼。"她说着，双臂抱住肚子弓起背，整个人在椅子上缩成一团，还时不时发出痛得吸气的声音。

游安理手中捏着红笔，在电脑桌上轻而平缓地敲着，一下又一下。左颜的心也跟着这敲击声一上一下，她紧张得不敢抬眼去看游安理的脸。

好在忐忑的等待并没有持续太长时间。坐在窗边的人放下笔，起身开口道:"我去给你买药,你在家等我。"

哦耶!左颜暗自握拳欢呼了一声,却还记得做戏做全套,依然"气若游丝"地回答:"你快点回来。"

游安理的脚步声渐渐远去。没过多久,楼下大门打开又关上的声音传了过来。左颜悄悄走到窗边,望了眼刚出院门的那个清瘦身影,一颗心终于落回了原地。她迅速打开衣柜拿出一套衣服换上,然后拉开床头柜的抽屉,里面塞了一堆零零碎碎的纸币和硬币,平日里她都是塞了就忘,现在则成了她所有的家底。左颜来不及数钱,抓了两三把塞进牛仔裤兜里就匆匆忙忙地跑下了楼。穿鞋,拿钥匙,出门关门,动作可谓一气呵成。

她刚踏出门,一股热浪就迎面扑来,热得她两眼发黑。这是她平日里最讨厌的天气,现在她却轻快地跑在路上,仰头用力呼吸了几口新鲜的空气。这就是自由的味道!

左颜如脱缰的野马一般冲出去,痛痛快快地玩了一下午。等裤兜里的钱花得差不多了,她擦了擦头上的汗,哼着歌往家的方向走。晚风吹到脸上,带着一点凉意,天空已经黑沉沉一片。

左颜心里"咯噔"了一下,她倒不是怕那个女人,区区一个家教而已,就算是她爸熟人的女儿,也管不到她头上。她怕的是,今天晚上她妈要回来了。

左颜看了一眼路边商店里显示的时间,心顿时凉了半截,她连忙跑到马路边,准备拦一辆出租车。然而,一掏裤兜,她才发现身上就剩下几个钢镚,别说打车了,坐地铁都不够。

左颜马不停蹄地赶到了公交车站,好不容易挤上了回家的公交车。公交车不是出租车,一路上走走停停,绕了一大圈,耽搁了不少时间。等她下了车,还没走上回家的坡道,就远远看见了两个拿着手电筒往下走的身影。

瞅见他们身上的黑色西装,左颜就知道完了——她爸也回来了。

"小李啊,今天晚上辛苦你们了,你们先回去休息吧。"

"不辛苦,颜颜安全到家了就好,左书记您这几天都没合过眼,早点休息。"

两个青年毕恭毕敬地跟男人道了别，先后走出了院门，开车离去。左颜垂着脑袋，在旁边站得笔直，大气也不敢出——男子单打不可怕，女子单打也勉强能扛，但男女混合双打她就完蛋了。

左增岳背着双手站在大门外，瞥了眼台阶下面站着的小丫头，反倒笑了一声："怕了？你也知道你妈今天回来啊？早干什么去了？"

左颜听着她爸这嘲讽的话，反倒委屈上了："我已经十天没出过门了！你们就是养头牛也得让它出去放放风吧？"

左增岳侧过头，上下打量了她一眼，失望地摇了摇头，道："这是养了头猪，光吃不干，还没脑子。"

左颜气得差点跳起来，又听她爸低声道："我要是你，回来第一件事就是认错，还能少遭点罪。"

她一下子就蔫了。左颜从小到大，爷爷疼奶奶宠，亲爹开明好说话，所以把她惯成了一个天不怕地不怕的混世魔王。她只怕她妈，贼怕，怕得不得了。

孟年华女士虽然从来没打骂过她，但有一千种办法收拾她，每一种都能精准地掐住她的命脉，叫她折腾不起来。

就拿最近的一次来说，左颜在暑假前的期末考试中再一次勇夺第二——倒数的。孟年华女士开完家长会回来，没骂她一个字，还做了一桌她爱吃的菜。她吃得心惊胆战，就差拿银针试毒了。直到晚上睡觉时，家里什么事都没发生，所以左颜放松了警惕，喝完牛奶就美滋滋地入睡了。

到了第二天早上，看着书桌被搬空了，游戏机和卡带碟片变成了小灵通、只能看新闻的电视机以及准时来家里报到的新家教，左颜彻底绝望了。

十天啊，整整十天！他们知道这十天她是怎么过来的吗？！

左颜悲从中来，索性自暴自弃地转头迈上台阶，直接进了家门。

她踢掉脚上的运动鞋，踩着拖鞋耷拉着脑袋走进客厅，却看见里面还有一个人。左颜愣了一下，收回视线，垂着头走到孟年华女士的身边，乖乖站好。

年轻的女生穿着白T恤和洗得掉了色的牛仔裤，挺直着背坐在沙发上,见到左颜后,她便站起身来,对这个家里的女主人开口道:"既然左颜回来了,那我就先回去了。今天是我的失误,没能照顾好她,真的非常抱歉。我保证不会有下次了,请您放心。"

左颜有些不自在地抬头看了她一眼。

孟年华对她笑了笑,客气又疏离地道:"是这孩子太淘气,不怪游老师。我让司机送送你,这么晚了你一个人回家不安全。"

游安理抿了抿唇,没有拒绝。

等客厅里只剩下母女两个人后,左颜松了口气的同时又有点郁闷。她盯着自己的脚趾,满脑子理不清的思绪让她烦躁起来。

坐在沙发上的女人忽然开口道:"难受吧?"

正在出神的左颜被吓得浑身一个哆嗦,等反应过来她妈说了什么,她才抬起头,不明所以地看着她妈。

孟年华似笑非笑地看着她,声音听不出喜怒:"你爸忙了几天,一下飞机就给你打电话,小李他们忙到现在连口水都没喝,光顾着去找你了。"

左颜听得整张脸都烧了起来。

偏偏她妈就是知道她怕什么,毫不留面子地继续说道:"游老师家住在城郊,她每天来给你上课要提前三个小时出门,但从来没迟到过。而你呢,不愁吃穿,娇生惯养,当然有任性的资本。"

孟年华顿了一下,看她把头埋得快要贴到胸口了,缓缓说道:"你的任性给多少人添了麻烦,你自己好好想想吧。"孟年华从沙发上起了身,往楼上走。

"桌上有饭菜,自己用微波炉热一下。"

左颜知道她妈不会骗她,她想着游安理离开前说的那些话,渐渐明白过来自己到底在郁闷什么。她又觉得很委屈,明明是她被关在家里十天出不了门,好不容易出去玩了会儿,也没想过会给人添麻烦,怎么就都成了她的错?左颜是个自尊心极强的人,让她没脸没皮地当作什么都没发生过,她实在是做不到。第二天早上,她第一次盼着那个女人赶紧过来,好早点让这件事翻篇。

当她挣扎了半天,好不容易鼓起勇气开口道歉后,坐在窗边的女人却一点反应都没有。左颜见她仍在卷子上写写画画,有些气闷地道:"我在跟你道歉呢,你倒是给点反应啊。"

"哦,没关系。"她说了一句,侧头看过来,及肩短发从肩上拂过。

她的发质看起来挺好的,左颜想着,又听她说道:"你想听这个吗?其实没有必要。"

"怎么就没必要了,我做错事情就道歉,你再原谅我,不就两清了吗!"左颜急了,这人怎么老是不按常理出牌。

游安理有些无奈地放下笔,再一次抬起头来,对上了左颜的目光。

"你知道吗?"她坐在窗边,背对着明媚温柔的阳光,开口道。

"什么?"左颜有些看愣了。

游安理轻轻一笑,回答道:"你紧张的时候,心思全写在脸上了,谁都能看出来。"

电梯到达一楼,电梯门应声而开。左颜偏过头,脚步飞快地迈了出去,几乎是小跑着穿过大堂,打了卡离开公司。她无暇顾及自己是不是像个逃兵,只想赶紧消失在那个女人的视线里,否则明天早上被围观的人大概就是自己了。

挤着高峰期的地铁回到小区门口,左颜照常先去便利店里买了点热食,带回家匆匆解决了晚饭。接着,她把身上这套不舒服的衣服脱了。她卸了妆,又洗了个澡,等吹干头发后,直接拿着手机进了卧室,精疲力竭地倒在床上。

"累死了。"左颜翻了个身,随手拽过被子,将自己裹成一团。这堪称灾难的一天总算快过去了。她抬起手臂压在额头上,闭上眼放空了脑袋,没几分钟就昏昏沉沉地快要睡过去。

手机忽然响了一声,她又忘了调成静音模式。左颜皱起眉,有些烦躁地去摸手机。手机屏幕亮了,成了昏暗卧室里的唯一光亮。一条新的微信消息横在屏幕上,锁屏状态看不见内容,她只得用指纹解了锁,点进去查看。

红色未读的标志来自某个品牌的公众号。

左颜翻了个白眼,手指一划取关了这个公众号。几个被她屏蔽了消息提醒的群里很是热闹，对话框里的文字不断被刷新着，她却没有心情点进去看一眼。她正要将手机熄屏扔到一边，余光扫到了屏幕正中间的某个头像。左颜的手指顿了一下，片刻之后，她点了进去，从个人资料里点开了头像图片。

那是一张照片。照片里的人只入镜了半个身子，看不见面容，她穿着圆领的浅灰色针织毛衣，侧身坐在窗边，右手撑着下巴，手指上露出一点银色。

左颜拉动图片放大了看细节，那是一个套在无名指上的纯银戒指，看不清具体轮廓。

人总是过度崇拜时间的力量，认为世上的一切都可以被它摧毁、抹除。左颜也曾坚信，只要活得够久，那些抛下的人和事早晚会被她忘得一干二净。这些年来，她也的确做得很好。至少在今天之前，她已经很久没有想起游安理这个人了。

开学之前，左颜度过了一个煎熬的暑假。"伪装痛经逃学"事件之后，孟年华女士大发慈悲地把手机还给了她，但该补的课一天也没落下。那之后没过多久又发生了一件事，开启了左颜长达一年的悲惨生活。

那晚，左增岳难得在家，孟年华去国外出差了，左颜哄着她爸订了个比萨，父女俩都吃得很开心，事后还仔仔细细地收拾了"案发现场"，确保不会被孟年华女士发现蛛丝马迹。

左颜陪着她爸散了步消了食就上楼洗澡去了，在作息和饮食方面她被管得很严，所以十点之前她就得躺下睡觉了。快到十点的时候，她洗漱完在浴室里吹头发，忽然听见三楼传来急促的脚步声。

她走出浴室到走廊上的窗边往下一看，就看到她爸动作迅速地坐上了车。

左颜还没见过她爸这么着急的样子，忙问："爸，这么晚了你去哪儿啊？"

她扯着嗓子喊了一声，但车已经开出去了，不知道她爸是没听见，还是没时间回答她。

左颜心里有点慌，拿起手机给她妈打电话，但她妈手机一直是关机状态。她打了好几个电话之后才反应过来，这会儿她妈应该还在飞机上。左颜又给她爸的秘书打电话，对方很快接起来，听她说完后先安抚了她，然后答应她确认情况后再给她打回来。

许秘书是看着她长大的，左颜很信任他，挂了电话后稍微平静了一点。由于工作的特殊性质，左增岳一年到头难得回家住几天，在家的时候也不是没有半夜被工作电话叫走的情况，但左颜觉得这一次不是因为工作。

她在家里坐立难安地等了半个小时才等到了手机响起。左颜一看，是她爸打来的，提着的一颗心总算落回了原地。

"你去哪儿了？这大晚上的，吓死我了。"她一接通电话就忍不住抱怨。

电话那边很吵，左颜隐约听见了陌生男人呵斥的声音："让你蹲下没听见吗！"

左增岳开口道："我忘了跟你说一声，你放心，没事，我忙完就回去了。"他顿了一下，随后又道，"颜颜，你把二楼的客房稍微收拾一下，就是你房间对面的那间。"

左颜知道什么时候能使小性子，什么时候不能，这会儿听完只回了一句："我知道了。"

挂了电话后，她走出房间，进了对面的客房。这个房间一直空着，虽然定期有阿姨来打扫，但因为长时间不住人，通风不太好，就有一股灰尘的味道挥之不去。

左颜把窗户全都打开散味，又去二楼的浴室里找了抹布和水盆，端着一盆水回到客房，简单地擦拭了一番。房间并不脏，所以收拾起来不怎么费力气。她打开衣柜，看见空荡荡的柜子，终于想起来最重要的一件事。这间客房其实就是个摆设，因为孟年华和左增岳在自己公司和单位都有住处，他们忙起来的时候基本不回家，更不会带人来家里住，也就是说，这个房间里根本没有床上用品。

左颜犹豫着要不要把自己用的床上用品拿一套过来，她不喜欢别人碰自己的东西，尤其是私人用品。要是拿过来了，等人走了，这些东西就得扔了。

就在这时候，外面传来汽车的声音，左颜连忙走出客房，跑下了楼。她从玄关的鞋柜里拿出一双新的拖鞋，拆封后放到地上，又把她爸的拖鞋摆好。

大门外响起了一阵脚步声，她先一步打开了门，等着外面的人进来。一身居家服的左增岳走上台阶，转头看了一眼，开口道："小游，进来吧，这次你就听叔叔一回。"

左颜顺着他的视线看过去，终于看到了藏在阴影中的那道清瘦的身影——她从来没见过这么狼狈的游安理。

游安理头发凌乱，脸上和脖子上全是青紫伤痕，在雪白的肌肤映衬下显得狰狞可怕。察觉到左颜的视线，她抬起头看了过来。这一眼，竟让左颜感到了惊心动魄……

浴室里的动静停下后，左颜踌躇了一下，还是抬起手敲了敲门。
"那个，你先穿我的睡衣吧。"
"好，谢谢。"里面传来的声音一如既往没有情绪起伏。

左颜心里有点不是滋味。她张了张嘴，又不知道说什么，只能再次闭上。

浴室门从里面被拧开，左颜连忙转过头看向一旁，并将手里的睡裙递了过去。

睡裙被人接过，随后浴室门再次关上。

左增岳和孟年华的卧室和书房都在三楼，这会儿他也不方便下来，左颜只能自己想办法解决。她先进了客房，里面的味道还没散干净，床上也光秃秃的，实在不是能立刻住人的样子。左颜脑子不知怎么就转了个弯，她走出客房，看着从浴室里出来的人，视线刚一对上，又忙不迭地移开。

"那什么，客房还没收拾好，你先睡我屋吧？"

游安理穿着卡通图案的睡衣，对她的身形来说，这条裙子有点小了，裹着玲珑姣好的身体，露出了大半截笔直的腿。

"好，谢谢。"又是这句话，连语气都没有变化。

左颜原本以为她会拒绝，因为认识这半个月来，她给人的感觉就是这样,看似礼貌好说话,实际上跟所有人都保持着距离,疏离且理性。虽然左颜见过她隐藏的一面,知道她远不是表面上看起来那样,但那之后一切又恢复了原样,她都怀疑那天看到的游安理只是自己的臆想。

左颜抬头看了游安理一眼,走廊里的暖黄灯光下,那些伤痕看起来已经没那么可怕了。

算了,不跟伤患计较。左颜转身打开了自己卧室的门,走到床边把枕头上的那些布偶抱起来,塞进了衣柜里,又拿出一床薄被铺到床上。她的床比较大,睡两个人足够了。

身后传来脚步声,她头也没抬地说:"麻烦关一下门和灯。"

话音落下后,卧室门被轻轻关上,左颜打开了床头的小灯,下一秒,卧室里的吊灯灭了。她掀开被子爬上床,说:"你睡那头吧。"

游安理一言不发地走过去,在小灯的光影下,安静地躺上了床。

左颜过了一会儿才感觉到床上一点也不挤,翻过身一看,发现她背对着自己,睡在床沿,中间空出了一大片。

"你睡在那里干吗啊?会掉下去的。"左颜说完,见她没有反应,干脆伸出手去拽她的睡衣。

"你要是再摔一跤,把脸摔坏了,明天早上我爸肯定要问。"

手指触上光滑柔软的睡裙,隔着一层轻薄的布料,左颜感受到了对方的体温。她猛地反应过来,连忙说道:"哦,我把这个给忘了,你等一下,我找套新的给你。"

左颜说着就要爬起来,旁边的人终于开了口:"不用了,你的我穿不了。"

花了三秒钟理解这句话的含义后,左颜一下子坐了起来,恼羞成怒地道:"我俩明明差不多。"

游安理睁开眼,几秒之后,翻过身面朝着她,语气平淡地开口:"我上次就教过你,不要在一眼就能被看穿的事情上撒谎,没有意义。"

左颜气得想骂人,别的事情先不说,这件事她可是半个字也没撒谎,同班的女生谁不羡慕她的身材比例。

"我只是看起来瘦而已,体型很好。"她耐着性子,一字一句地说着,认真且执着地捍卫着自己的尊严。

游安理不置可否地点了点头："你说是就是吧。"游安理说完就准备翻过身侧躺着，一副懒得再跟左颜争论的模样。

穿着睡裙的女人俯下身，细碎的短发从她额前垂落，散发着洗发水的清新气味。暖黄的灯光柔和了她的轮廓，似叹息，又似呢喃的声音在她耳边响起："左颜。"

左颜睁开了眼。视线里的天花板慢慢变得清晰之后，她猛地坐起来，身上的羽绒被顺势滑下来，清晨的冷空气冻得她一个哆嗦，整个人也清醒过来。

左颜鬼使神差地侧过头，看了眼床那头的另一个枕头。那里空荡荡的，没有人睡过的痕迹。她抬起手，一巴掌拍在额头上。

左颜下床去洗手间，迅速洗漱完。回到卧室里，她打开衣柜，一眼看到那几件还没来得及退的新衣服，心里又是一阵不痛快。她想也没想就取下一件连帽卫衣和休闲裤，三下五除二地换上后，站在全身镜前把刚吹干的头发扎成了马尾。

镜子里的人素面朝天，一身打扮很有学生气，再加上她的脸显年龄小，估计进校门都不会被门卫拦下。左颜很满意这身装扮，舒服方便，好干活。

他们公司里的低层职员以年轻人为主，平日里不怎么在意着装，只要不太寒酸就行。偶尔需要员工穿正装，公司也会提前通知。这三年来，左颜在公司里的穿着都是以舒适为主，就差把睡衣穿到办公室了。

她穿上一件大衣，拿起手机和挎包，出门之前，扫了眼阳台上晾着的那套衣服，这玩意以后大概是不会再穿了。

到公司又是踩着点打完卡，左颜一边把工作牌戴上，一边小跑着冲到电梯前，总算是赶在电梯门关上之前挤了进去。一个穿着黑色风衣的女人站在最前面，左颜没收住脚步，险些撞进对方怀里。

游安理抬手扶了下她，另一只手穿过她的身侧，按了电梯楼层。

电梯内黑压压一片，一些人注意到了她，左颜连忙退开半步，转身在一旁站好。

"早啊，游总监。"左颜故作自然地开口打了个招呼。

女人侧头看了她一眼，随后回答："早。"

电梯停了几次，陆陆续续出去了一些人，又进来了一些人。左颜和身边的人渐渐被挤到了最后面，电梯门再次关上，往更高的楼层而去。封闭狭窄的空间里空气不流通，左颜有些呼吸不畅，她向来讨厌这种人挤人的地方。

电梯里又进来了一批人，左颜前面的那个人被挤得往后一趔趄，她还没反应过来，身边的人已经伸出手抵住了那个人的后背，防止他撞过来。对方站稳后回过头，抱歉地笑了笑："不好意思。"

游安理收回手，没有回答。

终于到了事业部所在的楼层，电梯门一开，左颜率先走出电梯，呼出一口气。

身后传来高跟鞋踩在地砖上的声音，平缓而有节奏，却始终没有靠近她。

左颜和游安理似乎已经在无言间达成了一种默契，一前一后地穿过走廊，走到办公区的门口。在即将踏进办公室时，游安理先一步越过了她。

擦肩而过之际，左颜听见她用只有两人能听清的声音说："今天做得很好。"

穿着黑色风衣的女人走进办公室，留下左颜一个人愣在原地，半晌后，她掏出手机照了照自己的脸，素面朝天的脸上异常平静。

在座位上坐下时，左颜自嘲地想，要是哪天被公司辞退了，她也许能出一本《表情管理大师》来赚点钱。

她打开电脑，用手机登录了微信，把收藏夹里的文件包下载下来，开始做会议前的准备工作。

上一任总监从来没有开早会的习惯，日常会议也比较简略，大家拿着手机或者平板电脑看资料就行，这就导致整个部门的人在开会时很散漫。也难怪他们的业绩在三个事业部里一直"吊车尾"，年年被公司高层点名批评。这么一想，王总监被辞退一点也不冤，谁让他拿着丰厚的工资，却没做出半点成绩。

虽然明面上的说法是"因故离职"，但左颜和同事们心里都清楚，王总监就是得罪了人，又加上在职期间的成绩实在不怎么样，所以被公司高层舍弃了。起初大家以为是新来的总监走了关系，把王总监挤走的，毕竟离职和接任的整个过程十分简短，众人还没回过神就已经尘埃落定。不过，现在没几个人这么觉得了，因为昨天下班后，前台的周姐在群里发了一条爆炸性新闻。

"我问了大学同学，他现在在GK的华盛顿总部上班，那边确实有一个华人女高管离职了，年龄和离职时间都对得上。"

"不会吧？来头真的这么大？"

"她是被解聘了吗？这样的人才就算被解聘，回国也有一堆公司抢着要。"

"不是解聘，官方说法是离职，其实他们公司里的人都知道，就是跳槽了。"

"跳槽？跳到哪里？我们公司吗？"

"年度爆炸性新闻，我们公司给GK提鞋都不配，她为什么想不开啊？"

"万一人家只是钱赚够了，想换个轻松点的工作呢？至少咱们公司的食堂挺不错。"

……

左颜看完了昨天晚上遗漏的群消息，时间已经到了开会前五分钟，她立刻拿起资料和会议记录本，跟着同事们一起去了会议室。

这群人看起来跟以前一样懒散，走进会议室前还小声聊着昨晚扒出来的八卦。然而，一进会议室，看到里面已经打开了投影仪做好开会准备的女人，一群人不自觉地闭上了嘴，安静地坐好。

左颜知道自己来晚了，她动作飞快地将会议资料发下去，然后带着会议记录本走到角落里坐下，总算是没有耽搁时间。

游安理抬起手腕看了眼手表，没对他们的工作态度和时间观念发表意见，只是让人关上门，宣布会议开始。

时间还很早，会议室里时不时有人打哈欠揉眼睛，站在投影幕布前的女人抬起头，扫了眼那个眯着眼睛打瞌睡的人，手里的遥控笔在桌上敲了敲。

左颜握着签字笔的手一顿，很快回过神，保持着垂头的姿势，继续做会议记录。

打着瞌睡的人一个激灵，坐直了身体看过去，当对上那双平静的眼睛时，诡异地生出了一种正在上课的错觉。

游安理什么都没说，接着刚刚的内容继续讲。所有人都松了口气，剩下的时间里不敢再明目张胆地开小差了。游安理交代完了最后一件事，抬头说道："今天下班之前请每个人把自己的提案发到我的邮箱，具体要求刚刚已经讲过。好了，散会吧。"

会议室里的人都傻了，她却像没看见众人的表情一样，自顾自地收拾东西，准备离开会议室。左颜看着自己的会议记录本，不知道该不该感到庆幸。

她正想着，就听见那道清亮的声音叫了她的名字："左颜，到我办公室来一下。"

游安理说完，看着会议室里的其他人，又说道："最后一个离开的人记得关投影仪。"

左颜瞥了眼同事们茫然中带着崩溃的神情，内心竟然有了几分愉悦。她抱着自己的东西起身，加快脚步走出了会议室，走到了总监办公室门外。

游安理站在门外，正垂着头翻阅一份文件，左颜走过去时，她抬起头把文件递给旁边的一名员工，点头道："没问题了，交上去吧。"

游安理说完，看了眼走过来的左颜，转身推开办公室的门。

左颜顿了一下，跟在她身后走进了办公室。

总监办公室内变化很大，倒不是布局和摆设有改动，毕竟新主人才来了两天。左颜打量了一圈，发现以前堆得乱七八糟的东西全都收拾干净了，整个空间敞亮了不少，每个角落都整洁得像能随时迎接领导的视察一样。看来某人有些习惯无论过了多少年都不会变。

游安理脱下黑色风衣，挂在衣架上。她里面只穿了一件灰色羊毛针织衫，领口有些低，露出了一截锁骨。

这件有些日常的衣服配着白色长裤和高跟鞋，倒是比昨天看起来有人味了点。只是她身上好像从来没有暖色，就连神情与言语大多数时候也是冷冷的。

游安理从书柜里拿出一个文件夹翻看了一下，然后转身走过来，递给左颜："这个你拿去做一下电子版录入，会做吗？"

左颜接过来，点点头。这种手写的档案资料已经被淘汰了，现在公司里使用的都是电子版的，有标准的格式和模板。

游安理侧过身，伸手从办公桌上拿起一张打印纸递给她："这是你这周要完成的工作，我做了日程安排表，按着顺序一项项来做。"

左颜接过来扫了一眼，忍不住说道："这一周？我不一定能做完。"这人怎么尽逮着她一个人压榨，故意的吧？

游安理靠在办公桌的边沿，双手环抱着，平静地开口："放心，你做得完，毕竟这个部门里没人比你更闲。"

左颜还没被人这样当面说过，她忍了一下，可能是封闭的环境给了她底气，她到底没忍住，拒绝道："我还有很多事情要做，你找别人吧。"

游安理笑了笑，问："你说的很多事，是隔壁部门的很多事吗？"

左颜一噎，感觉自己被对方看透了。她尴尬得说不出话，想掉头离开，又拉不下面子。

游安理站直身子，将那张日程表放到她手中。这一次，左颜没办法再拒绝。

面前的女人放柔了声音："我相信你能做到。"

第二章

假如她没有遇上游安理

　　世人的无知与傲慢大多来自那一句"我以为"。

　　用这三个字去衡量得失,去解读人性,去改变与抉择,实在是很愚昧的行为。

　　可惜左颜明白这个道理时,已经是在失去了很多个春夏秋冬以后。

游安理这个人身上没有半点女人该有的柔软。在"悲惨"的前半个暑假里，左颜就清楚地认识到这一点。其实，在左颜从小到大接触的女性里，无论是长辈还是同辈，大部分都不是柔弱的性格，左颜自然也不是。

就拿孟年华女士来说吧，这个左颜生平最怕的女人，哪怕她的教育方式很严格，却从没有打骂过左颜，每一次都心平气和地和左颜讲道理，偶尔还会在左颜表现不错的时候化身温柔的慈母。因此，左颜打小就很清楚，女性是一种既柔又刚的生物，如果只有柔弱，那就会变成软弱，甚至懦弱。

游安理则是另一个"物种"。她那张脸太有欺骗性，看似无害，实则是一种危险生物。她头脑聪明，同时又很理智。明明生了一副好皮囊，她却一点脾气也没有，要知道，在左颜见过的漂亮女生里，没有一个是从不发脾气的。游安理和其他人都不一样。她就像在进化时做了自主选择，摒弃了柔软和脆弱，用强大的头脑和理性武装自己，成了一个行走在人间的冰冷"机器人"。

那年夏天，左颜迷上了高达动画片，所以她偷偷地用"机器人"的罗马音给游安理取了个绰号——萝卜头（Robot）。

八月一日，天气晴，气温高得能在地面上煎鸡蛋。

萝卜头在早上六点出了趟门，大概是去偷牛，还把牛吃了，空着手回来。这个仇我先记下了。

昨天晚上我偷偷点了一个比萨，里面加了双倍芝士，还加了美味的榴梿，非常好吃，就是送到的时候有点凉了。我用微波炉热了一下，刚热好就看到萝卜头站在楼梯上，问我是不是在厨房里放了个屁。

……

我发现她脖子上的瘀青差不多快没了，这勉强算一件好事，否则左先生下周回来看见，还要大惊小怪地让她去复查。

另：今天的午饭是咖喱土豆牛腩盖浇饭，趁萝卜头洗菜的时候，我偷换成了五倍辣黄咖喱，好吃得不行！孟年华女士说得对，我可能是个假的北方人。

回避

篇幅有限，老师下篇再见。

坐在窗边的女人翻了一页手里的书，平静地问："作业做完了？"

左颜迅速合上日记本，白了她一眼："关你什么事，现在是自习时间。"

游安理脸上还是一点表情都没有，像是无论怎么去招惹她都不生气一样。不过，左颜现在已经有了一点经验。这个女人其实蔫坏蔫坏的，不知道什么时候就会把你卖了。

左颜严重怀疑那次她故意放自己出去玩，就是因为知道孟年华女士晚上会提前回来，能来一出当场抓获的戏码。不过，怀疑归怀疑，这个女人是目前为止唯一一个会偶尔放她出去玩的家教，这个不争的事实让左颜开始动摇，万一下一个还不如这个家教呢？

在左颜摇摆不定的时候，美好的暑假已经过去了一半。

至于那天发生的事情，谁也没有告诉她起因、经过和结果，她也没有问，反正她早就习惯了。上小学五年级的时候，有整整半年时间她都住在爷爷家里，上下学有三个人接送，那期间她没见过自己老爸一面。

那时候左颜就已经明白，自己跟别的小朋友不一样，父母没有办法天天在家陪着她，而她不能过问的事情更是数不清。她只要健康平安地长大就好，这是全家人对她唯一的期望。对于游安理在家里住下来这件事，左颜比自己预想中接受得要快一点。

起初她是真的很讨厌这个女人，这种讨厌不仅来源于"被人管教"，还源于被一个与自己年龄相差不大的人碾压了。比起脸蛋和身材，两人也就四六开——游安理是四。左颜脸不红心不跳地想。论起智商，她长这么大第一次输得这么惨。

左颜本来对自己的智商很有自信，她只是讨厌上学，而不是傻，否则也不可能连着赶跑五个家教，还能不被孟年华女士揍一顿。

然而，游安理的出现让左颜开始怀疑人生——她真的是人类吗？

左颜心不在焉地用铅笔在练习册上画了个机器人，然后假装随意地扫了眼坐在窗边的人。

飘窗上铺着一张柔软的羊毛毯，短发女人侧坐着，翻着那本砖头一样厚的外文书，神情十分专注。左颜伸长了脖子去看书上的内容，当然，她根本看不懂。等看清了书上的文字后，她瞪大了眼睛，像看外星人一样看着游安理。昨天书里还是德文，今天变泰文了？

左颜低头看了眼自己画满了涂鸦的数学练习册，一时间悲从中来。人与人之间的差距怎么这么大呢？她的智商比不过游安理就算了，其他方面也在比较之下相形见绌。

左颜细想了一下，发现自游安理搬进来以后，家里的地板就没有再脏过。每次左颜用完浴室后都会乱放东西，等游安理洗漱完，她再进去上厕所，浴室里就又变得干净整洁，地砖上连水渍都没有。左颜偶尔去对面卧室里找她，她的房间总是整齐又清爽，不管何时都一样。

左颜再回自己的房间一看，脸皮再厚都发红了。让左颜彻底接受游安理的存在的，是后者做的饭菜。

其实连左颜爸妈都不知道，左颜不爱吃家政阿姨做的饭菜，因为她的嘴很刁。他们家的情况比较复杂，要找一个信得过的阿姨实在是很费劲。左颜上小学的时候，家里的阿姨几乎每个月都要换，后来左增岳调去了外省，没个几年回不来，情况才好了点。生活上的小小不如意，左颜从来不告诉父母，因为他们已经努力为她创造了舒适的生活环境，在自己的能力范围内做到了最好。

游安理在家里住下来的第一天，左增岳跟她签了一份劳务协议，当着左颜的面，以一个很合理的理由和薪酬让游安理点了头。左颜其实很想知道，到底是那一句"你需要一份安全且对得起你的能力的工作"打动了她，还是最后那句"颜颜一个人在家，生了病出了事都没人照顾她，叔叔现在只信得过你"说服了她。在之后的很长一段时间里，左颜都没好意思问出这个问题。在吃了游安理亲手做的饭菜后，左颜心里的那点别扭很快就烟消云散了。

这个假期在一天都没间断过的补习里走到了尾声。这是左颜自有记忆以来最难熬的一个暑假。没有电脑，没有游戏机，吃冰激凌都要请示，为了能出门，她都拉下脸去求游安理了，这该死的萝卜头就是不为所动。在开学前最后三天里，这份煎熬苦痛因为孟年华的一通电话达到了峰值。

"左颜,你是不是忘了告诉我一件事?"

大清早,左颜刚走进浴室准备刷牙,门外就走进来一个让她最近天天做噩梦的人。

"你这人说话怎么总喜欢拐弯抹角。"

她一口吐掉牙膏泡沫,打开水龙头冲洗着牙刷。

游安理看着她,不咸不淡地道:"刚刚阿姨给我打了电话,说你开学第一天有三门科目的考试,考试成绩会影响分班结果。"

左颜浑身一个激灵,抬起脑袋呆呆地看着她:"我忘了……"

左颜后悔了。她竟然觉得游安理这个女人没有脾气,这是她活了十七年来错得最离谱的一次。生气的游老师很可怕,但脸上依然没有任何表情。她甚至比平时更有耐心,讲题的速度更慢,讲得更仔细。

左颜被困在电脑桌前,做了一套又一套卷子,一张小脸上写满了"高兴"两个字。

她再一次见识到了游安理的脑子有多好使,她花了四十分钟才做完的卷子,游安理只需五分钟就能批改完。

"离及格还差二十分,再做一遍。"游安理平静地说完,又拿出一套试卷放在桌上。这套卷子是她出的,不知道复印了多少套。

左颜被折腾得没脾气了,她上午过了英语那关后,到现在已经做了将近四个小时的数学试卷。不停地答题,不停地做错,又不停地听游安理讲错题,她讨厌的知识被一股脑地塞进她的脑袋,她不知道自己的大脑"内存"还剩多少,但她知道自己的气是真的没剩几口了。偏偏游安理根本不给她放松的机会,就差按着她的脑袋让她做题了。

左颜埋着头,越做越悲愤,觉得自己长这么大从没这么委屈过。家里的人谁不是捧着她疼着她,只有游安理敢这样折腾她。可恶的游安理,该死的萝卜头!

左颜咬着嘴唇,用力吸了吸鼻子,继续跟大题做斗争。

她中午才吃了一碗饭,就被赶过来做卷子,现在饿得两眼发黑,但外面的天还瓦蓝瓦蓝的,离晚饭时间还远着呢。左颜又累又饿又困,抬起手抹了一把脸上的汗。

旁边的人看了她一眼，半响后，平静地说："做完这张卷子就吃饭。"

左颜得寸进尺地说道："现在就要吃。"

"做完这张。"对方半点不动摇。

左颜更难受了，刚刚她还能撑一撑，现在她只想把笔扔了。

游安理顿了一下："你做得完的，我相信你。"

安静的办公室里整洁敞亮，阳光从玻璃窗外倾泻下来，铺了满室的晨辉。游安理的乌黑长发如海藻般散落在肩上，干净的眉眼间似有冰雪融化的春水。

左颜忽然回神，抬手拍开她抚在自己头顶的手掌，拿着文件和日程表转过身，头也没回地走出了办公室。

游安理望着她匆匆离开的背影，笑了笑。

回到自己位置上的左颜神色如常，没有引起周围同事的关注，他们也没空关注她，全都因突如其来的工作安排而忙得焦头烂额。她打开电脑，翻开文件夹里的档案资料，新建了一份电子档案，目光却不自觉地落在那张日程安排表上。

其实仔细看下来，虽然每天都有好几项工作，但真的做起来并不复杂，只要上班时间不摸鱼，挨个做完就能按时下班。

谁让她是整个办公区里最闲的人呢。左颜翻了个白眼，一把将打印纸扔到抽屉里，开始做电子档案录入。她噼里啪啦地敲着键盘，将乱七八糟的事情都抛到脑后。什么事情都没有准时下班重要。

一旦专注地去做一件事，效率是一定能提高的。左颜上一次这么努力还是写毕业论文的时候。毕了业进入职场，顺利度过枯燥又千篇一律的实习生活后，她就大概摸清了生存套路，开始了长达三年的摸鱼生活。

一个小小的普通职员是没什么大的追求的，左颜也没有宏伟的志向，她在公司里最大的追求就是不得罪人，不捅娄子，不失去仅有的价值。这样能吃饱穿暖，还不劳神费力，可以说是她理想中的生活状态了。

可惜这一切却毁在了游安理这个女人的手上，就像她人生中最宝贵的那两个暑假一样。

下班时间，左颜准时收拾好东西，关了电脑，拿起挎包走出去。今天难得多了几个加班的人，不知道是自己的工作没做完，还是那份从天而降的"提案"没做完。

左颜走到电梯前，伸出手按了按钮，一边等电梯，一边小声地哼着歌。虽然今天连一个小时的鱼都没能摸到，但她现在心情很好。只要一想到未来这些人会被游安理折磨成什么样子，她就忍不住高兴。

和我共沉沦吧，亲爱的同志们！

准时下班的好处就是能错开地铁的高峰期，舒舒服服地坐着回家，这也是左颜舍不得失去这份工作的原因。现在朝九晚五的靠谱工作太难找了，她还不想太早进入拿命讨生活的阶段。左颜照旧从便利店里买了一份便当，提着东西回了家。她洗了个澡，换了身衣服，用微波炉加热买回来的速食便当，准备当作晚饭。

茶几上的手机突然振动起来，左颜放下刚热好的便当，走过去接了电话。她预约的快递来取件了。左颜让快递员在公寓楼下等一等，连忙回卧室把那几套衣服拿出来，挨个叠好装进收纳袋，然后换了鞋，拿起手机和钥匙出了门。

隔壁空了很久的房子竟然敞着大门，左颜路过时忍不住瞥了一眼，看见门口堆放着一堆纸箱子，有些惊讶地收回视线，进了电梯。这层楼的两套房子都是一个房东的，之前公司里一个女同事想租房子，让左颜帮忙问了问，房东还说打算把那套房子装修好后给女儿当嫁妆，怎么现在突然租出去了？

电梯到达一楼后，左颜回过神，抱着东西走出去。取件的快递员跟她算是认识，因为她经常冲动地买一些半点用处都没有的东西，拿到手第二天就会后悔，直接申请退货退款，让平台的合作快递过来取件。负责这片区域的一直是这个快递小哥，见到她，他只是腼腆地笑了笑，什么也没问，接过她的东西就开始打包。

左颜有点不好意思，开口说道："麻烦你了啊。"

快递小哥笑着说："没事，好了，你在后台付运费就行。"

他高高瘦瘦、皮肤黝黑，比大部分南方的男性要高出不少，站在左颜面前很有压迫感。

"谢了。"左颜点点头，转身进了公寓楼。

快递小哥将包裹放在车上，转头看了眼她的背影。

左颜对这种视线已经习惯了。来这边上大学的时候，她的身高在女生里太过显眼，她走到哪里都免不了被人打量。身材高挑的她穿什么都很好看，再加上她的一张脸很出挑，大学四年里被她拒绝过的追求者两只手都数不过来。

即使毕业之后她过得越来越糙，整日里素面朝天加一身休闲装，也还是会吸引一些只看脸的男生。好在她寄快递都是写的假名，点外卖则用的"刘先生"这种不起眼的称呼，备注里写一句"挂在门上就行"，以此省去麻烦、规避风险。

人在江湖飘，总得动动脑。左颜拿着手机和钥匙走出了电梯。

她边往家门口走，边想着饭桌上那份便当，天气这么冷，多半要重新热一遍了。

隔壁敞开的大门内，窸窸窣窣拆箱子的声音越来越清晰，左颜看了眼手机上的时间，在心里祈祷这位新邻居不要弄得太晚，因为这房子的隔音效果不好，而她的卧室与这边的房子只隔着一堵墙。不过，心里想的是一回事，面子上又是另一回事。

左颜很快切换到了社交模式，脸上挤出一点和善的表情，走到隔壁门口时停下来，开口说道："你好，我是隔壁的……"

一个女人抱着一堆书站起来，听见声音侧过头来，对上了左颜的目光。

"你好。"游安理平静地道。

左颜猛地往后退了一步，仰头看着大门上面的门牌号，是1101没错啊，大晚上的，真是见鬼了。

左颜的脑子还没重启，她的鼻子倒是从来没有罢工过，所以她闻到了熟悉的香味。真奇怪，时隔七年，她居然还能在一瞬间回忆起这个味道。

游安理仍穿着那件灰色的圆领羊毛针织衫，她抱着书，看着左颜的表情，忽然问道："吃过了吗？"

左颜想起桌上的那份便当，下意识地点了点头："吃过了。"

游安理笑了一声，又问："那还吃得下吗？"

"应该还吃得下。"左颜闻着那诱人的香味，一不留神就说出了心里话。她反应过来之后，一下子尴尬得想立刻冲回家里，再把门反锁上。

游安理什么也没说，她走到沙发旁的小书架边，一本本将书放好。

左颜站在门外，正犹豫着要不要找个借口溜了，里面的人这时转过身，看向她。

"进来吧，地板没拖，不用换鞋了。"

机会稍纵即逝，此刻如果退缩，气势上立马就输了。左颜在心底"啧"了一声，只得回答："那就打扰了。"

这套房子的格局与左颜住的那一套不太一样。明明是同样的面积，这套房子的室内设计有效利用了实用面积，让不到六十平方米的房子看起来宽敞得像八十平方米。

厨房是开放式的，一个吧台将厨房和客厅分隔开来，左颜侧头看了一眼，燃气灶上的锅正冒着热气，香味就是从锅里飘出来的。

这是她最爱吃的辣味黄咖喱，但她自己做不出这个味道，明明用的是同一个牌子的咖喱粉，可吃起来就是感觉少了点什么。刚毕业那会儿，为了省钱，她也不是没尝试过自己动手做，但很快她就明白了，有些事情真的不能勉强。

游安理回到厨房，打开水龙头洗了洗手，开口道："家里还没收拾好，我就只煮了咖喱土豆炖牛腩和米饭，冰箱里有喝的，你自己拿吧。"

左颜站在原地，本来还有一点拘束和尴尬，但游安理的语气和神情都太过自然，反而让她放下了心。

来都来了，先蹭顿饭再说。领导请下属吃饭不是天经地义的吗？

左颜便一点不客气地走到厨房的内置冰箱前，打开看了眼。好喝的东西还真不少，但都是冲泡热饮，让她有种上了当的感觉。拜托，冰箱不用来放冷饮，那还有什么存在的价值！

游安理像是能看出她心里在想什么一样，一边关掉火，一边说道："天气冷了，少喝凉的东西。"她说着，侧头看过来，"你的生理期还没结束吧？"

左颜刚腹诽了一句"你管得可真够宽的"，听见这句话，差点没拿稳手里的奶茶包。

她一把关上冰箱的门，转头去热饮机旁边拿了个杯子，当没听见一样，撕开了手里的奶茶包装。

游安理没再开口，洗好了两个盘子和餐勺，将米饭盛上，再浇上满满一大勺咖喱土豆炖牛腩，随后端起两个盘子走到吧台边，轻轻放下。

左颜好不容易平复了心情，将奶粉和茶包一起放在杯子里，掰了半块方糖扔进去，也不管这样是不是错误的冲奶茶方式，直接拿起马克杯去接水。她摸索了半天，愣是没搞懂那个热饮机该怎么放水。

一只手从她身后伸过来，灰色针织衫的袖口露出一截雪白的手腕，手指纤长，修剪整齐的指甲圆润干净。

游安理弯起食指钩出了放水的按钮，另一只手伸过来拿走她的杯子，接起了热水。

白色雾气在空气中弥漫开来，模糊了眼前的一片。

世人的无知与傲慢大多来自那一句"我以为"。

用这三个字去衡量得失，去解读人性，去改变与抉择，实在是很愚昧的行为。

可惜左颜明白这个道理时，已经是在失去了很多个春夏秋冬以后。

每个过来人都喜欢用玩笑般的口吻说一句："这都是成长的代价，不这样怎么长得大？"

左颜知道，其实她原本可以一辈子也不用长大——假如她没有遇上游安理的话。

高三的第一学期，在一阵兵荒马乱之中正式开启。左颜考完试回到家的时候可谓眉飞色舞、神采奕奕。她直接冲进游安理的卧室，也不管里面的人在做什么，兴高采烈地说："你到底是怎么做到的？太牛了，今天的题几乎都是你出过的，连答案我都记得！"

衣柜前的游安理顿了很久才继续将 T 恤套好。

"那看来你是全都做对了。"她语气冷淡地回了一句。

左颜一下子就闭上了嘴。她悻悻地看了游安理一眼,半晌后才回道:"应该吧……"

其实她心里很清楚,短短三天时间,她能死记硬背下来就不错了,遇到那些灵活变换的题型,她当场就现了原形。

游安理也没指望她能拿多少分,只要不被降到最差的班级去,自己的临时任务就算完成了。她关上衣柜的门,走到床边,拿起充满电的手机。

左颜这才意识到她刚刚是准备换衣服,走到她身后问:"你要出门吗?"

游安理一转头差点撞在她身上,抬起手用食指轻轻推开她的脑袋,让她把狭窄的过道让出来,然后径直往窗边走去。

左颜跟在她屁股后面,执着地问:"你要干吗去啊?都快吃晚饭了。"

"去一趟邮局。"游安理知道不回答她,她就能一直问下去。

左颜见她拿起了桌上的信封,眼珠子一转,凑到她身边说:"我跟你一起吧。"

游安理将信封装进单肩包里,没有回答。

"你出趟门再回来都不知道几点了,我们一起去办完事正好能吃顿饭,多省事啊。"左颜不死心地继续道。

游安理将单肩包挂在肩上,看了眼手表。

左颜一看就知道有戏,拉住游安理的手臂,一摇一晃地道:"我已经饿了,快点快点。"

游安理瞥了她一眼,语气平淡地回答:"比萨、炸鸡汉堡、烧烤火锅和麻辣烫,这些你就别想了。"

左颜差点破功变脸,但整个暑假下来她已经清楚了一件事,对付萝卜头,不能太强硬。于是,她点了点头,看起来乖巧极了。

游安理最后还是带着左颜一起出了门。左大小姐娇生惯养,直接打了辆车——开学前她回了趟爷爷家,瞒着孟年华女士拿到不少零花钱,现在底气十足。

游安理没有管她，反正等钱用完了，她就老实了。对一个没有理财意识的人来说，这个周期并不会很长。

左颜一路上都很躁动。她实在太久没有揣着钱出来玩了，整整一个暑假，不是做作业就是听课，连回爷爷家都只玩了半天就被游安理接了回来。

她爷爷也一反常态，不仅不留她，还让她"好好听游老师的话"，把她气得两眼一黑。现在终于能出来吃顿大餐，她就像个刚从监狱里出来的犯人一样，人还在车上坐着，心已经飞向了远方。

炸鸡汉堡、薯条、可乐、比萨、牛排……我来了！

然而，这个奔赴的过程有点漫长。开学第一天，路上堵车严重，她们光是到邮局就花了不少时间。好在邮局还没下班，左颜跟在游安理身后，看着她填好资料寄了信。

那封信是寄往美国的。左颜瞄了眼游安理填写的那行地址，悄悄记住了那几个单词，她晨读背单词的时候都没这么高的效率。游安理身上有很多谜团，就像游戏地图上的支线任务一样，搞得她的好奇心一天比一天强。

左颜这么想着，给自己的行为找了个说得过去的理由。

两人离开邮局时，天色也快暗下来了，绯红的云和深蓝色的天幕相接，快要融为一体。

游安理抬起手腕看了眼手表，正是晚饭的点。看着身边满脸写着"饿"字的人，她停下脚步，在街边拦了辆出租车，前往附近的商场。

左颜一听商场的名字，那里最好吃的几家店就在脑子里一个接一个地出现，她下意识地咽了咽口水，肚子也不争气地叫了起来。然而，到了商场下车后，游安理却没进商场的大门，而是径直往旁边的街口走去。

左颜没游安理腿长，小跑着跟在她后面，忙不迭地问："你去哪儿啊？商场入口在那边。"

"去吃饭。"游安理很平静地回答。

几分钟后，她停在一家中规中矩的菜馆外，左颜伸长脖子往里面看了眼，美梦一下子就破碎了。

"两位吃点什么？"穿着围裙的服务员笑着递过去一张菜单。

左颜神色怏怏地坐在椅子上，没有搭理她。

游安理跟服务员道了一声谢，接过菜单翻看起来。其他桌的客人喊了一声，服务员只能说了一句"两位点好之后叫我一声就行"就离开了。

游安理对她点了点头。菜馆里坐满了客人，谈笑声嘈杂又吵闹，听得左颜心烦气躁。说是出来下馆子，怎么还真的下"馆子"啊！她的炸鸡汉堡，她的薯条冰可乐，她的比萨牛排，终究是白期待了。

游安理拿着薄薄的菜单，在上面勾选了一道金沙玉米，又圈上一道酸菜粉丝汤，抬头看向她："你吃什么？"

"不吃。"左颜耷拉着脑袋，不想看她一眼。出门的时候，左颜还想着今天说什么也要饱餐一顿，结果出门之后还是被这女人牵着鼻子走，管这管那的，真烦人。

吃点快餐食品怎么了！它们就是好吃啊！有种她一辈子别吃。

游安理收回目光，抬手唤了一声，等服务员过来后，她把菜单和笔都递了过去："你好，就这一道菜、一道汤，还有一碗白米饭。谢谢。"

服务员有些迟疑地看了她们一眼，但还是点了点头，道："好的，请稍等。"

左颜抬起头，难以置信地看着面前的游安理。这女人居然真的不管她了！

菜馆里虽然总共就两三个服务员，但上菜的速度很快。一盘金灿灿的金沙玉米端上桌，服务员放下一碗白米饭，对游安理道："汤还要等几分钟，不好意思。"

游安理说了句"谢谢"，随后抽出一双筷子，端起了碗。左颜双手环抱在胸前，偏过头板着一张小脸，眼睛却老是忍不住往盘子里瞄。怎么闻起来那么香啊？不就是玉米吗，谁还没吃过了？但是真的好香啊。左颜的肚子又咕噜咕噜叫唤起来，她突然很庆幸这个馆子里特别吵，对面的人听不到。

游安理拿起白瓷勺舀了一勺玉米放到米饭上，慢条斯理地吃起来。

左颜从第一次跟她一起吃饭就发现了，这女人虽然家庭条件不好，但教养很好，吃饭的时候安静又规矩，不会发出一点声音。

她端着碗的姿势、拿筷子的手势都很像孟年华女士。左颜小时候怎么学都学不会，孟年华女士为了这件事没少折腾她。现在看着对面的人，左颜不得不承认她妈是对的。

白瓷勺在鸭蛋黄裹着的金黄玉米粒中一舀，盛了满满一勺。浓郁的香味扑了过来，左颜忍不住吞了吞口水。

游安理纤长白皙的手指握着勺柄，轻轻一扬，朝着她晃了晃。左颜的心和眼睛也跟着勺子开始晃。

游安理开口问："吃吗？"

左颜连忙点头，紧接着怕她没看见一样，出声道："吃！"

游安理笑了一声，将手上的勺子递给她。左颜想都不想就探出脑袋，张嘴一咬，含住了勺子。游安理动作一顿，目光落在了她的脸上。

左颜浑然不觉，把香酥咸甜的玉米粒都吞进了嘴里，脑袋缩回去的时候，就剩一个光秃秃的勺子了。她腮帮子一鼓一鼓的，吃得很香。

游安理没再开口，握着勺子的手也收了回来。

服务员端着汤过来的时候，还上了两道菜和一碗白米饭。左颜睁大了眼睛，看着桌上的回锅肉和炝炒藕丁，又看了一眼对面的游安理。她已经将勺子放在金沙玉米的盘子上，端起碗继续吃饭了。左颜也顾不上说话了，抽出一双筷子，端起米饭，美滋滋地吃了起来。

由于每道菜都太好吃了，左颜足足吃了两碗米饭，还喝了一碗酸菜粉丝汤。走出菜馆的时候，她的肚子撑得圆滚滚的。

游安理摇了摇头，带着她往附近的公园走去，边散步，边消食。

九月的第一天，余热还未消散，天色已经黑沉沉一片，街上灯火通明、人来人往。

公园附近最为热闹，左颜隔着老远就听见了跳广场舞的动静，音乐很"洗脑"，她听了不过几分钟就忍不住小声哼了起来，等意识到自己在干什么的时候，她又不耐烦地"啧"了一声。

游安理背着单肩包，走在人行道上，左颜慢悠悠地跟在她身后，抬头看着夜空中那一轮月亮，还怪亮的。说起来，中秋节好像快到了，也不知道这次孟年华女士能不能回家，左先生多半是指望不上了，他又去了外省，这个月恐怕都回不来了。

她正想着，走在前面的人忽然伸手抓住她，往人行道的里侧一拽。左颜还没回过神，一辆电瓶车就从她旁边飞速擦过。她一口气还没提上来就已经松了，有些不好意思地看了游安理一眼。

游安理没有说她。大多数时候，游安理都不是一个喜欢说教的人，尽管她现在的身份是一个老师。

接下来的一路上，游安理走在外侧，左颜老老实实地走在里侧，没再东看西看。

公园外面很热闹，有摆摊的，有跳广场舞的，有吃完饭出来散步的，还有一些鬼鬼祟祟不知道想干吗的。人多的地方总是鱼龙混杂，游安理抬手拉上了左颜的手腕，带着她穿过人群拥挤的地方，往公园里走去。

走过公园里的林荫道，经过湖边和凉亭，又路过了坐在树墩子上乘凉的老头们，左颜也消化得差不多了。她走得有点累了，便开始找能歇一歇脚的地方，结果一眼就看到了前面的两架秋千，连忙反手拽住游安理的手腕，往那边快步走去。

被她拉住的人没说什么，跟着她走到秋千面前。

左颜掏出纸巾擦了擦两架秋千，然后将纸巾揉成一团扔进旁边的垃圾桶，往秋千上面一坐。

吃饱喝足，又运动了一会儿，她整个人懒洋洋的，抬起手臂舒服地伸了个懒腰，继续看夜空中的月亮。

游安理坐在她旁边的秋千上，也抬头看着月亮。一时间，气氛很宁静。两人很少有安静相处的时候，而这些时候，基本都是一人看书，一人做作业或卷子，各做各的事。两人中一个话少，一个话多，另一个虽然话多，但说的都是废话，所以正常交流的次数也寥寥无几。

游安理望着夜幕上的那轮明月，忽然想起了住进左家的第一个晚上。那对她来说实在是一个不愿意回想的夜晚，原本她是这样以为的。直到她带着满身的伤痕躺在陌生的床上，准备迎接又一个不眠之夜时，睡在她身边的左颜却以一种分外粗暴的方式打乱了她的思绪。现在想来，那些令人啼笑皆非的话也许在让她感到好笑的同时，也让她生出了一种微妙的艳羡。

左颜和她是截然不同的人。家境是人生的起点，它能给予人的东西从来不只是衣食无忧。某些干净的、脆弱的、美丽的，都在这里生长开花。

"那个，如果我会错意了，你也别笑我，我就是想问问……"左颜又一次翻过身，用手指戳了戳她的背。

她闭着双眼，没有开口。

左颜自顾自地说："你那天明明知道……为什么还要去买药啊？"

为什么呢？其实她也想知道答案。明明知道那天左颜的父母会回家，也知道非常时期，一个搞不好就可能失去这份工作。她侧躺在床上，没有睁开眼。直到身后的人呼吸声慢慢平稳下来，她才开口回答："在笼子里关久了，鸟会生病。"

热水注入杯中，水汽散开，身侧的人愣在一边，像是忘了反应。

游安理松开按着热饮机的食指，放下手中的马克杯，看着左颜。从前的少女长高了、长大了，也学会了在钢铁森林里生存。

不过，游安理知道，她还在生病——一场长达七年的病。

游安理的气息对左颜来说应该是陌生的才对，毕竟距离上一次她们这样交谈已经过去了七年多。人的记忆往往不太可靠，那些消逝在岁月长河里的东西，她早就已经淡忘。她又一次自以为是地认为，她应该也忘记了关于游安理的一切。

直到马克杯中的袅袅白雾慢慢散去，水汽凝结在她的眼睫，几乎要从眼角坠落时，她才终于有了真实的感觉——从前的游安理真的回来了。

"饭要冷了。"游安理打破了沉默。

左颜的呼吸也跟着松开了。她点点头，拿起马克杯走向吧台，在高脚椅上坐下。

游安理看着她，片刻后才走过去，坐在她对面。这顿饭两个人吃得很安静。

期间的只言片语也都跟公司里的事情有关,至于私事,两人则是一字不提。

她们像普通同事一样吃饭聊天,然后简单道别。比起无声的回避,这更像一种默契。

关上门之后,游安理站在门后,听着门外的脚步声远去,开门关门的声音随后传来。

她抬手按了按眉心,有些疲倦地叹了一口气。高估自己的自控能力,实在是一件糟糕的事。

饭桌上的便当早已经冷透了。左颜盖上盒子,把便当塞进冰箱,随手收拾了一下,就进了浴室洗脸刷牙。平日里回到家吃完饭,她做的事情就是打开电脑或游戏机,但现在她已经两天没碰过这些东西了,洗漱完就只想躺在床上,也分不清到底是生理上的疲惫还是别的原因。左颜将头埋进枕头里,头发蹭得乱成了一团。

她久久静不下来,连带着昨晚梦到的一切也在脑海里翻涌。梦里的游安理和现实中的游安理几乎再次重叠……

左颜一个翻身从床上爬下来,坐到了电脑桌前。转移注意力一般是最有效的办法。

她打开电脑准备玩会儿游戏。一个小时后,她面无表情地操控着手柄打完最后一关,然后兴致缺缺地扔下了手柄。

一定是哪里出了问题。她焦躁地从电脑椅上站起来,在卧室里走来走去。

人的适应能力通常来说是很强大的,就一晚上的工夫,她居然已经心平气和地跟游安理一起吃了顿晚饭。烦死了,左颜暴躁地抓着头发,只觉得不痛快到了极点。都是游安理的错!

刚洗完澡的游安理打了个喷嚏,一边用毛巾擦着头发,一边走到吧台边坐下,打开了笔记本电脑。

时间正好到了十点整,一个视频通话打了过来,她点了接通。画面卡顿几秒后,出现了一张轮廓立体的脸,那头火红色的卷发在阳光下很是亮眼。

"嗨，安理，希望我没有打扰到你休息。"女人一开口，是带着伦敦腔的英文。

"没有，我刚刚搬完家。"游安理笑了笑，问道，"你过得怎么样，艾莉森？"

艾莉森将镜头转了转，对着周围的环境，回答道："如你所见，好得不得了。卡尔大概是担心我会跟你一起跑路，所以最近对我视如己出。"她用不太标准的发音说出了最后四个字。

游安理顿了一下，有些无奈地道："或许你是想说视如珍宝？"

"哦，对！你总是这么了解我。"艾莉森俏皮地抛了个媚眼。

时隔半个多月的叙旧没有持续太长时间，华盛顿此刻是美好的上午时分，艾莉森正在享受她的度假时光。

挂断电话之前，艾莉森终于想起了正事，开口道："哦对了，安理，你在这边的不动产我已经处理好了，这个月底应该能将钱转给你。"

游安理正要道谢，屏幕上的人又道："不过，我是说万一，如果你在那边不顺利，真的不考虑回来吗？你知道的，卡尔和我都想念着你。"

吧台上的马克杯还冒着热气，杯中的茶包漂浮在水面上，茶香缭绕。游安理擦着头发的动作停了下来，她只沉默了一瞬便开口回答："不会了，艾莉森。在华盛顿的每一天，我都想着要回来。"

早上七点半，手机闹钟"丁零零"地响着。左颜顶着鸡窝一样的头发，挣扎着从床上爬了起来。她裹着被子坐了半晌后，拍了拍脸，穿着睡衣，打着哈欠走进了浴室，打开水龙头用冷水洗了脸。脑子清醒之后，左颜抬头看了眼镜子，毫不意外地看见了两个巨大的黑眼圈，活像是半夜三更去偷牛了。就这副模样，谁都能一眼看出她昨晚没睡好。

左颜加快速度洗完脸刷了牙，又花了十分钟把头发洗干净，吹得半干。她回到卧室，正准备找出粉底和遮瑕给自己上个底妆，遮一遮过于明显的黑眼圈时，就听见门铃响了。

左颜愣了一下，一边走出卧室，一边想着谁会在这个时间来找她。房租上周就交了，水电费还没到时间，燃气费是什么时候交的来着？她暗自嘀咕着，就这么穿着睡衣踩着拖鞋，披散着还没吹干的头发，伸手拉开了大门。

"早。"站在门外的人也穿着一身睡衣，海藻般的长发散在肩上，一张脸干净白皙。

左颜看着她，半晌都没能反应过来。

游安理笑了笑，问道："吃早饭吗？"

第二次坐在那张吧台前时，左颜不由得产生了一个疑问。

我是怎么进来的？哦，当然是走进来的。

显然，问题不在这里。左颜穿着睡衣坐在高脚椅上，开始回忆进门之前的所有细节，试图找出一点蛛丝马迹。然而，厨房里那道在她视野里晃来晃去的身影扰乱了她的心思，她的视线停在那头乌黑的长卷发上，忘了移开。

在公司里第一次见到游安理时，左颜其实没办法在短时间内接受她回来了，还变成了自己的上司这个事实。可能是心存侥幸，也可能是对方的变化太大，她忍不住想，如果真的只是长得像呢？毕竟远在国外的人不可能突然出现在自己眼前。

然而，这个留着长发、衣着光鲜、看起来像模特的女人就是游安理。

左颜没有见过这样的游安理。在她的记忆中，游安理一直是干净的、简单的。齐肩短发和白T恤牛仔裤就是游安理的符号，还要加上那一本本从图书馆借来的砖头书。

在浮躁又离奇的社会大染缸里，游安理就像一个游离在外的新物种，聪明理智，强大且美丽。后来，这个美丽的物种拥有了人类的喜怒哀乐，她也依然是与众不同的。左颜总是固执地认为，游安理是她的青春里最重要的却缺失了的一块拼图。

开学后的日子比左颜想象中还要枯燥无味。班上的人几乎没有什么变化，左颜觉得无聊，偷偷摸出了手机，一边支起英语书挡在眼前，一边解锁了手机的屏幕。

左增岳向来是个赏罚分明的好同志，这次左颜在分班考试中顺利过关，他就托人买来刚刚发布的最新款智能手机，作为奖励。

左颜收到包裹的时候，已经开学二十多天了，正是闲得快要上房揭瓦的时候，拿到新手机后她简直高兴坏了。她最近的乐趣就是捣鼓新手机，并且每天给家里的那个人发骚扰短信。

"喂？在吗？今天晚上我要吃糖醋鱼。"

她一心二用，眼睛瞄着讲台上正在写板书的英语老师，手指飞快地在触控屏幕上打着字。一条短信发完，不等那边的人回复，她又编辑了一条新消息发过去。

"我早上洗的内衣好像还挂在浴室里，你帮我拿到阳台上去晒一下，谢啦！"

写完板书的英语老师转过身，锐利的目光往教室里一扫，左颜立刻放下手机，双手捧着书故作认真地看了起来。几分钟后，危险解除，她才又一次拿起手机，看了看短信收件箱。

没有未读信息。左颜"啧"了一声。

下课铃声响起，一群拿着饭盒蓄势待发的人已经准备冲出教室，英语老师用力拍了几下桌子，扯着嗓子把作业布置完了之后才宣布下课。

短短十几秒内，教室就空了一大半。左颜磨磨蹭蹭地收拾好书包，挂在肩上，等英语老师走出去之后，才掏出手机解锁，看着屏幕往外走。

"你在干什么？回复我，快点，游安理！"

"呼叫零幺，呼叫零幺，听到请回答。糖——醋——鱼——"

她噼里啪啦地打着字，一条条消息狂轰滥炸似的发了过去，却都石沉大海，连半个字的回复都没收到。

左颜一路低着头拿着手机打字，直到走到学校大门口，手机才振动了一下，一条新短信弹了出来："走路要看路。"

左颜脚步一顿，几秒之后，她猛地抬起头看向大门外。在车来人往的三中大门口，一道熟悉的身影站在那里。左颜拉了拉肩上的书包带，还没跑过去就已经笑了起来。

"你就不能先回复我吗？"她飞快跑到游安理面前，一张嘴就是抱怨。

游安理瞥了她一眼，转身先一步走出人群，等她跟上来后，才随口回道："太吵，手机开静音了。"

左颜一下子就听出来了："你嫌我吵？"

"你自己不觉得吗?"游安理头也没回地说。

左颜挥起拳头比画了几下,又不得不加快速度跟上她的脚步。啧,大长腿了不起啊。

"那我的糖醋鱼呢?"左颜一蹦一蹦地跑到她身侧,看着她的脸,得寸进尺地问。

游安理抬手把她拽到人行道上,自己走在外侧,然后回道:"没买,我刚刚下班。"

左颜知道开学后她又找了一份兼职,白天自己去学校上课,她就去上班。不过有些事情是不能刨根问底的,为什么要做两份兼职,为什么要给美国的大学寄信,这些都是别人的隐私。至少现在,左颜还没有权利过问。

左颜看了眼手机上的时间,开口道:"反正还早,我们现在去买呗。"

游安理侧头看了她一眼,只问了一句:"你确定?"

左颜点点头,对这句话有些不以为然,但很快她就知道游安理为什么这么问了。

傍晚的菜市场里满地都是脏水污渍和残余的菜叶,左颜捏着鼻子跟在游安理后面,看着她熟门熟路地往鱼腥味最重的地方走去,突然就有点后悔了,但现在让她说不买了,她又拉不下这个脸。

卖鱼摊位到处都是水,充气的水池子里游动着一条条鱼,有一条鱼突然甩了甩尾巴,"啪"地拍出水花。左颜吓得往旁边一跳,引来游安理一个淡淡的眼神。

游安理在这里显得游刃有余。她很快就挑好了鱼,让老板装进袋子,随后驾轻就熟地跟他砍价。左颜看着她,忽然发现这是自己从来没有见过的游安理。

从公交车上下来后,左颜走在回家的坡道上,难得沉默不语。游安理放缓速度,等她跟上来。左颜抬起头,看见在原地等自己的人,却没有跟上去。

"怎么了?"游安理问她。

左颜垂下头,踢开脚边的小石头,扭捏半天才低声问:"你是不是……很讨厌我啊?"

左颜从小就是个不会自卑的人。她一生下来就不愁吃喝，父母都是讲道理的知识分子，再加上爷爷奶奶那辈人对她的疼爱，堪称在生活质量、教育资源、原生家庭等多个方面都很"富足"。

　　让她产生自卑感是一件很困难的事情，十七年来也就她妈能做到。孟年华女士身为左颜最憧憬的"伟大的科学家"，会让她感到自卑实在是太正常不过。普通人能跟天才相提并论吗？在初中二年级的时候，左颜怀疑过自己是不是孟年华女士的亲生女儿，否则怎么会一点都没遗传到她的优良基因呢？

　　上了高中之后，左颜就看淡了。看着孟年华女士一年到头都回不了几次家的样子，左颜扪心自问，自己实在没有"为国家奉献一切"的思想觉悟，所以蠢材就蠢材吧，她外公留给她的遗产够她吃到下辈子了，累死累活的图什么？然而，她好不容易调整了自己的心态，才舒舒服服地过了两年高中生活，就猝不及防地遭受了新的打击。

　　游安理，一个只比她大了六岁、刚刚大学毕业的女人，一个无论智商还是生活中的方方面面都把她衬托成了小屁孩的女人。

　　左颜其实不是没有自知之明，只是从小到大天不怕地不怕地折腾惯了，没有人让她改变自己，也没有人拿高标准来要求她。就算严格如孟年华女士，对她的最大期望也不过是一句"好歹考上一所好大学"。

　　因此，在游安理出现之前，左颜从来没有反省过自己，一直心安理得地过着衣来伸手饭来张口的日子。她和游安理是截然不同的两个人，不仅家庭背景不同，在其他方面也是一个天上一个地下。

　　一开始左颜想不明白这些差距是怎么来的。开学以来，她看着游安理白天做兼职，回家后则照顾自己、给自己辅导功课，把每一分钟都用到极致，就只为了做两件事：赚钱和学习。

　　左颜慢慢就明白了。自己拥有的一切是父母和长辈们给的，游安理拥有的一切则是她拼尽全力抓在手里的。这样的游安理看着每天不思进取、惹是生非的自己，心情可想而知。

　　左颜垂着头，抬脚踢开了坡道上的小石子，突然感到很沮丧。她不知道自己为什么沮丧，但她就是很想问一问游安理："你是不是……

很讨厌我啊?"

游安理站在坡道的上方,手里提着刚从菜市场买的鱼。她看着面前的人,彼此的身高差因倾斜的坡道而被拉开得更大,此时此刻,女孩比她矮了小半个身子。

听见这句没头没尾的话,游安理只是顿了一下,很快便想明白了她在闹什么情绪。青春期的孩子总是敏感又脆弱,不然社会上也就不会有那么多叛逆的青少年了。不过,面前这个向来没心没肺的小姑娘倒是第一次产生这样的情绪。

游安理还在习惯性地分析着,身体却已经有了动作。左颜看见她那双笔直的长腿,忽然觉得有点紧张,甚至不敢抬头去看游安理。

游安理的声音比身影先一步抵达。

"讨厌你什么?"她平静地问。

左颜不自在地挠了挠耳朵,飞快地瞄了她一眼,又移开了目光。

她正想着该怎么回答,就听见面前的人再次开口:"讨厌你早上睡懒觉要敲三次门才起床,还是讨厌你每次用完浴室都会乱放牙刷和毛巾?洗完衣服就往浴室的架子上乱挂,内衣也是。"

左颜的脸"唰"地一下就红了,她差点跳起来让游安理赶紧闭嘴。

游安理继续说道:"吃饭的时候只挑肉不吃青菜,还生怕别人跟你抢。穿过的鞋丢得玄关到处都是,找不到的时候又大呼小叫发脾气。"

"哦,还有,"她拿出手机打开翻盖,按了几个键调出短信界面,递到左颜面前,"发消息的时候从来不管别人是不是在忙,一发就是几十条,活像个催债的,吵得我只能把手机调成静音。"

游安理关上手机塞进裤兜,静静地看着左颜红透了的脸,问道:"你说的是这些吗?"

左颜只想当场刨个坑把自己埋了。她上课偷看漫画爆笑出声的时候都没这么尴尬,被班主任罚站在办公室外面大声背课文的时候也没这么尴尬。她甚至没有想到,自己在游安理这里有这么多的"罪行"!比起尴尬,她现在更觉得沮丧,原来游安理这么讨厌她。她的脑袋低得都快埋到胸口了。

游安理忽然又一次开口:"如果是这些的话,没有。"

左颜一下子愣住了。她一时没反应过来，游安理却不给她更多的反应时间，转身继续往坡道上面走。眼看着游安理越走越远，左颜顾不得仔细想，连忙抓着肩上的书包追了上去。

"喂，你刚说什么？再说一遍啊。"

游安理置若罔闻地继续往前走，脚步逐渐变快。

左颜追在后面，大声嚷嚷着："游安理，你刚刚是不是说你不讨厌我？"

游安理都不理她，左颜却咧开了嘴，加快速度冲上去。左颜跑到了游安理跟前，转过身来一蹦一跳地在她前面倒退着走："我全听见了，你别想不认账。"

游安理瞥了她一眼，终于开口："走路要看路。"

"不要转移话题。"左颜甩了甩肩上快要滑落的书包，笑嘻嘻地说，"你好肉麻啊，说那么多，搞半天全是铺垫啊。"

夕阳快要坠落在远处的钢铁丛林之中，落日的余晖洒在身上，游安理懒得再搭理她，提着袋子一言不发地往家走。

左颜一扫刚刚的沮丧，在她面前叽叽喳喳地说了一路。到了家门口，左颜脚步一顿，回过头小声说道："那什么，我也不讨厌你。"左颜说完就飞快地跑进了院子，活像一只长着长腿的疯兔子。

游安理一怔，随即弯了弯唇角，走进院门。

"糖醋鱼好好吃，你一定也很想再吃一次吧，所以今天你去菜市场吗？

"哦对了，你们书店里有那什么王后考案吗？老师让买这个。

"打错了，是王后雄考案。我觉得这个对我来说没用啊。你在干吗？快回我。"

"喂？游安理在吗？游——安——理——"

……

在"游安理说不讨厌她"之后，左颜发动短信轰炸更加理直气壮了。她甚至变本加厉，每天早上一到学校就拿着手机发短信，一条接着一条，直到游安理回消息才罢休。在她这一番折腾下，手机基本上不到中午

回避

050

就没电关机了,为此她不得不带着移动电源出门,并坚持不懈地用多媒体的插线板给移动电源充电。可惜……

"您好,您的手机已欠费,请您及时续交话费。"左颜听着手机里传来的冰冷声音,感到前所未有的震惊。怎么会这样,她用手机的这两年来,从来没欠费过!

当初孟年华女士同意给她买手机的时候就警告过她:"手机不是用来给你上网的,话费要是超了,你就自己想办法。"当时左颜毫不在意,从来没把那句"话费套餐是最低档"放在心上,直到现在……

"真是最低档的套餐啊。"左颜趴在课桌上,整个人萎靡不振。欠费停机的手机跟一块板砖没有任何区别,连带着移动电源也变成了废铁一坨。她趴在桌子上像条毛毛虫一样扭来扭去,烦躁得嘴里直哼哼。

前桌的学习委员刚发完昨天的随堂考试卷子,回来就看见她这副样子,开口问:"你怎么了?"

左颜不耐烦地摆了摆手:"手机停机了,烦着呢,别叨叨。"

学习委员莫名其妙地看着她,问道:"小卖部里不是有话费充值卡吗?"

话音一落,左颜猛地站起身,睁着一双大眼睛盯着他。

"李明明,你今天变得好聪明!"

学习委员:"……"

左颜趁着最后的五分钟课间时间,冲刺一般跑下楼,去小卖部里买了话费充值卡。

她对这东西没什么概念,随便买了一张最大面额的,寻思着这样总能用很久了。在她没有意识到的时候,她兜里的零花钱就快要花完了。此刻的左颜心情很好,在话费充上之后,她几乎是满血复活,又有精神给游安理发短信了。

美中不足的是,一下午游安理都没回她消息。左颜守着手机直到放学,看着空荡荡的未读信箱,郁闷不已。

放学后,她第一个抓起书包冲出教室,跑到了学校门口,张望了老半天也没看见那个高高瘦瘦的身影,只能郁闷地坐上了校车。开学这个月以来,游安理除了偶尔下班时间晚,其他时候都会来接她放学。

左颜已经很长时间没坐校车回家了,现在再坐进车里,也不知道怎么回事,她觉得浑身别扭。亏她还怕游安理联系不上自己,马不停蹄地跑去充了话费,结果人家连条消息都没回过!

左颜闷闷不乐了一路,回到家的时候还拿院子外的铁门撒气,一脚将没锁的门踹开。这要是让她妈看见,她准没好果子吃。不过,她现在就是想发脾气,谁劝都不好使。可恶的游安理,该死的萝卜头!

左颜垂着头踢掉了脚上的运动鞋,抓着书包直接往二楼走。她回到卧室扔下书包,回来的路上热出了一身汗,搞得她身上不舒服,索性找了套睡衣出来,直奔浴室。

二楼安安静静的,对面卧室的门虚掩着,左颜也没在意,直接打开了浴室的门。

一进门她就觉得哪里不对,看见淋浴间的磨砂玻璃门上的白雾和水汽后,有些迟疑地走过去,开口道:"游安理,你是不是在里面?"

半晌之后,淋浴间里才传来一声回应,声音小得几乎让人以为是错觉。

左颜不知道自己该不该出去,因为游安理的声音听起来不太正常。就在她犹豫不决的时候,里面的人再一次出声道:"左颜。"

"嗯?"左颜连忙抬起头,下意识地走到淋浴间的门口。

游安理的声音很轻,仿佛说一句话都很费力:"你进来扶我一下。"

左颜吓傻了。她反应过来后,一把丢开手里的睡衣,急忙推开了玻璃门。

淋浴间里满是水雾,视野里朦胧一片。裹着浴袍的游安理跌坐在浴室的黑色地砖上,听见开门的声音,她抬头看了过去,湿发凌乱地贴在脸上……

左颜飞快地跑过去蹲在她面前,但又无从下手:"你摔了吗?摔到哪儿了?要不要我打电话……"

"没事。"游安理打断了她的话,抬起手臂放在她肩上,"你撑着我就行了,我能站起来。"

游安理伸出双臂圈住她的肩膀,借力撑起了身,但两人的身高差距摆在那里,游安理还没站起来,就一个不稳又要往地上摔去。左颜慌慌张张地用双手抱住了游安理的腰，没让她再摔一跤。

游安理低低喘了口气，努力让自己站稳了。她脸上难掩疲惫，轻声道："你扶我到浴缸那边就好。"

"哦，哦。"

左颜回过神来，把她扶到了浴缸边，小心翼翼地让她在浴缸上坐下后，这才悄悄松了口气。

淋浴间里响起了水声，左颜站在玻璃门外，一边揪住自己湿透了的校服，一边问："你怎么会摔跤啊？真的不去医院吗？"

游安理的声音一如既往的平静："低血糖，早上起来有点感冒了。"

左颜已经习惯了从她简短的话里提取信息。

"那你头还晕吗？"她问。

游安理的动作一顿，片刻后她才回答："不晕了。"

骗人。左颜拧着眉头，没有戳穿她。游安理这个人自尊心极强。

左颜挠了挠耳朵，最后还是开口道："要帮忙再叫我。"

游安理这一跤其实摔得不轻，而她看起来也绝对不是低血糖和小感冒。虽然她嘴上说着没事，也坚持不去医院，但有些事情不是想假装就能混过去的。

不过，两人有些地方很相似，比如倔脾气和自尊心极强。左颜不是她的亲人朋友，没有立场说什么，只能暂时充当她的专属人形拐杖。

听见淋浴间里的水声停了，左颜抬手擦了擦脸上的汗，一边用手扇着风给自己降温，一边侧过头看了看旁边架子上的睡衣，开口问："我把衣服给你拿进去？"

片刻之后，里面的人才应了一声。

左颜拿起睡衣，转身走到磨砂玻璃门前，踌躇着敲了敲门。

"那我进来了？"

"进来吧。"游安理的声音已经恢复了往日里的平淡。

侧坐在浴缸上的人光着脚，脚踝明显肿了起来。

"你的衣服。"左颜盯着自己的脚，把手里的衣服递给她。

053

等面前的人接过去后,她才挠挠耳朵,小声问:"要我帮你吗?"

游安理裹着浴巾坐在浴缸上,听见这句话后,抬头瞥了她一眼,回答道:"不用了,你转过身去。"

左颜"哦"了一声,转过身背对着她。

"好了。"游安理穿上睡裙,开口道。

左颜这才转回身,正要抬手去帮她,突然想起什么,开口道:"你等我一下。"

她走到门口,把外面的拖鞋拿进来,然后蹲下来,手触碰到游安理的脚腕,避开伤到的地方,轻轻托住。

游安理一怔,看着蹲在地上的人,没有出声。

左颜帮她穿好了鞋才站起身,伸手去扶她。

坐在浴缸上的人顿了一下,左颜撑着她的身体,搀扶着她一点点站起来,然后缓慢地挪出了浴室。

短短的一条走廊,两个人走了好几分钟,左颜却觉得好像远远不止几分钟。小心翼翼地将游安理放在床上后,左颜才彻底松了口气。

她起身打量了一下这个过于干净的房间,很快就找到了让游安理感冒的真正元凶。

"都快十月了,你晚上就盖这个睡觉?"左颜抓起叠好的薄被,这还是自己的床上用品,当时来不及买新的,就随便找了一套出来给她暂时用一用,后来忙着忙着就忘记了这件事。左颜想到这里,一下子心虚起来,刚出口的那句话的气势也瞬间弱了下去。

孟年华女士早就交代过,让她去置办一些日用品给游安理,为此还特别准许她动用鞋柜上的"储备金"。

游安理抬手捂住嘴,打了个哈欠,低声回答:"这两天不冷。"

"是不冷,也就冻感冒的程度而已。"左颜听得来气,忍不住白了她一眼,又蹲下去看了看她的伤。

睡裙刚好遮住了膝盖上的淤青,左颜不方便掀开看,只能看了下她的脚踝。白得反光的肌肤上肿了一大片,看起来很吓人。左颜没敢去触碰,只说了一句:"我去楼下找找药,感冒冲剂和跌打药酒应该都还有。"

回避

054

游安理半垂着眼，闻言只应了一声，带着鼻音的一个短音节，比平日里柔软了很多。

左颜听见这声音，不由得抬头看向她。她看起来快要睡着了，干净又苍白的脸上是遮盖不住的疲倦，也不知道每天忙到了什么程度。

正想着，左颜突然愣了一下。游安理有多忙，她不是最清楚吗？每天早上七点游安理就做好了早饭，来楼上叫自己起床，一次两次是叫不起来的，起码得叫三次。等吃过了饭，自己出门上学了，她还要收拾一番，才能出门坐车去书店上班。

下午就算准时下了班，游安理还要买菜和接自己放学，然后回家做饭、打扫卫生、收拾厨房。晚上睡觉之前，她还要花一个半小时辅导功课，而这原本才是她在这里的本职工作。她拿着补习老师的薪酬，却把家政阿姨的工作也做了。

左颜抿了抿唇，沉默地站起来，轻手轻脚地走出了房间。她下了楼，先去饮水机前接了一杯热水，然后找出药箱，仔细地翻着里面满满当当的药盒。家里的常备药很多，就是为了应对突发情况。左颜还小的时候，家政阿姨会住在家里照顾她，她上了高中后，孟年华有意锻炼她的自理能力，家政阿姨就隔一段时间来做清洁，不再将她照顾得无微不至。

诸如生个小病之类的事情，左颜已经能做到自己吃药解决了，要知道在她小时候，都是她妈给她灌药，还得灌两三次才行。她现在每次喝药的时候都得矫情地感叹一句："一个人长大就是从主动吃药开始的。"直到今天左颜才发现，在游安理面前，她仍是一个小屁孩，一个只会给人添麻烦的讨厌鬼。

泡好了感冒冲剂，左颜端着杯子，拿着一瓶跌打药酒，回到了二楼。房间里，游安理靠在床头，好像已经睡着了。左颜停在门口，不知道该不该叫醒她，因为她看起来真的很累。

似乎是听到了动静，坐靠在床上的人慢慢睁开眼，看了过来。左颜回过神，连忙走过去，把杯子递到她面前："把药喝了再睡吧。"

游安理半睁着眼睛，听见左颜的话，还是给出了反应。她俯身凑过去，张口含住杯沿，一口一口地喝起了药。

左颜端着水杯，站在原地看着她。

感冒冲剂的味道飘散在房间里，喝完药的人已经靠在床头睡着了。

左颜听着她轻柔而平缓的呼吸声，不自觉地放轻了动作，将杯子搁在床头柜上。近距离看着这张脸，左颜才发现，游安理睡着的样子比醒着的时候无害得多。其实大多数时候她都是不具备攻击性的，只是擅长用疏离和淡漠筑起高墙，把其他人都挡在这堵墙外。因此，即使她在平日里看起来没有脾气，也让人觉得难以接近。

现在，她在绵长的呼吸里闭着眼，干净而姣好的脸上没有了修饰与伪装，才会看起来如此柔软。

左颜收回目光，蹲下了身子。她拆了药酒的盒子，拧开瓶盖，倒了一点刺鼻的酒液在手指上。这东西怎么用她是知道的，但给别人涂还是第一次。以前她摔到磕到，都是她爸给她上药，一边揉着，一边取笑她是个混世小魔王，以后肯定没有男孩子敢喜欢她。

一语成谶。说出来恐怕没人相信，她这种真正的白富美，居然连封情书都没收到过，也不知道是不是命中与桃花无缘。

左颜漫无边际地想着，伸手抬起床上的一条雪白长腿，小心地捧起伤得最严重的脚腕，另一只涂着药酒的手贴上了那片红肿，慢慢将指腹上的酒液涂抹开，然后一点一点地揉搓起来。印象里她爸就是这么揉的，每次上完药揉个几分钟，她就会好得稍微快一点。她现在多揉几分钟，肯定会好得更快。

左颜这样想着，耐心地将游安理脚上的每一处淤青和红肿都上了药。

她拍了拍手掌，起身打算收拾东西离开。蹲久了的双腿早已经没了知觉，她毫无准备，一个趔趄就要四脚朝天地摔下去，慌乱中只能拼命稳着身体，谁知用力过猛，她没能收住力道，又猛地往前面栽了下去。

左颜一头栽在了床上，鼻子和嘴巴都被布料堵住了，差点背过气去。

游安理还闭着眼，只微微蹙眉，看上去没有要醒来的迹象。左颜这才松了口气，轻手轻脚地撑着床沿站起身，暗自祈祷千万别再搞出什么动静。

回避

她双腿一阵发麻,还来不及站稳就又摔在了床上,她脑子卡壳了,好一会儿都没想明白发生了什么。

房间里静悄悄的,只剩下游安理的呼吸声,频率和刚才相比没有变化,她还没醒。

意识到这一点之后,左颜松了口气,但她现在不敢再动了,再这么折腾,游安理肯定会被她吵醒的。

她趴久了也困了,索性踢掉了拖鞋,伸长手臂拉过旁边的薄被,严严实实地盖在自己和游安理的身上。睡觉的时候一定要盖被子,不然会感冒。

游安理醒来时,睁开眼看到的就是一颗毛茸茸的脑袋。她愣了半晌,才终于确定了这个脑袋是从哪里来的。

游安理看着她,从她和自己身上闻到了药酒的味道,这气味充斥着整个房间,有点呛鼻子,腿上和脚腕上的疼痛似乎也随着药酒的气味而淡了些。

睡梦中的女孩动了动嘴,不知道梦到了什么,还咽了咽口水。

夜很长,游安理打了个哈欠,再一次合上了双眼。

左颜做了个很美的梦。她在梦里吃到了世界上最好吃的东西。但这个东西太大了,她怎么也搬不动。她急得脑门冒汗,围着那东西团团转,使出了吃奶的力气也没能搬动,气得一屁股坐在地上。

就在这时候,有人突然开口说话了。

"有这么好吃吗?"声音清亮,语气平淡,像是游安理的声音。

左颜一下子从梦中吓醒了。入眼的天花板很陌生,她懵头懵脑地看了好半天,才想起来这是游安理的卧室。刚做的梦又钻进脑子里,左颜手忙脚乱地从床上爬起来,一看床上已经没了人,一颗心才落回了原地。

下一秒,她又急匆匆跳下床,穿上拖鞋跑出了卧室。

浴室里隐隐约约传出水声,左颜一路跑过去,敲了敲门,急急地问:"你是怎么下床的?脚没事了吗?"

水声过了一会儿才停下,游安理的声音从门后传来:"左脚伤得不重,已经能走了。"

左脚确实伤得不重,但右脚快废了。

左颜腹诽了一句,忍住心中的烦躁,继续问道:"洗完了吗?我进去扶你。"

听见游安理应了一声,她直接打开浴室的门,走了进去。

穿着睡裙的人站在洗漱台前,刚刚摆好牙刷和杯子,左颜走过去扶住她,拿起她的手臂放在自己的肩上。

两个人的身体刚一贴上,牙膏的薄荷香味就钻进了左颜的鼻子里。明明她每天早上也是用的这支牙膏,现在却突然觉得味道变得不太一样了。要说具体哪里不一样,她又说不上来。

左颜扶着游安理,一步一步地把她带回了卧室。左颜看她能站稳了,才稍微放心了,对她说:"我先去洗洗,你要是有事就叫我。"

站在衣柜前的人神色平静,闻言点了点头。

左颜觉得游安理今天有点怪,但又没能从她脸上看出哪里不对劲,只能挠了挠耳朵,转身走出房间,顺便带上了门。

待左颜的脚步声远去后,游安理才拉开衣柜,抬手脱掉了身上的睡裙。

柜门内侧贴着一面镜子,映出了她略显纤弱的身形。游安理转过身背对着镜子,看了许久……也不知道左颜到底梦到了什么好吃的。

左颜花了最短的时间梳好头发,洗漱完后直接把牙刷往杯子里一扔就准备走出浴室。突然,她脚步一顿,转身拿起牙刷和杯子,把它们放回原位,确认跟之前摆放的位置一样后,她才点了点头,离开浴室。

走廊上全是自窗外洒进来的晨光,左颜一路小跑着回了卧室,抱起床上的羽绒被,又踩着拖鞋"啪嗒啪嗒"地跑了出去,来到对面房间的门口。

"你换完衣服了吗?"左颜扯着嗓子问了一句。

"进来吧。"游安理的声音从房间里传来。

左颜腾出一只手打开了房门,然后抱着快掉下去的被子往上抖了抖,风风火火地进了房间。

"盖这个就不冷了。"她一边说着,一边把被子扔在游安理的床上,带起了一阵风。

游安理坐在床边,刚叠好换下来的睡裙,她侧头看了看床上的粉蓝色被子。

"那你晚上盖什么?"她问。

左颜无所谓地耸了耸肩。

"我那里还有一床毛毯,兔毛的,很暖和,加上你这边的这床薄被,足够了。"她说完就一把抱起床上叠好了的薄被。

游安理闻言瞥了她一眼,片刻后才开口:"兔毛的确很暖和。"

左颜抱紧了被子,被她看得有点不自在:"我先回去换衣服,你在这里坐着不要动。"

游安理不置可否。扎着马尾的小姑娘又风风火火地跑出了房间,一大早的,真有精神。

左颜将薄被放在自己的床上,找出居家服换上,然后抱着睡衣出来,进了游安理的房间:"你换下来的衣服呢,给我吧。"

游安理抬手把睡裙递给她。

"谢谢。"她道。

左颜摸着那单薄的布料,发现购物车里要买的东西又多了一件。

她拿着两个人的衣服去了浴室,一股脑塞进滚筒洗衣机里,倒上洗衣液,按下开关,然后直奔游安理的卧室,来去自如得像进自己的房间。

床上的人正在涂药酒,左颜看见那青紫色的一片,忍不住"嘶"了一声。真不知道她是怎么摔成这样的。

左颜站在旁边,一直等到她给膝盖上的伤涂完了药。见她弯下腰费力地去给小腿上的淤青涂药酒,左颜直接走过去抢走了她手里的药酒瓶。

"你这样磨磨蹭蹭的,得弄到什么时候。"

左颜嘟囔了一句,一屁股在游安理旁边坐下,然后轻轻抱起她的小腿放在自己的膝盖上。

059

游安理动作一顿,没有说话,也没有拒绝。

左颜垂着头,仔仔细细地给她的小腿抹上药,用手指揉着瘀血。可怎么还带着点似曾相识的感觉……

左颜想着想着,心脏突然猛跳了一下,她昨晚做梦不会把萝卜头的腿啃了吧?

不至于不至于,她就算昨晚没吃饭饿得慌,也分得清什么是吃的,什么不是。

左颜一边安慰自己,一边又忍不住心虚起来,偷偷用余光瞄了眼游安理。

见游安理神色如常,她稍稍安了心,然后埋着头不着痕迹地打量着游安理的小腿,试图从上面找到蛛丝马迹,等她全部检查了一遍,发现没有任何奇怪的地方后,总算松了口气,太好了,这个人她还没有丢。

咦?她为什么要说"还"?

"左颜。"身边的人忽然出声,打断了她的思绪。

"啊?"左颜下意识地回过头看向她。

游安理面色平静地点了点下巴,对她道:"你的手。"

左颜欲盖弥彰一般拿起药酒往手里倒,状似认真地继续给她的脚腕上药,头却越埋越低。

左颜最后是火烧屁股一样逃出了游安理的房间。

她甚至不敢在二楼多待一秒,迅速跑下了楼,直奔厨房,打开冰箱,把自己的头塞进冷藏室。整套动作行云流水,一气呵成。

冷空气给她快要沸腾的脑子降了温,她终于后知后觉地反应过来——好你个萝卜头,平时看着老老实实的,原来这才是你的真面目!

左颜心中冒出一股火气,顿时恶向胆边生,立刻从冰箱里收回头,"啪"的一声关上冰箱门,冲到旁边抓起一个平底锅,然后洗了个干净。

她要做一顿美味的早餐,把萝卜头喂成胖萝卜头,最好是胖得没有人喜欢,否则难解她心头之怒。

然而，现实往往不尽如人意。在左颜同学好不容易分清盐巴和白砂糖之后，平底锅里的煎蛋已经散发出煳味了。她大叫着冲过去，刚把火关了，旁边的小奶锅又"噗"地溢出了大半锅牛奶。左颜慌慌张张地端起小奶锅，飞快地往旁边的台子上一放，然后呼着气用力吹自己被烫到的手指。

短短十来分钟，厨房里就乱成了一团，活像被人洗劫了一番。

左颜郁闷地拿起抹布，一边擦着灶台上的牛奶，一边感到困惑。在游安理住进来之前，她的早餐和晚餐都是家政阿姨准时来家里做好，她在旁边观摩过好几次，感觉非常简单，所以对做饭充满了自信。结果今天第一次下厨，她就惨遭厨艺生涯的滑铁卢。

"这是什么？"坐在床边的人看着小方桌上的餐盘，平静地开口问。

"煎蛋。"左颜有气无力地回答。

"那这个呢？"游安理戳了戳盘子里那根黑乎乎的长条物体。

左颜耷拉着脑袋，声音越来越小："煎香肠。"

游安理点了点头，握起餐叉将香肠叉起来，送到嘴边咬了一小口。

她慢条斯理地咀嚼着，时间越长，左颜的头垂得越低，像个等待法官宣判的犯罪嫌疑人。

游安理吞下那口香肠，端起牛奶喝了一口，开口道："味道不错。"

左颜一下子抬起头，目光炯炯地看着游安理，像要从她脸上找到说谎的证据。

游安理举起餐叉，将香肠送到她嘴边："不信你自己尝尝。"

左颜盯着她的眼睛，张嘴咬了一口。香肠十分焦脆，紧实的肠衣裹着咸香的肉肠，肉很有嚼劲，带着一点黑胡椒的味道，相比看起来的样子，味道竟然真的还不错。左颜的眼睛一下子就亮了，她就说嘛，做菜对她来说简直小菜一碟！

游安理笑了笑，收回手，继续吃着这份专属于她的早餐。

左颜看着她脸上一闪而过的笑容，不由得怔了怔，真奇怪，以前她怎么没有发现游安理长得这么好看。一双眼睛又大又亮，眼角微微上翘，睫毛长长的卷卷的，像个混血儿。鼻子小巧玲珑，从侧面看能看到挺直的鼻梁，精致得像整容医生拿尺子量着做出来的……

"怎么了？"游安理喝掉最后两口热牛奶，放下杯子看向左颜。

左颜立马起身走过去，开始收拾小方桌上的餐盘和杯子："我去洗碗，你记得打电话请假，这两天你不能出门，如果你不想去医院的话。"

她生硬地转移了话题，回避着刚才的问题。游安理的目光在她脸上停留了半晌，见她垂着头不说话，便点了点头。

左颜端着盘子和杯子飞快地走出房间，然后直奔厨房。房间里少了一个人之后，一下子就安静下来。

游安理看了眼架在床上的小方桌，也不知道她是从哪里翻出来的，还美其名曰"懒人必备"。

她腿上盖着一床粉蓝色的羽绒被，隐隐能闻到一点独属于少女的香味，她突然回过神来，才发觉自己的房间里已经满是另一个人的味道。

游安理想起了昨天晚上发生的事情。也许在昨天之前，她对左颜的容忍度有一个"上限"。现在，看不见的"上限"似乎已经消失。就当还人情吧，毕竟在这个世上，最难还清的就是人情债。

左颜洗完了餐具和锅具，又手忙脚乱地收拾好厨房，才体会到平时看起来简单的事情是多么麻烦。她愤愤不平地想，这样一看，萝卜头就显得更厉害了。

她是个忘性大的人，在要紧的事情面前，大脑会自动把其他琐事屏蔽。现在她想起了昨天没来得及做的事，立刻把刚刚发生的那些"小闹剧"抛到了脑后。

左颜喝了一杯热牛奶，又吃了几片白吐司填饱肚子，洗完杯子后就风风火火地踩着拖鞋跑上了二楼。

回到自己的房间，左颜打开了电脑，这玩意还是开学的考试成绩出来之后，她妈让人送回来的。

暑假期间，左颜差点把家里的院子掘地三尺，死活找不到游戏机和电脑藏在哪里。她怎么也想不到，这些东西压根就没放在家里，孟年华真是好狠一女的。

左颜跷着腿，飞快地打开网页，登录网购平台，开始往购物车里加东西。鞋柜上的"储备金"很充足，所以她挑的时候只看牌子和质量，完全不考虑价格，反正收到货后，就骗萝卜头说是地摊货。

左颜哼着小曲，选了一床暖和的羽绒被，又选了两套珊瑚绒睡衣。下单之前，她想起自己衣柜里的那套卡通睡衣，小脑瓜一转，又把珊瑚绒睡衣的数量加了一套，两套是浅灰色，一套是浅蓝色。

她选完这些后，又在网上逛了会儿，将一些杂七杂八的东西放进购物车，最后一键下单，选择了线下结账。做完这件事，左颜心里的那块大石头才算是落了地。

她心情舒畅地关了电脑，又跑去了对面的房间。游安理正坐在床边看书，听见脚步声，头也没抬地问："作业做了吗？"

左颜脚步一顿，"啧"了一声。讨厌鬼萝卜头，真会给她添堵。

她满脸不高兴地说："谁周六早上做作业啊？"

游安理抬头看向她，回答道："我上学的时候都是周五晚上做完作业。"

"那你不也没在周六做吗？"左颜双手叉腰，理直气壮地说，"跟我有什么区别。"

游安理："……"

煎蛋的香气从吧台对面的厨房里飘出来，扑了满鼻。左颜回过神，从回忆里抽身。真令人惊讶，在这个上了锁落满灰尘的箱子里，所有的胶卷竟然还是崭新的，一旦被打开，就是一场场清晰的"昨日重现"。

粉蓝色的餐盘被轻轻放在了吧台上。

"我刚搬来，家里暂时只有这些东西能吃。"游安理的声音在她耳边响起。

左颜垂头看着那份早餐，煎得金黄的荷包蛋配着煎香肠，香软的白吐司上面淋了一点蛋黄酱作为调味，是她最爱吃的口味。

这些年来，她做的东西已经不会煳了，味道也是能吃的程度。不过，一个人做饭，再一个人吃完、收拾厨房，耗费的时间总是让人觉得不划算。

因此，她选择最简单省事的便当和快餐，这样至少让她看起来像个忙碌的都市女性，而不是可怜的孤家寡人。

"谢谢。"左颜开口说了一句，始终没有抬头去看她。

游安理的目光在左颜身上停留了片刻，随后才道："不客气。"

她转身走到灶台前，拿起小奶锅，往一对马克杯里倒热牛奶。这是新鲜的生牛乳，昨晚订的，今天早上才送到。游安理扔了半块方糖到粉蓝色的马克杯里，用咖啡勺搅拌好，才端起两个杯子回到吧台。

"热牛奶可以吗？"游安理将粉蓝色的马克杯递给她。

左颜连忙双手接过杯子，点头道："可以，谢谢。"

游安理端着自己的杯子，在她对面坐下。

左颜察觉到了自己的过度拘谨，端起杯子吹了吹牛奶上漂浮的一层奶皮，用喝牛奶的动作来掩盖自己的尴尬。其实她到现在都没想明白，为什么游安理只是问了一句"吃早饭吗"，她就鬼使神差地点了头，明明她们之间早就不是可以一起吃早餐的关系了。

金黄的煎蛋入口酥脆，带着一点黄油的奶香，海盐和黑胡椒的颗粒夹杂在溏心里，缓解了油腻感。左颜吃得胃口大开，很快就将脑子里那些乱糟糟的念头抛开，吃完煎蛋就叉起了煎香肠。

她端起牛奶正要喝，目光不经意地扫到了对面的餐盘。那是一套纯白色的餐具，旁边的马克杯也是纯白色，与这套房子的冷色调装修风格完美契合。她面前的餐盘和杯子则是与这个地方格格不入的颜色，却又是一模一样的款式。

左颜愣了一下，视线随之往上，停在了游安理的脸上。其实看顺眼之后就会发现，长发比短发更适合游安理。只是最初的陌生感和漫长的时间带来的割裂感让左颜无法适应，也无法面对。现在，在这个只有她们两人的安静空间里，她才终于静下心来，好好地看着这个人。

游安理当然是变了的。她的穿衣打扮，她的为人处世，她的气场和神态，都已经和那个大学刚毕业的家教老师不一样了。左颜很难从她身上找到熟悉的痕迹。

然而，游安理真的变了吗？如果变了，她又怎么可能轻而易举地看穿游安理的用意呢？

坐在对面的人察觉到她的视线，抬头看了过来。四目相接的瞬间，左颜的瞳孔里映出了游安理的笑容。

"吃饱了吗？"游安理问。

左颜垂下头继续往嘴里送着早餐，没有回答她。

游安理也没有移开视线。

左颜只得加快了速度，将盘子里的东西吃了个干净，最后端起杯子一饮而尽。

"我吃饱了。"她加快语速回答。

游安理收回目光，点了点头，对她说："先回去收拾好东西换衣服吧，再晚路上就要堵车了。"

左颜装作没听懂她的话，起身就往大门走去。

她刚打开门，就听见背后的人开口道："对了，你前天穿的那套衣服比昨天的好看。"

左颜一个趔趄，她急忙稳住身子，飞快地关上门跑到自己家门口，开门进门，一气呵成。关上大门后，她抬手扇了扇风，发觉现在穿冬天的睡衣还是有点早了，只是吃个早饭就热出了汗。

左颜一边想着，一边往里面走，在进卧室之前，她下意识地转头看了眼阳台。昨晚她一直没想起来，所以晾在阳台上的那套衣服到现在都没收进来。

她脚步一顿，转身朝阳台走去，再不收那套衣服就白洗了。

时间还不算太晚，左颜换了衣服，把头发吹干，在扎成马尾之前，她对着镜子照了一会儿，又把头发放下来，披头散发可以挡风保暖。

她看着身上的卫衣和休闲裤，点了点头，然后往脸上抹了点隔离乳和防晒霜。

临出浴室时，她又退回来翻出了遮瑕膏和气垫，把黑眼圈盖了盖，最后确认自己脸上的妆淡得看不出来，才走出了浴室。她收拾好包包，换上鞋子，套上一件外套就打开了门。

走廊上已经站着一道身影，对方穿着军绿色风衣和黑色短靴，身形修长，让人一晃眼还以为误入了时装秀的T台。

游安理听见动静,抬起手腕看了眼手表,随即迈开长腿往电梯走去。

左颜只得跟上。上了大学之后,她的身高也"噌噌"往上长了不少,比起大部分南方姑娘,她已经算高的了。现在跟在游安理后面,她还是要小跑着才能不被拉开距离……

电梯到达的声音冷不丁响起,左颜抖了一下,连忙把脑子里乱七八糟的念头甩开,跟着进了电梯。

游安理按了楼层,才看向她:"你晚上没睡觉?"

这个提问来得有点晚,左颜顿了一下,盯着面前的电梯广告屏,含糊其词地道:"打游戏打到太晚了。"至于到底睡没睡,她一个字也没提。

游安理没有对她的生活方式做出评价,电梯到达一楼后,一边走出去,一边道:"在车上睡一会儿吧,到公司后不要开小差。"

左颜听见这句话,原本很坚定的那颗心一下子动摇起来。她在挤地铁和打车去公司之间摇摆不定,没等做出决定,就发现自己已经跟着游安理走到了地下停车场。

黑色的越野车停在面前,新得像是刚从车行里提出来一样。游安理拿出车钥匙解了锁,拉开副驾驶座的车门,回头看了过来。

不等她开口,左颜就自觉地走过去,爬上了车。算了,免费的就是最好的。左颜系上安全带,心安理得地想。

游安理绕到另一边,坐上了驾驶座。车内幽闭的空间缩短了两个人之间的距离,左颜意识到这一点的时候,车子已经缓缓驶出了地下停车场,她想反悔也来不及了。

在她假装看着窗外风景的时候,身旁的人忽然开口道:"你前面的抽屉里有个平板电脑,帮我找一下。"

左颜收回视线,"哦"了一声,抬手去翻抽屉,找出了那个套着保护套的平板电脑。

屏幕尺寸比较小,拿来玩游戏肯定不得劲。她正想着,就听游安理说:"你打开看看下午的日程表,最好能把概要记下来,下午跟我出去一趟。"

左颜腹诽:万恶的资本主义,悲惨的工人阶级。

她一肚子怒气，面上却什么也没表露，直接打开保护套，唤醒了平板电脑的屏幕。

"有密码。"左颜的语气已经带着点不耐烦，连她自己也没察觉到。

"20121111。"游安理看着前面的路，随口回答。

左颜的动作猛地顿住了。

时代朝着未知的前方用力奔跑。在这个过程中，旧的东西被抛下，新的东西取而代之。例如，现在的人提起11月11日，已经不会再说它是"光棍节"，而是盛大的"购物节"，尽管这两个节日跟这一天没有任何实质上的关联。

对左颜来说，这一天还代表着另一个独特的节日，一个令她不怎么愉快的节日。

两人出门的时间不算晚，但车还是在半道上堵了一会儿。游安理将车停在排起队的长龙后面，松开了方向盘，转过头看向身旁的人。

左颜已经抱着平板电脑歪着脑袋睡着了。她这一看密密麻麻的字就犯困的毛病倒是数年如一日。至于昨晚她到底有没有睡觉，答案已经不言而喻。

游安理侧过身，伸长了手臂拿过后座上的兔绒毛毯，轻轻盖在她的身上。睡着的人缩在座椅上，乌黑的长发散在肩头，被蹭得乱糟糟的，遮住了整张脸。虽然左颜与大多数同龄人相比显得年龄偏小，但在打扮一番后，也显露出属于成年女性的美。

游安理从来没有想过，她会在左颜身上看到女人味。在她眼里，左颜一直是个小女孩，是依赖她、支撑着她的女孩。原来，并不是只有她一个人被时间的洪流裹挟着往前走了很远。这股让她无能为力的看不见的力量，也改变了她珍视的一切。

左颜睡了很沉的一觉，因为睡得太香，她睁开眼的时候还以为在自己的床上，下意识地翻身伸了个懒腰。下一秒，她惨叫了一声。

车门被人从外面拉开，游安理俯下身，问道："怎么了？"

左颜抱着右腿的小腿肚，痛得直抽气："腿抽筋了。"

游安理沉默了几秒。她手上拿着正在通话中的手机，闻言先对手机那头的人道:"我待会儿给你回电话。"她说完就直接挂断电话,将手机塞到了外套的口袋里。

此时的左颜也清醒过来了,缩在车里抱着小腿,尴尬得不敢抬头。游安理探身进车内,伸手按住了她的小腿肚:"放轻松,抽筋的时候越绷着疼得越久。"

她身上的味道钻进了左颜的鼻子,明明不浓烈,存在感却极强,让左颜浑身不自在。

一只手扶住她的小腿肚,让她伸直了腿,手掌用力地按摩着她抽筋的地方。

左颜渐渐放松下来,慢慢地,她感觉不疼了,立刻放下腿,对游安理说:"好了,已经没事了。"

游安理看了她一眼,伸手打开车前面的第一个抽屉,从里面拿出一个白色的小瓶子,塞到她的手里:"钙片,上楼后先吃两片。"

左颜最烦这玩意,现在她迫切地想要逃离这个狭窄的空间。

"谢谢。"她说完,拿着药瓶就准备带上自己的东西下车。

游安理这才从车里退出去,先一步走向电梯。

左颜弯腰去捡刚刚掉下去的平板电脑,这才发现自己的腿上盖着一条毛毯。她愣了一下,伸手摸了摸毛毯,是兔绒的。

游安理听见车门关上的声音,站在电梯前,掏出车钥匙按下锁车键。

左颜磨磨蹭蹭,过了老半天才走到她身后,下一秒,一个硬邦邦的东西戳在了她的腰上。游安理一顿,反手伸过去接住了自己的平板电脑。

背后的人松开手,悄无声息地往旁边挪了挪,一言不发地等电梯。

游安理拿起平板电脑,从漆黑的屏幕上看到了偷瞄的左颜。"女人味"这三个字可能是她这辈子有过的最大误解。

电梯到达后,左颜慢吞吞地走进去。小腿肚还隐隐有抽痛感,提醒着她刚刚那丢脸的一幕。左颜竟然有些习惯了,短短三天时间,她丢脸的次数还少吗?

一楼到了,电梯门一打开,一大波人涌进来。左颜早就有了心理准备,自觉往最后面的角落里靠,下一秒,穿着军绿色风衣的人被挤到了她身边。

这熟悉的一幕,她是在拍《土拨鼠之日》吗?左颜尽量贴着轿厢壁,避免和他人肢体接触,思绪也乱飞着。想到未来上班的每一天都可能是现在这样的情景,她突然又想辞职了,下一秒,她的理智又回来了。

游戏促销季就要来了,左颜面无表情地想着,用力掐灭了辞职的念头。

游安理看着平板电脑的屏幕,在日程表上勾选删改着,在走出电梯后,将平板电脑递给跟着出来的人。左颜下意识地接过平板,抬头看了她一眼。

"下午一点,跟我出去一趟,具体的已经写在日程表上了。"

午休时间两点才结束,占用一个小时的休息时间会不会太过分啊!左颜敢怒不敢言,抱着平板电脑点了点头。

游安理转过身,大步流星地走向办公区。

走路就像在走秀一样。左颜冲着她的背影翻了个白眼,才慢悠悠地跟上去。

"还有十秒钟。"游安理的声音忽然在前面响起。

左颜愣了一下,反应过来后立刻撒开脚丫子冲了过去。

她踩着点进门时,与她擦肩而过的女人低声道:"午饭别吃了。"

左颜这下真的怒了,压榨打工人也要有个度吧,连饭都不让人吃,还是不是人了?

她正要开口让对方别太过分,就听那人说了一句:"去吃日料。"

左颜到嘴边的话立刻转了个弯:"好的,谢谢领导。"

今天的左颜已经比昨天更有经验了,一放下自己的东西,她就开始打印早会要用的会议资料。她刚装订完所有打印出来的资料,就有人站起来通知开会,整个办公区的人便开始往会议室挪动。左颜加快了速度,赶在他们前面进了会议室。

公司里有三个事业部,他们部门是人最少也是最散漫的,但今时不同往日,左颜把装订好的资料往每个位置发了一份,抬头扫了一眼走进会议室的那些人,当看到他们脸上的神色时,差点没憋住笑出来。

见到你们跟我一样倒霉,那我就放心了。左颜带着东西在角落里坐下,没过多久,游安理走了进来,随手带上了会议室的门。

例行早会的时间并不长,已经被"调教"了两天的同志们个个打起精神,生怕漏掉什么重要的事情,搞得今天又要加班。然而,直到会议结束,让他们警惕的事情也没有发生。

有几个人听得津津有味,散会之后还小声讨论起来:"不愧是某公司出来的人,我居然听懂了她在说什么。"

"她确实挺牛的,刚来两天就把咱们的底摸透了。她刚刚说的那个案例是前年做的项目了,我还是项目组的呢,听到一半才反应过来。"

左颜跟在一群人后面,心不在焉地转着手里的签字笔。

回到工位上后,她放下会议记录本,坐着发了一会儿呆,然后拉开抽屉,拿出那张打印的日程表。那上面满满当当的工作安排,她一眼都不想多看,因为对她来说这就是"飞来横祸",看了容易引发心肌炎。

哪怕她知道一项一项按着顺序做完也能准时下班,但是上班少摸鱼一个小时,不就血亏一个小时吗!

左颜内心悲愤,盯着那张日程表看了好半天,最后还是认命地开始做第一项工作。

事实证明,有事做的时候,时间一晃就过去了。往常,坐在办公室里的每一分钟都让左颜觉得很漫长,作为一个闲散人员,她分配到的电脑连配置都谈不上,最多能玩斗地主之类的小游戏,而她甚至没有钱玩斗地主。花大把时间在逛论坛和社交平台上,只会让她更想立刻回家玩游戏,因为她关注的都是玩家论坛和游戏资讯。

现在,左颜发现自己没有这样的困扰了。当她好不容易完成了部分工作,正要松口气活动一下身体时,一抬头就发现整个办公区都空了。左颜一时间不知道该不该感谢某位"黑心"的领导。

正想着,桌上的手机振动了一下,她坐直了身拿起手机,解锁后一看,是领导发来的微信消息。左颜只看了一眼就连忙锁上手机,伸长了脖子看周围还有没有人。等确定真的没人了,她才轻手轻脚地起身,拿起外套和背包,飞快地溜出大门。

在电梯里穿好外套后,左颜想了想,打开包拿出气垫,对着小镜子看了看自己的脸。

妆稍微脱了一点,让她的黑眼圈看起来明显了一些。她快速补了妆,把一双黑眼圈遮住,然后把气垫塞回了包里。毕竟是出去吃饭,不能看起来像个要饭的,左颜给自己找了个理由。

地下停车场里,坐在车上的人正看着手机,听到脚步声后,她侧过头一看,就见到一个人正鬼鬼祟祟地朝着这边移动。

游安理探过身去打开副驾驶座的车门,看着一边东张西望一边爬上车的人,问道:"你在看什么?"

左颜连忙对她"嘘"了一声。游安理闭上了嘴,用眼神向她请教。

左颜动作迅速地系好安全带,示意她赶紧开车。等车驶出了地下停车场之后,左颜才松了口气,转过头来,说:"你怎么能在公司里这样呢,让别人看见了影响多不好。"

游安理沉默了一会儿,看着前面的路,开口问:"看见什么影响不好?"

"看见我跟你一起出去啊。"左颜说着,语气里是藏不住的埋怨,像在看一个不懂事的人。

车已经开出一段距离了,游安理握着方向盘,片刻后才道:"你以为我们是出去干什么?"

"当然是去……"左颜说到这里卡住了。

她们是出去干吗来着?哦对了,是去吃日料。

左颜眼睛一亮,还没来得及回答,就听见旁边的人再次开口:"你早上在车上没看日程表吗?"

游安理的口吻已经不是疑问,而是陈述。

话音一落,左颜脸上的表情就僵住了。

游安理扫了一眼后视镜,轻而易举便捕捉到了左颜表情的变化。

"既然想起来了,就把心放下来吧。出外勤这种事,我想应该不至于有什么不好的影响。"她平静地说完,手上打着方向盘,拐进了右边的街道。

车内一下子安静下来。左颜慢慢地在座椅上缩成一团。

放轻松,左颜同志,你要放轻松,毕竟丢脸的事你也不是一次两次干了。不行,还是好尴尬啊!

尴尬并发症的连锁效应甚至追溯到了今天早上,她看见那套自己喜欢的颜色的餐具,下意识地把"跳槽"和"搬家"两件事联系在一起,以至于今天一整天她看游安理都戴着有色眼镜。

左颜想起这件事,忽然感到一阵窒息,她怎么会以为游安理是为了自己才跳槽搬家的啊!

直到车停下来之前,左颜都安静得像只鹌鹑。一路上游安理接了几个电话,也没顾得上和她说话。左颜就老老实实地缩在座椅上,努力降低自己的存在感。好在时间长了,她渐渐被旁边的人打电话的内容吸引了注意力,暂时忘记了刚刚的事。

游安理戴着蓝牙耳机,一边握着方向盘往前开,一边和电话那头的人说话。她在通电话的时候话也不多,大多数时候只给出"肯定"或"否定"的回应,口吻很公式化。

左颜心想,电话那头的人可能是她的朋友。尽管游安理跟其他人相处的时候都不会表露情绪,但左颜能分辨出她对哪些人是不同的。说出来可能会被人嘲笑"自恋",因为这个方法是她从自己身上检验出来的。游安理对待她跟对待其他人就是不一样。

这一通电话结束后,车也在一家餐厅外面停下了。左颜没有来过这条街,但她知道这是市区内有名的轻奢消费商圈,如今已经变成网红们的打卡"圣地"。

左颜正嘀咕着,旁边的人已经先一步下了车,她赶紧解开安全带,拿上包和手机跳下了车。越野车的底盘有点高,还好她穿了休闲裤,否则爬上爬下的姿势也太不雅观了。左颜一把关上车门,甩了甩披散的头发,抬起手悄悄理顺了发梢和刘海。她还想趁着走在前面的人不注意,拿出镜子来看看自己的脸。

前方的高挑身影停了下来,左颜也跟着脚步一顿,还没来得及问她怎么了,就听见前面响起一道声音。

"安理,这边。"女人的声音带着点吴侬方言的软糯婉转,左颜忍不住看了过去。朝她们走过来的人穿着杏色的羊绒连衣裙,肤白腿长,黑色长发扎成了马尾,露出一张漂亮的脸。

左颜暗道一声"好家伙"。这是哪里来的大美女,自己要是在路上碰见她,绝对会回头看好几眼。她正想着,就见大美女越过了游安理,径直走到她面前。

"你就是左颜吧?"大美女说着,伸出手来,自我介绍道,"我叫苏雪雅。"

左颜愣了一下,下意识地抬头看了前面的游安理一眼。她伸出手回握住对方,只说了一句:"你好,苏小姐。"

苏雪雅像是没看出她的拘谨,笑着说:"叫我雪雅或者雅雅就好了,虽然你不认识我,但我经常听安理提起你。"

游安理忽然开口:"预定的时间到了,先进去吧。"

苏雪雅这才松开了手,转身走到她身边,道:"好啊,但先说好,这顿我请。"

"都行。"游安理简短地回了一句。

左颜跟在她们后面,抬手挠了挠头。

游安理脚步一顿,侧头看了过来,问道:"你肚子不舒服?"

左颜回过神,看了她几秒钟才反应过来她在跟自己说话,连忙回答:"没有啊。"

她回答得太快,看起来反而显得刻意。

游安理看了她一会儿,左颜被看得莫名心虚,往前走了几步,于是三个人站成了一排。

苏雪雅看了眼手表,率先走向餐厅的大门,笑着开口道:"快点吧,再晚这家的招牌限定就要吃不上了。"

游安理瞥了左颜一眼,随后跟了上去。左颜忍不住撇了撇嘴,最后一个走进去。

好在这不是一家要求客人穿正装的高档餐厅,虽然左颜在看见菜单的时候对这一点持怀疑态度。菜单用的是纯正的日式排版,看起来像手写的毛笔字，光是套餐后面标注的价格就让左颜心惊肉跳。刚刚谁说请客来着？不需要自己掏钱吧？

她心里打着退堂鼓，就听坐在斜对面的人问："左颜呢，你想吃点什么？我刚刚推荐的那几样都很不错。"

左颜完全没注意听她刚刚说了什么，这会儿不知道怎么接话。

坐在她正对面的游安理放下菜单，对服务生说："我要这个套餐，炒饭和味噌汤不上，谢谢。"

左颜立刻道："我跟她一样，谢谢。"

等服务生离开后，苏雪雅打趣道："你也用不着这么帮我省钱吧？"

游安理用热毛巾擦着手，随口回答："我只是不想吃生的。"

正竖着耳朵听的左颜一下子抬起头："啊？难道这个套餐里没有生的吗？"

"没有。"游安理看着她，语气平淡。

左颜很沮丧，不想吃生的来日料店干什么啊？

"我现在换一个套餐还来得及吗？"左颜伸长脖子去看走远了的服务生，感到追悔莫及，早知道就看清楚再点了，白白浪费一顿免费的大餐机会。

"你也不能吃生的。"游安理的语气没什么变化，但左颜听出了"不容拒绝"四个字。

左颜闷声不响地吃着自己面前的菜，余光里坐在对面的两个人相谈甚欢，让她越吃越没胃口。虽然游安理大部分时候只听不说，左颜却看得出来她对苏雪雅跟对别人不一样。这种区别很微妙，通常情况下没人能看得出来。你能指望凡人读懂机器人的想法吗？不能。

左颜忽然觉得当个凡人也挺好的，至少吃什么都香。

苏雪雅大概是工作很忙，吃到一半的时候她就频频看手表，左颜以为她要走了，没想到她不仅把饭吃完了，还结了账，刷卡时的优雅姿势尤其迷人。

左颜的目光落在她身上，不知道第几次感慨，老天爷得多偏心才会捏出来这么一个美人啊，把别人都衬托成了泥巴。

三个人一起走出餐厅的时候，时间已经快下午两点了，苏雪雅不再停留，跟她们道了别。

走之前，她对游安理说："之前你说的那件事我帮你问过了，应该能约在下个月见面，对方最近一直在北美，没回来。"

游安理点了点头，回道："谢谢，又欠你一个人情。"

苏雪雅只是笑了笑，什么也没说，挥着手离开了。

左颜还没收回视线，身边的人已经转过身来，开口道："有那么好看吗？"

"就是很好看啊，她的颜值和身材得秒杀多少明星啊。"左颜直勾勾地盯着苏雪雅的背影，语气中充满了向往。

游安理单手插兜，迈开腿往停车场走去："免费的大餐吃完，该干活了。"

左颜听见这句话，她"嘁"了一声，心想说得好像是你付的钱一样。

走在前面的人快要过马路了，左颜赶紧追上去："去哪儿啊？"

"你早上没看日程表吗？"又是这该死的日程表！左颜朝天翻了个白眼，小跑着跟在她后面。

还有十来天才进入十一月，天气却已经很冷了。左颜吃饱了就容易犯困，再加上昨晚她几乎没合过眼，上车后没多久就迷迷糊糊地睡了过去。原本她是一个很少做梦的人，偶尔做一些乱七八糟的梦，醒来也全忘了，只剩下疲惫。这几天，她的梦一个接着一个，哪怕是午休小憩的时候也要溜进来，扰人清闲。

"这道题还是错了。"戴着眼镜的人拿笔敲了敲她的脑门，语气里满是无奈。

左颜连忙护住自己的脑袋瓜，气冲冲地道："再敲真的要傻了！"

游安理的目光从无框眼镜后面瞥过来，左颜梗着脖子理直气壮地跟她对视，大有一副绝不低头的架势。

"叔叔和阿姨快下飞机了，你记得晚上把月考的成绩单拿给他们签字。"她说完，神色平静地拿起桌上的书。

"杀人诛心"游安理，"心狠手辣"萝卜头。

左颜敢怒不敢言,在危急时刻,她只挣扎了三秒钟就举起白旗投降。

"这大过节的,咱们一家人一起好好吃顿饭多不容易啊,要不您看,还是跟之前一样,帮我代签吧。"左颜凑到游安理身边,讨好地拉了拉她的袖子。

游安理不为所动,拿笔点了点左颜刚刚第三次做错的那道物理大题。

左颜心领神会,立马举起手保证:"我发誓,我肯定好好听,争取下次一定不做错。"

游安理拿过作业本,翻开新的一页,提笔写下了题目,然后把作业本按在桌上轻轻一转,放到了左颜的面前。

"不用下次,现在做吧。"

左颜握拳:算你狠!

中秋佳节,月明星稀,家家户户都充满了欢声笑语。留守儿童左颜同志埋头窗前,奋笔疾书,展现出了坚毅的品质。左颜从来没有这么期盼过爸妈回家,现在她是一秒钟都坐不住了。

当坡道上传来汽车的声音时,左颜立即丢开手里的笔,跳起来冲出卧室直奔楼下。

游安理顿了一下,摘下眼镜放到桌上,将手里的书合上。她侧头看了眼空荡荡的卧室,片刻之后,还是放下书,起身往外面走去。

左颜连拖鞋都忘了换,直接冲进了院子里。她打开院门时,那辆车正好在院门口停下。

"我的亲爹亲娘嘞,你俩可算回来了!"她一下子蹿得老高,蹦蹦跳跳地跑到了车门前,替她爸拉开了车门。

左增岳笑着下了车,开口问:"怎么,我才一个月没回来,你就想死我了?"

孟年华从另一边下了车,不留情面地拆穿了她:"她哪是想你啊,她是等开饭等得不耐烦了。"

左颜已经长大了,早已学会对某些话左耳朵进右耳朵出。她十分殷勤地帮她妈拿行李箱,催着两个人赶紧进屋。

盼星星盼月亮，可算是盼到饭点了。餐桌上已经摆好了碗筷，被请来做饭的家政阿姨是以前在这里工作最久的人，现在仍很熟悉这边的环境，做的菜也照顾到了每个人的口味。

厨房里站着两个人，左增岳看了一眼，低声对左颜道："游老师的腿伤还没好，你怎么能让她忙上忙下，自己闲着到处跑呢？"

左颜撇了撇嘴，识趣地没在这个时候为自己辩解。反正在这个家里，她是最不懂事的呗。

虽然心里这么想，但在孟年华女士换完衣服下楼之前，左颜还是进了厨房帮忙。

她将一盘盘新鲜出炉的热菜端上了桌，又趁着没人注意，偷摸着开了一瓶碳酸汽水倒进杯子里，这东西也就过节的时候能光明正大地喝一喝了。

家政阿姨也要回家过节，左增岳给她包了个红包，再三感谢她来帮忙，又亲自把人送了出去。

左颜已经坐在餐桌前，迫不及待等他宣布开饭了。家里很少会有这么热闹的时候，一来左增岳和孟年华的工作性质特殊，得听上面的安排，很难有齐聚在家里的机会；二来大部分节日他们都是回爷爷奶奶家过，哪怕寒暑假，左颜的大部分时间也是在爷爷奶奶家度过的，毕竟谁都不放心她一个人待在家里。今年则不一样，从暑假开始，或者说从某个人出现开始，一切就发生了变化。

"之前太忙，回来收拾了点东西就走了，还没来得及谢谢游老师。"孟年华常年待在科研院里，不是个话多的人，也不爱搞形式上那一套，只是简短地表达了自己的谢意，"颜颜分班考试能及格，多亏了游老师耐心教她，实在辛苦你了。"这话听起来客套，但了解她的人都知道这是真心话。

游安理坐在她旁边，闻言回道："您客气了，这些都是我的工作，应该的。"

两个话少的人交流起来，气氛很快就冷场了。左增岳立即起了一个话头，不费力气就让气氛活跃起来。左颜专心吃着菜，一个字也没说。她还是趁这个机会多吃点吧，否则等会儿她妈想起月考成绩的事，那就没得吃了。

中秋节后面紧跟着国庆长假，正是全家一起出门玩的好时机，但左家基本不会考虑这种事情。左颜听着爸妈讨论明后天去爷爷奶奶家的事，就知道他们俩的假期最多到后天就结束了。

小时候她还会因为这种事跟她爸抱怨，最任性的一次甚至把好不容易休假陪她玩的左增岳一个人扔在游乐园里，自己打车回家玩游戏了。左增岳在游乐园里找了她整整三个小时，就差报警了。左颜有时候想起自己干过的那些蠢事都觉得臊得慌，但这不妨碍她死性不改地继续走在"作死"的路上。

左增岳是个爱品酒的人，但他不嗜酒，除了应酬的时候没办法，平时都是小酌两杯就放下了。今天过节，他特意开了一坛米酒，这是他出差的时候在当地喝到的名酒，货真价实还实惠，连他这么节省的人都没忍住订了几箱。

"这可是自北魏时期就有的贡酒。来来来，你们都尝尝，纯手工酿造的，度数低，老少皆宜。"左增岳笑着倒了四杯酒，将小酒杯挨个放到三位女士面前。

游安理双手接过酒杯，向他道了谢。孟年华只是看了他一眼，难得没有开口说什么。左颜生怕她妈反悔不让自己喝，立刻举起小酒杯嘬了一口。

入口清新甘甜，滑过喉咙时又很辣，烧得嗓子眼热乎乎的。左颜没忍住又嘬了一口，接着又一口，一小杯米酒很快就见了底。

饭桌上，左增岳正说着自己这次出门遇上的新鲜事，没有人注意到她。于是，左颜壮着胆子，悄悄把那坛米酒偷了过来。她面上装作若无其事，两只手藏在桌子下面，一手拿着坛子，一手拿着小酒杯，悄悄地给自己倒酒。

游安理扫了她一眼，左颜被吓得一顿，以为被发现了。然而，游安理很快就收回了视线，低头吃着饭。

左颜松了口气，咂巴着嘴，单手抱着坛子，一杯接一杯地偷喝。等她喝得整个人轻飘飘了，才发现桌上已经没人了。左颜并不觉得奇怪，毕竟她爸妈吃顿饭要是不打七八个电话，那说明马上就要下岗了。

回避

奇怪的是，游安理也不见了。

她终于舍得放下酒坛子，伸长了脖子东看西望，然后起身往院子里走。这套房子是她姥爷给她妈妈的嫁妆，庭院里种了不少梅树，寓意着"梅开五福"。

左颜抬头看了眼夜空中那轮圆滚滚的月亮，一向没心没肺的她难得有点伤感，她姥爷酿的酒可好喝了。

院子后面，几株梅树下有一张小石桌，左颜穿过鹅卵石小径，看到坐在石桌旁边的人，"哼"了一声，开口道："我就知道你在这儿。"

游安理只穿着一件黑色毛衣，就这么坐着吹风。

左颜晃了晃脑袋，走过去在她旁边坐下。她一靠近，被晚风吹过来的发梢就拂在了脸上，带着洗发水的干净味道。

左颜被挠得鼻子发痒，张嘴打了个喷嚏，带着酒气的口水一下子溅在了游安理的头发上。

左颜眨了眨眼睛，望着转头看过来的人，小声道："我不是故意的。"

游安理没说什么，收回视线，继续赏月。

"你今天看起来……不是很高兴。"她说话已经有点大舌头了，但她自己并没有意识到，不等对方回答，她又自言自语地说，"我知道，你也想姥爷了。"

游安理顿了一下，望着夜幕上挂着的那轮圆月，冷淡地回道："我没有姥爷。"

"乱讲。

"每个人都有姥爷，没有姥爷，怎么会有你妈妈，没有妈妈，怎么会有你呢？你生物不及格吧？"

游安理垂着眼看她："那文理分科的时候你为什么选了理科呢？是因为生物考试及格了吗？"话里的嘲讽之意再明显不过。

生物考试从来没及格过的左颜愣了一下，等明白过来后，气得一口气憋在嗓子眼。

她下意识地想要反驳，张着嘴想了半天，一个字都没说出来。昏沉沉的脑子变得很迟钝，她绞尽脑汁也想不出一句反驳的话来，急得冒火。

左颜还没在打嘴仗的时候这么憋屈过,被人当面骂蠢,竟然连回击都做不到!她越想越气,最后气哭了。

她抬起袖子抹眼泪。然而,她怎么擦都擦不干净,泪珠子像断了线一样,吧嗒吧嗒地往下掉。

游安理直起身,沉默地看了她半晌,然后用手背擦了擦她的脸:"好了,别哭了。"

左颜转过头躲开了游安理的手,并背过身去。她捏着袖子抽抽搭搭地擦了一会儿,等了很久都没等到身后的人开口,自己先憋不住了,又转回身:"你干吗这样?"

游安理看着她眼睛鼻子通红的样子,叹了口气,认命地道:"好,是我不对。你说什么我就做什么,可以吗?"

左颜吸了吸鼻子,问道:"什么都行?"

游安理看了她一会儿,点点头。

"左颜。"熟悉的声音在耳边响起,左颜迷迷糊糊地睁开了眼。

在看清楚眼前的那张脸后,左颜浑身一个哆嗦,猛地起身往后一缩,脑袋"砰"的一声磕在车窗上:"不用了不用了,我刚刚是开玩笑的!"

游安理动作一顿,看了她半晌才开口道:"你做梦了?"

后脑勺的剧痛让左颜清醒过来,她抬手揉着脑袋,看了眼周围,终于想起来现在是什么时间、什么地点。太好了,原来是梦。

不对,等一下,这么多年过去了,为什么她还会梦到这辈子最不堪回首的事情啊!

左颜痛苦地抓住自己的头发,恨不得即刻清空大脑内存,再来一次粉碎删除。

"睡醒了就下车吧,我们到了。"游安理看起来不打算追问她做了什么梦,解开安全带下了车。

左颜松了口气的同时又有点不爽。这人以前就是这样,明明做出那些让人误会的事情的人是她,但关键时刻连句关心的话都不说的人也是她,真不知道她是不是故意的。

左颜腹诽着下了车，被外面的风一吹，脑子算是彻底冷静下来了。她跟在游安理后面，心不在焉地埋头走着，连前面的人停下来了都没察觉，结果一头撞在了军绿色的风衣上。

左颜抬起手摸了摸脑门，恶人先告状："你停下来的时候怎么不说一声？"

游安理看了眼手表，侧过身来，问道："之前给你的那张日程表里，让你做的统计表你做了吗？"

左颜一听见"日程表"三个字就冒火，语气不善地道："做了啊，怎么了？"

游安理无视她的怒火，点了点头，又说："排在前十的商店你都记得吧。"

这是一个陈述句。

左颜很想说不记得了，看她能把自己怎么样，但接着她就想起了自己现在的身份。一个小员工跟领导这么说话是不是嫌工资太高了？左颜意识到自己的心态有问题，其实她也不是刚刚才意识到，而是到现在才认清现实。

近几日做的那些梦把她拉回了过去，让她产生了错觉，甚至误以为她们还停留在过去。然而，事实并非如此，她不能因为游安理对她有所"不同"，就真的以为她们还是彼此最亲密的人。

"记得，有三家在这边。"左颜没什么情绪地回答。

游安理看了她一眼，半晌后才道："先从最近的那家开始吧。"

左颜点了点头，先一步往商场里走去，边走边说："走这里。"

游安理单手插在风衣的口袋里，跟了上去。

了解市场就得走进市场，对一个在国外生活了七年的人来说，这一点尤为重要。

游安理跟在左颜身后，花了三个多小时的时间把排在前十的商店大致逛了一遍。她像一个真的来逛商场的人一样，一边逛一边挑选喜欢的东西，并拿到收银台去结账。

从最后一家店出来时，游安理手上已经拿了好几个袋子，还塞了几个袋子给左颜。给领导拎包是打工人的必备生存技能之一，左颜露出微笑，没有任何怨言地接过来。

袋子倒是不沉。她想着，目光一扫，在看见扶梯对面的那家店时就走不动路了。

游安理顺着她的目光看过去，随后道："你要是还有精力的话，我们去那家店看看吧。"

左颜一下子抬起头看着游安理，小鸡啄米似的点着头，尽管她今天除了上厕所就没休息过，已经很累了。

游安理抬起手腕看了眼时间，迈开腿往那家店走去，同时提醒她："晚上部门聚餐，最多再逛一个小时。"

左颜已经收到了刘经理群发的通知，不过刚才她确实没想起这一茬。既然说起了这件事，左颜加快脚步跟上她，问道："你怎么会同意参加聚餐，以前你最讨厌人多的饭局了。"这是两个人再见之后，第一次提起"以前"。

左颜也没想到自己能这么轻松地问出口，看来有些事情并不是她想的那么拿不起放不下。

走在前面的人没有回头，连脚步都没停过。

"人总是会变的。"她平静地回答。

因为这句话，左颜在走进VR体验馆的时候也没提起精神来。

游安理倒是显得很自如，听了店员的介绍后，随手买了两个体验套餐。

"左颜，你要哪个？"她开口叫了一声，左颜才回过神，走了过去。

游安理拿着一白一黑两个VR头显，严格来说，是"虚拟现实头戴式显示设备"。

左颜一眼就认出白色的那个是现在还躺在自己的购物车里的品牌型号，便抬手指了指白色的那个，回答道："白色的。"

游安理点了点头，将白色的头显递给她，随口道："这一款是目前性价比最高的一体机了，相比上一代，性能有了大幅提升，同时价格还降低了。目前市场上还没有一款消费级竞品能超过它。"

左颜听得一愣一愣的，忍不住问："你也喜欢玩这个？"

游安理像是听见了什么有意思的话，看着她笑了笑："你见过我

回避

玩游戏吗？"

左颜立即摇头，所以她才觉得很奇怪。

游安理将头显设备配套的控制器套在手腕上，继续道："我很看好虚拟现实的前景，所以在这款头显被收购之后，玩票性质地选择了一款中风险的理财。"她抬头想了想，随后又道，"小赚。"

人类的悲欢并不相通，周围戴着VR头显的人玩得很开心，左颜只觉得他们吵闹。她已经不是第一次体验虚拟现实了，只是还没来得及买这款自己最心仪的设备，所以想来试玩一下。毕竟是刚发售的新产品，网络上的测评都找不到几个。

然而，现在她的心情不是很畅快，如果说走进店里之前她还只是有点心不在焉的话，那听完游安理的话之后，她就很郁闷了。明明时间已经改变了绝大多数东西，但在游安理面前，她依然是个除了玩别的什么也不会的蠢货。

左颜胡思乱想着，一不留神，视野里出现的敌人就一枪把她带走了。

身旁和设备里同时传来游安理的声音："你为什么站着不动？"

很好，现在连唯一擅长的事情都做不好了。左颜"复活"之后手里操控着控制器，直接朝游安理的屁股上开了一枪。

"左颜，我们是队友。"游安理的声音很平静。

不过，左颜已经听见了她上弹的声音。两个人十分有默契地掩护着自己，朝彼此靠近。

几分钟后，周围有一个人破口大骂："是哪两个王八蛋在打自己人啊？"

离开体验馆的时候，左颜是拉着游安理的手跑出去的，趁那个被惹怒的暴躁老哥发现她俩之前。她一边跑，一边听游安理问："怎么不玩了？体验时间还剩下二十分钟。"

左颜闻言，忍不住笑出了声，转头道："你这算是公款消费吧，小心我举报你。"

游安理也笑了，回道："我今天买的东西都没开增值税发票。"她压根没打算找财务报销。

左颜听得心里直冒酸水，有钱真是了不起。她跑累了，只能停下来缓一缓，顺手将那几个袋子放在地上。

游安理到旁边的小店里买了两个可丽饼，递了一个给左颜："晚上肯定吃不饱，先垫垫肚子。"

左颜从来不会跟她客气，伸手接过来，直接咬了一口。

新鲜的蓝莓和草莓卷在松软的煎饼里，鲜奶油和巧克力酱中和了莓果的酸味，煎饼的边沿酥脆，咬起来咔嚓作响，有一种治愈的奇效。

左颜忍不住感叹，这玩意可比中午那顿日料吃着舒服。

商场里交错着的扶梯一升一降，人声嘈杂。左颜单手撑在走廊的扶手上，慢悠悠地吃着可丽饼，心情难得平静。游安理站在她身旁，背靠着扶手，吃东西的样子依然赏心悦目。

这是几天来两个人第一次这么平和地相处，左颜回想起自己这些天里跌宕起伏的心态，突然觉得很好笑。快二十六岁的人了，怎么还跟十几岁的时候一样一惊一乍的。面对游安理时，她的心智似乎就倒退了七八岁，变得情绪化又不讲道理，但她其实很清楚，这些都是暂时的。那长达七年的空白不是日记本上缺失的几页纸，而是彼此十分之一的人生。

左颜咽下最后一口可丽饼，侧过头看向身边的人："这几年，你……"

手机铃声突兀地响起，打断了她的话，游安理皱了皱眉，掏出手机，开口道："抱歉，我接个电话。"

左颜顿了一下，没再说什么，只对她点了点头。

游安理接通了电话，问："雪雅，怎么了？"

听见这两个字，左颜下意识侧头扫了她一眼。游安理的神情一如往常，但左颜能看出来她的心情发生了变化。

这通电话不长，简短的几句答话后，游安理就挂了电话。她看向左颜，想了下，开口道："我得去拿点东西，先走吧，到时候直接去聚餐的地方。"

左颜"哦"了一声，抬手将揉成一团的包装纸扔进前方的垃圾桶，然后弯腰提起地上的那几个袋子，跟在游安理的身后。

从停车场出来后，距离约定的聚餐时间已经不远了，好在要去的地方看起来不是相反的方向。左颜坐在副驾驶座上，看着窗外飞快后退的街景，忍不住回想了一下游安理刚才接电话时的反应。可能发生了什么事情吧，所以她在挂断电话后看起来不那么愉快。

左颜从来没有质疑过自己解读"机器人"想法的能力，毕竟她曾是这个世界上最了解游安理的人。现在，这个结论大概需要更新一下了。

越野车一路开进了市中心的一栋高档公寓，左颜看着游安理出示了门卡，畅通无阻地进了大门，还以为这里也是她住的地方。有钱人嘛，买几套房子是基本的理财方式。

直到远远看见站在公寓楼下的苏雪雅，左颜才明白过来。

车在苏雪雅面前停下，她走了过来，身上还穿着居家服。

"我大哥提前回来了，我觉得早点给你比较好。"苏雪雅走到车窗边，把一个没拆的包裹递进去。

游安理接过来，直接放到了后座上，对她道："谢谢，也帮我谢谢你大哥。"

"跟我客气什么。"苏雪雅笑了一声，见她没下车，也知道她赶时间，便没有多说，只跟左颜打了声招呼就转身上了楼。

左颜瞄了一眼后座上的包裹，包裹不大，看起来也不沉，不知道装了什么，要这么着急来拿。游安理只字不提，踩下油门，驶出了公寓大门。

这一次，目的地很明确，左颜收回视线，靠在座椅上发呆，冷不丁听见身边的人开口道："刚刚在商场里，你是不是……"

"哦，没什么。"左颜打断了她的话。

游安理转头看了她一眼，没有追问。车内安静下来，两人一路无话。

聚餐的地方在平安饭店，那里的本帮菜是本地最有名的，包间很抢手，至少要提前大半个月预订。其实大家都明白刘经理不是为了给新领导接风洗尘才订的，只是没人傻到说出来而已。

左颜不清楚游安理知不知道这件事，下车之前本想提醒她一下，又觉得说这种话挺别扭的，特别像上学时那种打小报告的人。因此，直到进了饭店，左颜也没把这话说出来。

人一旦进入社会之后，就要被迫学会接受很多自己原本不喜欢的东西，跟不喜欢的人打交道更是寻常。左颜在公司里没有特别讨厌的人，可能"地中海"算一个，他整天让她做事，想不讨厌都难。她不喜欢

085

的事情就多了，在这些事情里，聚餐和团建绝对算最不喜欢的。在走进包间之前，她脚步一顿，深吸了一口气，快速切换到社交模式。

游安理看了她两眼，率先推开了包间的门，门后是一个吵闹的世界，让左颜一下子就回到了现实里。张小美冲她招了招手，叫她过去坐。左颜对她笑了笑，走到她旁边坐下。在这种场合里，没人招呼你才是最尴尬的，所以不管那个人是谁，左颜都会感谢她，并且在坐下后松了一口气。

今天的主角游安理也受到了热烈的欢迎，其中以刘经理最为卖力，瞧瞧他那副笑出了满脸褶子的样子，不知道的还以为是他升职了呢。

"欸，左颜，你今天下午是跟游总监一起出去了啊？"

左颜神色自若地拆开面前的杯子，拿热茶水涮了涮，答道："对啊，跑了一下午，累死我了。"

张小美凑过来，神神秘秘地小声对她说："我感觉游总监有点针对你啊，什么事都让你做，还都怪折腾的。"

左颜心想，连张小美都看出来了，那岂不是全部门的人都看出来了？她转念又一想，别的人可没有张小美这么闲，一门心思八卦。这么想着，左颜不忘小声回答："我觉得就是因为她上任第一天，我被'地中海'叫走了大半天，让她觉得我很闲。你看现在，'地中海'哪里抓得到我啊，我都快忙死了。"有时候说真话比说假话更有效果。

张小美一脸顿悟的表情，点头道："确实，你要不是太闲了，'地中海'怎么会逮着你一个人抓壮丁啊？"

左颜："……"

包间里摆了两桌，他们部门的人本就不多，还有几个要回去带孩子，所以两桌都没坐满。左颜不喜欢这种场合，她吃了点不容易发胖的菜，期间没忍住夹了几筷子红烧肉，这味道对得起价格，让她差点停不下筷子。左颜喝了两杯茶，解了解油腻，就算吃饱了。

然而，聚餐的主题从来不是吃什么，左颜放下筷子后，坐在对面的同事硬塞了一杯红酒给她，美其名曰"养颜美容"。她推脱不了，接过来抿了一口就放下了。

隔壁桌传来刘经理夸张的笑声，左颜忍不住侧头看了一眼，就见披着长卷发的女人端着茶杯,从容地应对着敬酒和攀谈。

这也是她没有见过的游安理,对左颜来说,这样的游安理是最陌生的。她忽然想起了自己在商场里没说完的那句"这几年,你过得怎么样"。

假如没有那通电话,她是否真的能说出口,再听一听她的回答呢?或者说她真的有勇气听吗?

一杯红酒见了底,不知是谁又给左颜倒满了,她笑着举起酒杯,跟桌上的一群人碰了杯。

包间里越来越热,左颜索性把外套脱了,撸起袖子,一边吃她喜欢的红烧肉和糖醋排骨,一边听同事聊八卦,听得乐了,她还大笑出声,差点把自己呛到。另一桌上,游安理瞥了她一眼,抬起手腕看了看时间。刘经理虽然喝了不少酒,但脑子还很清醒,十分有眼力见地开口道:"游总监是不是住得比较远?要不今天就先到这儿吧,太晚了也不安全。"

游安理抬起头看着他,点头道:"先把喝了酒的人送回家吧。我叫车,你跟大家说一声。"

刘经理应了一声,转头去安排,等安排完回来一看,才发现游安理已经把账结了。

服务生离开后,游安理叫了几辆车,听了刘经理的安排,开口道:"几个女同事都跟我顺路,正好我没喝酒,我开车把她们送回去吧。"

刘经理哪能不知道有两个女同事住的地方在相反方向,但听她这么一说,反倒对她改观了几分:"好,那就辛苦游总监了。"

"应该的。"游安理说着起了身,走向另一桌。

左颜一不留神吃撑了,正有些难受地摸着圆滚滚的肚子。同事们一波接一波地出去等车了,包间内空了下来,一道身影停在她面前,来人不咸不淡地开口问:"吃完了?"

左颜跟听没见一样,端起红酒杯又喝了两口。这玩意涩嘴,不怎么好喝,而且度数低,堪称酒中废品,她这时有点想念左增岳同志的酒柜了。也不知道左市长这会儿吃饭了没有,他有胃病,可折腾不起。

游安理拿过左颜手里的红酒杯,放在桌上。左颜还要去拿,却被游安理从座位上拉了起来。

"好了,该回家了。"游安理放轻了声音。

左颜打了个酒嗝,一股酒气扑向游安理,她却面不改色地拿起椅子上的外套和挎包,拖着左颜出了包间。

其他人都已经坐车走了,饭店门口只剩下刘经理和两个女同事边聊天边等她们。

"嚯,小左今天喝得挺多啊,以前她可不这样。"刘经理见游安理扶着左颜出来,帮忙解释了一句。

两个女同事也附和了两句,生怕新来的领导不高兴。

左颜被风一吹,已经缓过神了。其实她没喝醉,就是在包间里闷得头晕,现在反应过来,便装模作样地跟游安理道了谢。游安理扫了她一眼,把外套和包递给她,先一步去开车。刘经理见游安理都安排好了,打了个招呼就走了。

张小美过来扶左颜,小声问她:"你好点了吗?要不我去给你买瓶矿泉水?"

"我没事,那个红烧肉吃多了,有点腻。"左颜转过头,对着没人的地方吐出几口气,没好意思说自己难受主要是因为吃撑了。

游安理开车过来,一个眼神扫向左颜,她就老老实实地坐上了副驾驶座。另外两个同事也坐上来,系上了安全带。游安理先问了住得近的那个人家怎么走,然后往那个方向开去。

坐上车后,狭窄的空间闷得左颜更难受了。吃下去的东西像堵到了嗓子眼,随时能被晃出来一样。她只好一路上紧紧闭着嘴,直到张小美也下了车,车里只剩下两个人时,她才开口:"在那个垃圾桶旁边停一下。"

游安理皱起眉,将车停在了路边的停车标线上。左颜立即打开车门下了车,冲到垃圾桶边,弯腰吐了出来。也不知道吐了多久,她感觉实在吐不出来了,才直起身。

一瓶拧开了的矿泉水递过来,左颜接住喝了两口漱口,漱完正要找身上的纸巾,身边的人又已经递过来一盒抽纸。

回避

"谢谢。"她说完,抽出两张纸擦了擦嘴,吐完之后,胃里总算好受了点。

夜里的风很冷,左颜没穿外套,她被吹得忍不住摸了摸胳膊。

"好了,该回家了。"身边的人说完,打开了副驾驶座的车门。

这是游安理第二次说这句话了,左颜不知道游安理是不是有意的,但她现在很不喜欢这个说法。她停下来,对车门前的人道:"不要说得好像我们是住一起的一样,被人听见会很麻烦。"

游安理扶着车门,回过头看了她半晌,才回道:"我们的确住在同一个地方,这是事实,没什么好遮掩的。"

左颜最讨厌游安理这副不痛不痒的样子,看着就来气。左颜掉头往外走,在路边随手拦了一辆出租车,坐上车、关车门、报地名,一气呵成。整个过程中没人拦她,也没人叫她一声。左颜缩着脖子靠在车窗上,觉得真是糟透了。她知道自己为什么这样,她也知道自己控制不了。在游安理面前,她不管多努力,最终都会被打回原形,变成过去那个让人讨厌的家伙,好像这七年来她为了改变而做的一切都是白费力气。

出租车到了家门口,左颜回过神来,问司机:"多少钱?"

她很久没打过车了,偶尔赶时间也是网上打车。想到这里,左颜下意识地摸了摸自己的手机,然后心就凉了半截。她的包、手机和外套全在游安理的车上。

司机报了价格,见她半天没反应,转过头来看了眼,就知道什么情况了。

"小姑娘,你没带钱包啊?手机支付也行的,二维码贴在这里了。现在大家出门都不爱带钱包,毕竟手机支付那么方便,你说是吧?"

左颜抬起头,看着笑呵呵的司机,不知道该怎么把那句话说出口。

"请问多少钱?"

一道声音在车外响起,司机降下车窗,看了那人一眼,又看车里的人没反应,立即回过味来。

他说了一句,就见站在车外的女人拿出手机扫了二维码。到账的提示音一响,司机就笑了笑,对低着头下车的人说:"小姑娘,以后出门记得带手机啊。"

左颜头都快埋胸口去了，含糊不清地应了一声，立刻关上车门。出租车开走后，左颜是一秒钟都待不住了，转头就准备进大门。

"要不要我提醒你，门卡在你包里。"

左颜脚步一顿，只能低着头转过身，走到游安理面前，伸出手，说："包给我。"

"在车上。"游安理语气平淡地说完，先一步走到车边，拉开车门上了车。

左颜踌躇了一会儿，还是跟了上去。等她拿了包、手机和外套，一把关上车门，车里的人连句话都没有就开走了。

左颜眼睁睁地看着车开进大门，在原地闻了一鼻子的汽车尾气。她傻站了半天之后，被凉飕飕的风一吹，才哆嗦着想着要穿上外套。

时间已经快到零点了，左颜吸了吸鼻子，赶紧找出门卡一刷，进了大门。大门离公寓楼还有一段路，她走在路灯下，越想越气，越想越委屈，一边抱着包包和手机，一边用袖子擦脸。游安理，王八蛋！好事全让你干了，好话一个字也没有，都三十多岁了还是个闷葫芦，你闷一辈子得了！你在华盛顿待得好好的，回来干什么？！回来气死人吗？！

左颜一抹脸，抬腿用力踹了路灯一脚，却结结实实地撞到了脚趾，疼得叫出了声。倒霉催的，连路灯都欺负她。左颜气得一屁股坐在地上，抱着自己的脚哭得上气不接下气。遇上游安理是她这辈子经历的最倒霉的事情。要是没遇到游安理，她现在还在家里舒舒服服地当着米虫，吃喝拉撒睡都有人管，那个靠老婆耀武扬威的"地中海"也不敢使唤她！

左颜哭得头晕眼花，又冷又累，想从地上站起来都没力气。这时一道身影走进了路灯的光晕里，停在了她的面前，左颜垂着头不肯去看来人。

游安理只好蹲下去，也不顾垂到地上的风衣，抬起手用手背擦了擦左颜哭花的脸。

"好了，别哭了。"她温声说着，手指抚过她脸上的泪水。

左颜拍开游安理的手,还是不肯看她一眼。

游安理笑了笑,开口问:"这次想提什么条件?"

左颜的脑子一抽一抽地疼,听见这句话,她一下子迸发出前所未有的气势,一把拽住游安理的衣领,恶狠狠地道:"我说过不准再提这件事!"

别看左颜气势惊人,下一秒就差点站不稳摔倒,游安理顺势抬起手臂,左颜还没反应过来就被一把扶起,离开了冷冰冰的水泥地面。

"好重,我要扶不动了。"游安理毫不留情地说。

左颜实在没力气骂她了,抽抽搭搭地抵在她的肩上,抬手抓住了她的衣服。

游安理抽出另一只手,捡起了地上的手机和包,就这么扶着她往公寓楼走去。她走了一路,左颜就哭了一路,一边哭一边在她衣服上擦鼻涕和眼泪。

"你知道我这件风衣多少钱吗?"

"关我屁事。"

游安理听着她的鼻音,识趣地不跟耍酒疯的人讲道理。她拉着树袋熊一样挂在她身上的超龄儿童,刷卡进了公寓楼,走到电梯前。

时间早就过了零点,电梯没有人使用,很快就到了。

到了走廊之后,游安理实在没力气了,开口问:"你能自己走了吗?我手酸。"

左颜嘲讽道:"就这身体素质啊。"

游安理顿了片刻,问她:"那试试你的身体素质?"

左颜一下子就松开了手,一把推开了游安理的搀扶,手脚灵活得像刚刚又哭又闹那一出都是演出来的一样。

游安理活动了一下手臂,忍不住道:"你这么重,是不是每天都不运动?"

左颜被她当面揭穿"宅女"的本质,脸上有点挂不住:"我怎么没运动了,就是今晚吃得多了点而已。"

游安理笑了笑,微微弯腰,凑到她跟前,轻声道:"那正好,明天早上一起晨跑吧。"

左颜张了张嘴，半晌没能说出一个字来。

游安理又道："晚上吃了那么多红烧肉，得跑十天半个月才能消耗完吧，你知道的，到了二十五六岁，新陈代谢就不比以前了。"

左颜彻底闭嘴了。

"明天早上六点叫你。"游安理说完，直起身，转身往家门口走。

左颜跟在她身后，心里想着明天怎么找借口不起床，从她家门口走过时，听见开了门的人叫她："左颜。"

她停下脚步，下意识地回过头。游安理站在门前，朝她招了招手。

左颜很想立刻回家洗澡睡觉，但还是走了过去，问："还有什么事？"

"晚安。"

过了很长时间，隔壁才响起关门声。游安理站在玄关，待那些细微的动静慢慢消失后，她才弯下腰拉开短靴的拉链。

换上拖鞋后，她一边脱下风衣，一边往浴室走。等她洗漱完换了一身衣服，时间已经快要接近凌晨一点了。她将头发擦得半干，随手将毛巾搭在肩上，捡起洗衣筐里的脏衣服放进滚筒洗衣机里，扔了洗衣凝珠后，按下开关，然后从浴室里走了出来。

屋子里还缺很多日用品，她暂时没有时间去买。游安理抱着笔记本电脑坐到阳台边的沙发上，开始处理这一下午堆积起来的事情。做正事的时间被占用了，就得用别的时间补回来。

一晃眼半个小时过去，她看了眼电脑屏幕右上角显示的时间，放下了笔记本，起身走到玄关拿上钥匙。屋外的气温只有几度，她换上跑步鞋，裹上一件大衣就出了门。她的头发没有吹干，被走廊上的风一吹，寒意刺骨。

游安理进了电梯，按了地下停车场的楼层。五分钟后，电梯回到了十一楼，她抱着没拆开的包裹走出来，轻手轻脚地打开门进了屋。

再过几个小时，就该做早饭了。游安理拆开包裹，把里面的东西取出来放好，稍微收拾了一下就回到阳台继续工作。

直到落地窗外的天空变得灰蒙蒙时，她才关了电脑，站起来活动了一下身体，然后进浴室洗漱，顺便上了一个提升气色的底妆。

回国之后，她就很少用化妆品了，入职这几天也只是在出门前上个裸妆，再搭配得体的衣服就已经足够。告别了每天全副武装的生活，肩上无形的重压似乎也随之消失了。

游安理放下粉扑和粉底液，起身之前，在那些瓶瓶罐罐上扫了一眼，最后拿起一支口红。黑色细管，是最近的秋季限量色号。

游安理拧开了口红，抬眼看着镜子，在唇瓣上一抹，随后用指腹抹开，再轻轻一抿，双唇便染上了颜色。哑光的质感，偏橘色系的红，让她白得略显病态的肤色也亮了不少。

她将口红放回去，洗干净手，转身走出浴室，进了厨房。冰箱里的东西没多少，她只能做简单的早餐。游安理看了眼时间，索性打开手机在附近的生鲜超市下了单。

她付了款，没过多久，门铃就响了。

门外有人说了一句："您好，鲜奶到了，奶箱锁住了，我给您放在门口行吗？"

左颜就是被这个动静吵醒的。她直到后半夜才昏昏沉沉地睡去，听到门铃声和说话声就从梦里惊醒了。

"这才几点啊……"她烦躁地在被窝里翻了个身，冷空气从缝隙里钻进被子，冻得她起了一身的鸡皮疙瘩。

这套房子的卧室正好挨着走廊，跟隔壁只有一墙之隔。在隔壁没有住人的时候，左颜就觉得这个设计很有问题了，没想到隔壁住了人之后能直接把她从睡梦里吵醒。

门铃再次响了起来。

被窝里的人一个翻身坐起来，爬下床穿上拖鞋，气冲冲地走出了卧室。

她顶着一头乱糟糟的头发，打开大门探头往外面一看，就看见走廊上站着一个男人，这人穿了一身黄色的衣服。

左颜一顿，随即看向他面前打开的大门，以及站在门口的那个人。

游安理的视线扫了过来。对上这张脸，左颜到嘴边的话一下子就卡住了。

外卖小哥确认了取货码，连忙道了谢，然后转身小跑着往电梯而去，留下两个人在走廊上遥遥相对。

左颜还没组织好语言，游安理已经开口："吵到你了？"

左颜有些不自在地移开了视线，小声说："其实也还好。"

"是我没考虑到这个问题，以后我会让他们不要按门铃。"

游安理顿了一下，打量了她一眼，才道："睡醒了就先洗漱吧，早饭快好了。"

左颜下意识"哦"了一声。直到关上门走进浴室，拧开水龙头，看着哗啦啦流出来的水，才回过了神。她干吗要去游安理家吃早饭啊？自己家里没有吗？

还真的没有。左颜看着冰箱里那盒放了一天两夜的便当，以及过了期的牛奶和白吐司，忍不住挠了挠头。她的日子过得也太糙了点。

以前不觉得，现在隔壁搬来一个精致金领，对比之下，她就像个处于社会底层的无业游民，连顿热乎的早饭都懒得做的那种。

左颜想着，摸了摸自己的肚子，又想起了昨天吃的那顿早餐，然后她就去按了隔壁的门铃。

游安理打开门的时候身上还穿着围裙，看得左颜怔了怔，这样的游安理对她来说是最熟悉的。以前，她们还住在同一个屋檐下的时候，每天早上起床后，她看到的都是游安理穿着围裙的样子。

那件围裙并不特别，家政阿姨穿过，她也穿过，但游安理穿上就是让她觉得不一样，以至于她总惦记着游安理身上的围裙……左颜被脑子里突然冒出来的画面吓得一个趔趄，差点左脚绊倒右脚，她的动静太大，引得厨房里的人转头看了过来。

"你没睡好？"游安理问了一句，见左颜站稳了，又回过头继续打鸡蛋。

左颜哪敢看她，站在客厅里左看右看，含糊地回了一句："喝多了，脑壳疼。"

话音一落下，左颜就想给自己两巴掌，真是哪壶不开提哪壶。她一慌张就开始乱找话题，随手拿起茶几上的一个小药瓶，问道："这是维生素吗？"

游安理立刻转过头,看清左颜手上的药瓶后才回答:"谷维素,我有点月经不调。"

　　左颜去年也有一段时间月经不调,她放下小药瓶,走进厨房,说:"那你要不要找个时间去看看中医啊?"

　　游安理应了一声,低头将打好的蛋液倒进锅里。

　　"滋滋"的声音吸引了左颜的注意力,她探头往锅里一看,问:"你要做厚蛋烧吗?"

　　"厚蛋三明治,你还是不要番茄?生菜要吗?"游安理一边动作利落地卷蛋饼,一边开口问。

　　"不要番茄,生菜多来点。"左颜说着,忍不住咽了下口水。

　　刚送来的新鲜番茄和生菜水灵灵的,游安理洗干净切好,做了两份丰盛的三明治,然后用小奶锅煮生牛乳。

　　左颜洗了手,悄悄从三明治上掰下一小块蛋饼塞进嘴里,还是那个味道,一点都没变。她想着,心情一下子就好了起来:"要我帮忙吗?"

　　"如果你五分钟前说这句话,会显得更有诚意一点。"游安理倒好两杯牛奶,语气平淡地回答。

　　放了半块方糖的鲜牛奶味道刚刚好,厚蛋三明治里的火腿和培根也很新鲜,搭配美味的蛋黄酱和又脆又嫩的生菜,这顿早餐吃得左颜舒坦极了。她甚至觉得要是每天都能吃上这样的早餐,就算吵一点她也能原谅。

　　吃完饭,左颜还记着游安理刚刚损她的那句话,自告奋勇地把碗洗了,锅碗瓢盆一个也没落下。她刚洗完擦干手,就听见身后的人开口道:"看来还是要买个洗碗机。"

　　左颜"啧"了一声,看在食欲被满足了的分上,没有跟她计较。

　　二十分钟后,游安理穿上运动外套,抬手把长发绑了起来。左颜懒洋洋地坐在沙发上,见她要出去,抬头看了眼墙上的时钟,不解地问:"离上班还早着呢,你上哪儿去?"

　　游安理顿了一下,侧过头看着她,半晌后才道:"我记得你喝醉是不会断片的,更何况昨晚那瓶红酒的度数不高。"

左颜刚要跷起腿换个姿势,听到这句话差点闪着腰。谢谢领导,她现在想起来了。

"快点回去换鞋,我等你。"游安理说完就穿上运动鞋,拉开了大门。

左颜有心想耍赖皮,但"喝醉不记得了"这个借口刚刚已经被人堵死了,更别提她现在根本不敢跟游安理对视,只能埋着头灰溜溜地出门,再灰溜溜地跑回了自己家。

很好,左颜同志,这一次你做到了保持表面上的镇定,比起上一次做出这种事之后没脸见人的样子有了非常大的进步。加油,继续保持,你的脸皮一定会越来越厚的!

换了鞋再出来,看见等在门外的人,左颜的心跳也趋于正常了。既然面子和里子都丢完了,她也没什么好怕的了,脸皮不厚点怎么能活得下去。

"穿这么多,你是去晨跑的,不是去遛弯的。"游安理见她全副武装的样子,实在看不下去了。

左颜正在往脖子上缠围巾,嘟囔了一句:"关你什么事。"天气这么冷,她这个点爬起来去晨跑已经很给面子了好吗?

游安理听到这句话,目光一顿,停在了她的脸上。左颜扯着脖子后面缠反了的围巾,没有察觉。游安理笑了笑,走到她面前,抬起手去帮她。左颜自觉地埋下脑袋,松开手让她来弄。

左颜柔顺的直发扎成了马尾,露出一截雪白的脖颈,游安理的指尖从她的脖颈上擦过,左颜缩了缩脑袋,脸埋在围巾里,小声问:"好了没有?"

游安理抚平了她翘起来的衣领,片刻后才收回视线,然后率先走向电梯:"走吧。"

左颜忙伸手去理自己的头发,见她快要走远了,赶紧追上去,跟在她后面进了电梯。下楼的时候,两个人都默契地没有提昨晚的事情。

左颜已经不是年少时的脾性了,调整心态也就是一顿饭的工夫,当然,这里面也有饭菜很好吃的原因。

下楼之后,她跟在游安理后面,还有心思去想这一次自己明明没有提要求，为什么反而得逞了。左颜想着想着，忽然一愣，等等，她为什么要用"得逞"这个词？

"不要站着，跑起来。"

游安理侧过头催促她，左颜回过神，不情不愿地小跑着跟了上去。

两个人一前一后地跑着，因为待会儿还要收拾东西去上班，所以没有跑太远，就绕着公寓小区里的林荫小道一圈圈慢跑着。左颜工作之后没有时间运动，体质跟游安理相比差了不是一星半点，每隔几分钟就要放慢速度缓口气。到最后成了游安理跑在她后面，在她每次停下来的时候给她"加油打气"。

左颜实在受不了了，停下来撑着大腿，一边喘气，一边夹枪带棒地冲她发脾气。平时这个点她还没从床上爬起来，她到底为什么要来受这个罪，被窝里不舒服吗？她出了不少的汗，热得一把拽下围巾，又不知道往哪儿塞。

"不要一下子摘掉，风一吹会感冒的。"游安理说着，走了上来，拿起她的围巾帮她围在脖子上，缠了两圈。

"热死了。"左颜难受得扭了扭脖子，偏偏这条围巾很长，还得再缠两圈才不至于甩在身前。

"出门前我就说过，但你说不关我的事。"游安理慢条斯理地帮她围着围巾，还不忘火上浇油。

左颜的火气一下就上来了，她伸出手抢过游安理手里的半截围巾，直往对方脖子上套："你这么喜欢，那你也戴上，别跟我客气。"

她把围巾严严实实地围在游安理的脖子上，缠得密不透风，完事了还在游安理的肩上拍了拍："多暖和啊，就这样吧。"

游安理似笑非笑地看了她一眼，什么也没说，很快左颜就知道自己干了一件多蠢的事情。

一条围巾把她跟游安理绑在了一起，没法再一前一后地跑，甚至必须紧紧挨着，否则就会勒住脖子。她又拉不下脸去把围巾扯回来，只能贴着游安理的手臂，跟着她的速度往前跑着，回头率别提有多高了。

左颜借着游安理的身体挡住自己的脸，生怕被眼熟的小区住户看见。正常人谁会系着同一条围巾并肩晨跑啊?

游安理神色自若地跑完了全程,回家的时候还问她:"累不累?"

左颜心累。

一路上,路人的目光伤害了她脆弱的心灵,待会儿上了楼回了屋她就要上网买几副耳塞,明天休想再把她吵起来。游安理带着她慢步往回走,又教她做了拉伸,让运动后的身体放松下来。等回到楼上,她停在家门口,取下脖子上的围巾还给左颜。

左颜已经累得不想开口说话了,接过围巾就往家走。

游安理忽然笑了笑:"今天做得很好,明天继续加油。"

进了家门后,左颜抱着围巾,脑子里冒出来的第一念头是今天起床后没有洗头。可恶,失算了,以后改晚上睡觉之前洗头吧。

左颜想到这里,拿围巾捂住脸,飞快地钻进浴室,开始洗澡洗头。她以最短的时间洗漱完,吹干了头发,然后回到卧室打开衣柜。她伸出手从一排排休闲套装上面滑过,最后停在那套只穿了一次的衣服上。仔细一看,打底衫和裙子跟她所有的秋冬外套都很搭。

左颜拿出衣服换上,然后又挑了一件外套,假装这是一套没穿过的衣服。临出门时,她已经换了鞋,却脚步一顿,跑回浴室给自己上了个淡妆。

游安理今天穿了一件深灰色的呢绒大衣,里面搭了一件高领的深褐色毛衣,衣摆扎进黑色西装裤里,配上一双小白鞋,看起来清爽又利落。

左颜没想到她今天穿得这么"休闲",反倒显得自己过于花哨了。她正在考虑要不要把衣服换掉,就听游安理开口道:"挺好看的。"

左颜故作平静地关上门走过去,挺直了脊背,正要拂开披散的秀发,展现一下自己的好身材,面前的人又道:"裙子在哪里买的?发我链接。"

"……"直到上了车,左颜的脸都是臭的。

她真是想不明白,这人都快三十二岁了,怎么还没学会说讨人欢心的话?夸人只夸半句,臭德行。以前她们冷战和吵架,八成是因为这件事。

左颜摆了一路的脸色,下定决心这次一定要等游安理先开口。以前每次都是自己先服软，总不能七年过去还这样吧？那也太憋屈了。游安理始终没有开口打破沉默，一路上还接了几个电话，仿佛没察觉到左颜在生闷气。

今天她们出门的时间不算早，半道上又堵住了。游安理看了眼手表，确认应该来得及，才松开了方向盘，侧过身去拿后座上的一个袋子。这是昨天她在商场里买的东西，全都堆在车上。

"这是你的。"她将那个袋子递给左颜。

左颜虽然一直看着窗外，但注意力全在游安理身上，早就听到了动静。她本来还想再撑一会儿，然而实在压不住强烈的好奇心，昨天她就看见这个袋子了，还是游安理预订的东西，到了店直接取走，所以她一直不知道里面是什么，那可是一家卖珠宝饰品的奢侈品店。

"给我的？"她没忘记自己还在生闷气，不咸不淡地问了一句。

"嗯。"游安理看着她，又抬了抬手，示意她接过去。

左颜这才"不情不愿"地接过来，按捺住现在就打开的冲动，那样显得太急切了。

游安理笑了一声，开口道："先打开看看吧，是特意给你买的。"

左颜"哦"了一声，慢吞吞地拆开袋子上的蝴蝶结，拿出里面的小礼盒。她轻轻打开盒子，一道银光一闪而过，她下意识地眯了眯眼睛。

等看清楚盒子里的东西后，左颜陷入了沉默。游安理单手搭在方向盘上，侧着头看她，问道："喜欢吗？"

"你认真的吗？你明明知道我最讨厌这个。"左颜抬起头，忍住了想把盒子砸到她头上的冲动。

游安理笑了笑，回道："我觉得你现在比较需要它。"

前面排队的车开始动了，游安理直起身，继续朝着公司驶去。

左颜的脸色比上车前更难看了。她现在就想打开窗户把盒子里的东西扔出去，但这是在车上，她仅剩不多的公德心战胜了她的暴脾气，更何况这东西还挺贵的。

一路无言，到了公司地下停车场后，左颜先一步下了车，多一秒都不想待，直奔电梯口。游安理看着她留在车上的礼物盒，笑了笑，拿起盒子里的东西下了车。

电梯门关上之前，左颜飞快地按下开门键，又在脚步声靠近时收回手，若无其事地掏出手机来看。

游安理走进去，等电梯门关上后，才开口道："真的不要啊？"

"不要。"左颜盯着手机屏幕，头也没抬地拒绝道。

游安理点了点头，片刻之后，她轻飘飘地说道："那可惜了，我还刻了你的名字呢。"

解读与判断一个人的喜怒哀乐对游安理来说很容易。这谈不上察言观色，只是一项熟能生巧的生存技能，毕竟像她这样的人要想好好活着，从来不是一件简单的事。在世界上形形色色的人中，对游安理来说最好掌控的就是左颜这样的人，起初她是这样定义左颜的。

因腿伤失去了书店工作那段时间，游安理不得不像大部分人一样，无所事事地度过假期。她跟自己打了个很无聊的赌，以此来打发这个枯燥无味的悠长假期。赌注还未想好，她就已经赢了。

假期的最后一天，在外面躲了将近一个星期的人总算发现了自己的书包还在家里，只能灰头土脸地在大早上赶回来补作业。游安理站在衣柜前换衣服，听见外面走廊上那人的脚步声，无声地笑了笑。

对面的卧室门"吱呀"一声被轻轻打开，游安理走出房间，抓住了"小偷"的后衣领。

"你的书包在我房间。"

蹑手蹑脚的左颜被这句话吓得参毛，一边猛拍着胸口，一边回过头来。

游安理一眼就知道她要吐出什么脏话，只给了她一个眼神，于是她就把那句话咽了回去，一副敢怒不敢言的模样，目光却躲闪着，不敢看过来。

游安理瞥了一眼手表，抓着她的后衣领就往自己房间里走。

"离晚上睡觉还有十四个小时，扣除午饭、晚饭和上厕所的时间，你还有十二个小时。"

"两个小时哪里够啊！"

"你的作业做完了吗？"

"……"

埋着头在书桌前做作业的左颜总算集中了注意力，不再一会儿转笔玩，一会儿扣橡皮擦了。不过，在外面疯玩了快一个星期的左颜，回来后老老实实地坐一下午已经是极限了。越接近晚饭时间，左颜就越暴躁，不停地换姿势，一会儿跷腿，一会儿抖腿，啃铅笔头的频率也变高了。

游安理想起了前段时间在书店里翻到的那本《宠物兔饲养手册》，书里详细介绍了兔子这种生物会在什么时候变得暴躁不安，并且伴随着明显的破坏行为，例如啃咬、刨地、摔打等。游安理扫了她一眼，后知后觉地得出结论：这只快成年的兔子进入了"青春期"。

时间到了要做晚饭的点，游安理放下书，看着已经快要按捺不住的人，开口道："休息吧。"

左颜立刻扔下手里的笔，从椅子上跳起来，夸张地伸展着四肢和脖子。

游安理下了楼，开始了时隔一周的做饭。这几天一个人住在这里的时候，她尽量减少使用厨房的次数，毕竟这里的东西都不是她的，能不动就不动。等到了明年夏天，小姑娘顺利考上大学，她的任务也就完成了。到时候，她带了多少东西进来，就带着多少东西离开，银货两讫。

吃晚饭的时候，饭桌上的另一个人难得很安静。游安理知道她是不好意思，如果作业没在家里，她可能今天都不会回来，明天就直接去学校上课。虽然想说一句"喝醉之后做什么事情的人都有，不用当回事"，但考虑到左颜最好面子，游安理还是没有开口说一个字。反正时间久了，只要不提，自然而然就会忘记。

这个时候的游安理没有想到，在不久之后主动提起这件事的人是她自己。

吃过晚饭，左颜便开始犯懒犯困。游安理早就摸清了她的性子，所以白天的时候一点休息时间也没给她，否则晚上睡觉前她是肯定做不完的。

"还有两套卷子，抓紧时间做完，然后就可以睡觉了。"她拿笔

101

敲了敲书桌，让打瞌睡的人清醒过来。

"我真的好困，好想睡觉。"左颜趴在桌子上，全然忘记了刚刚自己对她避之不及，又拉着她的手开始玩拖延战术。

游安理不为所动："你现在拖一分钟，就晚睡觉一分钟，自己想想吧。"

碰了一鼻子灰的左颜一下子爆发了，显然这一天的高强度功课让她到了极限："我就是做不完了嘛！明天请假不去学校不就行了吗？"

游安理沉默下来，看着左颜不说话。左颜有些怵了，气焰立刻弱了下去，眼睛立马就红了。

"我不想跟你说这个结果是怎么造成的，因为你自己很清楚，说了没有意义。"游安理很少用这样的语气对她说话，也没说过这么长的一句话。

左颜听得愣住了，眼眶越来越红，强忍着没让泪水掉下来。

游安理看了眼手表，继续道："最迟十点半上床睡觉，你做得到的，现在开始专心做题。"

左颜一动不动地坐在书桌前，赌气一般就是不动笔。游安理就陪着她干坐着，看她什么时候开始做题。

时间一分一秒地过去，大概是终于认清了现实，左颜低下头抹了把脸，吸了吸鼻子，抓起桌上的笔。十点二十分，她做完了卷子上的最后一道题。

游安理松了口气，抬手按了按眉心，起身道："赶紧去洗漱，明天早上不要迟到了。"

坐在书桌前的人没有动，游安理只能转回身，问她："怎么了？"

半晌之后，她才闷声闷气地回道："你刚刚凶我。"

游安理无奈地看着她，一时间不知道该说什么。秀才最怕遇到兵，这种不讲道理的小姑娘比胡搅蛮缠的客人还要难对付，她应对起来远没有表面上那么轻松。

左颜没等到她的反应，只得转过头来，时隔一周第一次和她四目相对。

"你刚刚凶我！"她大声控诉。

游安理在原地站了好一会儿，最后在她理直气壮的目光下轻叹了一声。

"好吧，我跟你赔罪，你现在可以去洗澡睡觉了吗？"

左颜还是坐在椅子上没动，嘟囔了一句："这些太没有诚意了。"

游安理算是听懂了："如果你明天早上不迟到，我就给你买礼物，这样有诚意了吗？"

左颜愣了一下，忽然从椅子上跳下来，跑到她面前问："真的吗？你不能诓我！"

"真的。"游安理说着，让她转过身去，"现在赶紧去洗漱睡觉，晚了礼物就没了。"

话音一落，面前的人立刻冲出房间，跑没了影。很难想象，混世小魔王第一次主动按时起床只是为了一份礼物。游安理不知道左颜爸妈是否清楚这个小诀窍，对她来说这是一个很有用的新发现，能让接下来半年多的兼职生活过得轻松一点。

把眼巴巴看着自己的左颜送上了校车，游安理算了算自己从书店拿到的薪水，还是认命地坐上公交车，去商场买礼物。她在商场里挑花了眼，忽略掉那些华而不实的东西，最后选了一份最合适也最实用的礼物。东西有点贵，但对左颜来说，廉价的东西称不上礼物。游安理用掉了一笔存款，只得加快速度找起了新的兼职。

为了兼顾学习，最优选择还是跟书店和图书馆相关的工作，所以找起来效率并不高。游安理赶在傍晚之前搭公交车回了家，一打开门就发现左颜已经回来了，小姑娘真是一点也不懂得掩饰自己的急切。她笑了笑，在玄关换了鞋，背着帆布包走进客厅。

左颜正坐在餐桌边拆包裹，看见她回来了，连忙说："孟年华女士寄来的，我爸不是已经送了我手机吗，她的现在才给我，真是亲妈。"

明明说着嫌弃的话，但她的表情和语气完全不是那么一回事。游安理好笑地想着，回答道："拆开看看吧。"

她说完，伸手拉开帆布包的拉链，准备取出里面那个包好了的礼物盒。

左颜忽然大叫了一声："又是钢笔！"

游安理的动作一顿，抬头看了过去。

左颜气得把盒子扔在桌上，抱着头满脸痛苦地说："每一年都是钢笔，每一年！为什么要这样对我？！啊！"

游安理的目光停在了桌上的那支钢笔上，她在商场里见到过这款钢笔，价格是她买下的那支笔的十倍。

左颜把桌上的东西一推，空出了一块桌面，然后伸出手："我的礼物呢？快点快点，现在就给我。"

游安理收回了放在包里的手，平静地回答："我还没买，明天给你吧。"

第三章

发现新大陆的人

当你开始有意地去观察和留意时,那些以前从来没发现的事情就会一件接一件地出现在你面前。

"不要。"左颜看着手机屏幕,头也没抬地道。

电梯缓缓向上,幽闭的空间里只剩下两个人的呼吸声。

游安理的目光在左颜身上停留了片刻,轻声道:"那可惜了,我还刻了你的名字呢。"

听见这句话,左颜一下子抬起头,朝身边的人看过去。

电梯在这个时候到达一楼,乌泱泱的一群人涌进来,瞬间把两个人挤开,左颜不得不退到最后面的角落里。她怀疑游安理是故意的,刚刚在车上的时候不说,下车的时候也不说,非要吊自己的胃口,一肚子坏水这一点倒是跟以前一模一样。

左颜咬牙切齿地想着,将手机塞回了包里。等到了公司所在的楼层,电梯门一开,游安理先一步走出电梯,左颜从后面挤出去,连忙追了上去。

左颜一路小跑着,在与游安理擦肩而过的时候,一把抢走了她手里把玩着的那支银色钢笔,然后头也不回地冲进了办公区。游安理脚步一顿,笑了一声,迈开腿跟了上去。

两人到达办公室的时间比平时早了一点,左颜有了充足的时间为早会做准备。几天下来,她竟然已经习惯了这样的快节奏,并且在熟悉了流程之后自发地提高了效率,让自己看起来比一开始游刃有余了很多。

进入会议室之前,左颜抱起会议记录本,抽出一支签字笔,却又顿了一下。她抬头叫住了一位往会议室走的同事:"吴哥,你的墨水能借我用一下吗?"

吴哥摆摆手:"在桌上,你自己拿吧。搞快点啊,马上开会了。"

左颜应了一声,走到他的办公桌前,拿起那瓶纯黑墨水。

游安理走进会议室的时候,看到部门成员已经到齐,总算稍微满意了一点。虽然她没想过用自己的标准要求这群人,也从来不指望他们能像自己以前的同事一样,但至少要做到"听话",否则这份工作会成为她职业生涯中唯一的污点。

会议开始前,游安理习惯性地拿起自己的那份会议资料,翻开扫了一眼。打印纸装订得很整齐,这几天下来左颜都没出过错,正想着,她就看见了第二页的左上角有一团黑色的印记。游安理目光一顿，忽然抬起头看向坐在会议室角落里的那个人。

偷瞄被抓了个正着的人立刻低下头，藏起了脸上的表情，握着银色钢笔继续写写画画。游安理收回视线，神色自若地看着资料上的那个鬼脸，随即宣布开会。

大概是相安无事了一天，早会上又有人听得打瞌睡了，开小差的人也不在少数，堪称故态复萌、原形毕露。游安理并不觉得短时间内能改变什么，现在她要做的不过是让所有人正视自己，并且承认她的能力与地位。

散会后，左颜刚回到自己的座位上，坐在对面的张小美就探过头来，挤眉弄眼地看着她，小声道："有情况啊，快点老实交代。"

左颜莫名其妙地看了她一眼，问："什么情况？"

张小美扬起下巴，点了点她手里握着的那支钢笔，笑得高深莫测。

"这支笔可不便宜，别告诉我这是你自己买的。"

左颜下意识地捏紧了手里的银色钢笔，面不改色地撒谎："仿的啦，我要是有这么贵的东西，我早就挂在二手市场了，够交好几个月的房租了。"

张小美看了她好一会儿，也不知道是信没信，最后耸了耸肩，道："反正你要是有情况记得告诉我。看男人我可是很在行的，帮你把把关，省得你被骗了。"

左颜居然从这句话里听出了"历经风雨，千帆过尽"的沧桑感，不由得吃了一惊。没记错的话，张小美比她还要小一岁，原来阅历这么丰富吗？虽然很感谢她的好意，但自己是用不上了，左颜面无表情地想。

刚到手的礼物一下子变得很烫手，整个上午左颜都坐立不安，一边按部就班地做着自己的工作，一边想着怎么把那支钢笔还回去。她们现在只是领导和下属的关系，平白无故收了这么贵重的礼物，怎么想都觉得很奇怪。

午休时间一到，周围的人就都放下手里的事情，拿起手机出去吃饭了。他们公司的福利向来不错，食堂的饭菜比大部分外卖都要好吃，

107

而且经济实惠，久而久之就没有人点外卖了。

办公区里很快就只剩下左颜一个人。她忍不住拿出放在抽屉里的银色钢笔，放到面前端详了一番。现在办公室没有人了，她才敢仔细看钢笔上面刻着的文字。

纯银色的钢笔有着流畅的线条，上面用最简单的字体镌刻着两个大写字母，一个是"Z"，一个是"Y"。

总监办公室的门被敲响时，游安理刚端起水杯，她仰头喝了口水，吞掉了嘴里的维生素片，开口道："请进。"

左颜拿着一上午整理好的资料走进去，放到了她的办公桌上。

游安理点了点头，随口道："辛苦了，吃饭了吗？"

见她摇头，游安理看了眼手表，起身拿起了挂在衣帽架上的大衣。

"那跟我一起去吃吧。"游安理说完，穿上外套就往办公室外面走。

左颜一把拉住游安理的手腕。游安理停了下来，侧过头看着她。左颜垂着头，既不说话，也不松手。游安理安静地等着她开口，可惜等了很久也没等到面前的人说一个字。

游安理面色平静，只是轻声道："我们去吃饭。"

"放心，不在公司里吃。"她补充了一句。

左颜想了好几个义正词严拒绝的理由，然而回过神来时，她已经坐上了游安理的车，看着车子驶出了公司地下停车场。

午休的时间虽然充足，但出去吃顿饭仍要争分夺秒。游安理这样的大忙人会大费周章地陪她出去吃饭，用意很明显。就算她们之间的相处看起来跟以前一样，那也只是"看起来"而已。整整七年过去了，人这一辈子有几个七年呢？

对左颜来说，十七岁注定是最不平凡的一年。这一年她要考大学，被迫结束了任性妄为的潇洒日子。这一年她家里住进了一个人，给她的苦难生活添了砖又加了瓦。也是在这一年，她第一次如此关注另一个人。

过完年，左颜被作业折腾得心力交瘁，开学之后，她又想起了游安理说要送她礼物的事。亏她期待了那么久，结果游安理只给她做了一顿饭就把她打发了。虽然做的都是她喜欢吃的，也都很好吃，但是吃完就没了，不能一直看见的礼物哪能算礼物呢！

左颜对此耿耿于怀，游安理的种种行动都在表明，她嘴上说着不讨厌自己，实际上也没有多喜欢，这可把左颜得罪了个彻底。于是，她开始了"给游安理找不痛快大作战"。

第一件事就是可劲地在游安理面前刷存在感。她不再满足于短信轰炸，而是得寸进尺地发展到了打电话的程度。早上出门的时候要打十分钟，到了学校要打十分钟，每到课间休息再打十分钟，一天的时间被她掰得四分五裂，每一个碎片上都刻着"游安理"三个大字。

游安理当然是不堪其扰。左颜总能狡猾地摸清楚她的忍耐极限，一旦靠近那个极限就老实下来，不给游安理收拾她的机会。

左颜就跟打"游击战"一样，打一枪就跑，一来一回，孜孜不倦，越战越勇。时间久了，只要超过两个小时听不见游安理的声音，她就觉得浑身不舒服。

"我跟你说，我妈这次可能不回来了。虽然她把机票都订好了，但是那边的流感好像又严重了，说是有可能会进入什么公共卫生状态。"左颜靠在教室外面的走廊上，说着说着就开始抱怨起来。

电话那头的人平静地道："是公共卫生紧急状态。"

"哦，对对对，就是这个。"她说完，又叹了口气。

"下个月我就要过生日了，也不知道她能不能赶回来。"左颜故作自然地说，说完之后屏住了呼吸，静静地等待着对方的反应。

"不好说，如果真的进入公共卫生紧急状态，出入境的管制就会更严格，搞不好她今年内都回不来。"游安理的声音伴随着敲击键盘的响动，让人一听就知道她正在一心二用。没了书店的工作之后，她找了一份翻译文件的兼职，为此不得不开口向左颜借了电脑，每天就在家里工作。

这份兼职听起来很轻松，实际上工作量很大。左颜不知道她到底做了几种语言的翻译，反正仅是自己看见过的就有三种。虽然左颜对报酬没有概念，但想来她这么拼命地工作，能得到的报酬不会太少，再加上她在自己家里工作，左增岳不可能亏待她，两边加起来的钱完全足够她一个人用了。左颜实在不明白游安理为什么还要这么拼命地赚钱,但她收起了自己的好奇心,不去打探别人的隐私。

听到这个回答,左颜屏住的呼吸一下子就松开了,讨厌鬼萝卜头,连这么明显的话都听不出来,到底是聪明还是傻啊?

左颜一手拿着手机,一手在走廊的扶手上写写画画,半晌后才闷闷不乐地问:"你今天来接我吗?"

电话里敲击键盘的声音停了一瞬,很快又响起。游安理的语气很平淡:"不知道。"

左颜抿起唇,几秒后飞快地说了一句:"上课铃要响了,挂了。"她说完就收回手,挂掉了电话。

值日生李明明正在走廊上拖地,走到她身后时开口说:"左颜,你让一下。"

左颜回过头,给了他一个不善的眼神,然后转身走进了教室。

李明明一头雾水,问旁边的男生:"我又哪里惹到她了?"

"大姐头嘛,喜怒无常很正常。"男生十分老到地回了一句,继续吃着手里的辣条。

楼下远远走来的教导主任抬起手,指着那个男生喊道:"那个谁,吃辣条的那个,你是哪个班的?"

男生大惊失色,缩着脖子一溜烟跑了。

左颜回到教室里一屁股坐下,任谁都能看出来她心情不好。

班上的女生跟她没有共同话题,男生又都不敢惹她,所以没人来问一句她怎么了。

坐在她前桌的学习委员兼今日值日生李明明回到座位上,坐下后转身问她:"你怎么了?手机又欠费了?"

他这破嘴,别的不提,非要提她现在最不想提的事情。左颜瞪了他一眼,压着火气回了一句:"没有。"

她的零花钱都用来买话费充值卡了,能欠费才怪。

李明明笑了笑,没有放在心上。

在全班同学里,只有他能跟左颜说上几句话,不是因为他有什么特别之处,而是因为他脾气好。其实他早就发现了,班上的人对左颜有误解，或者说是一种偏见。大家都知道她家里很有钱，所以很多人想跟她亲近的同时，又始终与她保持一定的距离。

左颜是个很纯粹的人，别人怎么对她，她就怎么对别人，其他同学对她不亲不近，她也这么对他们。李明明不过是借了她几次笔记，就被她送了一堆国外小零食，味道还都不错。久而久之，他们俩便算是能说得上话的关系了。

"虽然不知道你在生什么气，但我教你一个办法，能少生点气。"李明明凑到她面前，小声说道。

左颜虽然没什么兴趣，但还是问了一句："什么办法？"

李明明笑着说："有事就说事，别憋在心里。不管是跟谁说，反正你说了，就相当于把垃圾扔出去了。"

左颜"喔唷"了一声，调侃他："原来你不是学习委员，而是文艺委员啊，这一套一套的，赶得上心灵鸡汤代言人了。"

李明明也不生气，只劝她："生气是苦自己，倒垃圾苦的是别人，当然要选个划算的。"他刚说完，上课铃声就响了，他立马转回去坐直了身子。

这是放学前的倒数第二节自习课，左颜将手撑在课桌上托着头，顺着李明明刚刚的话开始发散思维。想着想着，她就想起来李明明在班上好像很有人气。

以前左颜无法理解，因为在她眼里，李明明最多就是个没那么呆的书呆子，但终究还是书呆子。现在她突然发现，这个书呆子还有点东西。

听了李明明那一番话，左颜开始反省自己是不是有点小题大做了。游安理可能真的只是没注意到自己说了什么，毕竟那会儿她正在工作。工作时间都会接自己的电话，不是已经很给面子了吗？左颜自我安慰了一番，下课之前就把心态调整好了。

还有一节自习课就要放学了，她的心情也跟着放飞了，还小声地哼起了歌，坐在前面的李明明听得直摇头。

果不其然，左颜被正在巡视的班主任点名批评，安静的教室里爆发出一阵笑声，左颜闹了个大红脸，赶紧低下头假装专心看书。

放学前的最后半个小时,左颜兜里的手机振了振,但她已经被班主任盯上了,只能焦急地等待着时间往最后一秒靠近。

终于,放学铃声响了。左颜收拾好东西飞快地从后门跑出去,躲开了班主任,偷偷拿出手机看了一眼,屏幕上显示着一条半个小时前收到的短信。

发件人:萝卜头。发件内容:我忙完了,去接你。

左颜脚步一顿,下一秒,她握着手机以百米冲刺的速度跑向学校大门。

此时的校门口挤满了人,但她总能在人群中一眼锁定那个熟悉的身影。左颜咧开了嘴,朝着游安理跑过去。

天空已经黑沉沉一片了,不知道什么时候下起了小雨,等左颜好不容易跑到游安理面前时,额头上的碎发已经被雨水打湿。

"我刚刚才看到短信。"

她一开口就先解释了一句,游安理没说什么,只点了点头,然后掏出包里的折叠伞,撑在了两个人的头顶。左颜自觉地往她身上靠去,紧紧地挨着。

游安理打着伞,没有拉开距离,两个人朝着公交车站走去。雨渐渐变大了,气温低得快赶上凛冬时节。一路上都是穿着雨衣或打着伞的人,整个世界变得花花绿绿。

游安理见她冷得直缩脖子,停下来开口道:"打车回去吧,要是感冒就麻烦了。"

左颜正想点头,忽然又想起了什么,动作顿住了。

游安理站在路边招了招手,她们运气不错,正好有一辆空车路过,停在了她们旁边。

"左颜。"见她还傻站在原地,游安理叫了她一声。

左颜掏了掏自己的校服裤兜,非常尴尬地确认了一个事实,她这个月的零花钱基本用完了,只剩下几个钢镚。

游安理扫了她一眼,掏出钱包晃了晃,又开口道:"上车,再晚就来不及做饭了。"

雨越下越大,左颜赶紧上了车,一把关上车门。

学校离家并不远，但打车一直是左颜的习惯，她大手大脚惯了，游安理也不拦她，反正她用的是自己的零花钱。现在左颜数着兜里的钢镚儿，第一次觉得打车真的很费钱，一次打车钱都够坐好多次的公交车了。这次打车的钱还要游安理付，她越想越觉得没面子，一路上安静得一句话也没说。

到家后，游安理先让她去洗个澡换衣服，等她洗完后才去浴室。这么一折腾，做饭的时间自然就比平时晚了很多。左颜站在厨房里，被游安理塞了一碗姜汤，换了往常她是不肯喝的，但今天她没底气耍小性子，捏着鼻子就把姜汤喝掉了。

锅里煮着红薯粥，清甜的香味钻进左颜的鼻子，香得她哪儿也不想去，便守在厨房里看游安理做饭。

比她高了大半个头的女人穿着围裙，正拿着汤勺搅拌锅里的粥。左颜看着她，不知不觉间，那些乱七八糟的思绪被无形的手掌抹平了，她感到了平静和安宁。虽然这里本来就是给她遮风挡雨的家，但实际上，它大多数时候只是一个空荡荡的大房子。在游安理出现之后，这里才有了可口的饭菜和令人安心的味道。

"这两个月你用钱好像用得很快。"游安理盖上锅盖，拿起菜刀切菜，同时开口说道。

左颜回过神，听清这句话后，又不敢看她了。长这么大，她还没在钱的事情上丢过人，实在是很郁闷。

左颜正想着找个什么借口，就听游安理平静地道："你每天都是在家里吃早晚饭，中午在食堂刷饭卡，放学后也是按时回家。"

游安理动作利落地切着菜，陈述道："学校要求买的教材我之前都给你了，游戏机锁在柜子里，你周末也没出去玩，网购都是用鞋柜上的钱在线下结账。"

左颜张口结舌，还没想好的借口就这么被堵死了。

游安理切好了菜，放下菜刀，抬头看向她："所以你的零花钱花哪里去了？上个月你从你爷爷那里拿了不少，跟这个月的加起来，不是一个小数目。"

左颜突然生出了一种正在被孟年华女士"审讯"的错觉。她方寸大乱，连谎都不会扯了，支支吾吾半天，愣是说不出来一个"理由"。

左颜最后只能放弃挣扎，老老实实地交代了自己这两个月买了多少张话费充值卡，又分别是多大面额的。一笔一笔，加起来之后把她都吓了一跳，竟然花了那么多钱。

煮粥的锅里"咕噜咕噜"地冒着热气，游安理将火调小了点，然后叹了口气："以后要买什么，你跟我说一声，不要花那些冤枉钱。"

左颜也觉得自己这次有点过分了，把那么多钱花在看不见摸不着的东西上，而且游安理听了肯定会觉得这件事跟她有关系。也不知道为什么，左颜自己犯了错被骂无所谓，但如果牵扯到别人，尤其是牵扯到游安理，她就会难受得像是有人在挠她的心。

游安理把切好的菜装在盘子里，打开抽油烟机，准备炒菜。见旁边的人还埋着头一声不吭，像在罚站一样，她想了想，开口道："把你的手机给我，明天放学后再还你。"

左颜"啊"了一声，一下子抬起头。虽然很不情愿，但左颜也知道做错事就应该受到惩罚。她掏出手机，恋恋不舍地递给了游安理。

游安理接过手机放进衣服口袋里，开始倒油炒菜。

晚饭虽然只有两个人吃，但还是很丰盛。左增岳知道家里大大小小的事情都是游安理在处理，所以单独给了她一笔生活费，不算在工资里。

游安理把这笔钱用在了左颜的生活起居上，早饭和晚饭怎么搭配，吃什么对身体发育好，她都是认真研究过的。左颜待在家里的时间越来越长，不仅每天放学后准时回来，周末也不爱往外跑，去吃那些快餐了。

昨天她奶奶打电话来，叫她周末去玩，给她炖海带猪蹄汤。左颜思考了三秒钟，就借口说自己作业太多，一来一回会花不少时间，怕作业做不完，说等放假了再去。她奶奶要是知道了真相，准骂她是个小没良心的。

美滋滋地吃饱了饭，外面还在下雨，没办法出去散步，左颜就拉着游安理在客厅里做广播体操："你不是叫我多运动吗，你怎么能不

回避

以身作则呢？"

游安理懒得跟她辩论，工作了一天，她甚至不想思考，陪着她做完了一套广播体操。

左颜喊着口号，时不时回头瞄她一眼，纠正她的姿势。等发泄完旺盛的精力后，她也消停了，自觉地抱着书包进了游安理的房间，开始做作业。不过，没了手机还是让她不适应，在家里还好，早上一出门，左颜就想玩手机，等她掏了半天没摸到，才想起来手机已经给了游安理，她顿时烦躁起来。

这股烦躁一直持续到了放学，铃声一响，左颜抓起书包就从后门冲了出去，直奔学校大门。虽然没有手机，联系不上游安理，但左颜就是笃定会在学校门口看见游安理。当这个没有理由的预感被证实时，她的烦躁和不安一下子就被迎面吹来的风带走了。

"你的手机。"游安理看着左颜那副迫不及待的样子，不禁失笑，将手机递给她。

左颜回过神，"哦"了一声，伸手接了过来。她掩饰什么一般，连忙垂下头，专注地看着手机屏幕，解了锁开始捣鼓起来。

游安理开口道："放心，我没有碰手机里的东西。"

她顿了一下，又解释道："我只是去营业厅绑定了一个新的套餐，这样你给我打电话或者发短信用的钱会是最少的。"

左颜正好翻到了一条未读短信，等看清那行字后，手里的手机差点掉到地上："尊敬的用户您好，您与尾号0214用户绑定的亲情套餐已正式生效……"

第二天是左颜好不容易盼来的周六，但她无心玩电脑，而是坐在游安理的房间里苦思冥想。

萝卜头是什么意思啊？她是不是在故意捉弄自己？毕竟这种事情她不是第一次干了。尤其是在自己犯了错误之后，她总有损招来收拾自己。

左颜想了一会儿，又全都否定了。游安理不是会开这种玩笑的人。面对这么一件小事大惊小怪才丢人吧？

然而，虽然心里这么想，但左颜还是做不到不去在意这件事。她想知道游安理到底是怎么想的，在这个问题面前，其他的事情都不重要。

没过多久，左颜就发现手机套餐更换后，费用不再从自己账上扣除了。绑定的两个手机号共享所有套餐内容，但扣费的是主账号，也就是游安理的手机号。

她这哪里是省了钱，这根本就是免费了。左颜打电话给人工客服确认了这一点，于是那些猜测和别扭一下子就消失了，这一刻，她比收到了最想要的游戏机、吃到了最好吃的美食还要开心。

游安理每天都在拼命赚钱，却从来不会乱花一分钱，换算一下，对游安理来说不就等于她跟钱一样重要吗？左颜想通了这件事，顿时觉得扬眉吐气，连之前"礼物"的仇和打电话时生的气都忘得一干二净。

她甚至还想，既然萝卜头对她这么好，那她也要意思一下才行。为了"意思一下"，左颜开始了潜心钻研。也正是这一次心血来潮的"钻研"，让她发现了一件令她非常郁闷的事。

她一点也不了解游安理。她不知道游安理喜欢吃什么、想要什么，除了看书和赚钱还有什么爱好和理想。她甚至不知道游安理的家住在哪里，家里有几个人，上的哪所大学，老家是不是本地的。游安理从来没有说过这些，她也没有问过。

左颜原本的好心情就这么没了。她是一个想做什么就立刻去做的人，这点困难还不足以让她打退堂鼓，反而激起了她的斗志。

首先，她要了解游安理的喜好。

当你开始有意地去观察和留意时，那些以前从来没发现的事情就会一件接一件地出现在你面前。左颜只用了两顿晚饭的时间就发现了游安理的口味。

游安理不爱吃油腻和味道比较重的东西，但左颜爱吃，所以每天的晚饭都只有一道菜比较清淡，而那道菜就是游安理吃得最多的菜。发现这一点之后，左颜心里突然有些不是滋味。

以前她根本没有留意过这些细节，只觉得游安理胃口小，每天吃的东西不多。

左颜忽然想起之前有一次，游安理做了红烧肉，那道菜她馋了半个多月，吃到的时候甚至忘了自己还在跟游安理斗气，一边夸游安理做得好吃，一边让对方也多吃点。

那时候游安理只是平静地说了一句："我在减肥。"

左颜还笑话她："你都瘦成竹竿了，再减就不好看了。"

游安理看了她一眼，什么也没有说。想起这些事情之后，左颜才意识到，游安理一直是这样的。她有意无意地藏起自己的喜怒哀乐，连带着偏好和需求也被藏起来了，不仅不给别人看，而且也不让自己触碰，活得像个苦行僧。

然而，一个人怎么可能没有喜好和需求呢？就算是游安理，也一定有的。左颜决定去做那个发现新大陆的人……

越野车在一家略显安静的中餐馆外停了下来。这条街上来往的人不多，整条街的风格都带着典雅的韵味，这家中餐馆也装修得古香古色，让人第一眼就感觉到了舒适。左颜扫了一眼餐馆招牌，看清了那行毛笔字。

这是一家中餐私房菜。只要跟"私房菜"三个字沾边，价格就会比普通的餐厅要高至少一倍。左颜再一次意识到，游安理真的变了很多，以前的她从不乱花一分钱。

两个人在卡座里坐下后，穿着藏青色汉服的老板娘笑着递来平板电脑，上面是菜单。

"谢谢，给她吧。"游安理礼貌地点了点头，示意老板娘将平板电脑递给对面的左颜。

左颜没有拒绝，道了谢之后接过平板电脑，开始点菜。她在菜单上勾选了两道素菜和一道荤菜，又选了一份汤和两份米饭。

老板娘离开后，游安理提起刚刚送来的茶壶，给她倒了一杯热茶。茶香清新，一闻就知道是好茶。

等上菜的空隙，左颜撑着下巴发呆，游安理也没有开口，气氛凝结着。

好在上菜的速度很快，两素一荤被端上桌后，老板娘还送了她们一份甜食。

左颜揭开白瓷盅的盖子一看，是桂花酒酿圆子。

酒酿，就是米酒。她眼皮跳了下，连忙又把盖子放了回去，一副不感兴趣的样子。

游安理也看了眼，笑了笑，开口道："可惜了，我开车。"

左颜没理她，从进入办公室到离开公司，再到进了餐馆坐下，她都没开口说过一句话。

原因两人都心知肚明，却没有人主动打破僵局。

游安理拿起小汤匙，从那盘香气扑鼻的金沙玉米里舀了一勺，慢条斯理地送进嘴里。三道菜都较为清淡，唯一的荤菜是什锦虾仁，放了大量蔬菜粒，看起来更像减肥餐。相比起来，金沙玉米已经算得上重油的菜了。

咸鸭蛋的蛋黄为每一颗玉米粒裹上了一层酥脆的外衣，吃进嘴里咸香清甜，是为数不多的左颜喜欢的素菜，毕竟她是个无肉不欢的人。

见游安理先动了，左颜也拿起筷子，闷不吭声地吃起来。那一小盅桂花酒酿圆子散发着诱人的香味，左颜才吃了酒精的亏，这会儿是一点都不敢碰了。

整顿饭两个人都很沉默，相比起对面那人自在的模样，左颜显得有些魂不守舍。

左颜想过很多种她和游安理再见的情形。无论是相对无言，还是形同陌路，又或者一笑了之，像大多数成年人那样成为点头之交的熟人，每一种情形的应对方式都在她脑子里排演过很多次。到现在她都还不能确定，近几日发生的事情到底是不是一个美梦。

游安理回来了，用一种高调的姿态，在她没有任何防备的一个最普通的日子，再一次闯进了她的生活。没有寒暄，没有客套，没有相见不相识。左颜最害怕的事情都没有上演，所以她产生了错觉，误以为两个人还能像以前那样要好。

游安理没吃多少东西就放下了筷子。她捧着茶杯慢慢喝着清茶，比起在公司时更为放松。左颜一抬头就看见她这副模样，好像只有自己一个人在较真,而她并没有当回事,心里的那点酸涩顿时变成了怒气。

"钢笔还给你,太贵重了,我不能收。"左颜掏出那支银色钢笔放到她面前,没什么表情地说。

游安理对上她的视线,开口道:"这支钢笔上面已经刻了你的名字,退不了。"

她还敢提这个。左颜真的恼了,气冲冲地问:"这刻的是我的名字吗?明明刻的是……"

游安理见她终于说了出来,眼底的笑意攀上了眉梢。左颜被她看得浑身不自在,咽回了后半句话。

游安理放下茶杯,抬起手指从高领毛衣里勾出一条项链。吊坠滑落下来,在旋转时反射出一点银光。

她捏着那枚戒指,轻声道:"你把这个给我的时候,不也说刻的是你自己的名字吗?"

戒指的事情说来话长,横跨了左颜的十七岁到十八岁,也承载了她的青春。分明是很轻盈的一枚纯银指环,握在手心里却沉甸甸的,就像游安理之于她。

这年的冬天来得很早,从十月下旬就进入了漫长的冬季,天气只偶尔放晴。随着国庆长假的远去,第一学期的第二次月考悄然逼近。

左颜难得老实了一段时间,不再整日把精力用在玩电脑和看漫画书上,而是一门心思扑在了记录她的秘密上。这个秘密藏在书桌的抽屉里,从左到右的第三个抽屉,打开之后就会看见一个厚厚的天蓝色笔记本。

这些文具和笔记本都是孟年华女士送给她的,从收到的那天开始就被扔在抽屉里吃灰。对一个连暑假日记和读书笔记都写得极其敷衍的人来说,主动写日记是不可能的事情。左颜原本以为自己一辈子都用不上这些笔记本,就像那些钢笔一样,但人生总有一些事情会超出你的"以为"。

十月十九日,天气阴转小雨,冷飕飕的。

萝卜头早上吃了一个水煮蛋和两片白吐司,喝了半杯牛奶。水煮蛋那么难吃,还噎得慌,也不知道她是怎么吃下去的。我做的煎蛋很好吃,偷偷挤了很多蛋黄酱在上面,味道好极了。

今天的萝卜头看起来有心事,证据就是她最后喝的那半杯牛奶是我的!不过我人美心善,没有告诉她这件事,不然她肯定会不好意思。

也不知道萝卜头在想什么,洗碗的时候我在她面前晃来晃去,她都没发现。

她的黑眼圈看起来又重了点,她大概是因为凌晨三点过后才睡觉的,我半夜起来上厕所的时候还听见她在敲键盘。

卧室的门被敲响,左颜连忙合上笔记本,一把塞进抽屉,开口道:"你进来吧。"

游安理拧开了房门,站在门口,说:"我出去一趟,五点之前回来。你要玩电脑可以去我房间,但是要先把单词背了。"

左颜听了前半句话就站起身,走到门口问:"你去哪里啊?"

游安理顿了一下,在左颜以为她不会回答的时候开了口:"去一趟邮局。"

左颜愣了下,还没回过神,面前的人已经背着帆布包转过身,往楼下走了。她下意识地想跟上去,但走了两步就停了下来。

她看着游安理下了楼,听见大门一开一合,却没有再跟上去。左颜忽然就明白了游安理今天为何会心不在焉。她回到卧室,翻开笔记本的最后一页,找到了那一行由英文单词组成的地址。这个地址对于左颜来说已经不陌生了,虽然她也不明白自己当时为什么会偷偷默记下来,还写在笔记本上。那一次从邮局回来后,她就上网查了这个地址,是美国的一所知名大学。

左颜不是真的笨,她只是不喜欢去思考她不关心的事情,一旦遇到了自己想要知道的事情,她很快就能想明白。游安理为什么一直拼命读书和赚钱,答案已经不言而喻。

左颜出生在一个衣食无忧、父母开明又有文化的家庭,从来没有思考过自己的未来。麻烦的事情她爸会帮她解决,至于人生的走向,孟年华女士则会帮她规划。

左颜不觉得遵从他们的决定有什么不好,其实她一直不好意思承认的一点,那就是她从小就很崇拜自己的父母。虽然左增岳常年不在家,甚至在她小学四年级之前一直待在某个偏僻的山沟沟里,一年难得回来一次,导致她连他的脸都记不住,也很埋怨他,但她知道,她爸是个很厉害的人,跟孟年华女士不一样的厉害。

父母在各自的领域里披荆斩棘,那种自信和强大是由内而外的,一直影响着左颜。左颜不仅信赖他们,也崇拜他们。有这样的父母给自己规划人生,她又何必去费那个心呢?安心接受就好了。

游安理和她不一样,游安理只有自己。左颜看着笔记本上的那行地址,想起了昨天晚上发生的事情。游安理提前说过自己要回趟家,左颜放学后就打车去了爷爷奶奶家,之前奶奶打电话催过很多次,叫她去吃饭她不好再推脱。

爷爷奶奶不喜欢跟儿女们一起住,一直住在以前单位分配的房子里,说这样还能和熟悉的老同志们一起,更自在。

左颜的童年大部分都是在那个大院里度过的,她跟爷爷奶奶很亲,有什么事情都会跟他们说。她打车过去的一路上都想着游安理的事情,到了爷爷奶奶家,就把这件事情顺便跟他们说了。

饭桌上,左奶奶一边给她舀海带猪蹄汤,一边说:"你说你的那个游老师啊?"

左颜端着碗,连忙点了点头,问:"听说是我爸熟人的女儿,奶奶你知道是谁吗?"

这个问题显然直接去问她爸更快一点,但左颜下意识地避开了这个选项。

左奶奶把汤碗放到她面前,想了好一会儿,转头看向坐在旁边的左爷爷,问道:"老头子,老二认识的姓游的是不是那一个啊?"

左爷爷正拿着晚报看新闻,闻言抬起头,想了一会儿才说:"多半是吧,算算年纪,她女儿也差不多这么大了。"

"哎哟,那可真是。"左奶奶说着,忍不住叹了口气,"你游老师是个可怜人啊。"

左颜用一顿晚饭的时间听到了一个很短的故事。

故事始于左增岳上大学时，当时他的才华已经锋芒毕露，在大学里颇有一些号召力，为人正直又有能力，前途一片大好。不过，年轻人做事总是太冲动，容易得罪小人。

左增岳当年还是个初出茅庐的年轻人，因为仗义，他帮助了一个被挤掉出国深造名额的同学，虽然名额成功拿回来了，但他也把人得罪了，差点摔一个大跟头。

具体的过程究竟如何，过去了那么多年，也说不清楚了。大家只知道，最后那个受伤害的学生主动放弃了名额，事情才算收了场，左增岳也顺利毕了业。

那个学生叫游纪，是游安理的母亲。二十世纪八十年代末，大学生已经不再罕见，但女性依然被绑在"家庭"两个字上，无论出身富贵还是贫穷，归途都只有这一个。

游纪有一个偏男性化的名字，却做到了大部分男性都做不到的事情。她天资聪颖，对数字敏感，在理科方面有着极高的天赋，大学期间自己一个人就将大大小小的奖学金拿了个遍。

左增岳的眼界不同于其他人，他认定游纪会是个大有作为的人，绝不会被束缚在结婚生子这样的事情上。因此，他明明知道会得罪人，还是出手帮了她，就是希望能看见她大展宏图，证明自己不比其他人差。

然而，现实总是没那么理想化，游纪的主动放弃出乎所有人的意料，别人如何劝说都动摇不了她的决心。左增岳只能眼睁睁地看着她像个普通人那样毕业工作，结婚生子。

左奶奶有些唏嘘地道："听你爸说，她刚生了孩子，老公就在工地上出了事。单位赔偿了一套房子，结果却是个烂尾楼，根本住不了人。她一个人带着孩子讨生活，把身体累垮了，也就是五六年前的事吧，年纪轻轻就去了。"

左颜花了好长时间才找到自己的声音："那她的父母呢？就没有亲戚朋友帮帮她吗？"

左奶奶笑了一声,像是觉得她的话有些傻:"你以为世界上的人都是有父母亲戚的啊?就算有亲朋好友,人的本性都是自私的,小事能帮已经是心善了,像这种事,谁都不愿意沾手的,万一甩不掉了怎么办?"

听见这句话,左颜终于明白了中秋节那天晚上游安理说的那句"我没有姥爷"是多么冰冷的事实。那时候她什么也不知道,还说了一堆往游安理心上捅刀子的话。

左颜这才意识到,了解游安理是一件令她多么难过的事情。越了解,她就越能发现自己拥有了多少别人没有的东西。而游安理一无所有,她必须靠自己,拼尽全力去争取她想要的东西。

下午五点之前,游安理准时回来了。她提着一袋子新鲜的菜,进门后正准备换鞋,突然闻到了一股奇怪的味道,香味里夹杂着煳味……游安理脚步一顿,然后匆匆走进客厅,直奔厨房。

一个穿着围裙的人正在手忙脚乱地开抽油烟机,厨房里全是烟雾,源头是灶台上那个炒锅。

"关火。"游安理一边说着,一边快步走到她身后,伸出手打开抽油烟机。

左颜连忙关掉了火,抬起手不停扇着呛人的烟,断断续续地咳着。经过还算及时的抢救,锅里的菜总算没沦落到被直接倒掉的地步。

游安理看着面前那盘炒煳了的玉米,从那些黑乎乎的凝结成一团的东西上收回视线,问道:"你在学做菜?"

左颜灰头土脸地看着自己的"作品",沮丧地点了点头,回道:"我看菜谱上挺简单的啊。"

游安理面无表情地说:"你看数学题也挺简单的,做起来动过脑子了吗?"

左颜已经很久没有被她这么骂过了,半天都没反应过来。游安理没再看她,收拾了乱七八糟的厨房,把炒锅刷干净,动作利落地洗菜、切菜、炒菜。

左颜站在厨房里显得很碍事,只能一声不吭地去洗碗和筷子,然

123

后端出去摆在餐桌上。

好在用电饭煲煮饭不是什么技术活,左颜今晚至少干成功了这么一件事。

游安理吃了一口米饭,夸了一句:"饭煮得挺好的。"

左颜听了,却一点也高兴不起来。她夹了一筷子炒玉米,放到嘴里一尝,才发现不仅炒煳了,还有些发苦。她连忙吃了几口米饭,好不容易才把那味道压下去。她看着桌上的几盘菜,越想越难受,干脆端起那盘炒玉米就往厨房走。

"你端走做什么?"游安理叫住她。

"这个根本没法吃啊,倒掉算了。"左颜说着,避开了她的目光。

游安理的目光在她脸上停留了片刻,开口道:"放着吧,倒掉太浪费了。"

左颜这才看了她一眼,半晌后还是端着盘子坐了回来。游安理拿勺子舀了一些玉米放到碗里,混着米饭一起吃了下去。

左颜见她神色自若地吃着,于是不甘示弱,也舀了几勺吃了起来。那盘玉米被两个人分着吃完了,适应了那股发苦的味道后,其实也没那么难吃了。

吃过饭,左颜抢着收拾了碗筷,把锅碗瓢盆挨个洗干净。

游安理看着她在厨房里蹦来蹦去的样子,有些出神。等那道身影走出来,游安理收回视线,拿起东西准备上楼。她刚走上一级台阶,一只手就从身后拽住了她的袖子,她脚步一顿,侧过头看向左颜。

"对不起。"左颜埋着头,小声说道,"我没想到会搞成这样,以后不做了。"

听着这藏不住半点情绪的话,游安理也不知道她是在道歉还是在赌气,大概是都有。

游安理轻轻地说道:"想做就做吧,熟能生巧。"

左颜一下子抬起头,一双大眼睛笑得弯成了月牙:"那明天早上我起来做早饭!"

游安理点了点头,袖子被左颜拉着一晃一晃,迟迟没有松开。

"左颜,我要去洗澡了。"她不得不开口。

回避

124

"哦，你去呗。"

游安理无奈地看着她，道："手。"

左颜一愣，像刚想起来一样，赶紧松开了手。

游安理回到房间，找出睡衣和袜子，进了浴室。这套珊瑚绒睡衣质量很好，与那床新买的羽绒被一样，舒适又保暖，跟地摊货截然不同。

小撒谎精，扯谎也不知道挑个好理由。游安理想着，将衣服放在架子上，开始洗澡。最近浴室里的东西倒是没有再乱放了，省了她一次次收拾的时间。虽然不知道左颜转变的原因，但对她来说是好事。

游安理洗完头，正拿着花洒冲洗身体，就听见浴室门被轻轻推开了。

她顿了一下，不动声色地继续洗澡。

外面的人蹑手蹑脚地走进浴室，朝着放衣服的地方走去，然后打开了滚筒洗衣机。

游安理听见一堆衣服被扔进了洗衣机的声音，突然开口问道："你要洗衣服？"

左颜吓了一跳，支支吾吾地道："嗯……对啊，我把今天换下来的洗一下，顺便也把你的洗了，这样不是省洗衣液嘛。"她画蛇添足地补了一句，生怕别人看不出来她在找借口一样。

游安理想了想她今天的反常举动，不太明白原因何在："你应该知道袜子是不能扔进去一起洗的吧？"

左颜莫名其妙地说："我当然知道啊，我都是手洗的。"

游安理拿着花洒，沉默了片刻，最后道："把我的放下。"

"……"左颜像被踩到了尾巴一样，瞬间跳起来，大声道，"我没有拿你的袜子！"嘴上这样说着，手却悄悄伸向架子，然后飞快地收回手，跑出了浴室。

游安理洗完澡出来，一眼就瞥到了正在鬼鬼祟祟探头探脑的左颜。她假装没看见，擦着头发走过去，还没靠近，那颗脑袋就缩回房间里，房门也被轻轻关上。

游安理推开自己的房门，进屋之前提醒了一句："衣服已经洗好了,别忘了拿出来晾。"

等她进了房间关上门,对面的人才钻出来,小跑着去了浴室。游安理擦干头发的时候,走廊上和浴室里的动静也停了,她叹了口气,但愿左颜这次也是三分钟热度。

然而,这一次令游安理失望了。左颜真的在周末的大早上爬起来,跑到厨房噼里啪啦地做起了早饭。说"噼里啪啦"有些偏颇了,对比昨晚做饭的架势,这次的动静已经小了很多。

然而,游安理还是被吵醒了,她以为自己起晚了,拿过闹钟一看,才发现还没到起床的时间。

这太阳可真是打西边出来了。游安理穿上衣服,起床去浴室洗漱完,直接下了楼。

左颜穿着小围裙,围着灶台忙得像个陀螺。她一会儿去看奶锅里的热牛奶,一会儿端起平底锅摊鸡蛋饼,还要见缝插针地把洗好的葱切成葱花。

游安理站在厨房门口看了一眼,嗯,很长的葱花。

忙得晕头转向的人没有察觉,游安理也没有出声,就靠在厨房门口,看着她笨手笨脚地做完了早饭。蛋饼闻起来挺香,游安理突然有些饿了。

出人意料的是,这顿早饭味道不错,不同于上次的本就有调味的煎香肠,这一次全都是用原材料做的,虽然卖相丑了点,还煳了一部分,但不影响味道。

游安理的口味很淡,早上不吃油腻,但鸡蛋饼是用黄油做的,只有少量的油,还带着浓郁的奶香味。

在左颜的注视下,她很给面子地吃完了整个鸡蛋饼,然后端起了牛奶。

"味道不错。"游安理开口给了一个评价。如果生病那一次她说这句话是为了安慰左颜,这一次就是真心实意的夸奖。

左颜这才松了口气,有些得意地说:"我就说嘛,还是很简单的。"

好了伤疤就忘了痛,她握着餐叉开始吃自己的那一份早餐。

游安理喝了口牛奶，视线从她脸上扫过，平静地问："你怎么想起来学做饭了？"

左颜差点咬到自己的舌头，她不自觉地坐直了身子，故作随意地回答："就是觉得无聊，我们班上很多女生都会做饭，我也想试试。"

又不动脑子地找借口，游安理什么也没说，捧着杯子慢慢喝完了牛奶。

吃过早饭，左颜又抢着把碗筷洗了，连带着把一片狼藉的厨房也收拾干净了。

游安理走进厨房，看着她把事情做完后，才开口道："做饭也是要讲究方法和效率的，你这样折腾会很累。"

左颜其实已经累得想打退堂鼓了，做饭的时候还好，收拾残局才是最累人的。

游安理看了她一眼，轻声道："中午的时候我教你。"

左颜愣了一下，随后转过头，问道："真的吗？"

游安理已经走到冰箱前，打开冰箱门看了一眼："食材没剩多少了，你想做什么菜，我去买一点。"

左颜想了下，回道："炒玉米。"从哪里跌倒就从哪里爬起来，不攻克这个初级副本，怎么进入高级副本？

游安理又看了她一眼。她什么时候这么喜欢吃玉米了？

游安理换了身衣服准备出门，一下楼就看见已经穿好了鞋的人在等她。她走过去，一边换鞋，一边问："你不是最讨厌菜市场吗？"

左颜捏着胡萝卜状的小挎包，一副迫不及待的模样。

"知己知彼，方能百战不殆。"她信心十足地说。

游安理笑了笑，问她："那请问'殆'字怎么写？"

左颜"啧"了一声，当作没听见，转头推开了大门。她才不回答这个问题呢。

两个人顺着坡道往下走。左颜跟在游安理后面，目光落在她身上，看久了之后就发现了她走路的规律。游安理的步子不大，但腿很长，走起路来就会显得很快。她的每一步都是差不多的跨度，走路时背和腰都挺直了，齐肩短发一摇一晃的。她的脚步很轻，不仔细听的话，根本听不见。

左颜忍不住放轻了呼吸,去听她走路的声音。后来,左颜能通过脚步声来判断自身后朝她走来的人是不是游安理。她会在游安理靠近之前先一步转过身,朝游安理跑过去。

只要游安理朝她走近一步,哪怕只是不疾不徐的一小步,左颜也会毫不犹豫地向游安理奔去。游安理会停下来,等着她跑过来——她就像一只自投罗网的傻兔子。

十月末的天气隔几日就变一次脸,好在下雨天不像夏天那么频繁,耽误不了出行。左颜的"三分钟热度"这一次迟迟没有出现倦怠期,但她还是个学生,能自由支配的时间随着月考的到来大大减少,精力也被分走了一大半。

每天在学校里要做卷子,回到家还要做卷子,没完没了一般,这几乎占据了她全部的时间和精力。课间休息时间除了能去上个厕所,什么也不能做,班主任时刻守在教室里,她甚至找不到给游安理发条短信的时间,更别提打电话了。

左颜像个正在戒烟的烟民一样,日渐烦躁起来,而让她的焦躁达到峰值的,是这一天放学后发生的事情。

周五的校门口人最多,一周回家一次的住校生们成群结队地走出教学楼。左颜单肩背着书包,手里拿着笔和小本子,一边听李明明口述老师布置的作业,一边快速记在本子上。

李明明说得口干舌燥,忍不住问她:"刚刚老班布置作业的时候你在干吗?"

"在看手机啊。"左颜头也没抬,理所当然地说了一句。

李明明很无奈。

"什么时候看不行啊,非要那个时候看。"

"你管我。"

李明明立马闭嘴了。

两个人并肩往校门口走,李明明突然想起一件事,又开口道:"下周一月考,你别迟到。周日我跟班长他们要去市里的图书馆复习,你去不去？"

后面这句话李明明不过是随口一说，因为他很清楚答案。

左颜白了他一眼，将笔和本子塞回书包里，拉上拉链："我没空，忙着呢。"

李明明觉得她最近神神秘秘的，不仅天天拿着手机发短信打电话，周末的时候也不去游戏厅玩了——这个消息由他的热心室友钱恒多提供，因为左颜最常去的那家游戏厅是钱恒多家开的。

想到这里，李明明忽然"福至心灵"，压低声音问："你不会是有情况了吧？"

左颜掏手机的手猛地一抖，手机往地上掉去。

李明明眼疾手快地抓住手机，然后拍着胸口缓了口气，把手机递给她："还好还好，摔坏了我可赔不起。"

站在原地的人没反应，李明明看了她一眼，忍不住"哑"了一声："我就开个玩笑，你别当真啊。"

左颜回过神来，一把抢过手机，瞪了他一眼："有病。"

李明明识趣地不再聊这个话题，跟着她走到了校门口。

他视力不好，看见校门口有一个熟悉的身影，但又不太确定，便伸出手戳了戳左颜的肩膀，问她："你帮我看看，右边站着的那个戴眼镜的男生是不是我哥啊？"

左颜见过李明明的哥哥，因为每次开家长会来的都是他哥。她顺着他指的方向看过去，第一眼看见的却是另一道熟悉的身影。

左颜的脚步忽然停了下来。

李明明问："是不是啊？算了，我自己过去看看吧。"

另一个人似乎察觉到了她的目光，停下了和身边男人的交谈，转头看了过来。

左颜看着她，又扫了眼她旁边戴着眼镜的男人，捏着书包的带子走了过去。

李明明已经先一步走到了那个男人面前，开口道："哥，你怎么今天就回来了啊？"

李潇笑了一声，回道："那边忙完了，我就先回来了。下周一月考是吧，你准备得怎么样了？"

"我你还不放心吗？"李明明看起来明显比平时高兴了很多，说话的样子都没了平日的老成。

左颜走过去，扫了兄弟俩一眼，看向游安理，开口道："我给你发消息你怎么不回？"

游安理不知道她突然发什么脾气，看了她一会儿才回答："来的路上顺便去了趟银行，没注意到。"

站在一旁的李潇看过来，笑道："你是李明明的同学吧？这么巧，这是你妹妹？"

后半句话他是对着游安理说的。

左颜看了他一眼，没吭声。

游安理的表情冷了下来，她看向李潇，回道："我们住得远，就先走了，刚刚那件事情电话里再说吧。"

李潇没有介意，跟她们道了别。李明明也朝左颜挥了挥手，却被她无视了，搞得他有些茫然不知所措。

左颜埋着头，快步走在前面，往公交车站走去。周围的学生叽叽喳喳，吵得她一阵心烦意乱。左颜抬脚踢开了路上不知道谁扔的易拉罐，公交车站就在前面，她却停了下来。游安理的脚步声传来时，左颜才继续往前走。

前一班车刚刚开走，站台上等车的人没有几个。她走过去站在一旁，面上没有表情，耳朵却竖起来听游安理的脚步声。

游安理走到她身后才停下来。一旁等车的几个学生正在聊喜欢的明星，时不时笑出声。

游安理看了眼手表，开口问："你晚自习之前吃东西了吗？"

左颜一直等着她开口，结果等来这么一句话，顿时泄了气，闷闷地回道："没有。"

最近放学时间延后了，她都会在学校里先吃点东西垫垫肚子，但又不想吃太多，怕回家后吃不下。

游安理又问："那你想吃什么？可以先吃了再回家。"

这算是难得的优待了,孟年华女士是从来不让她在学校外面吃东西的,怕她吃了不干净的东西。

左颜想也没想就道:"回家吃。"

游安理听出了这句话的意思,她顿了一下,最后还是上前一步,轻声问道:"刚刚谁惹你不高兴了?"

左颜总算等到她问了,立马摆出了那张不爽的脸,嘴上却说:"没有啊,我好得很。"

得寸进尺的小鬼。游安理瞥了她一眼,耐着性子继续问道:"你同学跟你打招呼,你也不理人家,我看你俩关系不是挺好的吗?"

左颜不想听这个,烦躁地说:"谁跟他关系好了?"

游安理索性不问了,收回视线,等着下一班车。等了半天就等到这么两句话,左颜更郁闷了,一直到上了车,又下了车,一直垮着一张脸,闷声不响地跟在游安理后面。

比这件事更令她郁闷的是,今晚的夜宵只有一碗面,还没加蛋。左颜气鼓鼓地把面吃了,扔了碗筷就想上楼,结果走到半道还是跑了回来,把碗筷拿进厨房,洗干净放回橱柜。她周五晚上从来不做作业,等到了时间就直接去洗澡,准备上床睡觉了。

然而,晚上发生的事情让左颜怎么都睡不着,最后,她猛地踢开被子,一个翻身坐了起来。

游安理刚躺下,还没关床头柜上的灯,就听见房门被敲响了。

"门没锁。"她刚说完,房门就被人推开了。

单人床不算宽敞,一个人躺着也只能翻一圈。左颜躺在床上翻来覆去,直到凌晨也没睡着。她从被子里钻出脑袋,睁开眼睛盯着天花板发呆,最后还是起身下了床。

卧室的面积不大,放了一张床、一张电脑桌和一个衣柜后,就放不下别的大家具了。她也没管房东再要几样家具,自己买了一些收纳架和收纳柜堆放在一起,勉强算是有效利用了不大的空间。

左颜穿着睡衣和拖鞋,打开床头的小灯,蹲下来打开了收纳柜。这一排的收纳柜里都放着平时用不上的杂物,比如一些产品的说明书和保修卡、各种型号的充电器、还有用处的资料文件，以及写满了字的笔记本。

左颜看了一会儿，还是拿出了那个天蓝色的笔记本。过了这么多年，质量再好的笔记本也免不了褪色泛黄。

她翻开最后一页，摸了摸封底的夹层，很快就找到了凸起来的那块地方。左颜打开夹层，勾出了那枚冰凉的、沉甸甸的纯银戒指。

她捏起戒指放在灯光下看了看，轻而易举地就在戒指的内侧找到了那两个大写字母，和那支银色钢笔上的字体如出一辙。

在办公室里看见钢笔上刻的字时，左颜就明白过来了。她当年撒的那个谎，游安理是知道的。不过，究竟是从一开始就识破了，还是后来才想通的，这个答案大概只有游安理本人才清楚。

左颜将戒指轻轻地套在左手的无名指上。戒指戴起来比当年要紧一些，不那么容易摘下来。左颜转了转无名指上的纯银戒指，正琢磨着怎么取下来，突然听见了一点奇怪的动静，似乎是从卧室外面传来的。

她蹲在床边，侧过头看向卧室紧闭的大门。隔着一扇房门，外面静悄悄的，仿佛刚才的声音只是她的错觉。

左颜还是有些不安，轻手轻脚地从床边站起来，无声地朝着卧室木门靠近。

她正屏着呼吸听外面的动静，忽然看见白色的门把手往下面轻轻一转。左颜头皮发麻，一股凉气从背后爬到了头顶。她想也没想就冲到门后，手脚并用地抵住了门。

与此同时，木门被人从外面用力一推，那股力气大得几乎要把门弹开。左颜脑子里一片空白，这个时候却出奇地冷静，压住了即将出口的尖叫。她死死地用身体抵着门，在一次又一次快被弹开的空隙里找到机会，飞快地握住门把上的锁，用力一拧，将卧室门反锁上了。

外面的人再也拧不动门把手了，声音也紧跟着戛然而止。左颜转身跑到床边，翻出枕头下面的手机，哆嗦着解锁了屏幕，拨出报警电话。

卧室的木门突然发出一声巨响，像是有人在外面撞门。她浑身一抖，手机差点掉到地上。

左颜的脑子飞快地转着,视线在卧室里扫了一圈,只看到了一个小白瓷花瓶。

电话接通后,她一边强迫自己冷静下来,对着电话那端的民警说明情况和地址,一边跑过去拿起花瓶往地上一摔,然后捡起最大的那块碎片攥在手心里,转身藏进了衣柜。

民警了解了情况后就告诉她马上出警,并尽力安抚她。挂断电话后,左颜心跳如雷,身体也一阵一阵地发软,头晕目眩。

卧室的门不断发出巨响,左颜缩在衣柜里打开微信,找到置顶对话框,用颤颤巍巍的手指点了好几次,才点中了语音通话选项。

那边的人一直没有接。左颜咬住手指,木门每被撞一下,她就浑身一抖,却死死咬着手没有发出任何声音。

无人接听的语音通话自动挂断了,她又飞快地点了第二次拨通,听着等待接通的铃声一直响着。

在这一刻,每一秒都变得无比缓慢、煎熬,左颜抱着膝盖,连大气都不敢出,在黑暗中渐渐缺氧发晕。

语音通话再一次自动挂断。她捏着手机,把头埋进膝盖,想要再拨出去一次。

就在这时,"砰"的一声,卧室的木门被人撞开了。

有人走了进来。左颜僵硬着身体,一动不动地缩在衣柜里,任由额头上的汗水滑落下来,刺痛了眼睛,却连眨一下也不敢。

那道脚步声缓缓靠近衣柜,最后停在她面前,她的呼吸也在这一刻停住了。

衣柜的门猛地被人打开,一个高大的黑影笼罩住她,死寂的卧室里只剩下男人粗重的喘息声。左颜捏紧了手里的白瓷碎片,却使不上一点力气,只能眼睁睁地看着黑影俯下身,朝她逼近。

一只手伸进来拽她,左颜想也没想就握着花瓶碎片冲他划过去。黑影闷哼一声,身体诡异地朝后仰。他的两只手捂住自己的脖子,开始奋力挣扎。

左颜手里的碎片还没有碰到他,她呆呆地看着面前的人在挣扎中

133

慢慢失去力气,最后双腿一软,跪倒在地上。

一道清瘦的身影出现在他身后。游安理蹲下身,摸了摸倒在地上的人被勒出红痕的脖子。在确认了他还活着后,她立刻把人翻过身按在地上,动作利落地用手里的丝巾将他的双手反绑在背后,并打了个死结。

警笛声在楼下响起,游安理总算松了口气,起身跨过地上昏死的人,飞快走到衣柜前。

看见缩在衣柜里的女孩,游安理喘了口气,放轻了声音道:"颜颜,是我。"

派出所里灯火通明,左颜平静到没有任何情绪,她听着民警的询问,一一给出了回答,条理清晰,头脑冷静。

"你认识这个人吗?"民警一边做笔录,一边继续问。

左颜顿了一下,坐在她身旁的人握住了她放在腿上的手。

她没有挣开,片刻后再次开口道:"不算认识,我只知道他是负责我们小区取件和收件的快递员,我的快递有很多都是他送的。"

民警如实记录下来之后,又例行问了她几个问题,最后交代了一句:"明天我们会去现场检查一下痕迹,请你注意尽量不要破坏现场。"

左颜点了点头,向他道了谢,接下来就是游安理做笔录。

民警转头看向游安理,问道:"你大概是什么时候听见动静的?"

游安理想了想,回答道:"不太确定了,就是洗完澡之后的事,我一般十点之前洗漱完。"

民警记下来后,又问:"你听到动静后就直接去了隔壁?麻烦尽可能详细地叙述一下当时的情况。"

游安理握着左颜的手,稍稍紧了一些,随后安抚般摩挲着。

"我知道她是一个人住,而且时间很晚了,闹出这么大的动静肯定不正常,所以就想去确认一下,一过去就看到大门没关,里面黑漆漆的。"

她一边回忆,一边断断续续地叙述着,中途还不太确定地否认了好几个细节。

"最后我看到他打开衣柜，情况危急，我没有想太多，把披在肩上的丝巾拿下来，勒住了他的脖子。"

游安理皱着眉，有些后怕地说："只能说我运气好，毕竟我跟他力量悬殊，再加上我学过的防身术都只是靠巧劲，我也没有把握能把他放倒。"

民警看了一眼她的表情，半晌后，又问了一些问题，才算做完了笔录。

入室行凶可不是小事，警察迅速立了案，交代了她们一些要注意的事情，以及需要准备的材料，就让她们回去等消息。

游安理陪着左颜走出派出所的时候，时间已经过了夜里一点半。空荡荡的街道上，风刮得脸上生疼。

左颜被吹得醒了神，那种轻飘飘踩不到实处的感觉消失后，只剩下空空的茫然感。两个人还穿着睡衣，即使是珊瑚绒也难以抵御寒风。

"先上车吧。"游安理说完，带着她走到自己的车边。

游安理打开副驾驶座的车门，等左颜上了车之后，关上车门绕到另一边上了车。

封闭的狭窄空间隔绝了外面的冷风，游安理呼出一口气，插上钥匙发动了车子，朝家里的方向驶去。一路上，坐在副驾驶座上的人都没有出声，游安理也没有开口。

回到公寓的地下停车场后，两人下了车，一前一后走进电梯。游安理走在她后面，看着她走出电梯的身影，脚步一顿，停在了原地。左颜埋着头，经过游安理家的大门，径直往自己家走去。

身后的脚步声忽然加快，左颜听见这声音，下意识地停下来。

"今晚睡我家吧。"游安理开口道。

左颜回过神来时，已经被游安理带进了门。她不是第一次来这里了，但还是第一次在深更半夜进来。

屋子里一片漆黑，游安理先打开了客厅里所有的灯，然后打开鞋柜，找出一双崭新的拖鞋。左颜终于意识到了现在的情况，盯着拖鞋看了好一会儿。

游安理没有催促她，最后左颜还是放弃了回家，换上了那双拖鞋。

"不早了，洗漱一下就睡觉吧。"

游安理拉着她的手腕将她带到浴室门口，替她打开门和浴室里的灯，又打开了浴霸："柜子里有没用过的毛巾和牙刷，换洗的衣服先暂时穿我的，可以吗？"

两个人短时间内都不想回到那个一片狼藉的地方。左颜点了点头，小声说："谢谢。"

游安理看着她，没说什么，松开了手，转身走进卧室。左颜踏进浴室，才发现这套房子的浴室看起来比自己那套要大很多，淋浴间里还装了一个小浴缸。游安理搬进来没几天，摆放的东西不多，看起来干净又清爽。

她在浴室里转了一圈，最后确定这个浴室是跟旁边的房间打通了，所以空间才会这么大。装修上下了这么大的功夫，看来房东之前是真的没打算把这套房子租出去。

也不知道游安理是怎么租下来的，房租多半比自己住的那套要贵很多。

左颜胡乱地想着，走到洗手台前，被那一排瓶瓶罐罐吸引了注意力。

即使是她这种不怎么关心化妆品的"宅女"，也辨认出了好几个听过的大牌，其出名的原因无一例外都是一个"贵"字。

左颜看着那些东西，忍不住想，游安理这些年是怎么过来的？她现在过上了她最想要的生活，那她快乐吗？

"抱歉，我搬进来后还没来得及准备太多东西，你先穿这个吧。"游安理走到浴室门口，抬手敲了敲打开的磨砂玻璃门。

左颜回过神，转过头，没仔细看就应下："好的，都行。"

她接过游安理递来的两件衣服，刚抱在怀里，门外站着的人就替她关上了浴室的门。

左颜看了一眼门锁，转身进了淋浴间，珊瑚绒睡衣一脱下，她身上就起了鸡皮疙瘩,好在提前开了浴霸,比起在家洗澡的时候暖和多了。

左颜研究了一下淋浴器才搞明白怎么用,顿时鄙视起房东的喜好来,净是些看似智能实际上很不实用的东西。

她下班回家后就洗了头,这会儿被热水一冲,身体放松下来后,疲惫和困倦立刻涌上来,只匆匆洗完澡就关了水。左颜打开上面的柜子,找到一条干净的浴巾,拿出来擦干了身体。

游安理的衣服被她随手搁在架子上,她放下浴巾,走过去拿衣服,她拿起两件衣服,发现一件是吊带睡裙,另一件是长袖的白衬衫。难为游安理了,找了半天就找出这么两件衣服。

左颜已经没有精力东想西想了,直接把睡裙往身上一套,再穿上长袖衬衫,勉强能挡一挡寒气。她拿起刚刚用过的浴巾,走出淋浴间,到洗手台前洗脸刷牙。

左颜没有用洗衣机洗自己的衣物,她打算明天回家再洗睡衣。她搓洗着换下来的内衣,顺便把浴巾也洗了。

大概是听见水声停了,游安理走到浴室门外,对她道:"对了,护肤品在台子上,白色的那套。"

左颜瞥了一眼那套白色的护肤品,实在是下不去手。这哪是擦脸啊,简直是往脸上抹人民币。她一边搓洗浴巾,一边回答:"没关系,我晚上不用护肤品。"

片刻后,游安理才道:"过两年你再用就晚了。"

左颜:"……"她仔细想了想这句话,发现确实很有道理,于是关了水龙头,心安理得地拿起那个白色的小罐子,挖了一点面霜抹在脸上。可能是心理作用,左颜觉得这东西比自己的护肤品用起来舒服。

她洗漱完,拿起洗好的浴巾和内衣走出了浴室。

游安理正在吧台边接热水,即热式饮水机响了两声,水流注入马克杯,一阵白雾从杯子里飘出来。

"衣服晾在哪儿?"

听见声音,游安理转头看向她。

"晾在阳台,我拿过去吧。"游安理放下杯子,走过去朝她伸出手。

左颜不太好意思给她,正要说自己来就行,就听她道:"外面冷,会感冒的。"

最后左颜还是听话地把衣服递了过去。

落地玻璃窗一开一合的间隙,冷风就吹了进来,吹得左颜没忍住蹭了蹭自己的小腿,试图摩擦生热来取暖。游安理晾好了衣服,将落地窗关上。

"浴室里有洗衣机,顺便把睡衣也洗了吧,明天没太阳,不容易干。"游安理一边说着,一边走过去端起那杯水递给左颜,"喝点热水,我去洗澡了。"

左颜接过杯子,热水不烫手,捧在手心里暖洋洋的。

游安理已经走进浴室,将她的那套睡衣放进洗衣机,然后回卧室拿出自己的换洗衣服,进了浴室洗澡。

左颜喝了半杯热水,身上就没那么冷了。她端着水杯,打量起了这套房子里的布置。

短短几天时间,这里已经有了一些生活的痕迹,比如落地窗边的小沙发和方桌,桌上放着一个马克杯和一台笔记本电脑,还有一部手机。杯子里的咖啡已经凉了,笔记本电脑也没有合上,看起来像是刚坐在这里的人因为急事离开了,还没顾得上收拾。

左颜努力不去想刚刚发生的事情,在洗了澡喝了热水之后,慢慢放松了下来。不过,后遗症总归还是存在的,冷不丁在脑子里回闪的画面都会让她条件反射地一抖,也让她知道自己远没有看起来那么平静。

在派出所的时候,如果没有游安理在旁边,她可能没办法把事情完完整整地告诉民警,因为她不敢去回想,一想就会浑身发冷。

游安理擦了擦头发,准备走出浴室,又转身回来,拿出吹风机插上电源,把长发吹干。她的头发吹起来比较费时间,所以只在早上出门前会用吹风机吹一吹,做个简单的造型。

游安理摸了摸头发,确认干透了,才收好吹风机,走出浴室。

看见客厅里的人在发呆,游安理开口叫了她一声:"左颜,睡觉了。"

"哦,马上。"左颜下意识地回了一句。

话音一落,两个人都愣了一下。片刻后,左颜开口道:"我去关灯。"她说着就往玄关走,游安理却说:"不用关,我晚上睡客厅。"

左颜脚步一停,扫了眼客厅里的沙发,想也没想就说:"那么冷怎么睡?"

游安理顿了一下,回道:"没有别的床了。"

左颜走到玄关把客厅里的灯关了,唯一的光源就是卧室里洒出来的暖光。

左颜睁开眼的时候,整个人都是蒙的。

游安理坐起来,海藻般的长卷发滑落下来。她伸出手在床上摸索着找了好一会儿,才找到了那颗被左颜弄掉的睡衣扣子。

游安理下了床,一边打开衣柜找衣服,一边问:"时间不早了,你是想直接吃午饭,还是先随便吃点东西垫一下?"

左颜反应过来后,立即从床上弹起来,着急忙慌地问:"坏了坏了,现在几点了?"

"我帮你请过假了,刘经理让你安心处理入室行凶的事情,不会扣你的工资。"游安理安慰了她一句,然而左颜听完更慌了。

"你打电话给他请的假?那不就暴露了吗?!"

游安理动作一顿,片刻后转过头看着她,问道:"我在你眼里有那么傻吗?"

左颜稍微冷静了点,但还是不敢看她的眼睛,只说:"那你怎么请的假啊?"

游安理找出一件衣服,一边解开睡衣扣子,一边回答:"用你手机发的微信消息,虽然不应该这么做,但我觉得你更想要全勤奖。"

左颜下意识地点了点头,等反应过来后又一愣,猛地看向她:"你怎么知道我的锁屏密码?"

游安理又找了一套衣服出来,放到床上。

"手机有一个功能叫指纹解锁。"她平静地回答。

左颜撇撇嘴,把刚刚冒出来的那点失落按了回去。

"回到刚刚的问题,你想吃什么?"游安理抬手握住长发,从衣服里拿了出来，又用头绳随手扎了个马尾。她额前和耳边有一点碎发散落下来，看起来少了些疏离感，多了些邻家姐姐的亲和感。

哦，她好像本来就是邻家姐姐，左颜被自己的想法逗乐了。用"邻家姐姐"这个词来形容游安理实在是有点怪异。她想着，很快就把刚刚那点不爽抛到了脑后。

"吃碗面就行，我没什么胃口。"左颜从被窝里钻出来，一接触到冷空气，她就想钻回去。不过，她还记得这里是游安理的家，不是她想赖多久就可以赖多久的地方。

游安理应了一声，转身走出卧室，顺手关上房门，去了浴室。

洗漱的声音传来后，左颜才开始脱衣服，换上床上放着的那套休闲的冬装。

她穿到一半，又意识到了那个很严峻的问题——没有内衣。

"游安理。"左颜扯着嗓子喊了一声。

浴室里的人拿着牙刷探出头来，问："怎么了？"

"你能不能……"左颜说到一半觉得实在太尴尬了，顿时打消了念头。

游安理只得走出来，站在卧室门外问她："什么事情？"

左颜光是回想一下家里的狼藉就忍不住抖了一下，她开口道："你能不能去我家帮我拿一下内衣？就在衣柜最左边的抽屉里。"

过了半晌，游安理的声音才响起："知道了，你等一下。"

左颜又缩回了被窝，把自己裹成一个粽子。她脸上直冒热气，很快就让被窝升了温，比热水袋还管用。

游安理的动作很快，洗漱完就直接出了门。

左颜在床上翻了个身，一头埋进游安理睡的那个枕头。昨晚刚躺下的时候，左颜觉得自己一定会睡不着，她患上了不知道会持续多久的"黑暗恐惧症"。哪怕游安理开了床头的小灯，但同样大小的卧室和仅有一圈光晕的灯光都和昨晚她的卧室极为相似。

左颜发现那种恐惧正随着事情的结束而更深地"入侵"她，所以她预想了这个夜晚会是什么样的，但出乎意料地是，她睡得很香。

回避

大门再次打开时，左颜立刻从床上坐起来，还此地无银三百两地拍了拍游安理的枕头，把上面的折痕抹平。

　　脚步声缓缓靠近，越来越清晰，最后停在了门外。游安理敲了敲门，开口道："我能进来吗？"

　　"你进来吧。"左颜缩在被子里，出声回答。

　　卧室的门被拧开，穿着一件单薄的羊毛衫的游安理走了进来，把一个收纳盒递给她。

　　左颜看了一眼，无奈地问道："你把我的内衣都拿过来做什么？"

　　游安理语气平静："我觉得短期内你不会回去了，省得再跑一趟。"

　　左颜："……"她竟然说不出一个反驳的字来。

　　等左颜换好了衣服出来，厨房里已经有了响动。左颜探头看了一眼，随即进浴室洗漱，出来的时候正好赶上面条下锅。

　　"你吃多少？"游安理看着锅里的面条，开口问她。

　　左颜往锅里瞄了一眼，伸出手比画起来："就这么多。"

　　游安理下了面条，随口道："之前就想说了，你现在食量挺小的，在减肥？"

　　左颜挠了挠耳朵，移开了视线，回道："刚来那会儿吃不惯这边的菜，所以吃得少。后来习惯了，也吃不多了。"

　　游安理抿起唇，手上的动作没有停。

　　两碗面条出锅后，游安理又煮了点新鲜的生菜，并用平底锅煎了两个荷包蛋。

　　左颜已经很自觉地打开冰箱，找出那瓶一看就只用过一次的蛋黄酱。这东西游安理从来不吃，出现在冰箱里的原因只有一个。

　　左颜在自己的煎蛋上面挤了一坨蛋黄酱，然后撒上一点黑胡椒粉，味道很奇怪，但对她来说很好吃，别人能不能接受不在她的考虑范围。

　　游安理把筷子递给她，像是突然想起什么事，开口道："冰箱里要没食材了，我得去趟超市。"

"现在几点了？"左颜搅拌着面条，随口一问。

派出所的人会在下午两点左右过来。

"十一点了。"游安理回答。

左颜点了点头，说："那正好，吃完面就去，回来也来得及。"

游安理扫了一眼客厅里的东西，边思考边说："刚搬过来就忙得焦头烂额，都忘了买生活用品。"

"这一片我熟，我带你去买。"左颜说完，吹了吹面条，送进嘴里，熟悉的味道让她的心情一下子好了起来。

游安理看了她一眼，脸上的笑一闪而过。

守株待兔的故事放在现实里并不适用，再傻的兔子也不会真的往看得见的树上撞，尤其是已经逃跑过一次的兔子。优秀的猎人得学会让小兔子慢慢放松警惕，然后再一举抓住。

进入职场后，左颜自我调节的能力就越来越强。睡了一觉起来，又吃了一碗香喷喷的面，她就已经像个没事人一样，坐在沙发上玩手机了。虽然白吃白住还不干活让她觉得挺不好意思的，但转念一想，现在她是客人，没有和主人抢着干活的道理。游安理不让她洗碗，她就真的放下了碗筷。脸皮这个东西就是年纪越大越厚。在工作日光明正大地带薪休假的感觉不要太爽。

左颜发现这张沙发比自己那边的舒服多了，她坐着坐着就不自觉地躺在了沙发上，还跷起了二郎腿，俨然把这里当成了自己家。她照例逛了会儿社交软件和资讯论坛，了解了一下最新发生的事情。

按理说派出所的人下午就要来了，她现在应该先回趟家，把要准备的东西准备好，毕竟接下来要走漫长又烦琐的司法程序。然而，左颜下意识地不去想这些事情，说她鸵鸟心态也行，至少现在她不想去回想这件事。反正有游安理在呢，事情总能解决的。

左颜还没有意识到，在游安理回来后，她这些年好不容易锻炼出来的独立性已经岌岌可危了。人总是这样，当没有人可以依赖的时候，才会真正成长。

左颜刷完了新的动态，突然想起游安理早上帮她请了假的事，连忙点开微信查看。

聊天界面一出来,她就忍不住骂了一句。

置顶的对话框明晃晃地挂着,只要不是瞎子都能看到。左颜往下一翻,划过关闭了消息提醒的工作群,很快就找到了与刘经理的对话框,立刻点了进去。好家伙,要不是她清楚地记得自己早上没有起来过,还真以为这些消息是自己发的。

这语气模仿得也太像了吧!左颜想了想游安理面无表情地模仿自己的语气打字的画面,顿时笑翻了。

游安理收拾完厨房,换好衣服出来,就看见在沙发上滚来滚去的左颜。

这么有精神,倒是给她省了不少力气。

游安理走到落地窗边,拿起小方桌上的手机。她早上被缠得不可开交,还没来得及给老板打个电话请假,虽说她有这个特权,但她向来不喜欢这种特权,还是让当作旷工处理了。上任第五天就迟到一次、旷工一次,真是她职场生涯中最"辉煌"的履历了。

游安理一边想着,一边解锁了手机。几通未接语音通话躺在消息栏里,她目光一顿,看了一眼时间,是昨晚她听到动静跑出去那会儿。关于昨晚的时间,其实她记得很清楚,但在做笔录的时候,她不能记得那么清楚,也不能表现得那么镇定。毕竟面对这种事情,十年前她就很有经验了。

"时间差不多了。"游安理走到沙发边提醒了一句,等左颜看过来后,她又问,"要换衣服吗,我去隔壁帮你拿。"

一回生二回熟,左颜显然也是这么认为的,她想都没想就点了点头。游安理走到玄关拿起左颜家的钥匙出了门。

左颜依旧躺在沙发上,把跟刘经理的聊天记录截图下来,存到了一个单独的相册里。

这可太好玩了,以后要拿出来笑话游安理。

当隔壁大门再次被打开时,左颜听着这个动静,才发现隔音竟然差到了这种地步。不过,要不是因为这样,她昨晚大概也就没那么好运了。左颜烦躁地坐起来,把手机揣进了兜里。

她身上穿着游安理的衣服，灰色毛衣和保暖的休闲裤，其实就这么出门也行。左颜摸了摸衣服的料子，觉得穿这件衣服去逛超市有点太奢侈了，蹭脏了蹭坏了可赔不起。

大门被推开，左颜听到声音看过去，身体一个不稳，又摔回了沙发上。

"你这是把我的衣柜搬空了吗？"她看着游安理抱着的那堆衣服，每一件都是直接从衣柜里拿出来的，连衣架都没取下来。

游安理平静地回答："只拿了一半，左边的衣柜要等警察检查完了才能碰。"

左颜点了点头，看着她走进卧室，便跟了上去。

游安理打开自己的衣柜，她的衣服本就不多，衣柜空了大半，将左颜的衣服一件件挂上去后，倒是让衣柜看起来充实了些。左颜盯着自己和游安理的衣服看了半晌，终于发现了哪里不对，自己这不是等于直接搬进来住了吗？

游安理的神情看起来太过自然，左颜怎么都看不出来她是不是故意的，只能憋着一肚子的疑问，换了身衣服后走出了卧室。

游安理已经在玄关等她了，见她出来，一边用手机发消息，一边说："快点，要出门了。"

"哦。"左颜小跑过去，换上昨晚穿的那双休闲鞋，拿着手机跟在游安理身后出了门。

两个人往电梯走去，左颜没忍住回头看了眼自己家门口，然后起了一身的鸡皮疙瘩，她赶紧收回了视线。别说短期内了，恐怕接下来很长一段时间她都不想再踏进家门一步。

进了电梯之后，左颜开始考虑要不要换个地方租房子。这个公寓的地段虽然不错，价格也很合适，但这件事让她知道了安保有多差。一个快递员居然能在半夜自由出入，直接撬开她家的门入室行凶，可见保安室和巡逻的人都形同虚设。

左颜想起来这一点就觉得离谱。房东人还不错，早上听说了这件事之后，已经去找物业要说法了，并打算换成安全系数更高的防盗门，刚刚还打电话来安慰她。左颜想了想自己交了的房租和押金，最后还是没能下定决心搬家，打算走一步看一步吧。

开车出来的时候已经快十二点了，她们的计划是先去附近的大超市采购一些食材，然后回家等派出所的人，解决完这件正事，再出去采购一些生活用品。

游安理开着车，听左颜一路介绍着周围大大小小的本地人才了解的事情。吃穿住行的经验都是住久了才积攒起来的，她刚回国，以前也没来过这个城市，人生地不熟，又一回来就去公司报到，的确还有很多东西没来得及去了解。

"我觉得那家店的豆浆真的很好喝，但包子不太行，现在已经吃不到咱们以前吃的那种真材实料的包子了，也不敢去想肉包子里的馅料是什么肉。反正我现在不买了，吃了会犯恶心。"左颜絮絮叨叨地说着，像个土生土长的本地人一样。

游安理握着方向盘，减速穿过一条巷子，驶入了宽阔的街道，她回答道："我在外面也没再吃过包子，一开始是因为价格高，后来是因为再也找不到那个味道了，但我又没时间自己做，所以就干脆不吃了。"

左颜还是第一次听她提起在国外的经历。可能是因为现在的氛围很好，让她们能像多年不见的老朋友一样闲谈几句，又或者是因为她们都需要这样一个过渡期。

大超市离公寓不远，游安理在地下停车场停好车，跟着左颜走进电梯，到了负一楼的超市。左颜对这家超市很熟，虽然她周末不爱出门，但工作日想起来家里要补点什么东西时都会下了班顺路来一趟，反正也就是一站地铁的路程。

左颜拉了一辆购物车，游安理接过去推。左颜也乐得两手空空，走在前面带路。

"那边是生鲜区，后边是大米、油、调料什么的，这边过去是生活用品区，旁边那个过道下去是各种家电什么的，促销的时候买挺划算的。"

她一边说着，一边伸出手比画，没注意到前面拐角走出来一个推着购物车的人。游安理伸手拉了她一把,她才没被撞到。

"不好意思。"

推着购物车的人连忙道歉,左颜回过神,摆摆手,等那人走远了才发现自己整个人撞在了游安理的身上,游安理没说什么,收回了手。

左颜挠了挠耳朵,继续道:"我们先去那边看看吧。"她加快速度,往生鲜区走去。

游安理推着购物车,跟在她身后。刚搬家的人要买的东西实在太多了,游安理列了清单,先去挑了必需的东西,比如大米和食用油。这两天她都是通过外卖买点食材来应急的,但吃的东西还是要自己挑选才行。

"回国这么久,还没煮过米饭。"游安理拿了一袋十斤重的大米放进购物车,随口道。

左颜了然地点了点头:"面包这种东西想来你已经吃吐了,还是米饭香啊,要不是为了省事,我也想顿顿吃米饭。"

游安理看着货架,问道:"小米粥呢?"

左颜又点头:"这个也不错,早上来一碗,配点榨菜和咸鸭蛋,味道绝了。"

游安理于是拿起一袋十斤重的小米放进购物车。

"豆浆还是豆奶?"

"那必须是豆浆啊,豆奶是小孩子喝的。"左颜撇撇嘴。

游安理扫了她一眼,拿了两袋豆奶粉放进购物车。

左颜:"啧……"

两人一个问一个答,等左颜回过神,才发现购物车里满满当当放的都是自己爱吃的。

不对啊,不是游安理买东西吗?左颜又去推了辆购物车,问她:"你现在口味变了吗?"

游安理正拿着一份洗碗机说明书仔细阅读,闻言回答:"没有。"

"那这几年你都吃什么啊?那边的食物热量都很高。"

游安理放下说明书,把洗碗机放进左颜推着的购物车里。

"吃素。"她语气平淡地回答。

左颜"扑哧"一声笑了出来:"你属兔的吧?"

游安理瞥了她一眼:"不,兔肉我还是吃的。"

左颜抱着烤箱一样大的洗碗机走出电梯的时候,还在想刚刚游安理说的那句话。

游安理提着几袋东西走在前面,到了家门口后将东西往地上一放,掏出钥匙开了门。

左颜抱着洗碗机先进了门,找了个空地把东西放下,然后去帮她拿那两袋十斤重的米。

"我现在觉得外卖的配送费不贵了。"左颜一边靠着橱柜喘气,一边用手扇了扇风。

就这么几步路,左颜就热出了汗,可见她的身体素质实在不怎么样。游安理把剩下的东西拿进厨房,见她这副样子,随口说了一句:"今天晚上把晨跑补上。"

左颜瞪大了眼睛看着她,好一会儿才道:"你忍心让一个刚刚遭到摧残的花季少女再经历一次折磨吗?"

"花季少女。"游安理重复了一遍这四个字,眼里的笑意一闪而过,快得左颜以为是错觉。

左颜觉得自己被冒犯了:"你什么意思啊?我现在穿上高中校服去学校,门卫都不会拦的好吗,怎么就不是花季少女了?"

游安理一边打开袋子拿出东西,一边随口回答:"是吗?那你现在穿上给我看看。"

左颜眯了眯眼睛,忽然凑到她面前,小声骂了一句:"变态。"

游安理笑了一声,侧头看着她,说:"谁主张谁举证,你不拿出证据就让我相信你啊?"

左颜往后退了一步,跟她拉开距离,警惕地道:"你少来这套,别以为我还会上当。"

游安理不置可否,挑了挑眉,没再说什么,一副不屑跟她争论的好脾气样。

左颜太了解她的本性了。这个人看起来老实巴交的，但也只是看起来而已。当初不明白这一点的自己不知道在她手上吃了多少亏，才总结出了血泪史一般的经验。

上学期的第二次月考关乎左颜的十八岁生日能不能过得舒坦，所以在考试前的最后一个周末，她难得主动提出去图书馆复习。

游安理揉着酸痛的脖子，听见这句话才看向她，问道："你要去图书馆跟同学一起复习？"

左颜从她的眼神里读出了一句"你放着我这个家教不用，跑去图书馆复习，你脑子没问题吧"，顿时一阵心虚。她当然不是去复习，但她已经跟李明明约好了，怎么也不能反悔，所以硬着头皮点了点头。

游安理端起杯子喝了口牛奶，一股煳味顿时弥漫开来。牛奶都能让左颜煮出煳味，除了佩服，她还能说什么呢。

游安理连眉头都没皱一下，喝完牛奶后，才开口道："五点之前回家。"

左颜松了口气，连忙点头。她加快速度把早饭吃完，中途几次想把牛奶倒了，但看着游安理面不改色吃早饭的样子，她还是捏着鼻子喝了个干净。

等吃过饭，左颜用最快的速度把碗筷洗了，然后小跑着上了楼，去收拾书包准备出门，一副迫不及待的模样。

游安理看着消失在二楼的身影，半晌后才收回视线。

左颜已经很久没在周末出门了，她知道自己出去干什么，所以直到出了家门还很心虚。刚才游安理看她的眼神让她后背发凉，不会是自己撒谎被发现了吧？

左颜如此想着，很快又否定了这个想法，因为她是真的要去图书馆，也是真的跟同学一起复习，再顺便办点"私事"。省略一点细节怎么能算说谎呢？

左颜想通之后，便坐上公交车往市图书馆赶去。她是昨天晚上才给李明明发的短信，李明明倒是好脾气，没有计较前天放学时她对他的态度，也没问她怎么突然又说要去，只告诉了她时间和具体位置，还跟她说了坐哪班车最快。

左颜当时就觉得，这个兄弟值得交，哪怕他有个让人看了就烦的亲哥。没错，她今天要做的事情就跟那个让人看了就烦的李明明亲哥哥有关。

真正的勇士敢于直面讨厌的生物，要是无法消灭，那就尝试另一种方法。

公交车晃晃悠悠地往市中心驶去，速度很慢。这两天晚上左颜都睡得迟，不知不觉就打起了瞌睡。好在没坐过站，公交车到站后，她从后门下了车，径直往李明明说的集合地点走去。

市图书馆很大，光是找到集合的地方就很费劲，左颜按照李明明发给她的路线走，免得在这地方迷了路。幸好班长是个大高个，站在人多的地方很显眼，左颜大老远就看见了他。

等看清那边站着的几个人之后，她忍不住"嚯"了一声，金字塔尖的小团体怕是到齐了吧。左颜突然很想掉头就走，因为她怎么看都跟这群人格格不入，别人也不见得会欢迎她。李明明已经眼尖地看见了她，还冲她挥了挥手，大喊着她的名字。

这个动静引来了路人的关注。左颜觉得很丢脸，可是已经走不掉了，只能飞快地走过去，让李明明赶紧闭嘴。

班长是个东北人，大高个，说话是纯正的东北口音，为人也很有东北特色，仗义又热心。他在班上不是成绩最好的那一个，但因为特别努力，人缘又好，从高一开始就是班长，就算分了班，也还是班长。他招呼了左颜，又数了数人数，确认到齐了，才带着大家往图书馆里走。

李明明和左颜走在最后，他小声给她介绍："班长一直在这里做兼职，咱们来能有自习室的空位，都托他的福，这位置可不好抢，还免费。"这么大一群人，要是去奶茶店可是要花不少钱，而且环境还不利于学习。

左颜点了点头，她又不是来学习的，坐在哪里都一样。跟这群"优等生"一起复习，对左颜来说就像提前进了考场一样。她坐了半个小

149

时就有点烦了,用手撑着头,百无聊赖地转着钢笔,这支钢笔是她昨天在游安理的房间里找到的。她做作业的时候圆珠笔不出水了,又懒得回房间拿新的,就向游安理借了笔。

游安理让她自己去书桌里找,左颜打开书桌抽屉,发现了这支银色钢笔。

"我能用这支笔吗?还挺好看的。"她当时没有多想,拿起来问旁边正在看文件的人。

游安理那时候的反应有点奇怪,看了她好一会儿,最后只说了一句:"你想用的话就送你了。"

左颜还是第一次从她手里得到实质性的东西,虽说不算礼物,但她就是觉得很高兴,都懒得计较这玩意是不是自己最讨厌的东西了。比起孟年华送的那些像老古董一样的钢笔,这一支更漂亮,银光闪闪的,但又不俗气。左颜立刻舍弃了圆珠笔,改用钢笔做作业了。

优等生们整了个跟上学时一样的时间表,每过 45 分钟就休息 15 分钟,可谓有着极强的自我管理意识。

趁着休息时间,左颜说出去买瓶水。李明明这个老好人果然上钩,说怕她迷路,带她去买。

左颜顺势跟他聊起了周五放学时的事情:"不好意思啊,那天我心情不好,你哥没生气吧?"

李明明笑呵呵地说:"哪能啊,我哥脾气比我还好,他还让我大度一点,对女孩子要包容。他说女生发点小脾气是正常的,男生不能小肚鸡肠、斤斤计较。"

左颜心里不屑,但还是挤出了一个"崇拜"的表情,说:"真的吗?你哥好酷啊,跟那些小心眼的男生一点也不一样。"

李明明摸了摸后脑勺,笑得有些腼腆。

左颜看得出来李明明是真的很喜欢他哥,兄弟俩的感情肯定很好,便问道:"你哥人这么好,还长得帅,你很快就要有嫂子了吧?"

李明明愣了一下,回想了一会儿,才回答:"还早呢,我哥工作太忙了,他是做同传的,就是同声传译,满世界跑,没有哪个女孩子愿意跟这种见一面都难的人谈恋爱吧。"

他感慨了一句："我倒是希望他早点给我找个嫂子，也能照顾他一下，至少能让他按时吃饭、按时睡觉，别把身体搞垮了。"

左颜听得起了一身的鸡皮疙瘩，她算是知道李明明这婆婆妈妈的性格是怎么养成的了。不过，她又有点羡慕，当初孟年华女士生产的时候吃了很多苦，她爸没少在她面前说这件事，就是希望她能明白生命的诞生并不是一件简单的事。左颜稍微长大了一点之后就不再缠着他们要弟弟妹妹了。虽然一个人是寂寞了点，但比起大部分人，她拥有的东西已经很多了，更何况现在她还有游安理呢。左颜想到这里，一下子就不羡慕李明明了。

"同声传译，听起来很厉害啊，那你哥都去过哪些国家啊？"左颜买完了水，跟着李明明往回走。

李明明完全没察觉到左颜的不对劲，因为这些问题很多朋友都问过他："主要是欧美那些国家吧，他主攻英语，还会说一点法语和德语，反正去得最多的地方就是美国。"

左颜脚步一顿，拧瓶盖的动作也停了下来。她想起了游安理跟李明明他哥说的那句话，忽然觉得自己可能摸到了正确的方向。

李明明以为她拧不开，伸出手说："我帮你打开。"

左颜想着事情，顺势把饮料给了他。

两个人站在过道里，身后冷不丁传来一道声音："哟，我说怎么找不到人，原来你们俩在这儿呢。"

左颜一听到这声音就头疼，她刚刚之所以想离开，就是因为看到这群人里有"班花"吴悦琳。

李明明赶紧拧开瓶盖喝了口水，说："我俩就是去买瓶水，我早上出来的时候没吃早饭。"

左颜发现这小子还挺机灵的，便顺着他的话说："班花要买水吗？从这边过去，左拐后第二个路口就是了。"

看他俩都坦坦荡荡的，吴悦琳识趣地眨了眨眼，说："李妈妈，班长找你呢。"

"李妈妈"是李明明的绰号，因为他老妈子的性格，再加上名字缩写很容易打成"李妈妈",所以这绰号就成了他身上摘不掉的标签了。李明明当初也反抗过,但他脾气太好了,大家都喜欢跟他开玩笑,时间久了他就放弃了。

"哦,那我们先回去吧,休息时间也要结束了。"李明明开口道。

左颜没忍住翻了个白眼,周日一整天都是休息时间好吗?

这一上午对左颜来说简直就是灾难,一到中午她就找了个借口溜了。左颜背上书包,迫不及待地回了家,结果进了家门之后只看到空荡荡的客厅。她看了眼时间,早就到了平时吃饭的点,家里却静悄悄的。

左颜觉得奇怪,换了鞋就直奔楼上,还没走到游安理的房间,就听见了敲击键盘的声音。她脚步一顿,心中莫名冒出一股火气。

卧室门被敲了三下,里面的人似乎有听见,开口道:"门没锁。"

左颜打开门走进去,坐在电脑前的游安理转头看过来,问道:"你怎么现在就回来了,不是才十二点半吗?"

"你也知道十二点半了啊?"左颜瞪着她,一副谁欠了她八百万的样子。

游安理有点摸不着头绪,起身走过去,说:"怎么了,你又跟那个同学吵架了?"

"我说了我没跟他吵过架,你老问这个干吗?我现在说的是你。"

左颜的语气很不好,游安理也没了耐心,声音冷了下来:"我怎么了?"

左颜把书包往地上一扔,抓起她的手腕,指着手表说:"都快一点了,你在干什么啊?你不知道吃饭吗?你是钢铁做的机器人,不需要吃饭是吧?少工作一会儿能怎么着?"

左颜还学着电视剧里的人物来了一句:"你太让我失望了。"

她刚说了两句,游安理心里的那点火气就散了,等听完最后一句话,游安理一个没忍住笑了出来。

左颜一下子就炸了:"你笑什么笑?"

"我说错了吗?这件事不是你做得不对吗?"左颜咬牙切齿地说,

好像游安理敢说一个"不"字,她就要痛下杀手一样。

游安理只能被迫回答:"是我做得不对,你说得对。"

在这种时候,除了顺毛,没有别的选择。

左颜"哼"了一声,暂且放过了她:"我做错事情都挨罚了,你是不是要以身作则啊,游老师?"

除了在她爸妈面前,私底下她从来不叫游安理老师。游安理听到这个称呼也是一愣,审视着她。左颜一点也不心虚,现在占理的人可是她。

游安理不是最爱讲道理吗?那就跟她讲道理,这就叫以其人之道,还治其人之身。她得意地想着,理直气壮地说出了自己的小算盘:"如果这次月考我及格了,你要陪我出去玩。"

左颜后来认真想过很多次,关于她到底是从什么时候开始依赖游安理的。

一开始两个人分明是相看两相厌,谁也不待见谁。左颜始终记得游安理第一次对自己露出"真面目"时的场景,那些平时不会出现在她脸上的表情,以及那些令人大跌眼镜的话,都让左颜觉得这个人表里不一,需要保持高度警惕。然而,左颜转头就忘记了这一点。

游安理"坏归坏",但能容忍她的各种坏毛病,还会让她适当地放松娱乐。虽然左颜后来知道了这只是一种驯服的手段,可并不妨碍她产生如果非要选一个人做自己的家教,那这个人只能是游安理的念头。除了游安理,谁也不行。

她从游安理那里得到了承诺之后就信心满满地走进了考场,然后垂头丧气地走了出来。在她的完美计划里,绝对不包括自己考砸了这件事。

左颜直到回了家都还无法接受这个事实,她明明对这次月考充满了信心,因为考试之前游安理讲的那些知识点她都认真听了,游安理出的题她也都做了,完全是胜券在握。为什么一进考场,她就读不懂那些题呢?左颜怎么也想不明白这一点,但她很清楚,自己的完美计划就要胎死腹中了。

推开家门的时候，左颜垂着脑袋，不敢去看厨房里正在忙碌的人。饭菜的香气已经飘满了屋子，她换了鞋，背着书包悄悄地走上了楼梯。

"考完了？"游安理站在厨房里，往锅里放调料，随口问道。

左颜像个被抓了现行的"小毛贼"一样，浑身一抖，抓着书包站直了身体。

半晌后，她转过身来，看着厨房里的人，小声回答："考完了。"

游安理没有再说什么，只让她快些收拾好，洗了手下来吃饭。

左颜看着她，突然觉得心里闷闷的，比考砸了还难受。

一顿晚饭吃得静悄悄的，游安理本就不是个喜欢在吃饭时说话的人，左颜不说话的时候，饭桌上就只剩下筷子碰撞碗的声响。

等游安理吃得差不多了，左颜见到她放下筷子，才踌躇着开口道："那个……"

"没考好？"游安理看向她，丝毫不觉意外。

左颜更郁闷了，好像在这个人眼里，自己没考好很正常一样。虽然这么说也没什么问题，但是游安理难道就没有对她抱有过一丝期待吗？

左颜想到这里，忽然又觉得这样挺好的。要是游安理真的对她抱有期待，那不就更失望了吗？左颜咬着筷子，垂着头没吭声。她现在一想起昨天自己信誓旦旦的样子就臊得慌，恨不得一键清空大脑，再把里面的水倒干净。让你说大话，现在丢脸丢大了吧？就你这样的，怎么跟别人比啊？凭什么跟别人比啊？哪点比得过别人啊？该复习的时候不复习，就知道搞些幺蛾子，真是活该！

左颜越想越郁闷，最后连饭都吃不下了，直接把碗筷收拾好端进厨房，闷不吭声地洗干净了。

关于做家务这件事，游安理一开始没说什么，只是让她不要耽误学习的时间。她爸听说之后倒是特别高兴，夸她懂事了，还夸游安理教得好，做到了他们过去十七年都没做到的事。其实左颜很清楚，她爸就是爱惯着她，孟年华女士也是，看起来对她很严格，实际上从来不让她做家务活。要是他们真的想让她"懂事"，也不至于到现在才提这件事。左颜听到她爸在电话里夸的那些话,觉得心虚得很。

在左增岳同志的支持下,哪怕游安理觉得没有必要,左颜还是把每天洗碗这件事坚持了下来,毕竟比起游安理每天做的事情,这点小事真不算什么。

月考虽然结束了,但该有的作业还是一样不少。左颜一到点就拿着书包去了游安理的房间,开始准备做作业。她今天可不敢造次,老老实实地把作业都拿出来摆好,等游安理处理完文件过来辅导她。

"你先把今天考的题默写出来,能记起多少就写多少。"游安理翻看着翻译文件,头也没抬地道。

左颜"哦"了一声,翻开一个新的作业本,开始回忆今天做的那些题。

果然游安理还是在意这一次的考试成绩的,以前她可不会在卷子发下来之前就针对考题做辅导。左颜绞尽脑汁,抓耳挠腮,花了足足二十分钟的时间,也没写出多少题来。英语和数学的题目她还记得一点,其他的基本忘了。

游安理忙完了,坐着滑轮椅移动过来,到她旁边看了眼。

"今天考的是这些?"游安理顿了一下,开口问。

左颜挠着头,回道:"其他的记不起来了,反正没有一道题是你出给我做过的。"

她说完,就感觉到游安理的视线落在了自己的脸上。

"怎……怎么了?"左颜又看了眼自己的作业本,确认自己写下的题目都是今天考过的,为什么游安理要用这么奇怪的眼神看自己?

"左颜,你今天考试的时候没觉得有什么奇怪的地方吗?"游安理平静地问。

左颜想了想,回答:"没有吧,只是那个教室里只有我一个人是我们班的,不知道为什么。"

游安理伸出手拿起她的作业本,另一只手捏住她的下巴,迫使她看着作业本上的题。

"你走错考场了。"游安理几乎是咬着牙说道,"这是高一的内容,你自己不知道吗?"

当远在国外的孟年华女士得知消息打来电话时,左颜已经郁闷了整整一天。

"听说我们伟大的左颜女士又干出了一件惊天地泣鬼神的事,你爸开会的时候都气笑了,现在我想听听当事人的口述。"

左颜被自己的亲妈毫不留情地嘲讽了一番,已经连委屈的力气都没有了。

"当事人现在很后悔,非常后悔,我光知道考试之前要努力……"左颜絮絮叨叨地抱怨了一通,最后只得到了她妈的一声冷笑。

"真出息,连月考都要补考,我还能说你什么呢?"

左颜开始求饶:"我至少努力过了啊,你不会真的不打算给我过生日了吧?十八岁一辈子只有一次!"

孟年华无法理解她的逻辑。

"哪一岁不是一辈子只有一次?"

左颜被撑得哑口无言。

教训了左颜一顿之后,孟年华女士还是消了气,告诉她:"下个月我尽量赶回去,但这边的形势不太好,如果没来得及,以后给你补上。"

孟年华在家里从来都是说一不二的,左颜哪敢有意见,而且她现在连一丝底气都没有,只能不情不愿地道:"我知道了,那我爸呢?"

孟年华回道:"他多半会提前在月初回来吧,下个月中旬他要去趟西北。"

左颜顿时垮下脸来,不高兴地说:"你们老是这样,真扫兴。"

"颜颜,我以为你最近懂事了。"孟年华有些无奈。

左颜张了张嘴,不知道说什么,她也知道自己的这些要求有点矫情了,父母给了她够多的东西了,她不能奢求太多。

孟年华又道:"现在对你爸来说是关键期,他能回去一趟已经是做出最大努力了,妈妈希望你能体谅他一下。"

"我们确实不应该忽略你的心情,但你要知道父母和子女都不是为了对方而活。"

孟年华的声音平缓又饱含力量。

"十八岁之后你就是成年人了,早晚有一天你会离开我们,去做你想做的事情。可能到那个时候,你就会明白我们的心情了。"

月考后的整整一周，左颜的心情都不太好，连李明明邀请她参加集体活动，她都婉拒了，甚至根本没有听李明明说了什么。

随着十一月的到来，整个城市彻底进入了寒冬，左颜不得不在校服里穿上厚厚的冬装，把自己裹成了一个圆滚滚的粽子。左增岳果然信守诺言，在月初买了机票回来了一趟，带她出去吃了一顿她最喜欢的快餐。这件事当然没有让孟年华知道，否则他们爷俩都要挨骂。

当天他们本来是要叫上游安理一起的，但她说有别的事情，所以最后只有父女俩一起出了门，提前过了个简单的生日。左颜原本还算开心，不管怎么说，她爸遵守承诺回来陪她了，她没有觉得不满意，但她的开心只持续到了离开商场之前。

左颜坐在商场一楼的肯德基里，隔着玻璃窗往外一瞥，就看见了那道熟悉的身影——嚯，瞧瞧那边的一男一女，看起来可真"般配"。

"左颜？"一道熟悉的声音响起，左颜迷迷糊糊地睁开眼，抬手揉了揉眼睛。

游安理给她盖上毛毯，问："你要不要进房间睡？"

左颜从沙发上坐起来，拿起手机看了眼时间，待会儿派出所的人就要来了。她摇摇头，打了个哈欠。

游安理看了看她的脸色，抬手摸了摸她的额头，等确认了她体温正常后，才开口道："你哪里不舒服吗？"

左颜抬头看向她，一双黑溜溜的眼珠子盯着她，半晌都没说话。

游安理有些茫然，问："怎么了？"

左颜"哼"了一声，阴阳怪气地道："没什么，就是做了个噩梦而已。"

派出所的民警在现场待的时间比预想中要短，大概是因为案件的情况已经一目了然，被抓的快递员也老老实实地交代了事情的经过，民警过来做完取证，嘱咐了一些要准备的材料和注意事项后就匆忙离开了。左颜把人送下楼之后，忍不住摸了摸身上未消的鸡皮疙瘩。

她作为当事人肯定要回现场复述案发情况，虽然有游安理陪着她，但整个过程她都非常不舒服，尤其是钻进衣柜做演示的时候，短短几分钟她就缺氧到反胃。

"他们也挺辛苦的，看起来可能一晚上都没睡。"左颜随口找了个话题，以转移自己的注意力。

游安理和她一起走进电梯，一边按下楼层，一边道："你如果实在觉得很不舒服，这周末就先找找其他的房子吧，换个安保比较好的小区。"

左颜知道她向来很敏锐，闻言只是顿了一下，然后回答："这事我也想过，但是合同上写了，我交的房租和押金都不能退，所以能省就省吧。"这笔钱对她来说可不是小数目，她还是狠不下心白白浪费掉，再掏腰包去租新的房子。虽说工作的这三年里，她真的不是一分钱存款都没有，但那些钱得用在紧急时候，其他时候忍一忍就过去了。

电梯到达后，游安理走在她后面，开口道："这方面你倒是变了很多。"

左颜就当她在夸自己了。

游安理掏出钥匙打开门，两个人进了门，她才再次开口："我买的房子正在装修，等能住人了，可以租给你一个单间。"

左颜刚换好鞋，闻言一愣："你买房了？你才回来多久啊？"她完全忽略了后半句话，也不知道是有意的还是无意的。

游安理看了她一眼，神色平静地回答："回国之前就买了，国内的行情我一直有留意，看到合适的房子就托朋友帮忙买下了。"

朋友。左颜不由得细细品了一下这两个字。游安理去了国外七年，在国内还能有什么朋友？

"苏小姐人真好。"左颜阴阳怪气地说了一句，踩着拖鞋就往沙发走去。

游安理正要去厨房洗手，听见这句话侧过身来，看着她，问："你说雪雅？"

左颜一屁股坐在沙发上，摸出手机解锁，没搭理她。游安理收回视线，走进厨房，打开水龙头洗干净手。

开放式厨房和客厅只隔了一张吧台，游安理关了水龙头，拿厨房纸擦着手："虽然不知道你在气什么，但我的房子不是雪雅帮忙买的，她是跟我一起回国的，之前不在国内。"

左颜觉得她不解释还好，一解释就能把人气死。

"谁生气了？我是真的觉得她人挺好的，温柔大方，人还漂亮，自然是人见人爱。"左颜说着，一把拽过身后的抱枕往肚子上一放，偏过头看向落地窗外。

游安理发现左颜这一发脾气就口不择言的毛病还是没改。游安理喝了口水，捧着杯子道："你说的没错，据我所知，她回国就是为了结婚这件事。"

左颜听完这句话，佯装痛苦地捂住了胸口："暴殄天物啊，这个世界上根本没男人能配得上她！"

"所以……"游安理放下水杯，看着她，问道，"你刚刚在气什么？"

左颜避开她的视线，端起茶几上自己的那杯水，一副没那回事的表情，说："我都说了没生气。"

游安理的目光仍停留在她的脸上，直把她看得坐立不安。左颜忍不住往旁边挪了一点，她自以为动作隐蔽，然而下一秒就被旁边的人发现了。

游安理轻轻一拽，将她整个人拽到了自己面前。

左颜脑中的警钟敲响了起来，生出了退意，开口问："干什么？"

游安理拉着她的左手，毛衣的袖子被手指握住，往上一扯，露出了整个手掌。游安理的目光从她脸上移开，落到了她的左手上。

"我昨晚就想问了。"

左颜顺着她的目光看过去，看见自己左手无名指上的那枚纯银戒指后，顿时呆住了。

游安理轻声说："这枚戒指，你不是早就扔了吗？"

礼物这种东西，重要的从来不是形式，而是送礼物的人究竟花了多少心思，这些心思才是收礼物的人最在乎的。

然而，游安理在二十四岁之前对这种事情没有清晰的概念，因为她几乎没有收礼物的经验。这倒不是因为她在成长的过程中缺失关爱，其实她已经得到了一个女人全部的爱。这个女人把她带到满是疾苦的人间之后，又离开了她。

"直到死亡将我们分开。"这一句用于爱人之间的宣誓，往往应验在了亲人身上。游安理在那时便明白了,唯有死亡是她的终结。除了死亡,任何东西都不能将她打倒。

在游纪离开人世后的六年里,游安理一直坚信这一点。因此,她没有被昂贵的学费打倒,也没有被数不清的兼职和永无止境的骚扰压垮。吃最便宜的残羹剩饭,住最廉价的筒子楼,穿夜市地摊上换季时的促销衣服,拿最高的奖学金,看别人觉得最枯燥无聊的书,每一天她都是这么过来的,但她并不觉得痛苦。

也许一个人对痛苦的感知能力全都来于情感,而她的情感只给了游纪,在游纪死后,她的情感就消失了。当痛苦的存在感变得微乎其微,人就能做更多的事情,无论有多困难。

收到宾夕法尼亚大学的录取通知书时,游安理正在上大二。全额奖学金的申请石沉大海,录取通知书上对此也只字未提。

她的成绩没有任何问题,但一所拥有顶尖商学院的国际名校看重的从来不只是一个学生的考试成绩。会读书和综合能力是两个概念,更别提在学习能力之外的个人经验与履历,她在竞争者面前没有半点优势。然而,游安理没有放弃,在大学最后的时间里,她不断丰富自己的履历,再难拿的奖励和荣誉对她来说都只是垫脚石,帮助她站得更高,以便被更多人看见。

同级的竞争者们无一不是能人,如果不能成为最优秀的那一个,她便拿不到这个名额。与此同时,她必须做很多兼职来维持日常开销,她的抗风险能力太差,不到万不得已绝不会动用存款。事实证明,扬长避短在这件事上是没有意义的。

"综合能力"这四个字成了她身上一条又一条的退货标签,一直到大学毕业,她失去了仅剩的优势,也没能再往前迈一步。一条路不通,那就换一条路吧。游安理认清了现实,将所有的精力放在了赚钱这件事上。

沉没成本是成功路上的必需品,但对她来说过于昂贵,她不得不榨取每一分钟的价值,尽可能降低成本。游安理用了一整年的时间,却只看见了一条没有尽头的路。

她向往的地方太高了,而她身处的位置又太低,低到也许终其一生都无法抵达。哪怕她已经放弃了很多东西，只为一个目标而努力，但现实告诉她，不行就是不行。到了这个时候，游安理才终于明白为什么游纪当年没有坚持下去。在"现实"面前，每个人都别想高看自己。

后来游安理也想过，如果那年夏天她没有接到左增岳的电话，没有得到那份如同雪中送炭一样的工作，那她这辈子是不是就跟游纪一样了？

游安理不愿意接受，所以她抓住了一切机会，哪怕她明知道左增岳给她这份工作是出于愧疚，出于怜悯，她也假装看不出他眼里的同情。得到了一个能让她喘口气的机会，她就有了更多的时间和精力，继续心无旁骛地走向她早就认定了的那条路——原本她是这样认为的。

推开大门的时候，游安理有些意外地看到了玄关处的鞋。她换上拖鞋，取下肩上的帆布包，刚走进客厅，就看见楼上有人飞快地从房间里跑了出来。一跑到楼梯上，那人就刻意放慢了速度，好半天才慢悠悠地走下来。

穿着睡衣的人双手插在裤兜里，白色的耳机线缠在耳朵上，一副摇头晃脑在听歌的样子。

察觉到了她的目光，左颜抬起头，像是才发现她一样，不咸不淡地说了一句："你回来了。"

游安理："……"

左颜显然并不知道自己拙劣的演技早就被看穿了，还在装模作样地听歌。她经过游安理身边，进了厨房倒水，等端着杯子出来的时候，才假装随意地问了一句："你今天去哪儿了？"

游安理看了她一会儿，把包放到餐桌上，双手环抱在胸前，反问道："你今天不是出去过生日了吗，怎么现在就回来了？"

左颜抓着耳朵里的耳机转了一圈，避开了她的视线，小声回答："我爸忙啊，他走了，我就回来了。"这不算假话，虽然是她劝左增岳同志早点出发，让他还能在路上多休息一会儿，然后自己打车回了家的。

游安理也不拆穿她，又问了一句："玩得开心吗？"

161

"开心啊。"左颜扫了她一眼,像是炫耀一样继续说,"我爸可够意思了,我想吃什么他就给我买什么,还给了我一个大红包,预祝我成年快乐。哪能不开心啊?"

说是这么说,但左颜的语气听起来不是那么回事。游安理不知道左颜一天天的到底哪来那么多小脾气,还都冲着自己一个人发,在外面忙了一天她也累了,真没有精力哄小孩。

"开心就好。"游安理说完,拿起自己的包绕过她,往楼上走去。

左颜傻眼了,猛地转头看向游安理,见她径直上了楼,没有一点要"老实解释"的意思,顿时气得脸都青了。

坏女人!不陪我过生日,跑去跟别人约会,回到家连句解释都没有。太过分了,太过分了!左颜跺了跺脚,"砰"的一声放下杯子,小跑着上了楼。

左颜追上去看见紧闭的游安理的卧室门,一口气差点没上来。

游安理已经好多天不关门了,默许了她可以随意进出。她现在这样是什么意思?左颜憋着一口气,直想抬脚踹向这碍眼的门,但好歹忍住了,她转身回了卧室,用力地甩上门。不就是摆脸色吗,谁不会,怕你啊?

直到吃晚饭的时间,左颜都没再出过房门,她打定了主意这次一定要让萝卜头好看,否则也太憋屈了。

左颜从头到尾都不觉得自己有什么问题,因为在潜意识里她觉得游安理应该跟她解释,不仅要解释,还要让她消气才行。要说为什么,因为游安理和她是最亲密的朋友啊。

游安理打定了主意要给左颜一点教训。这种人就是不能惯着,越纵容,越蹬鼻子上脸,现在竟然乱发脾气,再这么无底线地纵容下去,她会觉得自己是个没脾气的人。

这天晚上,游安理也没出房间,她忙了一天,本来就累得没胃口,小兔崽子是在外面吃了大餐回来的,饿她一顿也饿不坏,反正若是真的饿了,她自己知道去厨房找吃的。

两个人像在对峙一样,整个晚上谁也没踏出房门一步。左颜一开始还坐得住,她玩着手机发现时间快到睡觉的点了,游安理还没有发出半点动静,她就坐不住了。

卧室门被轻轻推开,发出"吱呀"的一声。左颜蹑手蹑脚地走出房间,悄悄走到对面的门口,贴在门上听了一会儿。

键盘敲击声从门后传来,一声接一声,富有规律,她松了口气的同时,又忍不住板起脸来。这个萝卜头,她才说过几天啊,又不长记性了。

左颜在门口犹豫了半天,最后还是拉不下脸去叫里面的人。她想了想,转身悄悄下了楼。二十分钟后,左颜端着一个盘子和杯子走上楼,悄无声息地停在游安理的房间门口,将东西放在地上后,又悄悄溜进了自己的房间。

她从笔袋里拿出半块橡皮擦,往对面的门上一扔,发出"啪"的一声脆响。她迅速关上卧室门,躲在里边。没过多久,对面房间的门就打开了,左颜靠在门上,竖着耳朵去听外面的动静,等听到盘子和杯子都被拿起来之后,悬着的一颗心才落回了原地。

又过了半个小时,左颜拿上睡衣准备去洗澡,一出门就看见对面门口放着一个盘子和一个杯子。她瞅了一眼,见自己做的三明治和甜牛奶都被吃了个干净,不由得撇了撇嘴。

讨厌鬼萝卜头,吃了我的东西还不吭声。

左颜把盘子和杯子拿到厨房里,洗干净放回了原位,才上楼进了浴室洗漱。就算在周末,她也一直是十点钟准时睡觉,除了最初去游安理房间睡的那两天,不知道为什么她总是很难睡着,后来习惯了之后,作息就恢复了正常。今天她显然不可能去游安理的房间睡觉了,她俩还在怄气呢!

左颜想到这里,又开始生气了,吹干头发就回了卧室,用力关上门。在床上翻来覆去老半天之后,左颜才反应过来,她俩不是在吵架,更准确地说应该叫冷战。

没错,她要跟游安理冷战!讨厌鬼萝卜头最好快点来哄她,否则这笔账没那么容易一笔勾销。左颜翻过身,踹了两脚床上的等身布偶,这是她在网上定做的。一只巨无霸胡萝卜,手感特别好。现在,这个布偶沦为她的发泄工具,她两只手揪住"胡萝卜"的头,脚丫子直往抱枕上面踹，折腾到没力气了才罢休。

"你知道错了没？"她翻身压住抱枕，伸出手指指着它，用孟年华女士训话时的语气对它说。

对面房间一直没人出来，左颜一开始还听着那边的动静，后来就犯困了，不知不觉睡了过去。

游安理关了电脑走出房门的时候，扫了眼门口，地上干干净净，什么也没有。她顿了一下，又看了眼对面紧闭的卧室门，片刻后，转身走向浴室。等她洗漱完，擦干了头发，已经是半夜三更了。游安理穿着睡衣从浴室里出来，一边走向卧室，一边抬手揉了揉肩颈。

她最近为了照顾左颜的作息，已经很久没熬夜了，今天为了赶进度不得不忙到这么晚。工作的时候，她想对面的左颜什么时候会来敲门，这一次左颜倒是很沉得住气。除了做饭和洗澡，别的时候左颜都没出来过。想到这里，游安理的脚步一顿，停在了走廊上。她侧过身，轻轻打开了右边的这扇门。卧室里一片漆黑，床上也静悄悄的，看来左颜已经睡着了。

没心没肺的，换张床也能这么快睡着。游安理放轻了脚步，走进房间。床上的人睡得很沉，被子的一角快要滑落到木地板上了，游安理把被子捞起来，给她盖好，又把她两条腿夹着的等身布偶拿了出来，放到一旁。

也不知道她为什么对胡萝卜情有独钟，买什么都要买胡萝卜的样式，商场买不到还要去网上定做，难不成她真的属兔？

游安理看着她，突然发现，比起夏天第一次见到的时候，这张脸已经有了些变化。具体哪里变了又说不上来，但这个女孩明显已经长大了。游安理想起她在电话里有意无意暗示的那些话，以及越接近生日她就越期待的小模样，怎么看都不像一个快要成年的人。然而，再过一个多星期，她真的就满十八岁了。

老人总说，人啊，一到了十八岁，那时间就过得可快了。一晃眼是二十岁，再一晃眼就到了结婚生孩子的年纪，再一晃眼，孩子都能打酱油了。游安理知道，这一套"规律"对自己是不适用的。她的人生注定与别人的不同，既没有享受到大部分人拥有的快乐，也不必去履行那些传统的义务。

左颜，这个在蜜罐里长大的小姑娘会跟大多数人一样，经历残酷的高考，在大学里肆意挥霍青春，然后焦头烂额地找工作，进入社会，主动或者被动地成为一个勉强合格的成年人，再顺理成章地进入人生的下一个篇章。她会遇到很多想要娶她的男人，凭借她的家庭条件，能过关的男人不会太差，所以婚后的她应当会比大多数人幸福。想到这些，游安理便不再去想了。

一场冷战持续的时间意想不到的漫长。左颜打定了主意，要等游安理主动来认错，否则不会再跟她说一句话。让她没想到的是，游安理还真的稳得住，不管她这几天怎么摆脸色，对方都像没看见一样，到了点就自顾自地做饭，也不叫她去吃，一副她爱吃不吃的样子。

左颜不去游安理的房间里做作业，游安理也不开口问，明明是个家教，却把正经工作放到了一边，整天埋头做那些累死人的兼职，不到半夜不睡觉。这可把左颜气坏了，本来没想跟她动真格的，却被她无所谓的态度激怒。有本事你一辈子也别搭理我啊，谁先认输谁是小狗！

左颜被冷落了几天，心情一天比一天差，在学校的时候差点和一个偷偷翻她日记本的男生打起来。李明明每每回忆起来都感到后怕，说自己使出了吃奶的力气才把她拉住。

左颜骂他"狗拿耗子多管闲事"。

"你骂人的时候也不必把自己也骂了吧？"当然，那时的李明明没敢说这句话，否则倒霉的就是他了。

做课间操的时候，李明明找了个机会，小声问她："前两天你不是还好好的吗，现在又怎么了？跟你朋友吵架啦？"

左颜正烦着呢，根本不想理他。

见她没有否认，李明明感叹了一句："我跟你说，这种时候千万不要用言语去进行无谓的争吵，这样只会伤害两个人的感情。"

李明明一边做扩胸运动，一边小声给她传授经验。

左颜本来想叫他闭嘴，听到最后半句话，又觉得好像有点道理，忍不住看了他一眼。

李明明压低了声音,继续道:"你得用行动去暗示他,告诉他你在意什么,这样他不就知道该怎么哄你了吗?"

左颜看着他的目光逐渐变得有些复杂:"李明明,我今天重新认识你了。"

李明明咳了一声,正要说一句"过奖过奖",就听她说:"原来你这么聪明。"

"……"我谢谢你。

听了李大师的一席话,左颜觉得自己悟了。游安理就是个木头,不告诉她自己在生气,她怎么来哄呢?

左颜越想越觉得非常有道理,决定做点什么让游安理发现自己是真的生气了,要哄才行的那种。她琢磨了一个下午,终于在上晚自习之前灵光一现,想到了一个绝妙的办法。

趁着下课时间,左颜跑去学校的小卖部,掏出自己还没舍得用的生日红包,买了一张话费充值卡。自从游安理给她绑定了话费套餐之后,她就再也没有自己充过话费了。左颜想到这件事的时候,心里还是美滋滋的。再想到游安理过不了多久就会来哄自己,她心里就更美了。在最后几分钟的休息时间里,左颜用充值卡给游安理的手机号充了话费,不多不少,正好是话费套餐的费用。

做完这件事,左颜就开始畅想游安理发现后该有多"惊慌失措"了。坏女人,敢这么多天不理我,现在知道惹我生气的下场了吧?你要是不说几句好听的话,我是不会轻易原谅你的。

整个晚自习,左颜的心都飞出了窗外,飞到了校门口。她甚至已经想好待会儿在学校门口见到游安理的时候要说什么话,摆什么表情了。坐了几天的校车回家,她憋了一肚子的牢骚,今天回家的路上一定要好好发泄一下。"割地赔款"什么的,也得趁热打铁整一个,最好能把上次月考痛失的机会找回来。

左颜想了一晚上,可把自己美坏了,一下晚自习就抓起书包往外冲,争做第一只飞出校园的"自由小鸟"。

她喘着粗气跑到了校门口,抬头一望,却没看见人。左颜傻站在原地,直到学校里的人陆陆续续走得差不多了,她也没等到游安理。

回家的路上下起了雨,左颜坐在校车里,拿起手机翻看了所有的短信,游安理发来的最后一条短信时间已经是上个星期的了。她酝酿了一下午的期待,一下子就落了空。

等到了家,左颜又想起来,游安理最近那么忙,多半是没空看手机,那她肯定没有看到话费充值短信。想通了这一点,左颜顿时恢复了精神,推开大门,飞快地换好鞋跑进去。

客厅和厨房都空荡荡的,连灯也没开。左颜有些纳闷地打开灯,又扫了眼餐桌,发现那上面也是空空的。这可真奇怪,游安理这几天就算没理她,没去接她放学,也会把饭做好了等她。

左颜突然有些不安,背着书包跑上了二楼。她原本以为游安理今天是有事要忙,还没回家,但一靠近那扇门,听见里面传来熟悉的键盘敲击声,她才不得不接受一个事实。

游安理今天连饭都不给她做了。左颜委屈得一下子红了眼眶。

她转头打开自己的卧室门,进去后"砰"的一声关上了门。

听见这声巨响,坐在电脑前的游安理停下了手上的动作,目光从电脑屏幕上移开,落到了一旁的手机上。几秒后,她收回视线,平静地看着电脑上的文件,再一次敲响了键盘。

这一敲,又是整个晚上。等到终于完成了工作,游安理皱着眉活动了一下肩膀,起身走到衣柜边,拿出换洗衣服,准备去浴室洗澡。此时已经过了零点,她打开门,正要踏出去,一眼看见了地上摆着的餐盘和杯子。

游安理的动作顿住了。她看着地上的那份奇形怪状的晚餐,许久之后才吐出一口气,抬起头,径直走向浴室。

第二天早上,左颜被闹钟吵醒,顶着一头乱糟糟的头发爬下床,边打哈欠边打开门走出去。她睁开眼看见的,就是地上原封不动的餐盘和杯子。她愣了一下,看着那份凉透了的晚餐,过了好一会儿才反应过来——游安理没碰她做的晚饭。

左颜在门口站了半天,回过神来后,走过去拿起地上的盘子和杯子,转身下了楼。冬天气温低,这些东西热一热还能吃。左颜把盘子和杯子放进微波炉，设定了时间，回到二楼去浴室里洗漱，然后下来把那些东西当作早饭吃下了肚。她一边吃，一边抬起袖子擦脸，最后吃得鼻涕直流。

家里静悄悄的，仿佛又回到了只有她一个人在家的那段时间。从梦里醒过来的时候，左颜的脸上还是湿的。左颜看着面前闭着眼的人，好半晌才分清楚哪边是梦，哪边是现实。

暖黄的小灯照在床头，给背着光的人打上了一层柔和的色彩。

都怪游安理，没事非要提一嘴戒指的事情，害得她又梦到了高三那年最不开心的一段时间。她自己花钱买的东西，想扔就扔，想捡回来就捡回来，别人管得着吗？反正都七年没管过她了，现在又来管她干什么？真当她还像小时候一样好欺负吗？

左颜越想越气，在梦里重新体验一次的感觉太糟糕了，而罪魁祸首现在就在她面前躺着，还一副睡得很香的样子。

侧躺着的人忽然睁开眼，平静地看着她，开口问："你想干什么？"

左颜吓了一跳，游安理的眼神太过清醒了，不知道的还以为她压根就没睡。

左颜想到刚刚做的梦，梦里的游安理也是这副讨人厌的样子，火气一下子又冒了出来。她语气不善地说："我想报仇。"

游安理又问："那你要怎么报仇？"

"还没想好。"左颜想也没想地回答。

"好吧。"游安理叹了口气，重新闭上眼，对她说，"晚安。"

左颜这一觉睡得十分香甜，因为她终于没再做梦了。被窝里暖洋洋的，左颜忍不住伸展了一下四肢和腰。冬天最适合睡个回笼觉，左颜看了一眼睡得安稳的游安理，便继续躺着了……

左颜跟游安理之间就是一笔烂账，算到最后，谁也算不清到底是哪一方做错的地方更多。世界上有比游安理更好的人吗？答案是肯定的。一定会有人比她更聪明、更优秀、更美丽，也更善解人意、温柔体贴。这个世界上有比左颜更好的人吗？左颜很有自知之明。

十一月的第二个周一，学校迎来了一年一次的秋游活动。这种活动往年都是走个过场，毕竟大冬天的谁也不想去什么名人故居拍照，因此所有人都对这件事热情不高，但这一年的活动好像有了变化。

班干部总是消息比较灵通，午休时间还没结束，从老师办公室回来的李明明还没坐下就小声对左颜说："猜猜我刚刚在办公室听见什么了。"

左颜恹恹地趴在桌子上，有气无力地问："什么？"

李明明一点也不在意她的反应，因为他觉得自己说完后，她肯定会满血复活的。

"我听见班主任在跟张主任商量秋游的事情，今年高三的秋游跟其他年级分开了，我们有单独的活动。你猜猜是什么？"

"什么？"左颜勉强给了他回应，虽然她没怎么听进去。

李明明凑过去，用手遮住嘴巴，小声道："出国旅游。"

当这个消息传开之后，整个高三都沸腾了。这可是前所未有的事情，虽然他们学校向来不差钱，但这种待遇以前只听说隔壁外国语私立学校有过，根本轮不到他们这种公立学校。后来，人脉最广的班长打听到了一点内部消息。

"这次活动是这个学长赞助的，说是回馈母校，但其实也有点招揽人才的意思，毕竟今年拿了金奖的人不是咱们学校的，就是隔壁五中的，肥水不流外人田嘛。"

一群人听得似懂非懂，但有一件事是很明确的，那就是他们可以去国外旅游了，签证会由学校统一办理，正规渠道加上人脉关系，速度那叫一个快。目的地还是在亚洲，而且是以参观交流会的名义，肯定玩不了多久，但已经足够吸引人了，唯一的缺点是，每个人要交的钱比起往年多了不少，这不是所有人都能负担得起的。

李明明跟着班长统计了一下午，确定班上参加的人不到二分之一。这很正常，公立学校的学生大部分都是普通家庭出身，愿意花这么多钱的毕竟是少数，更别提还有特困家庭的学生，对于要花钱的集体活动从来都不参加。

李明明回到座位上的时候感慨了一句："这个活动也不知道是不

是好事。"他知道大家都想去,但有些人去不了,这就会显得能去的那些人太幸运。

"对了,你的名字我是勾了的,你应该要参加吧?"李明明说着,转头问了一句。

左颜发着呆,没听清他说了什么,只点了点头。

李明明见她已经这样好几天了,不由得叹了口气,小声道:"别这么垮着脸嘛,到大阪那天刚好是你生日对吧,我们帮你办一场热闹的生日会怎么样?"

听见"生日"两个字,左颜才回过神来,问:"什么大阪?"

"秋游啊,我们要去大阪玩两天。你的生日不正好是11号那天吗?"

他又嘀咕着"光棍节"什么的,左颜已经没有在听了,她下意识地就想说自己不去了,然而话到了嘴边,却迟迟说不出来。不去又能怎么样呢?在家里也没人给她过生日。

直到周五放学后,左颜也没能把那句话说出口。她听着李明明兴致勃勃地计划着这一次秋游,无法与他感同身受,就像别人也不会理解她现在的心情一样。

左颜坐校车回了家,进门后看到空荡荡的客厅已经不意外了。这几天游安理早出晚归,几乎没跟她打过照面,不知道是在忙,还是故意不想看到她。左颜再不想承认,也只能接受自己又搞砸了的事实。她把话费还给游安理的行为彻底得罪了游安理。

左颜觉得很畅快,因为她很清楚,这件事会让游安理不爽,甚至是难受。她因为游安理难受了那么久,不还击也太难受了。

在左颜的预想中,游安理会因为她做的这件事而尝到"失去"的滋味,然后乖乖地跟她认错。在她的预想里,绝对没有现在发生的一切,左颜既懊恼又委屈。这几天她也想过去找游安理说清楚,说自己不是那个意思。然而,游安理每天早出晚归,根本不给她机会。

每次左颜好不容易鼓起勇气,在看见一片漆黑的家之后,一下子又泄了气,就像今天一样。左颜自己做了饭,吃过之后上楼做作业,一直做到九点多才听见楼下大门打开的声音。她立刻扔下手里的钢笔,起身想往楼下去。这种难受的感觉她真的一天也不能忍受了,今天无论如何都要把话说清楚，就算游安理骂她一顿也行，总好过这样不理她，让她难过。

左颜打开卧室门正要走出去，放在床头充电的手机突然响了。她跺了跺脚，只得先跑回去接电话。电话是李明明打来的，他和班长是负责通知的人，左颜不上线看消息，他就只能打电话过来。

游安理换了鞋，扫了眼干干净净的厨房，径直走上楼梯。她在外面跑了一天，这会儿上楼都有点腿软，只能扶着扶手慢慢走上去。越靠近二楼，那断断续续的说话声就越清晰。

"我知道那边天气跟这边差不多，但也不用带那么多衣服吧？行李箱可重了。"

游安理脚步一顿，停在了走廊上。

敞开的房门内，女孩的声音带上了不耐烦："李明明，你真的好啰唆，我带什么你都要管，你是我妈啊？"

游安理揉着太阳穴，缓解了灯光直射带来的眩晕和疲惫，随后轻轻靠在墙上。

左颜听着电话那端的人结结巴巴地解释了一通，越解释越乱，干脆打断了他的话："我知道了，你没有别的意思，是我大惊小怪，行了吧？还有什么赶紧说完，我要洗澡了。"

李明明放弃了，只交代了一句："你不要记错集合时间，我们周日早上就出发，不是周一上学的时间。"

"知道啦，你讲了三遍了，周日早上我给你打电话行了吧？"左颜急着挂电话，语气越来越不耐烦。

李明明确认她是真的清楚了集合时间之后，才主动挂了电话。左颜总算松了口气，把手机放回去就往卧室外面跑。

靠在墙上的游安理直起身，径直往自己的卧室走去。

左颜没听见她上楼的动静，突然看见她在门外还吓了一跳，直到她进门了才反应过来，赶紧追上去。

"游安……"

门"砰"的一声在左颜面前关上了，她差点撞上去，愣在原地久久回不过神。

171

她杵在门口半晌，最后还是鼓起勇气，伸手敲了敲门。一下，两下，里面的人没有回应。左颜吸了吸鼻子，转身回了自己的卧室，抱起换洗衣服就直奔浴室。等放出了淋浴器里的水，借着哗啦啦的水声，她才小声哭了出来。

第二天是周六，左颜睡到中午才起来。没有人管她之后，她又拥有了作息自由，但她一点也不开心。左颜顶着一双又红又肿的金鱼眼从床上爬起来，坐着发了一会儿呆之后又躺了回去。反正不用起来做早饭，也不用起来做作业，她可以在床上赖很久。

家里静得可怕，左颜在床上昏沉沉地躺到了傍晚，才终于觉察到不对劲。她一下子翻身坐起来，下了床穿上拖鞋，跑出了卧室。

对面房间的门没有关，左颜犹豫了一下，还是推开门看了一眼。卧室里干净整齐，床上连一点睡过的痕迹都没有，左颜看向电脑桌，那上面堆积如山的文件都消失了，只剩一张光秃秃的桌子。她顿时慌了，想也没想就打开了游安理的衣柜，里面本就没几件的衣服也不见了踪影。

左颜在房间里找了一大圈，最后终于明白过来，游安理走了。

周日早上七点，李明明站在机场外面，望了一眼灰蒙蒙的天，忍不住担心起来。好在这一次他担心的事情没有发生，唯一一个还没到的人赶在最后时刻提着行李箱下了出租车，朝他小跑过来。

李明明连忙挥手，叫着她的名字。戴着针织帽的女孩冲过来叫他闭嘴，脸上全是被周围人注目所造成的尴尬。

李明明笑呵呵地说："快点吧，要集合了。"他拿过左颜的行李箱，先一步走进了机场。

左颜本想说不用了，见状只能跟上去。

高三每个班最终参加的人都不多，听说那几个拿了竞赛金奖的好苗子是不需要交钱的，赞助者的用心可见一斑。教导主任让几个班的人集合，清点了人数后就安排他们排队过安检。左颜拉着自己的行李箱，心不在焉地跟在队伍后面。

她几次想掏出手机来看一眼，但又实在没有勇气去面对那个可能

回避

的答案。她一夜没睡，收拾了行李，早上逃一样离开了家，打车来了机场。

家里到处都是游安理的气息，沙发上，厨房里，浴室内，可是人已经离开了。左颜抬起头，强迫自己不要再去想了。这种讨厌的人走了就走了吧，眼不见心不烦。

任何集体活动都是又吵又烦的。左颜从来没有经历过这么吵闹的出国旅游，一些第一次出国甚至第一次坐飞机的人跟打了鸡血一样，还没上飞机就开始吵，上了飞机还在吵，她只能拿出眼罩和耳塞戴上，缩在角落里开始补觉。然而，经济舱的体验实在是太糟了，这一觉左颜睡得太阳穴突突直跳，到了下飞机时还难受着。

大阪国际空港人流量很大，下飞机前老师们严阵以待，警告了他们好几次要遵守纪律，上厕所必须提前报告。左颜听得都有点心疼他们了，大好的周日不在家里待着，出来参加这么折磨人的活动。她自己也很想让时间倒退，回到出门之前，宁愿钱白交了，也不出来遭这个罪。

几番折腾，中途经历了找不到人、找不到来接机的负责人、清点人数、集合上车等插曲，左颜总算又有了歇口气的工夫。她不是第一次来大阪了，所以路上也没什么好看的，但车上的同学太吵，叽叽喳喳的，让她没法再补觉，只能睁着眼看李明明他们拿着相机拍个不停。

李明明有一台很专业的相机，左颜不了解行情也能看出来那玩意挺贵的，所以她觉得李明明就是在显摆，谁知道一看他拍的照片，还真的挺像那么回事。

"我哥不是满世界跑吗，他爱玩摄影，经常把自己看到的景色拍下来，做成明信片什么的，我以后也想跟他一样，周游世界。"

他刚说完，"班花"吴悦琳就很捧场地鼓掌，说："现在第一站已经到了，李大摄影师，请开始你的表演吧。"

一群人嬉笑起哄，左颜只觉得他们太吵。这种烦躁在到了下榻的酒店后达到了峰值，因为她恍惚中看见一个很像游安理的人的背影，跟在一个男人的身后走进了这家酒店。

没等她看清楚一点，李明明就叫了她一声："左颜，快过来合影！"

"都说了不要在外面大声叫我。"左颜不耐烦地白了他一眼，但还是走了过去，跟几个人一起合影。

比剪刀手蠢透了，她想着，对着镜头露出了一个假笑。

"怎么了？"李潇转头看了身后的人一眼。

游安理从大门外那几个学生的身上收回视线，随口回道："没什么，就是好像看到了你弟弟。"

李潇笑了笑，一边把房卡递给她，一边说："他们学校组织的秋游也是来这边，我本来想跟他一路的，但昨天必须先去东京一趟，所以就先飞过来了。"

"倒是你，"他有些好奇地问，"之前你不是说抽不出时间吗，怎么突然又有时间跟我一起来了？"

游安理接过自己的房卡，拉着行李箱，平静地回答："准备了这么久才等到这次机会，不能白白浪费。"

说是秋游，实际上已经是冬天了。他们学校组织的秋游每年都选在这段时间，高三的学生早就习惯了，行李箱里都是保暖的冬装，怕冷的人甚至带了不少暖宝宝，到了酒店后被同住一层楼的人瓜分了个干净。

对于这种跨越了一个国家的远行，大家出来后就没有了班级之间的距离感，住得近的女生很快就熟络起来，男生们更是早就打成了一片。

不过，这一次他们并不是真正出来玩。学校组织这次活动费了不少心思，短短两天的行程里，他们只有半天的时间可以自由活动，其他时候都被安排得满满当当。他们不仅要去观摩交流会，还要去正在大阪举办的国际竞赛现场参观，后者才是这一次行程的主要目的。

其实，关心这件事的只有那几个有望在接下来的国际赛场上拿奖的人，像左颜这种不学无术的人全程都游离在外，无聊到只想打瞌睡。旅游果然还得是自由行啊，这是左颜一整天下来的唯一感想。

集体活动最麻烦的就是人太多，每一次换场地都要清点好几次人数。老师们一点也不敢大意，学生在国外语言不通，要是掉了队会出大问题，所以每一次清点人数都很谨慎，花费不少时间。左颜的耐心就是这样被慢慢消磨殆尽的。

傍晚回到酒店时，她身心俱疲，偏偏她还跟吴悦琳分到了同一个房间。原本所有人都住标准三人间,这家酒店也是这一片为数不多有三人间的酒店,学校选择这家酒店有很大部分的原因就是这一点。然而,女生的人数算下来,有两个人要住双人间,为了公平起见,带队老师在分房间之前让她们抽签。

这两个幸运儿就是左颜和吴悦琳。比起左颜的郁闷,吴悦琳看起来倒是很开心。回到酒店的时候,她主动跟左颜搭话:"听李明明说你明天过生日?提前祝你生日快乐。"

左颜虽然一整天都情绪不高,但还是点了点头,对她说:"谢谢。"

两个人在房间里整理行李箱和床铺,左颜有经验,直接带了自己的床单、被套和枕套,铺在了酒店的床上。

吴悦琳看了她一眼,等她弄完了,犹豫了一下,还是开口说:"下午的时候谢谢你啊,没想到你还学过日语。"

她提起这件事,左颜愣了一下才想起是下午她俩上厕所的时候不小心掉队的事情。当时已经快到大巴发车的时间了,她带着吴悦琳一路飞奔,问了好几个路人,才赶在发车之前回到了集合地点。要是再晚几分钟,精神高度紧张的带队老师就又要被惊动了。

左颜都快忘了这事,没想到吴悦琳会因为这件事跟她示好。大概这个年纪的女生就是这样,敌意来得莫名其妙,好感也一样。左颜觉得挺好的,跟一个关系还行的人相处总比跟一个讨厌你的人相处要好得多。

因此,她回答的时候难得多说了几句:"也不算学过,就是喜欢打游戏,有些刚发售的游戏找不到汉语版本,只能自己摸索,一来二去就会一点日语。"

吴悦琳见她终于有心情说话了,虽然对游戏不感兴趣,但还是顺着她的话说了几句。

左颜本来就不是一个话少的人,闷闷不乐这几天,心情越来越差,现在终于有人跟她说说话,倒是让她好受了一点。

"自由活动时间还有两个小时,老师说可以下去吃饭,也可以到附近的便利店买吃的,你觉得呢?"吴悦琳主动问她。

左颜在这方面也算有经验,便实话实说:"酒店的食物都很一般,回来的路上我看见旁边有一个家庭餐厅，虽然店很小，但是挺有人气，味道应该不错。"

　　吴悦琳没有意见，两个人收拾了一下，带着小背包和房卡一起出了房间，坐电梯到了楼下。她们在酒店大堂遇到了李明明，他刚准备去吃饭，吴悦琳连忙问他要不要一起，听说她们要出去吃，李明明立刻加入了觅食小分队。

　　那家餐厅就在酒店旁边，出了酒店后走两百多米，再右拐就到了。左颜在大巴车上看见的时候就觉得这家店的菜肯定很美味，一到门口看见里面的人，更充满了期待。

　　他们运气好，有一桌客人刚离开，穿着红白格子围裙的服务生正在收拾桌子，见到他们要进来，立刻热情地招呼。

　　吴悦琳一下子紧张起来，李明明也不会日语，不知道怎么答话。左颜开了口，用简单的日常口语表述了一下，大概也看出他们是外国人，服务生听完后，再说话时就放慢了语速。三个人坐下来，服务生送上菜单，示意有需要的时候叫他就行。

　　左颜说了句谢谢，打开菜单放到桌上竖起来，让旁边的吴悦琳和对面的李明明都能看清楚。

　　"你们想吃什么？"左颜问了一句，随后看了手里的菜单一眼，等看清上面的字后就呆住了，居然全是片假名，这谁看得懂啊？

　　李明明对她竖起大拇指，小声道："左颜同志，看不出来啊，你还有这本事。"

　　吴悦琳则露出了期待的眼神，显然已经把点菜的任务交给她了。

　　左颜顶着两个人的殷切目光，不好意思说自己看不太懂片假名，再加上跟不了解日语的人解释日语的两套文字体系很麻烦，干脆就闭上了嘴。说不认识也其实不准确，她主要是没办法立刻反应过来片假名的读音，所以得花很长时间去理解。

　　左颜硬着头皮看了一会儿，艰难地从菜单上的一堆片假名里找到了几个熟悉的单词。

　　"我觉得咖喱饭应该不错，可以选炸猪排或者炸鸡块的套餐，价格最划算。"

左颜连猜带蒙,大概摸清了有什么套餐。三个人都是学生,钱包里兑换的日币其实没多少,还是选择实惠的套餐比较好,像牛排这种东西只能当没看见了。

三个人都选了咖喱饭的套餐,左颜要了最辣的,吴悦琳跟她一样,而李明明在两个人的注视下气定神闲地选择了甜咖喱饭。

"你们看着我干什么?我不能爱吃甜的吗?"服务生走后,他淡定地说着,脸却悄悄地红了。

左颜翻了个白眼,吴悦琳看着他,捂着嘴偷笑。

靠近门的那一桌客人走了,没过几分钟,店里又来了新的客人。左颜正在听李明明说男生们的糗事,刚想笑就瞥见进门的两个人。她动作一顿,想也没想就弯下腰,借着坐在对面的李明明挡住自己的身躯。

"怎么了?"李明明连忙问。

"没事,我系鞋带。"左颜故作平静地回了一句,弯着腰把脚上的鞋带扯开,然后装模作样地重新系上。

她的余光却一直落在餐厅门口的那个位置上。刚坐下的一男一女接过服务生递来的菜单,男人笑着把菜单打开,颇有风度地递给对面的女人。

两个人侧对着这边,左颜这一次清楚地看见了那张侧脸,真的是游安理。

左颜埋下头,磨磨蹭蹭地把鞋带扯开又重新系上,折腾了几个来回,时不时就扫一眼前面。那两个人不知道在说什么,看着笑得很开心的样子。

左颜很少见到游安理这副模样,大多数时候,她都是情绪内敛的,很多不了解她的人会觉得她没有情绪,左颜当初也是这么认为的。但人怎么可能没有情绪呢?游安理也有,甚至可能不比别人少,只是她隐藏得太好,把其他人都骗了。

左颜一度认为,自己最了解游安理的喜怒哀乐。直到现在,她才发现原来游安理也会对别人笑。

"这次你真是帮我大忙了,我向来搞不定德国人,想想都头疼。"

李潇等服务生拿着菜单离开后，露出一抹发自内心的笑来。他很满意这一次的合作，如果不是知道对方志不在此，他都要想办法招揽人才了。

游安理也笑了笑，开口道："其实我也没有多大把握，书读得再多，也只是纸上谈兵，反倒是要谢谢你能给我这个实践机会，对我来说这是非常宝贵的经验。"

"你知道吗，我有时候觉得你就挺像德国人的。"李潇放下水杯，将手臂枕在玻璃桌上，半开玩笑地说，"认真，严谨，对自己要求严格，同时又勤奋努力。"

他想起这一趟的几番波折，叹息一声，继续道："虽然我不喜欢跟德国人打交道，但必须承认的一点是，工作上的合作伙伴就得是这样的人才靠谱。"

游安理听出了他话里的意思在暗指另一些"不靠谱"的人，她没发表意见，只是笑了笑。

"好了，休息时间不聊公事，这顿饭一定要让我请啊，接下来两天还有一场硬战要打呢。"

这次她没有再拒绝。

"哇，这个分量也太实在了吧！"李明明看着服务生端上桌的三个大餐盘，被实实在在的分量吓了一跳，没忍住说了一句。

他的声音有点大，左颜连忙俯下身，借着他的身形挡住自己。好在家庭餐厅里很嘈杂，周围有很多人在交谈闲聊，没有人注意到他们。

吴悦琳也被吓到了，犹豫了一下，还是开口道："这可有点麻烦了，我多半是吃不完的。"她说完，有些紧张地看了李明明一眼，好在他听完后神色如常。

左颜知道李明明不吃辣，只能说："那你分我一点吧，别浪费了。"

吴悦琳感激地看了左颜一眼，连忙把自己还没碰过的咖喱饭分了一些到她的盘子里。

左颜不知怎么突然就没胃口了，但还是拿起餐勺吃了起来。

这一顿饭下来李明明和吴悦琳赞不绝口，两人还拿出手机拍了照片留作纪念。

家庭式小餐厅最大的好处就是氛围很好，也许是附近的酒店有很多游客的缘故，周围的墙上贴着很多明信片，上面都是游客留下的话，一眼看过去，用中文写的并不少。旁边还有一整个书柜的漫画书，左颜进来的时候就看见了，不少都是她看过的JUMP系少年漫画，她刚才还想着去拿一本来看看跟自己买的有什么不同，现在却完全没了心思。

李明明和吴悦琳因为这顿饭聊得很开心，左颜全程当听众，饭也吃得心不在焉。她强迫自己别去看门口的那两个人，但余光总是往那边瞥，多看一眼就更难受一点。

游安理怎么可以这样呢？不就是那点话费钱吗，凭什么这么多天不理自己，还招呼都不打一声就出国了？明明她的工作是辅导自己的功课啊。她平时不是最有责任心的吗，原来都是假的。

骗子，坏女人。

一大盘咖喱饭被左颜机械地送进肚子里，吃到一半的时候她就感觉吃不下了，但就是不肯停下，一停下就又有精力去想别的事情。

李明明正笑着跟吴悦琳聊天，突然看见她的脸色，不由得开口问："左颜，你没事吧？"

左颜像没听见一样，依旧往嘴里塞一勺又一勺的咖喱饭。

吴悦琳也有点担心，说："不好意思啊，你要是吃不下就别吃了，也没剩多少了。"

李明明见左颜还在出神，又叫了她好几声，一声比一声大。

左颜终于回过神来，问："怎么了？"

李明明皱起眉，说："我问你吃饱了没有，吃饱了就别吃了。"

"哦。"她应了一声，正要放下勺子，又突然想到什么，抬起头看了眼门口的方向。

两道身影已经走出餐厅，朝着酒店的方向而去。

左颜抿了抿唇，三秒钟后，她飞快地掏出两张纸币放到桌上，说："你们结一下账，我想上厕所，先回去了。"

李明明和吴悦琳还没反应过来，她就已经跑出了餐厅，留下他们两个人面面相觑。

听到动静的服务生走过来，问他们有什么需要帮忙的。

见到对方脸上的警惕之色，李明明尴尬地摸了摸鼻子，犹豫半晌之后，开口问："Can you speak English？"

左颜飞奔出餐厅，朝着酒店的方向跑去。她拐过街角，没跑多久就看见了那两道身影，正并肩朝着对面的酒店走去。左颜抓着肩上的包，放慢速度远远跟在两人后面，等看见他们进了酒店的电梯之后，才加快速度跑到了前台。

左颜喘了口气，急急忙忙用日语问前台的人："打扰一下，我是来自中国的游客，我忘记我朋友的房间号了，现在无法联系上她，可以麻烦您帮我查一下吗？"

大概是看她年纪小，前台的人没有怀疑，但还是先确认了她的入住信息。

左颜面不改色地报出了自己的身份信息和房间号，前台的人查验后才问："请问您的朋友叫什么？"

她回答了名字，没过多久就得到了房间号。

酒店里人流量很大，电梯走走停停，速度很慢，左颜当机立断选择从安全通道跑上去。她一路跑上了七楼，跑到走廊里时，累得两条腿都发软了，险些走不动路。

走廊前方站着一男一女，正在小声交谈，左颜看清那两个人的模样后慌忙转身，躲进了旁边的拐角处。隔着这么远，她听不清两个人在说什么，只能等着他们说完。好在没过几分钟，两个人就各自回了自己的房间。左颜探出头看了一眼，正好看见游安理进门的身影。

她又等了几分钟，确认两个房间的门都关上了，才轻手轻脚地走过去，靠近游安理的房间门口，房号跟前台告诉她的一样。左颜不敢在门口多逗留，瞥了一眼房间号就假装路过，继续往前走，然后进了电梯旁边的拐角。

她停下脚步，长长地呼出一口气。至少……至少游安理不是跟那个男的住在同一间房。这个念头一冒出来，左颜就被自己吓了一跳。她怎么可以这么龌龊地揣测游安理呢？明明她比谁都清楚游安理是什么样的人。

你可真够差劲的。左颜骂了自己一句，在拐角处逗留到了学校规定的时间，才不得不进了电梯，回到自己所住的楼层。

吴悦琳已经回来了，正满脸焦急地在房间里来回走动，见到左颜回来才松了口气，急忙问她："你上个厕所怎么这么久啊？都快到老师查房的时间了。"

"我肚子不舒服。"左颜是真的不舒服，她吃得太多，本来就难受，刚刚又跑了那么久，现在一放松下来，肚子就开始一阵一阵地痛。

吴悦琳连忙问："要紧吗？我去找老师。"

左颜摆了摆手，说："我先去一下卫生间，你要先用吗？我可能会用很久。"

吴悦琳摇了摇头，见她走进卫生间后，依旧不放心地说："你要是真的难受就跟我说一声，我去找老师，万一严重了就不好了。"

一语成谶。等领队老师着急慌忙地赶过来时，左颜已经在卫生间里上吐下泻了快一个小时。问清楚她的情况后，领队老师就找了热水和药给她，让她吃完药观察一会儿，实在不行就去医院。

左颜老老实实地吃了药，洗漱完之后就躺在床上休息。在她迷迷糊糊睡着之前，还有心思想，自己最近的运气够差的。根据网上说的"运气守恒定律"，她怎么着也该否极泰来了吧？还有几个小时就到她的生日了，看在十八岁只有一次的分上，别让她从十七岁惨到十八岁可以吗？

半夜的时候左颜发起了烧，但不严重，她没有惊动老师，昏昏沉沉地睡到了早上。可谓一闭眼一睁眼，她就到十八岁了。

吴悦琳起床的时候发现左颜的体温偏高，赶紧去找老师。一番折腾后，左颜吃了退烧药，领队老师观察了一会儿，确定她暂时没问题了，才说："今天的行程你没办法去了，就在酒店里休息吧，有事就找前台人员，我会让他们帮忙照看你的。"

左颜点点头，看起来连说话的力气都没有了。离出发还有不到一个小时的时间，领队老师还要去忙其他的事，只能先离开了房间。等她一走，左颜就翻身坐起来，开始穿鞋。

吴悦琳被她吓了一跳，愣愣地问："你没事了？"

左颜动作飞快地穿上衣服，又戴上围巾和口罩，收拾了自己的背包。

吴悦琳自然看出来了，小声说："你不会是装的吧？老师说了你今天不能出去。"

左颜背上包，把枕头塞进被子里，堆出了一个人形，然后对她道："悦琳，你帮我个忙，晚上老师查房之前如果我还没回来，你帮我掩护一下。"

吴悦琳没想到她的胆子这么大，连忙摇头："这可是在国外，你不能这样，要是出了事怎么办？"

左颜抬手按住吴悦琳的肩膀，认真地对她说："算我求你，帮我这次，欠我的生日礼物就不用给了。"

吴悦琳被她绕进去了，半晌之后才说："那好吧，但你必须早点回来啊，明天早上我们就要出发去机场了，老师是一定会清点人数的。"

左颜拍了拍她的肩，点头道："谢谢你，从今天起你就是我的铁哥们。"

吴悦琳："……"

左颜走进浴室飞快地洗漱了一下，让自己清醒一些之后就戴上口罩离开了房间。

她避开了老师，从安全通道下楼，很快就到了七楼。时间还早，天都没有彻底亮起来，左颜就等在七楼的拐角处，听到一丁点动静就条件反射地探出头去看。早上的气温很低，她站久了就开始发冷，不得不跺脚来让自己暖和一点。

走廊里不知道第几次传来开门声，左颜连忙探出头，终于看见了那个熟悉的身影。游安理穿着跟昨天差不多的黑色正装，手里提着一个文件包。

她一出门，斜对面房间的门也打开了，李潇走出来，对她笑了笑："早，出发吧。"

游安理点了点头，跟在他身后走向电梯，在进电梯前回头看了一眼。走廊的尽头空荡荡的，什么也没有。

左颜已经飞快地跑下了楼，她戴着口罩，又用围巾遮住大半张脸，很镇定地从大堂里几个站着说话的学校老师中穿过。其中一个是她班上的英语老师，只是扫了她一眼就收回了视线。

左颜埋头走出酒店，径直走进斜对面的一家24小时便利店，装作买早餐的客人，随便拿了一盒热饮就去结账。她留意着酒店门口的动静，看见那两个人之后，立刻拿着找零和小票出了便利店。

街道上已经有了很多行人，左颜遥遥地跟在两个人后面，同时留意着来来往往的出租车。好在两个人没有打车的意思，一路步行，左颜也就跟了一路。这附近是国外游客最常来的地方，街上有不少外国面孔，亚洲面孔更是不稀奇。左颜跟着两人走出了这片街区，又往前走了几百米，视野豁然开朗。

天已经亮了，宽阔的河面上，气派的拱桥横跨大河，金黄的灯光还没熄灭。两个人走上了桥，看起来要到对面大厦林立的地方去。左颜赶紧跟上去，穿过大桥，来到了氛围截然不同的地方。

巨大的会馆建筑物前立着不少广告牌，像是正在举行什么盛会，越靠近会馆，周围来往的西方面孔就越多。左颜扫了一眼那些广告牌，从其中一个上面找到了关于这里的介绍。

大阪国际会议场？

左颜脚步一顿，仰头看了眼面前的建筑物，又将广告牌上能看懂的文字都读了一遍，瞬间就明白了游安理为什么会来这里。

走在前面的一男一女已经进了旋转玻璃门，左颜站在外面踌躇了半晌，最后还是选择了留在原地等待。她认为这是最妥当的办法，里面要是太大，反而会迷路。

没想到的是，她这一等就是一整天。从太阳高高挂起到渐渐西垂，又到夜幕降临，她在会馆门口吹了一天的冷风，望着那道玻璃门不敢眨眼，却一直没有等到游安理出来。

等待的过程无比漫长，左颜偶尔掏出手机看一眼时间，怕没电关机，只看一眼就立刻锁屏，但手机的电量还是不断往下掉，很快就要没电了。左颜好几次都觉得，游安理可能已经走了，毕竟这种地方不止一个出入口，要是现在回酒店，说不定还能找到她。

然而，无论这个念头重复多少次，左颜都迈不开脚从这里离开。她怕万一真的就这么刚好错过游安理。

时间慢慢走向深夜，会场外面灯火通明，人却越来越少。一个穿着警服的矮胖男人看了左颜好几眼，最后还是上前来询问："打扰一下，请问您需要我的帮忙吗？"

左颜依旧全神贯注地看着门口，好一会儿都没反应过来，于是他又用英文问了一遍。

她终于意识到这个人是在跟自己说话，连忙摆手，有些结巴地用日语回答："没事，我在等人。"

警卫还是不太放心，又确认了一下她是否真的需要帮助，他可以帮她联系一下家人。

左颜始终看着门口那边，重复说明自己只是在等人，不需要帮助，对方只能暂时放任她，回到了工作岗位上，只是时不时就扫她一眼。左颜的身体开始变得僵硬，她将双手揣进兜里，小幅度地跺脚活动着身体，让冻僵了的双腿慢慢回温。

前方的出入口又走出来一批人，她连忙抬头看过去，很快就又失望地收回了视线。一行穿着正装的男人走出来，从左颜面前走过，然后在不远处的路边上了车。

她继续看着那道玻璃门，直到一个男人的声音在不远处响起。

"我把他们送到机场就回来，你拿完资料就先回酒店吧，路上一定要注意安全。"

左颜被这句中文吸引了注意力，觉得耳熟，忙侧头看了过去。

那边打完电话的人正好上了车，她只来得及瞥见对方的侧脸，紧接着车就开走了。路边的光线太暗，左颜不确定自己有没有看清楚，也不确定是不是那个人。她隐隐觉得，自己的选择是正确的，继续等下去就一定能等到游安理。

会场里最上面的几层楼关了灯，门口的警卫看起来也要下班了，他拿着对讲机说着什么，时不时往左颜这边看过来。

左颜已经顾不上他了，因为又有一阵脚步声自玻璃门后传来，声音凌乱，听起来不止一两个人。她忍不住朝前面走了两步，很快就看到一行西方人走出来。为首的人是个老头，他走出来后，脚步一顿，侧过身向后看去。一个穿着黑色正装的女人走出来，神色平静地对他说了什么,老头笑了笑,伸出手来。那个女人也笑了笑,回握了他的手。

老头收回手,率先带着身后的人朝旁边停着的车走去。门口的女人目送他们离开后,才将手里的文件塞进黑色手提包,拉上了拉链。她一抬头,就看见了站在不远处的左颜。

左颜对上她的目光,不自觉地屏住了呼吸。冷风隔着一层薄薄的口罩刮在脸上,左颜反应过来连忙把口罩拉下去,露出了完整的一张脸。

然而,站在门口的女人已经移开了目光,转身朝着大桥走去。她的脚步很快,一眨眼就走出了一段距离。

左颜的一颗心就这么骤然坠落,没有尽头地往下掉。她一下子红了眼,迈开脚步朝她追过去,一边跑一边拉起滑落的书包带子,拖着僵硬发麻的腿追上去。

昏暗的路灯下,游安理的脚步猛地一顿,下一刻,她转过身,大步流星地走了回来。

左颜正拼尽全力跑着,一个没防备,被突然转身走过来的人吓得跟跄了一下,差点摔在地上。

游安理快步走到她面前,时隔一个多星期第一次对她开口:"你知不知道现在几点了?"

左颜被问蒙了,她下意识摸出兜里的手机,只来得及看一眼屏幕上的时间,手机就黑了下去,怎么按都没有反应。

"十二点过了。"说完这句话,左颜突然意识到什么,一下子就难过得喘不过气来。

已经过了十二点,都已经过了。

河边的风很大,吹在脸上生疼,左颜哆哆嗦嗦地把手机揣回兜里,抬起袖子抹了把脸。

游安理脸上没有一点表情,让左颜觉得很害怕,但她又好像不是真的害怕,而是一种她现在无法解释的情绪。

左颜看了她一眼,张开嘴喘了口气,压下自己的情绪,又喃喃地

185

重复了一遍:"十二点过了。"

"你也知道十二点过了,你在干什么?你脑子真的是清醒的吗?"

游安理面无表情地说着,语速飞快,每个字都像一把刀扎在左颜的心上,将她扎得千疮百孔。

"我……我在等你。"

左颜拼命忍住眼眶里的泪水,但眼前还是模糊一片,让她看不清游安理的神情。

游安理深呼吸几下才再次开口:"等我干什么?"

左颜用力地擦着脸,把模糊不清的东西都擦了个干净。

她正要回答,却被面前的人冷声打断:"你不是要跟我划清界限吗?那你现在是在干什么?出尔反尔,阴晴不定,高兴了就撒个娇,不高兴了就发脾气。"

游安理说完,慢慢往前一步,逼迫左颜往后退了一步。

"左大小姐,麻烦你搞清楚,我是你的家教,不是你的保姆,拿了一点工资我就活该受你的气吗?"

左颜呆住了,她的眼泪还挂在脸上,让她呆滞的表情看起来无比滑稽。在这一瞬间,她唯一的念头是,原来游安理不是机器人。游安理也是有脾气的,她只是一直在忍受自己,忍受自己的无理取闹和坏脾气,忍受她的一切。

原来,游安理眼里的自己是这样的,她以为的"关心""在乎""包容"都是她的自以为是。对游安理来说,自己就是个甩不掉的麻烦而已。现在,游安理的忍耐已经到了极限。

"对不起。"左颜用袖子擦着脸,哽咽着说,"我……我不知道你这么讨厌我……

"对不起。"

"对不起。"

"真的对不起。"

左颜一遍一遍地说着,眼泪怎么擦也擦不干净,还是哭成了她最讨厌的样子。

游安理移开目光,深吸了几口气,努力平复着自己失控的情绪。

她正要开口,面前抹着眼泪的人已经放弃了,垂下手臂,断断续续地说:"我……我真的不是故意惹你生气的……我不要和你变成陌生人……"

异国他乡的凛冬深夜似乎更为刺骨,宽阔的河流上吹来一阵阵寒风,掀起游安理的齐肩发。左颜哭得喘不过气来,鼻子也被冻得通红,却仍然紧紧拽着游安理的衣袖,像是怕她再一次掉头走开。

她哭哑了嗓子,整个人被风冻得瑟缩,但说出这句话时,她脸上的神情比之前的任何时候都执拗。

游安理的双眼被风吹得干涩,她轻轻蹙起眉,忍过了那一阵汹涌澎湃,发酸的眼睛一眨也不眨。许久之后,她看着眼前的左颜,轻声开口:"还有呢?"

左颜愣了一下,没有听明白她的话,迟疑着问:"什么?"

游安理看着她的眼睛,放慢了语速,再一次开口:"你想要的,还有吗?"

左颜慌忙去想自己刚刚说了什么,等反应过来后,一把抓住她的手,问:"刚……刚刚那些可以吗?"

游安理顿了一下,回答:"我不确定。"

左颜眼里的那点光一下子暗淡下去,像是萤火虫消失在了黑暗中。

"但可以试试。"游安理说完,垂下头,慢慢回握住了抓着自己的那只手。

掌心里一片冰冷,这只手早已在风中冻得僵硬,游安理用手指轻轻摩挲着,给予温度。

左颜这一次好久都没能回过神来。她看着眼前的人,像是要用自己的眼睛把对方的每一处轮廓都画下来,才能存下这个令她不敢相信的"证据"。

游安理看向她,似乎被她的表情逗笑了:"还有吗?你想要的。"

她说着,掏出手机,看了眼时间。

左颜立刻回神,急忙确认:"什么都可以吗?"

游安理收起手机,再一次对上她的目光,双眼轻轻一眨,像一种首肯:"现在是北京时间晚上十一点五十二分,你还有八分钟的时间许愿。"

左颜好半晌才明白过来她在说什么，顿时感觉到了时间的紧迫。她紧紧抓着游安理的手，慌里慌张地转着眼睛，绞尽脑汁地想自己的愿望："多少个都可以吗？"

刚才还哭鼻子，现在又开始得寸进尺了。游安理笑了一声，没有回答，算是默许了。

左颜一下子明白了她的意思，她被突然降临的"头奖"砸得晕乎乎的，整个人像踩在软软绵绵的棉花糖上，随时会飘起来似的。

"还有七分钟。"游安理单手拿着办公包，拉起她的手揣进自己的大衣口袋，深夜的风太冷，她只能这样。

左颜下意识地靠近她："月考那次你答应我的，这个这个，我要这个。"

"嗯。"游安理应下。

左颜见她答应得这么容易，顿时急了，生怕多耽误一分钟就少一个愿望。

游安理看了她半晌，没有开口拒绝。左颜就当她同意了，立刻开始想更多的愿望。

贪心鬼。游安理无声地叹了口气，继续报时："还有五分钟。"

时间怎么过得这么快！左颜慌了，也不仔细去想了，脑子里想到什么就说什么："我要跟你一起吃饭，一起出门，周末有空的时候你要陪我出去玩，看电影，去游乐园，去旅游，还要回我短信，要主动给我打电话……"

她一股脑地把自己能想到的都说了出来，要求越来越过分，越来越任性。游安理只是听着，没有打断她。

"不准一声不响就走掉，而且我刚刚说的那些都是没有期限的，我们要一直做朋友，知道了吗！"左颜在这种时候脑子转得飞快，在短时间内就发现了自己提出的要求的"漏洞"，连忙补上了。

游安理没忍住笑了出来："这听起来跟无期徒刑似的。"

左颜一张脸都憋红了，被她气的！

游安理总是能激发出她最恶劣的一面。游安理微微俯身，视线和她保持在同一水平线上。在这样近的距离下,左颜轻轻颤抖的睫毛都清晰可见。

游安理平静地说:"我是遵纪守法的良民,怎么能答应呢。"她说完就直起身来,不出所料地看见面前的人急得跳起来。

"你刚刚说了什么都行的!你不能这样!"

游安理忍着笑,最后一次报时:"还有一分钟。"

左颜顿时反应过来她在逗自己。坏女人,一肚子坏水。

"最后一个愿望。"

她看着游安理,理直气壮地说:"我的生日礼物你得补给我,要我满意的才行。"

游安理不置可否,拉着她的手转过身,往大桥对面走去:"回酒店吧,一点都快过了。"

左颜跟着她走了两步才反应过来:"你怎么知道我住……"

"就你那个同学的大嗓门,想不看见都难。"

"我怎么觉得你一直对他有意见。"

"错觉。"

一路上实在太冷,两个人过了大桥之后,游安理打了一辆车,报出酒店的地址。左颜听见她纯正的日语发音,像见了鬼一样看了她两眼,她全当没看见。

等到了酒店,游安理付钱下了车,左颜跟在她后面,直到出租车开走之后才说:"你是人吗?"

游安理瞥了她一眼:"好好说话。"

左颜撇了撇嘴,紧紧跟在游安理身后,一路进了酒店的电梯。她看着游安理按下楼层,心安理得地站在旁边,跟着对方到了七楼。

时间太晚了,两个人经过走廊时放轻了脚步,等刷了门卡进房间后才说话。

左颜没把自己当外人,在房间里东看看西看看,还摸了摸游安理的床。

游安理反锁了房间门,又放了个杯子在门角,然后才放下手里的办公包:"你为什么跟过来?"

左颜正要一屁股坐上她的床,冷不丁被她戳破了小心思,又立马站了起来:"那个什么,我没跟老师说就出来了,现在回去肯定会被发现的。"

领队老师就住在走廊入口的房间,晚上一直留意着学生的动静,怕他们生病或者遇到问题。

游安理一点也不意外,这位大小姐要是一天不闯祸,那才让她意外。

左颜想起这茬,猛地一拍大腿,说:"我借你房间的电话用一下。"

游安理没说什么,走到行李箱旁边打开了箱子。

左颜用酒店的座机给自己的房间打了个电话,那边很快就有人接起来了。

她心里有些过意不去,连忙小声说:"悦琳,是我,左颜。我回酒店了,现在跟我家里人在一起,明天早上再回去,你放心,不会被老师发现的。"

那边的人总算松了口气:"吓死我了,你再不回来,我都要让老师去报警了。"

"今天谢谢你了,回去后我请你吃大餐,你赶紧睡觉吧。"

两人又说了几句,以防万一,还对好了口供,然后才挂断电话。

全程听完的游安理站在旁边,抱起手臂看着她,皮笑肉不笑地夸了她一句:"有勇有谋,是个人才。"

左颜听得汗毛直竖,生存的本能让她感觉到了危险,正想做点什么补救一下,游安理就将手里的衣服扔了过来。

"快去洗漱睡觉。"

左颜赶紧接住衣服,"哦"了一声,磨磨蹭蹭地进了浴室。左颜洗了澡和头发,又把自己的内衣洗干净,晾在浴室里。游安理这里没有能给她穿的内衣,她只能穿着对方的衬衫从浴室里出来。酒店的吹风机太难用了,她的发梢还有一点湿,搭在肩头上,很快就把衬衫打湿了。

浴室外面很冷,游安理正坐在床上看文件,听见动静后,头也没抬地说:"赶紧上床,别感冒了。"

左颜抱着自己的衣服，遮住了衬衫领口，一声不吭地走到床边，飞快地爬上了床。她把衣服放在旁边的椅子上，然后迅速钻进了被窝。

游安理整理完资料，将东西收拾好放回包里，才拿着自己的睡衣去了浴室。

左颜忍不住翻了个身，在枕头上蹭了蹭，又拱开被子里冷冰冰的地方，没过多久就把被窝拱暖和了。

左颜这才满意地躺好，望着天花板开始数萝卜。一个萝卜头，两个萝卜头，三个萝卜头……

浴室门打开，里面的灯被关上了，房间里一下子就只剩床头的小灯还亮着。

左颜从被窝里探出头，看向走过来的人。

游安理顿了一下，拿着毛巾擦了擦发梢，等差不多擦干后才放下毛巾，上床躺下。

"就这么睡吧，我关灯了。"游安理轻声道。

左颜点了点头，看着她伸手把台灯关了。

俗话说得好，人不能太得意忘形，否则容易乐极生悲。左颜才做了半个美梦，就在后半夜昏昏沉沉地发起了烧。

游安理是被烫醒的，她抬手一摸左颜的额头就赶紧起了身，小声道："左颜，你哪里不舒服？"

左颜在迷迷糊糊中听见她的声音，嘟囔道："我冷……"

"你发烧了。"游安理说着，从床上坐起来，然后给她盖紧被子，下床去找电子体温计。在行李箱里找到体温计后，游安理回到床边，掀开了被子一角。

"冷。"床上的人皱起眉头。

游安理只能用被子将她裹得严严实实，然后将体温计放到她的腋下，等体温计发出滴滴声后，立刻从腋下拿出来看了看。

38℃，不算特别严重，但持续烧下去就麻烦了。

游安理起身去找行李箱里的应急药。退烧药她带了，但是只剩下一次的剂量了。游安理烧了热水，等水不烫了，才端着水杯拿着药片回到床边。

"左颜,能起来吃药吗?"她叫了一声,左颜半睁着眼,看起来还有些迷糊,但已经能听清她在说什么了。

游安理把她扶起来,让她靠着自己,将药片送进了她的嘴里,又端起水杯放到她嘴边。

左颜头一埋,含住杯口,把水喝了进去。确定她吞下了药片,游安理才松了口气,让她躺下。

药有没有用还得观察一会儿,游安理索性换上衣服,准备到六点时就出去买药。期间她又给左颜测了一次体温,烧没退,但也没再往上升了。

六点之前,游安理洗漱完,找出手机给国内的左增岳打了个电话。国内此时才五点不到,但这通电话必须得打。电话很快接通了,左增岳不知是没睡还是已经起来了,声音听起来很清醒。

游安理简单解释了一下自己出国的事,把遇到左颜和现在的情况告诉了他。

左增岳听得直叹气:"又给你添麻烦了,这孩子真是没一天省心的。"

游安理只道:"如果不退烧,我得送她去医院,学校那边就麻烦您打个电话了,他们今天早上就要回国了。"

"好,我现在就打电话,麻烦你先照顾她一下,有情况随时联系我。"

挂了电话后,游安理回到床边,又伸出手探了探左颜额头的温度,没有变得更烫,但也没有退烧。游安理不用想也知道她昨天在外面吹了多久的冷风,这烧恐怕没那么容易退下去。

不该聪明的时候耍小聪明,不该犯傻的时候却傻得出奇。游安理揉了揉眉心,拿起手机拨出第二通电话。

那边的人过了一会儿才接起来,她开口道:"李先生,不好意思,今天我有急事,不能去会场了。"

电话那头的人醒了醒神,然后才说:"今天没什么要忙的,但是你确定不去吗?昨天弗朗索瓦看起来很欣赏你,如果今天谈妥了,你有很大把握能拿到他们在华盛顿分部的实习生名额。"

李潇很困惑:"这不是你努力这么久的目标吗?"

游安理抬起头,看着玻璃窗上的倒影,回道:"机会总是有的。"

游安理离开华盛顿之前,向来一毛不拔的卡尔给出了一份新合约,那上面的条款已经是他能争取到的最高待遇了。无论外界对卡尔的评价怎么样,在己方立场上,他都是个不错的上司,游安理从不质疑这一点,但她还是婉拒了这份新合约。

"你刚刚失去了一个对你来说最好的机会。"卡尔难得露出不悦的神情,他总是以笑脸对人,因为他觉得自己不笑的时候看起来太古板,会让人产生距离感。

游安理依然保持沉默,尽管她知道这样会激怒他。

"告诉我,那家我连名字都没听说过的公司给了你什么样的待遇,否则我无法接受这件事。"说出这句话时,卡尔的心情看起来糟透了,他放下咖啡杯时甚至磕碰出了一声脆响。

游安理觉得很抱歉,严格来说,是她背叛了他,哪怕这个地方从不讲梦想与信任。最后游安理也没能给出一个让他满意的答案,她一言不发地带着自己的东西,在卡尔的一片骂声中走出了他的办公室。

要离开一个投入全部心血奋斗了几年的地方,是很难的。游安理并非真的像看起来那样无动于衷。她不是不明白自己失去了一个很好的机会,那是曾经住在烂尾楼里的她最渴望的东西。同样的事情,很多年前她就已经做过一次了,所以她比任何人都清楚后果是什么,但她也有承担代价的勇气。

也许二十三岁的她做出选择时会犹豫迷茫,甚至后悔,但年轻人有犯错的资本,时间会给他们重来的机会。如今即将三十二岁的她早已没了这样的资本,却还是押上自己的一切,在无人知晓的赌局里下了注,反正再差也不会比现在更差了。

阳光从窗帘的缝隙里钻进来,在被子上打出了一道光。

天气这么好,很适合赖床睡大觉。

左颜想着，在床上翻了个身，没过多久又觉得阳光刺眼，只能翻身回来。

"你不累的话，起来晨跑吧。"

左颜的小身板顿时一僵，不敢再动一下。

"身体素质这么差，晚上多跑两圈，零食别吃那么多了。"

游安理的语气不容拒绝。

左颜："我的极限是一圈，零食减半，多了免谈。"

游安理也没指望她能有多大出息，睁开眼对上了她的目光。

左颜后背一凉，突然不是很确定她到底有没有睡够。

想到这里，左颜扯开话题："你不是约了来安装监控和警报器的人吗？人家快来了吧，赶紧起床了。"

游安理打了个哈欠，又合上了眼，随口道："你去，我不想起来。"

左颜有些无奈，最后还是先起来了。左颜穿好衣服，瞥了眼游安理，见她真的又睡着了，便轻手轻脚地走出了房间，也不知道游安理前几天起那么早是怎么做到的。

她走进浴室，拿出牙刷准备刷牙，忽然动作一顿。前几天游安理不会都是装的吧？什么爱心早餐，专车接送上下班，光明正大出外勤逛商场，中午还带自己去吃贵得要死的日料和私房菜……再看看今天，别说早餐了，她竟然还赖床！

左颜一边洗漱一边仔细回想，越想越觉得自己被她骗了。

从游安理出现的第一天起，到她这段时间做的每一件事、说的每一句话，再结合以前的经验，左颜还有什么想不明白的。

游安理这个女人实在是太险恶了，一肚子坏水，心机又深，演技好得甚至能拿奖，她才回来不到一个星期就做了这么多事情，偏偏自己还上钩了！这些年她遭受的社会毒打竟然没让她学聪明一点，又在同一个坑里摔了个四脚朝天。

左颜悔得肠子都青了，恨不得时间倒流，要是重来一次，她说什么都不会再上游安理的当了。不对，应该再往前面倒一倒，最起码得是从离开派出所的时候算起。

门铃响了，左颜抹了把脸，关掉水龙头，从浴室走了出去，走到玄关往猫眼外看了一眼。门口站着两个穿工服的人，衣服上写着那家公司的名字。

左颜已经有心理阴影了，让他们报出了下单的信息和时间，一项一项全部对上后，才让他们进来。

两个师傅干活非常利落，几分钟时间就把监控和报警器装好了，还给她演示了一下操作流程，又交代清楚了所有注意事项。

等卧室门再次打开时，师傅已经走了。左颜关上大门，往鞋柜上一靠，看着走出来的游安理，不咸不淡地说了一句："不知道的，还以为你才是这里的客人呢。"

游安理脸上还带着一丝困倦，闻言只扫了她一眼，径直进了浴室，开始洗漱。

左颜非常生气，叉着腰走到浴室门外，看着里面正在洗漱的人，劈头盖脸就是一顿数落："你看看你，一点自觉都没有，还当这里是国外呢，穿这么少就出来了。"

游安理将牙膏挤在牙刷上，随口道："我多穿一点，别人就不看了吗？"

左颜哪能不知道这些道理，但被她这么一撑还是憋得慌："你明明知道我在说什么。"

游安理打了个哈欠，淡淡地道："我还知道你现在是在找借口吵架呢。"

左颜一噎，瞪着她说不出话来。

"最好是吵得不可开交、天翻地覆，老死不相往来，这样你就能顺理成章地逃跑。"游安理看着镜子里的左颜，带着倦意的脸上轻轻扯出一个笑，像在嘲笑她，"多少年前的老把戏了。"

"谁……谁想逃跑了？"左颜依旧嘴硬，但显然已经没了刚刚的气势。

游安理看了她半晌，从镜子上收回视线，转头对上她躲闪的眼神："要我提醒你一下，七年前你的所作所为吗？"

游安理的话音落下后，房间里一时间静得可怕。

两人重逢以来一直刻意回避的话题就这么被毫无预兆地提起，左颜比自己想象中要冷静很多。

像是一个紧绷的口子突然被松开，她甚至有种松了口气的感觉。反正早晚都要面对。左颜这样想着，那股从早上睁开眼后就如影随形的焦躁感也慢慢消失了。

她正要开口，浴室里的人已经转身，拿着牙刷开始刷牙。

游安理神色自若地洗漱完，头也没抬地说："你要看我上厕所？"

左颜鼓起的勇气就这么泄了，她抬手拉上浴室门，也不好意思站在外面等，索性去了客厅。

最后，左颜还是认命地去敲了敲紧闭的浴室门。

"都快中午了，你好歹让我吃顿饭吧。"

游安理突然拉开浴室门，越过她往厨房里走。

"我不是那个意思！"左颜跟在她屁股后面，急急忙忙地解释。

游安理没理她，也没回答她刚刚的问题，走进厨房打开冰箱看了一眼，一边翻东西，一边问她："吃什么？"昨天她们在超市里买了不少东西，选择比起前几天一下子多出了不少。

游安理从冰箱的冷冻柜里拿出一袋汤圆，问她："芝麻馅还是水果馅？"

她们睡得太晚，一觉起来都没什么精神，也没什么胃口，吃清淡点最好。左颜这两天不知道是不是被吓到了的缘故，一直没什么胃口，看见油腥都会有点反胃，口味倒是跟游安理同步了。

"芝麻馅吧。"水果馅的汤圆对她来说简直就是黑暗料理，就像番茄味的火锅汤底一样让她无法理解。

游安理关上冰箱门，随口道："这点还跟以前一样。"

左颜不知道游安理是不是有意的，现在她看游安理已经戴上了有色眼镜，分不清有意和无意那就一律当作"故意的"来处理。

"谢谢关心，我本人没有什么地方是跟以前不一样的。"左颜夹枪带棒地说了一句，半点没掩饰自己的嘲讽。

游安理连眉头都没皱一下，抬手将一锅水放到集成灶上，然后开了火。她拉开消毒柜，拿出两个小碗，才终于施舍了左颜一个淡淡的眼神。

左颜顿时生出危机感，明智地选择了转移话题："这汤圆好像挺贵的。"

游安理懒得理她。

汤圆下锅后，游安理去了趟左颜的家，一来二去，她算是彻底把左颜的衣柜搬空了。

左颜还想再挣扎一下，开口道："过几天我就搬回去，不会一直打扰你的。"

游安理也不拆穿她，把东西放在卧室里后，就去厨房关火。

左颜将汤勺递给游安理，白吃白住的她是真的不太好意思，但主动包揽家务就显得太不把自己当外人了，只能在小事上面搭把手。

两碗汤圆，其中一碗的汤水比另一碗多。左颜自觉地端起汤多的那碗，因为她喜欢喝汤圆的汤，暖和且味道比较淡，可以缓解芝麻馅的甜腻。游安理不是个喜欢喝汤的人，她更偏向于喝白开水。坐下吃饭的时候，左颜看着她倒了杯热水，发现这一点果然没有改变，心情顿时好了很多。

游安理向来是食不言寝不语，在安静的气氛下，左颜又想起了刚刚那个被中断的话题。她拿着勺子在碗里搅拌着，时不时瞄两眼对面的人。游安理今天醒来后的反应实在是太平静了，平静得让左颜看不出她到底是怎么想的。

如果游安理回来后把她当成陌生人，或者干脆把那口恶气出了，然后老死不相往来，左颜也是能想通的。现在事情的发展却让她感到茫然，又找不到应对的办法。

左颜从来没有想过，她和游安理能像现在这样在同一张餐桌上吃饭。

游安理自尊心那么强，连还她话费都能把她惹毛，更别提后面发生的那些事了。左颜知道，这几年里，游安理并不是一次也没回来过，但她从来没有联系过自己，哪怕自己的手机号从高中到现在都没有换过。

有时候左颜也会觉得后悔，在最痛苦的那段时间，她想方设法找到

197

了游安理在国外的联系方式,却没有勇气打过去。那些年说的话太伤人,不留一丝余地,堵死了她所有后悔的路。左颜那时候想,游安理一定不会再理她了,这辈子都不会了。

也许将来再见面,彼此都已经变得陌生,连一声问候都是冰冷的。

最初的那几年,左颜总是梦到这个令她害怕的场景。直到有一天,游安理真的出现在了她的眼前。

"你再不吃,碗里的汤圆就要冷了。"游安理擦完嘴,一边说着,一边抬起头看她。

左颜这才回过神,移开了一直盯着游安理的视线。

吃了一碗热乎乎的汤圆,游安理看起来有了点精神,不再满脸困倦。她单手撑着下巴,神态放松地注视着左颜。顶着这明晃晃的视线,左颜艰难地吃着那碗汤圆。

等她吃完了汤圆,身体也变得暖洋洋的,她舒服得叹了一声,双手捧着碗开始喝汤。

"你刚刚在想什么?"

对面的人冷不丁开口,左颜被刚喝下去的那口汤呛住了。专挑她喝汤的时候出声,这个女人太阴险了。左颜有些狼狈地放下碗,连忙抽了几张纸擦嘴和餐桌,忍不住腹诽了一句。

游安理有些懒散地歪着头,一只手撑着下巴,另一只手在桌上轻轻敲着,一下接着一下,很有节奏。左颜仿佛回到了那个噩梦一般的暑假,不自觉就紧张起来。

游安理看着她的眼睛,淡定地说:"你看我干什么?"

"看你不行啊?"左颜想也没想地反击了一句。

游安理一顿,随后笑了一声。左颜看到她这副样子就感到很不爽,就好像自己还是那个被她掌控在手心里的傻子一样。

她这样想着,逆反心理就发作了,整个人往桌上一靠,平静地回敬了一句:"像游总监这样的大美女,看一看延年益寿。"左颜说完,视线还在她身上仔细扫了一遍。

"我很欣慰。"游安理连姿势都没换,神色自若地道。

左颜没有放松警惕,因为稍不留神就会被这个人牵着鼻子走,然后为自己的大意付出代价。

"原来我对你还有这样的作用。"游安理说,"那看来不用费太大的力气了。"

左颜:"你知道你现在跟昨天还有前天完全不一样吗?"

她实在忍不住了,这个人现在也太敷衍了,装都不装了,是不是不给她面子啊?

游安理扯出一个笑,懒散地道:"我之前也不知道一个星期就能搞定,这是我的失误,我向你道歉。"

左颜觉得自己被明目张胆地冒犯了。

"游安理,你不要太嚣张,我还没同意呢!"她气得直拍桌子。

"同意什么?"游安理认真地问。

左颜一口气憋在胸口。这个人太阴险了,左颜气得脸都红了,瞪着她说不出话来。

游安理心情甚好地起了身,丢下一句"记得洗碗"就施施然回了卧室,跟之前无微不至的温柔邻家姐姐简直判若两人。

左颜告诉自己:记住今天的教训,再上当你就是笨蛋。她认命地收拾碗筷,吃人嘴软,该低头时就得低头。

美好的周六从憋了一肚子的气开始。左颜眼睁睁地看着游安理拿着钥匙去了自己家,每一趟都搬过来一堆东西,从穿的到用的,再到两台电脑和所有的游戏机,甚至冰箱里快过期的东西,等等。

一旦她表示抗议,游安理就会给她一个平淡的眼神,并说一句:"那你要用的时候自己去拿?"

左颜只能闭嘴。昨天下午玩手机真的无聊死了,但她那时候因为戒指的事情在跟游安理赌气,拉不下脸叫游安理帮自己拿电脑和游戏机。况且,游安理工作的时候,自己在旁边打游戏也太不像话了,跟高中的时候简直没有任何区别。左颜不想让自己看起来毫无成长,尽管她知道这是一种幼稚的心理。

午后正是舒服的时候,左颜以为游安理跟昨天一样要忙工作,便抱着笔记本电脑打算去卧室里玩。然而,刚推开卧室的门,她就看见游安理正在换衣服。

"你换衣服的时候好歹锁一下门吧。"左颜赶紧退出去,抱怨了一句。

游安理觉得她很有意思:"我在自己家换衣服为什么要锁门?"

她穿上一件吊带睡裙,随手把门打开,然后掀开被子躺上了床。左颜一看她这架势,就知道她打算睡午觉了。

"你要睡午觉?"左颜明知故问,随手把房间门关上,笔记本电脑有点沉,她将它放到了一旁的小圆桌上。

游安理已经盖好了被子,应了一声,闭上了眼睛。左颜突然觉得自己也有点困了,冬天最舒服的地方莫过于暖和的被窝。她轻手轻脚地绕到床的另一头,脱了拖鞋,也钻进了被窝。

第四章
我想做的事情

游安理想,这或许会是她人生中不可逆转的一次重大"失误",尽管她不觉得遗憾。

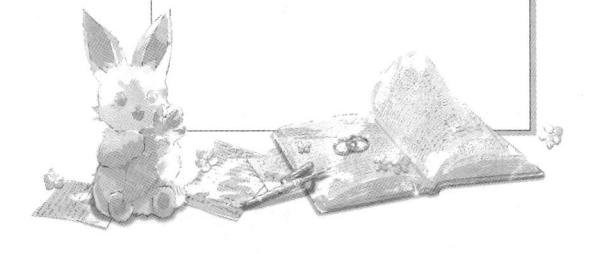

"这一觉你睡了多久？"

游安理只裹了一件大衣，端着一杯白开水站在客厅里的落地窗前，无线耳机只戴了一只。

听着耳机里传来的声音，她侧头看了一眼卧室的方向，随后才回道："早上六点左右睡的，四个多小时了。"

卧室里的人还没醒，她的声音也放得很轻。

电话那头的苏雪雅听起来很高兴："我哥带回来的药你都没吃？"

游安理如实回答："没有，事情太多了忙不过来，干脆就没吃。"

"安理，这是个好现象，不依靠药物的长时间睡眠对你来说简直像上辈子的事情。"苏雪雅用玩笑般的口吻说，可见她的心情真的很好，"你见到她才一周，哦不，连一周也没有，事情就朝着好的方向发展了。"

游安理抿了口杯子里的热水，呼出一口白雾，雾气在玻璃窗上凝结成了水雾。

"顺利过头了。"她淡淡地道。

苏雪雅敏锐地察觉到了游安理的情绪，作为一个合格的医生，这是她必须具备的能力。

"不要怀疑，你已经迈出第一步了。"苏雪雅用最温和的口吻慢慢地安抚着游安理。

苏雪雅在办公椅上转了半圈，拉开一旁的抽屉，从一排文件夹里抽出一本，快速翻开，很快就找到了那一页。

"安理，听我说，你给自己做任何预设都可以，但你要明白那只是你的预设，我们永远无法准确地推算出还没被验证的结论。"

苏雪雅换了只手拿手机，按开一支签字笔，在那一页的表格上圈出了几个地方。

"十八个月前，你做了一系列预设，现在已经有一部分得到了验证，当然，我知道你都记得，但我还是要非常肯定地告诉你。"

游安理扶着耳机的动作一顿。

"在你的预设里，她也许已经忘记了你，又或者不愿意再面对你。"苏雪雅看着资料，轻声道，"现在你验证的结论已经证明你的预设是偏向悲观的，甚至偏了不止一点。"

游安理看着玻璃窗上自己的影子，没有否认。

苏雪雅忍不住叹了口气："我知道，让一个悲观主义者改变自己未免有些天真，但我还是希望你能自信一点。"

"我有时候觉得自己很自信。"游安理端着水杯，终于开口道，"不自信的人不会在赔率过高的赌盘上押注全部身家。"

听见这句难得的调侃，苏雪雅无声地笑了笑。

游安理顿了一下，再开口时，语气像以往那样漠然："我也做好了倾家荡产的准备，因为我一点把握也没有。"

她一直知道左颜没有换过手机号，所以她才能隔着大半个地球，依靠这点线索查到她在什么地方。不过，除了一些简单的信息，她对现在的左颜一无所知。她为什么选择离家最远的大学，为什么毕业后也没有回去，就在本地的小公司里浑浑度日？

记忆里那个娇纵得一点苦头也吃不了的女孩，现在挤在早高峰的地铁里，与其他的工薪族一样，神情麻木地看着手机。对游安理来说，这样的左颜陌生得像一个从不认识的人。因此，她本就不多的把握不得不随之减少，到最后，"赔率"已经高到一个新的数值。即使她做足了准备，也没能像自己以为的那样毫不犹豫地在赌盘上"下注"。

苏雪雅的声音再一次传到耳机里："既然所有的退路已经堵死了，那不如再大胆一点，去做你想做的事情，让沉没成本的价值稍微高一点，不也很好吗？"

"我想做的事情。"游安理已经很久没有听过这句话了。

她像一台为了工作而生的机器，连轴转地"运行"了这么多年，她早就把"想要"和"需要"分得很清楚。由于"需要"的太多，她也就没有了"想要"的余地。唯一一次去争取自己的"想要"，结局却是又一次变得一无所有，于是游安理渐渐不再去关注那些了，总归是得不到的。

"这一年你做了这么多的准备，无论是工作和房子，还是面对她的方式，在验证你的预设之前，这些准备是充足的，但是……"苏雪雅说到这里，停下来组织了一下语言，想要找一个更温和的说法。

游安理回了神，开口道："你直说就行，我现在没有那么脆弱。"

苏雪雅无奈地笑了笑，道："现在你已经验证了先前的那些预设并不客观，反而非常悲观，所以你所做的准备也就失去了意义。"

"你把精力全都用于武装自己，安理，这不仅很累，也无法让她看到真正的、完整的你。"苏雪雅最后道。

这个午觉左颜睡得很香，一觉睡到了下午四点多。睁开眼之前，她下意识地往旁边凑了凑，是空的，她一下子醒了，睁开眼摸了摸旁边的床单，已经冰凉一片，可见对方离开不是一时半会儿了。

自己为什么要用"离开"这个词？左颜甩了甩头，从床上坐起来。她躺下的时候以为只是眯一会儿，就没脱衣服，现在下床多半会感冒。左颜只能打开衣柜，找了件厚一点的外套裹上，然后走出卧室。

刚走出卧室，左颜就听见了沙发那边传来的键盘敲击声，她一点也不觉得意外，反而是早上赖床和中午睡觉的游安理更让她意外。

左颜走到吧台边接了一杯热水，即热式饮水机两秒钟就出了热水，她接好水，端着杯子走向键盘敲击声的源头。

太阳还没下山，偏黄的日光透过整面玻璃窗照进来，给绾着头发的女人披上了柔和的滤镜，左颜站在原地看了很久，直到懒人沙发上的人看着电脑屏幕，平静地开口道："又想延年益寿吗？"

左颜："……"

左颜喝了口水，掩饰自己被当场抓包的心虚，朝她走过去。

"晚上吃什么？"她理直气壮地问，仿佛中午说"过几天我就搬回去"的那个人不是她。

"你还当自己是小孩呢，要我每天管你吃喝拉撒。"游安理盯着电脑屏幕，手上的动作却没有停。

"听听，这说的是人话吗？中午的时候我就看出来了，一碗汤圆就把我打发了，前两天还做爱心早餐呢，你翻脸的速度也太快了吧？"左颜不甘心地控诉着，虽然她也没打算死乞白赖地讨饭吃，但落差这么大，谁心里能过得去？

"初来乍到，请邻居兼下属吃几顿饭而已，原来对你来说是爱心早餐啊。"游安理说着，抬头看了过去。

好无耻的女人。左颜怒了,她现在才不管什么代价不代价的,她要给这个翻脸比翻书还快的女人一点颜色瞧瞧。

"请下属吃饭我见过,专门给下属做饭的我倒是第一次见,味道不错,谢谢领导。还有领导的……"

敲击键盘的声音停下了,看着那双毫无波澜的眼睛,左颜闭了嘴。危险的信号亮起,她转身就想跑。

手腕被人一把拉住,左颜心一颤,还没来得及反抗就被拽了过去。她手上水杯中的水洒了出来,虽然已经不烫了,但泼了两个人一身。

"我昨天晚上就在反省自己。"游安理制住了左颜。

左颜动弹不得,她连忙挤出一个讨好的笑容:"领导,不是,游老师,我开玩笑的,咱们有话好好说。"

游安理不为所动:"是不是我以前对你太客气了,才让你觉得我脾气很好。"

左颜哪敢吱声,缩着脖子装成一只鹌鹑样。

"我思来想去,觉得你应该是不记得温泉那次了,不然无法解释这件事。"

游安理俯身靠近,放轻声音道:"没关系,我可以帮你回忆一下。"

游安理不是个脾气好的人。在"还话费"事件把她惹毛之后,左颜就充分认知到了这一点。比起大部分爱发脾气的人来说,游安理这种人反而更可怕。她藏起自己所有的情绪,从不跟人争执,也不对任何人表露自己的喜怒哀乐,以至于认识她的人就算知道她只是在忍受,也会下意识地觉得她脾气很好。

然而,一旦有人真的惹到了她,那就不是大吵一架那么简单了。她不会给你跟她吵架的机会,而会不声不响地将你彻底"拉黑",让你连跟她争执或者解释的机会都没有。

左颜后来想明白这一点时,头一次对自己的任性行为感到后怕。如果在大阪的时候她没有去找游安理,那她们之间恐怕真的要形同陌路了。因此,就算那天晚上的所作所为是她这辈子最不想回忆的事情,左颜也从来没有后悔过。只是想明白归想明白,但要她真的再也不折腾,那她也就不叫左颜了。

高烧一直到中午才彻底消退。她们只有旅游签证，要在当地的医院看病是一件非常麻烦的事情，所以游安理先带她去了最近的诊所，拿了药吃过后，为了以防万一，又预约了私立医院的看诊。好在诊所既能开药，也能输液，在医生的建议下，游安理陪着左颜在诊所里输了两个小时的液，看着她的体温一点点降低，直到恢复正常，才松了口气。

学校那边自然不可能为了左颜一个人而耽误大家回国的行程，在左增岳打电话做了保证之后，老师就把左颜的机票、证件以及行李全部交给了游安理。

左颜在输液的时候，其他人已经坐上了回国的飞机。改签费用比重新买一张机票还高，左颜回国的机票自然也就作废了。左增岳问了游安理回国的航班，重新替左颜买了一张同航班的机票，最后再三向她表达感谢，让她帮忙照顾一下左颜。

游安理了解左增岳的性格，她没有跟他客套，全都应了下来。

"喝点白开水。"游安理倒了一杯水，递给床上的人。

两个人从诊所回酒店已经快一个小时了，左颜看起来稍微有了点精神。

游安理怕左颜吹了风再发烧，就让她在床上躺着，准备一个人出去买点吃的回来。从早上到现在，两个人什么都没吃，左颜倒是喝了不少水，但跑了几趟厕所，肚子里早就空了，又饿又没胃口。

游安理也被折腾得没什么胃口，问过左颜之后，她索性就在酒店对面的便利店买了一些冲泡的速食麦片，味道还不错，喝了之后起码暖了胃。

左颜吃了东西后，又补了个回笼觉，才算恢复了大半的精神。她一睁开眼就看见游安理在窗边坐着，怀里抱着一台笔记本电脑，正全神贯注地看着屏幕。

今天天气不算好，太阳被遮住了大半，房间里没有开灯，游安理借着从窗外透进来的一点光线在工作。

左颜爬起来，用遥控器开了灯。游安理抬头看过去，问道："醒了？还难受吗？"

回避

左颜摇摇头，在被子里拱了几下，从床头拱到了床尾，房间本就不大，她坐在床尾一探头，就能看清游安理腿上的笔记本电脑。

"你什么时候买的电脑啊？"这台笔记本电脑虽不算新款，但从外观来看显然是新买的。

游安理保存了刚刚整理的资料，把笔记本电脑转过去面对她："来这边之后买的，免税店里比较便宜。"

左颜还是第一次见她给自己买东西，毕竟她平时连衣服都能将就穿，买一台电脑像是突然发了财一样令人意外。她这样想着，就这样问了出来。

"工作需要电脑，买一台能方便点。"游安理平静地回答，伸手摸了下左颜的额头，随后又道，"应该不会再烧起来了，下床的时候把衣服穿上。"

左颜只穿了一件衬衫，早上她迷迷糊糊的，只知道游安理叫她起来，但她连眼睛都睁不开，穿衣服实在是费劲，最后还是游安理帮她套上了昨天的那套衣服。

"冷，不想下床。"左颜嘴上这么说，还是从被窝里伸出手，去拉游安理，"你是不是都没睡啊，先补一觉吧，再忙也要睡觉啊。"

游安理眼下的黑眼圈太明显了，也不知道是这一天没休息好，还是前几天都没休息好。

游安理了解她的脾气，不答应她，她就会一直缠着，索性把笔记本电脑合上，往旁边一放，站起身来。

左颜又裹着被子拱回了床头，把整张床都拱暖和了，然后掀开被子的一角，拍着床催促游安理。游安理不洗漱是不会上床的，她脱了外套，又拿起睡衣去了浴室，简单洗了个澡，换上睡衣才从里面出来。

半天没听到动静，左颜有些忐忑地探出头来。

她刚从被窝里钻出来就发现游安理站在旁边，后者眼疾手快地抓住了她，将她整个人从被子里捞出来。

左颜反应过来的时候已经来不及躲了。她心跳如雷，眼睛却不敢眨一下，屏住呼吸看着游安理的眼眸。

游安理轻声开口："insignificant 怎么拼写？"

左颜:"……"

半分钟后,左颜顶着她充满压迫感的目光,心里越来越慌,最后只能小声回答了一句。

游安理扯出一个笑,开口道:"拼错了。"

左颜顿时生出不妙的预感,立刻想跑路,游安理怎么会允许,继续道:"Accelerate怎么拼写?"

左颜发现她是认真的,顿时欲哭无泪。这段时间她根本没有心思看书背单词,游安理让她背的那些东西更是早就忘干净了。

左颜连忙讨好地说:"我错了,你快睡觉吧,你看你的黑眼圈都这么严重了,再不睡的话这张脸就不好看了。"她一慌就开始乱说话。

游安理看了她半晌才问:"你觉得我现在不好看,是吗?"

左颜觉得自己要冤死了。她以前只知道游安理表里不一,不知道她藏得这么深。这哪里是表里不一啊,分明就是食人花伪装成小白花,扮猪吃老虎呢!

十分钟后,游安理放松地躺下来,闭上眼睛准备睡觉。

左颜趴在床上,委屈地小声背单词。

"这个单词又拼错了,再背十遍。"背对着她侧躺的人冷不丁地开口。

左颜浑身一抖,这句台词她可太耳熟了,每一次游安理给她辅导功课的时候,她不知道要听多少句类似的台词:"我昨晚说的那些话,就是……就是……一辈子那句……能不能当我没……"

"不能。"

游安理回国的航班是第二天晚上的,她们的时间很充裕,也就不急着收拾行李。左颜背了不到十分钟的单词,又在被窝里睡着了。两个人一觉醒来才晚上十点,觉是已经睡饱了,外面又太冷,谁都不想出去。这一觉养足了精神,左颜很自觉地吃了药,她觉得自己明天早上肯定能满血复活。

游安理在浴室里洗漱过后,又打了一通电话才出来。

左颜瞄了她好几眼,扭扭捏捏半天,还是问了出来:"你在跟李明明他哥打电话？"

游安理还以为她能憋得住呢，闻言扫了她一眼，一边给自己倒水，一边回答："明天就要走了，得把工作交代清楚。"

左颜"哦"了一声，坐在床上捏被角，捏了好一会儿才低着头问："那他会跟我们一起回去吗？"

游安理喝了口水，转过头看了她一眼："他是大忙人，我待会儿把资料交给他后，他就要去机场了。"

左颜这才松了口气，抱着被子在床上打了个滚。

游安理看着她，皱了皱眉，说："你的行李箱早就给你拿过来了，赶紧换件衣服。"

左颜听见她的语气，条件反射地一抖："我换，我马上换。"

游安理见她连滚带爬地下了床，勉强满意了。

凌晨的时候，李潇按照约定时间来拿资料。左颜不想看到他，就躲进了浴室，游安理瞥了她一眼，没说什么。

李潇站在门口，见门开了，正要说什么，游安理就走出来关上了门。他顿了一下，换上客套的语气，感谢了一番她的帮忙。游安理把资料递给他，也说了两句感谢的话。比起李潇的客套，她的感谢是发自内心的，毕竟这一次的工作经历对她来说实在是很难得。

李潇看得出她没有要说的了，很识趣地带着资料跟她道了别："以后若是有需要，尽管联系我。"

游安理礼貌地点了点头，没有接话。她拿着门卡刷开房间门时，贴在门上偷听的人躲闪不及，被抓了个正着。左颜立刻抬头假装东看西看，极力掩饰自己的尴尬。

游安理进了房间，关上门反锁后才道："开心了吗？"

左颜用力咳了两声，做作地清了清嗓子，然后问："我有什么不开心的？"

游安理送了她一个白眼，然后越过她走进去。过了好半天，左颜才反应过来。

游安理居然翻白眼了。游安理在她面前翻白眼！这种事说出去谁会相信啊？左颜越琢磨越觉得不对劲，她是不是被游安理那高岭之花的形象骗了？左颜暗恨自己为什么没有孙悟空的火眼金睛，早没有看穿游安理这朵"食人花"……

有了"背单词事件"的前车之鉴，这一晚左颜不敢再去招惹游安理。两个人一个在小桌旁边用电脑处理工作，一个坐在床边玩手机，气氛看起来很温馨，只有左颜知道自己的内心一点也不平静。她正在用酒店龟速的无线网络查找一些自己想不明白的问题，而这件事不能被房间里的另一个人发现。

左颜悄悄用余光扫了游安理一眼，确定她没在注意自己，这才在搜索引擎里输入"如何不惹女人生气"。

左颜本来没抱多大希望，没想到这个词是一个热门词条，弹出来很多相关搜索链接，说明有很多跟她怀有同样困惑的人搜索过这个问题。

左颜顿时觉得找回了自尊。她一边留意着游安理的动静，一边滑动屏幕，点开了一条看起来比较有用的链接。

这是一个小论坛，从回复者的数量来看，活跃的用户还挺多的。只是不注册就看不了全部回复，左颜只能用自己的邮箱注册了账号，然后开始翻帖子里的回复。

回帖的人说什么的都有，左颜过滤掉一些插科打诨的无用信息，专挑认真给建议的楼层看。

"女人发脾气有时候根本不是真的生气，兄弟，我建议你先学会分清什么是生气，什么是撒娇，两者的差别可大了去了。"

左颜觉得这句话好像有点道理，她赶紧点开楼层里的回复一条一条地看。

发帖人问他："老哥说得对，但是要怎么学啊？我没经验啊，她每次生气，我都吓个半死。"

左颜诡异地与这个发帖人共情了，字字句句都说到了她心坎里。这人怕不是她失散多年的亲兄弟吧。

回帖人："看她的反应呗，要是她不跟你说话了，不理你了，那就是真的生气了，得赶紧哄。如果她还跟你说话，但语气阴阳怪气的，这个时候不要怕,大胆地上。"

左颜看到前面几句话还忍不住点头,有醍醐灌顶之感,直到看见了最后一句。

你倒是说完啊?她连忙往下翻,然而不管是回帖人还是发帖人,或者其他插话的人,都一副"懂了懂了"的样子,看得她急死了。你们到底懂什么了啊!告诉我啊!

左颜心里那个急啊,也不管这已经是一年前的帖子了,她用自己新注册的账号把所有说"懂了懂了"的人都回复了一遍,问到底该做什么。然而她坐在床边干等了几分钟,不停地刷新页面,也没等到一个人回复她。

左颜还不死心,把那个网页保存到了书签里,正要再搜一搜关键词,就听见一道声音在她头顶响起。

"你在看什么?"

左颜一个激灵,想也没想就把手机往身后一藏,连忙回答:"没什么啊。"

游安理看着她,想了很久要不要告诉她"做贼心虚"四个字怎么写,最后还是什么也没说。要是真的教会了,那就不好玩了。

游安理收回视线,抱起电脑开口问:"想看会儿电影吗?"

左颜还以为她要忙一晚上,心态都调整好了。现在听到这句话,顿时有种"天上掉馅饼正好砸在头上"的感觉。

"可以吗?你忙完了?"她忍不住问。

游安理让她躺到床上去,自己则抱着电脑上了床,两个人靠在一起。

"忙完一阵了,你想看什么?"游安理说着,打开了网站。

左颜只说:"什么都行。"

她平时看的东西无非是日本动画、特摄剧以及迪士尼梦工厂之类的,现在说出来怪不好意思的。

游安理不怎么了解那些东西,因为她所有时间都用来赚钱了,听左颜这么说,便随便在某个网站上点开一部电影来看。她选的那部片子单从封面来看很文艺清新,应该适合小女生看。

游安理想着,将电脑的声音稍微调大了一点,控制在不会太吵但能听清楚的程度。

电影开始播放之后,左颜才发现没有字幕,她有些忐忑地说:"我不知道能不能听懂。"

游安理随口道:"医生跟你说的话你不是都听懂了吗,这个程度已经够了,实在不懂我给你翻译。"

"同声传译吗?"左颜想起李明明说的话。

游安理看了她一眼,淡淡地道:"连这个都知道了,没少调查啊。"

左颜有些心虚,其实当时她没想那么多,就是想知道能跟游安理打交道的人是什么样的,顺带再调查一下他俩有没有猫腻。然而,刚刚排除了嫌疑,她就撞见两个人在商场……

想起这件事,左颜立马不心虚了,转头看着游安理,酸溜溜地说:"我还没问呢,我爸陪我过生日那天,你说有事不来,结果转头就跟那个男的去商场了,玩得还挺开心的嘛。"

电影已经播放了好几分钟,游安理收回视线,看向她:"难怪我那天一回家你就跟吃了炮仗一样,以后发脾气之前先弄清楚情况。"

游安理说完,又补了一句:"下次见到李先生,也不要那么没礼貌,你那个同学跟你关系这么好,人家心里会有意见的。"

左颜忽然琢磨过味来:"我发现每一次我提起李明明他哥,你就要提一嘴李明明跟我关系好……"

左颜盯着她,像是要从她平静的表情里看出一些蛛丝马迹来。游安理神色自若地抬手按住左颜的头:"专心看电影。"

游安理从来没见过像左颜这么没有自觉的女生,如果追根溯源,造成这个结果的人也包括她自己。

游安理跟别人不一样,如果说大部分人推卸责任是因为人类天生的利己本性,那么她则是因为事不关己、冷眼旁观的傲慢。因此,左颜的不自觉当然是她自己的错,而犯错了的人必须受到惩罚,否则她怎么可能长记性呢?

游安理向来不吝以最大的恶意来解读自己,尽管她从出生到现在都尽职尽责地展示着一种最能博得他人好感的形象——聪明美丽又乖巧懂事、出身低微、能力卓越而又不具备攻击性。拜这个形象所赐，游安理顺利渡过了无数次难关。

不过，她知道自己想要的远远不止这些，她的野心与她的能力持平，所以她从来不怀疑自己能否达成所愿，只需心无旁骛地往前走。

可一无所有的她，每一步都走得太过艰难。在咬着牙往前走的过程中，她接受了世界给她的中伤，也同样对它怀着恶意。游安理知道，也许未来有一天，她得到了自己努力争取的一切后会学着跟它和解。

可到目前为止，她依然是那个靠伪装来苟活的可怜虫，还总有一个人能让她的伪装岌岌可危。在面对左颜以外的人时，游安理总能很好地调节自己，让一切暗流都归于平静。这本来是她在世上生存的最重要的能力，也给她所有"不可见光"的情绪牢牢地上了一道闸门。

游安理没有质疑过这道闸门的坚固性，直到一只发疯的兔子在这道闸门的开关上狠狠一啃，啃出了两个牙印大小的窟窿。

房间里的灯还亮着，将左颜身上的白衬衫照得一清二楚。这是游安理为数不多的好衣服，为了工作花重金买的两套正装里，这件衬衫尤其昂贵，但现在已经被左颜搞得皱巴巴的。

"我不是说过让你把衣服穿好吗？"

如果可以，游安理也不愿意在左颜面前频繁地露出自己的另一面，不仅是因为次数多了，左颜会产生"抗性"，效果会大打折扣，也是因为她并不喜欢面对失控的过程。

游安理缓缓抬头，说完最后一个字时，左颜总算消停了。

左颜连忙为自己辩解了一句："我想着又不出门，过会儿就要睡了，就随便穿穿嘛。"

游安理一言不发地看了她一会儿，很快就看见左颜眼里的那点底气慢慢泄掉了。这样的左颜将来怎么在社会上生存？要是个普通人也就罢了，偏偏她浑身上下都写着"有利可图"四个大字。

游安理抬手在她肩膀上用力一按，将企图悄悄溜走的人牢牢按在了原地。不自觉的人，活该被教训。现在不被自己教训，将来就会被别人教训。游安理想着，双唇抿成了一条直线。

"我不喜欢反复说一句话。下次睡觉，你要不要好好穿衣服？"

外面太冷，刚生了病的左颜很脆弱，游安理不打算再浪费一张机票。

然而，左颜不知死活地回答了一句："就不。"

"左颜。"游安理警告她。

"恃宠而骄"说的就是左颜了。她太清楚游安理对自己有多纵容了，因此乐此不疲地试探那个极限。每试探一次，这个极限也许就能拓宽一点。左颜很贪心，她想要这个范围变得无限大。

游安理闭了闭眼，忍住了把左颜收拾一顿的冲动，低声道："我的耐心是有限的。"

左颜眨巴着眼睛，道："我知道啊，这不是在帮助你拓展内存嘛。"

左颜同志已然放飞了自我，她被游安理管教了这么久，逆反心理早就在一次次的压制中疯长："小样，还跟我装大人，当我是被吓唬大的啊？"

游安理不知什么时候平静下来了，她看着这个尾巴都快翘到天上去的人，在她大放厥词的时候，无声无息地钳住了她的两只手。

左颜的话音戛然而止。

游安理看着她，用平淡的口吻说："第一，我生平最讨厌别人质疑我的能力。

"第二，我的忍耐是为了让我看起来有道德，因为我身上没有这种东西。"

左颜知道，招惹了游安理是没有好果子吃的。在今天之前，左颜从来不敢去挑衅游安理的自尊心，这是她生存的本能。不过，越了解这个人，左颜就越想看看她全副武装的外壳下到底隐藏了什么……

第二天一早，两人收拾完毕，天也快亮了。游安理拉着两个行李箱走进电梯，左颜背着挎包跟在后面，电梯门关上后，她才飞快地看了游安理一眼，小声问："我们直接去机场？"

机场离酒店不远，回国航班是晚上的，她们还有一整天的时间。

游安理直接问她："你有想去的地方吗？"

回避

左颜摇头，拉着行李箱在外面逛太不方便了。

游安理看了眼手机，说："那就先去吃早饭吧。"

两个人办理了退房手续后，拉着行李箱离开了酒店。酒店附近有一家24小时营业的家庭餐厅，和之前那家不太一样，这家类似于快餐店。她们进去的时候，店里很冷清，打着瞌睡的店员见到客人来了，连忙打起精神接待她们。

游安理点了一份三明治和一杯咖啡，左颜跟她一样，不过咖啡换成了热牛奶。这份早餐的味道中规中矩，胜在价格非常划算，套餐含税价一共才500日元。

吃过早饭，游安理看起来有了点精神。去机场通常情况下要提前三个小时，再扣除路上花费的时间，她们还剩下十个小时左右空余时间。由于这一趟出门并不是为了旅行，所以空出来的这十个小时让她们有些茫然。

如果是有备而来倒还好，关键是她们一个是跟着学校来的学生，一个是来工作赚钱的打工人，谁都没带很多钱，也就造成了现在不知道该去哪里的局面。

游安理很快就做了决定，说："那就随便逛逛吧。"

左颜没想到这次都不用自己暗示，她就这么上道，顿时心情畅快了起来。

"好啊。"

不给游安理任何说教的机会，左颜拉着她就往前走，也不管前面是哪里，反正哪里都可以。两个人在陌生的街道上走走停停，漫无目的，却也不觉得无聊。

左颜从来没有像现在这样喜欢大阪，连平平无奇的章鱼烧都有了别样的滋味。她拿出电量满格的手机，一路拍着照片，直到电量所剩无几。

傍晚之前，游安理带着她赶到了机场，虽然登机手续很烦琐，但左颜觉得漫长的排队等待也不是那么讨厌了。

登机前最后半个小时，左颜和游安理坐在登机口的长椅上休息。游安理正抓紧最后一点能用电脑的时间处理工作，左颜靠着她，拿起快要关机的手机，对着镜头摆出了她最讨厌的剪刀手。

215

航班的飞行时间和来时一样长，左颜的心情却与来时截然相反。

越临近抵达目的地的时间，她越黏着游安理。但无论距离有多长，飞机最终还是落了地。

左颜走下飞机，闻到这片土地上的空气时，有一种从梦中回到了现实的失落感。在国外她能无所顾忌，游安理也给了她最大限度的容忍，但回到了这里，一切似乎都得收敛回来了。

回家的路上，左颜一反飞机上的姿态，老老实实地坐在出租车上，连游安理的袖子都没敢去碰。她一下飞机就给左增岳打了电话报平安，其实昨天退烧后她就已经打过电话了，但那时候左增岳在忙，没能说上几句。

她自然没少挨训，左增岳是这样的性格，平时左颜给家里添多少麻烦，他都不会说重话，但若是给别人添了麻烦，好脾气如左增岳也会对她一通说教。

左颜挂了电话后，整个人蔫了吧唧的，她不敢想象等国外的孟年华起床后，自己还要挨多少骂。

两个人下了车，拉着行李箱走进家门时已经过了晚饭时间。飞机餐虽然难吃，但她们也勉强算是吃过了饭，到家后不用再花时间和精力做饭了。

"先去洗澡吧，我给你拿衣服。"

游安理说完就转过身，将两个人的行李箱带到自己的卧室，然后去对面房间翻找换洗的衣服。

行李箱里的衣服得赶紧拿出来洗了才行，游安理一边想着，一边拉开衣柜下面的抽屉，从一排纯棉内衣里随便拿了一套。

淋浴间里已经响起水声，游安理敲了敲门，说："我把衣服给你放进去。"

里面的人"哦"了一声，她才打开门走进去。

不过三天没回来，看到熟悉的浴室时，游安理竟然有种恍如隔世的感觉。最后一次在这里洗漱的时候，她们两人还在冷战。那个时候她真的想过，如果一切顺利，就在合约结束之前离开这里。

想到这里，游安理将衣服放在淋浴间门口的架子上，开口道："我在冰箱上给你留了便利贴,你是不是没有看见?"

淋浴间里水声哗啦啦地响着,几秒之后,磨砂玻璃门猛地打开,一颗顶着白色泡沫的脑袋钻出来,问她:"你留了便利贴?你不是想走吗?"

第二个问题游安理没法回答,只说:"我在便利贴上写了,我要去一趟东京和大阪,今天晚上回来。"

左颜的心情非常复杂:"那我不吃不喝在家里躺了一整天是为什么啊?"

游安理笑了一声,说:"快进去,不要感冒了。"

左颜嘟着嘴,还是觉得气不过,她光长个子不长脑子这件事,以前孟年华说的时候她觉得是污蔑,现在看来还是亲妈最了解她。

等左颜洗漱完,游安理也去洗了澡,然后又把衣服扔进洗衣机里洗。

左颜也不休息,她就像个跟屁虫一样,游安理走到哪里她就跟到哪里。

游安理无视她,将洗衣机里洗好的衣服装到篮子里,拿到阳台上晾好。

阳台上的风有点大,两个人虽然都穿着冬天的睡衣,但风刮在脸上还是很疼。左颜看着游安理一件一件晾着衣服,那颗从飞机落地后就躁动不安的心似乎也慢慢平静下来。

"游安理。"左颜叫她。

游安理"嗯"了一声,抬眼看了过来。

左颜吸了吸冻红了的鼻子,看着她,说:"你永远都不准跑。"

阳台上冷风阵阵,游安理被风吹得眯了眯眼,她抬起手,将最后一件衣服晾好。

其实人都明白,越是半懂不懂的小孩,越能轻易说出"永远"这个词,因为在他们眼里,"永远"并不遥远。游安理自然也知道这一点,所以她并不打算去衡量别人说出口的诺言。反正听信与否,都和自己无关。

唯独这一次,她的"不衡量"不再是从前的原因,但具体是因为什么,她不愿去细想。

"你还没回答我呢。"

游安理径直回到自己的卧室,随后转过身,在小跟屁虫进屋之后一把关上门,动作利落地上了锁。

左颜吓了一跳,立刻收敛了乖张,装出一副温顺的姿态来。"挑战极限"的次数多了,她能屈能伸的本事也见长了,反应速度也变快了。

"你去睡觉吧,明天早上我叫你起床。"游安理语气平淡地说了一句。

左颜一头雾水,不是有闹钟吗?

"我已经十八岁了,你还当我是起不来床的小屁孩呢?"左颜忍不住回了一句,很不满意她还用以前的方式对待自己。

"你了解我吗?"游安理忽然开口问。

左颜愣了一下,这句话没头没尾,她竟然听懂了。游安理回应了她刚才在阳台上说的话。左颜从前很有底气,她认为,这个世界上应该没有人比她更了解游安理。然而,这个认知只在她十八岁之前成立,现在的她已经不敢自信地说"我当然了解你"。左颜迟疑了很久,最后还是摇了摇头。

游安理没有失望,因为这本就是两人心知肚明的事实。

"不过,我可以努努力。"左颜看着她,语气难得认真,虽然认真到有点傻气。

游安理抿起唇角,无声地上前一步,垂下头看着左颜的眼睛:"长期投资的风险很大,了解并承担风险是入门前的必修课。你做好了承担风险的心理准备吗?"

"泡温泉?"

教室里闹哄哄的,左颜打了个哈欠,有气无力地问了一句。

前桌的位置上坐着吴悦琳,座位的主人李明明同学站在旁边,一边整理收上来的作业本,一边回答:"对啊,我们上次说给你过生日,结果那天你不是生病了吗,现在给你补上。"

吴悦琳提起这件事还一阵后怕,往左颜那边一凑,小声说:"还好我们提前对了一下口供,我说你是早上才过去的,否则这事真的收不了场。那天早上薛老师可生气了。"

薛老师就是他们的带队老师,原本定下的带队老师是他们班主任,但班主任家里有事没有去成。

左颜的困意被这句话扫去一大半,她看着吴悦琳那副后怕的表情,觉得很对不住对方。

因此,即便对泡温泉不感兴趣,她也没有拒绝,于是问道:"什么时候?"

李明明见她这么爽快地答应了,还多看了她两眼,然后说:"什么时候都行,你是寿星,你决定。度假村的体验券是我哥的客户送的,明年之前都能用。"

左颜的表情一下子变得有些古怪,她盯着李明明的脸看了半晌,把李明明看得直摸脸,以为自己脸上沾上了什么脏东西。

吴悦琳也转头看了李明明一眼,不明所以地问她:"怎么了?"

左颜对李明明哥哥的看法有些复杂。一方面,她知道游安理跟他只是单纯的工作关系;另一方面,她们也的确因为这个人差点老死不相往来。

左颜到现在还对两人一起出差这件事耿耿于怀,虽然游安理肯定是一门心思都在工作上,但李明明哥哥在想什么,那就说不清楚了。两人入住的房间还特意安排在对门,说他没有想法,鬼都不信。

左颜想到这里,忽然反应过来,趁上课之前离开教室给游安理打了个电话。

那边的人不知道在干什么,电话响了五六声才接通,左颜的注意力一下子就被转移了,接通后她立刻问:"你在干什么?"

电话那头的人顿了一下才回答:"在忙。"

左颜也没指望她能干点别的事情,眼看快要上课了,赶紧直奔主题。

"李明明他哥是不是也给你温泉度假村的体验券了?"

游安理不需要花费时间就从这句话里提取出了关键信息。

"你同学邀请你去玩?"她反问。

左颜了解她,听到这个回答就知道事情跟自己想的一样。那个男

219

的果然没安好心,正经人谁会请别人去泡温泉啊?

教室里的李明明猛地打了个喷嚏,引来吴悦琳的一阵关心。

左颜心里一堆牢骚,却只能老老实实地回答:"是啊,他们说要给我补过生日。"

说到这里,她不可避免地想起了生日那天发生的事情,连忙转移话题:"那他给了你几张体验券啊?"

游安理那边少见的没有敲击键盘的声音,所以她的声音清清楚楚地传了过来:"不是他给的,是客户新开的度假村,给我们每个人都送了体验券,我手里就两张。"

左颜自动过滤了中间的那些信息,只听了开头和结尾,小脑瓜立刻转了起来:"行吧,我知道了,要上课了,我不跟你说了啊。"

笔记本电脑的屏幕还亮着,游安理看着挂断的电话,呆愣了半晌。早上出门前还跟自己耍小性子,现在又跟没事人一样,这人忘性真大,也不知道是好事还是坏事。

一封邮件提醒弹了出来,游安理放下手机,看向电脑,将屏幕上停留的窗口隐藏,然后打开刚收到的工作邮件。计划被彻底打乱后,需要更长的时间来做新的规划。这一次,她的规划里不再只有她自己。

这种体验很陌生,即使是游纪还在的时候,由于母女如出一辙的性格和脾气,彼此都默认了不去插手对方的规划,只需照顾好自己即可。所以从有记忆起,游安理就学会了不依赖任何人,也不被任何人依赖。

当冷静下来后,游安理已经在脑中理清了自己的种种"失误"。这些"失误"并不是从昨天晚上才出现,如果一定要追溯,也许是从她第一次在左颜面前释放"闸门"内的东西开始的。她总是那么傲慢,认为自己总有办法解决,总能将"闸门"重新关上,所以纵容了自己一次又一次,直到被另一个人的喜怒哀乐所左右,失去了引以为傲的自控能力,甚至职业素养——她第一次在一份工作结束之前生出了终止合同的念头。

这和游安理长年累月经营的目标背道而驰,而她竟然没有早一点

回避

察觉。其实，游安理并不是真的那么迟钝。至少在放弃那个难得的机会之前，她就已经意识到左颜不会是她人生中的众多过客之一了。可具体是什么，她是在放弃那个机会之后才恍然明白的。她的犹豫和挣扎短得让她心惊。

游安理想，这或许会是她人生中不可逆转的一次重大"失误"，尽管她不觉得遗憾。至于将来会不会遗憾，不在此刻她的考虑范围内，因为还有不少令人头疼的问题在等待她去解决。

晚自习之前，左颜和李明明、吴悦琳一起去了食堂，她基本不在学校吃晚饭，最多吃点饼干之类的小点心垫垫肚子，以免晚上回家后吃不下。今天是为了感谢两位肝胆相照的好同学，左颜非常豪气地拿出自己的饭卡，让他俩随便点。

吴悦琳有点不好意思，只点了一碗红烧牛腩刀削面。

李明明是真的没跟左颜客气，按照自己的饭量点了食堂里最贵的炒菜，一边点菜还一边对吴悦琳说："你别跟她客气，帮了她这么大的忙，吃她点东西怎么了？左颜同志富着呢，你放开了吃。"

左颜听得手痒痒，差点就在食堂里给他来两下："你快吃吧，这么多东西都堵不住你的嘴。"

吴悦琳看着他俩打打闹闹地走到角落里的空位边，心里有点羡慕。她端着碗在左颜旁边坐好，一边搅拌着碗里的刀削面，一边开口问："你觉得我们什么时候去合适啊？今年只剩下一个多月了，而且只有周末有时间。"

他们学校还算不错，高三第一学期周末可以休两天，等下学期开学后，周末最多只休一天了，更没空闲时间了。

左颜请他俩吃这顿饭就是为了说这件事——答谢吴悦琳的大餐不算在内。

她心里的小算盘打得叮当响，面上却故做为难，扭捏了半天才回答："我可能没法跟你们一起去了，我爸妈给我请了个家教，整天在我家里看着我呢，你看我这学期周末都没出去玩过，特别惨。"

左颜一边说，一边竭尽全力地卖惨，说得自己都快信了——反正也不算假话。

　　吴悦琳心有戚戚焉，向她投来同病相怜的目光："没想到你和我一样，我妈为了陪我，在学校附近租了个房子住，就是为了离补习班和学校近。每天放学后，我就去补习班做作业，周末还是去补习班做作业。"

　　李明明听得头皮发麻，嘴里的菜都不香了。他咽了咽口水，看了看她们俩，突然觉得自己一点都不拼："好像就我不上补习班？我哥问过我，我说不需要，他就让我自己决定了。"

　　李明明是有感而发，话音一落，他就感受到了两道仇视的目光："对不起……"

　　在左颜"声泪俱下"的卖惨之下，温泉之旅暂时被搁置了，作为补偿，她决定元旦的时候请他们来家里吃饭，这个提议得到了一致赞同，最后全票通过。

　　回教室的路上，李明明还啧啧称奇，对吴悦琳说："我发现左颜这个人就是重女轻男，你看我帮了她那么多忙，她也没说请我吃饭，连一碗米线都没有请过。你俩一熟起来，她又是请吃食堂，又是请去家里玩，待遇差别也太大了。"

　　吴悦琳有点不好意思，小声说："我之前跟她关系不太好，总感觉她有点……嗯，目中无人？没想到她人这么好。"

　　李明明本来想说一句"你的感觉没有错，她就是不爱搭理别人"，走在前面的左颜忽然回头看了他们一眼，对李明明露出一个意味深长的笑容。李明明立即拉开了与吴悦琳的距离。

　　回到学校后，左颜的生活又被拉回了正轨，她还是个学生，除了考试和做作业，什么事也做不了。

　　游安理也并没有因为她们之间关系的变化而对她心软，该做的卷子，该背的单词，一个也不能少。

　　以前左颜只觉得痛苦，痛苦到对游安理的书桌都有了心理阴影，因为看一眼就会想起自己被按在书桌前做题的悲惨生活。现在她还是觉得痛苦，只是这些痛苦里多了一点"苦中作乐"。

"这道题只是换了个壳子而已,你就又不会了?"游安理眉头轻蹙,语气里是毫不掩饰的不耐烦。

左颜往后一退,想拉开两人之间的距离,然而那支钢笔已经敲在了她的脑门上,不轻不重,但她还是抖了抖。这支钢笔还是她从游安理的抽屉里顺来的那支,纯银色的金属,笔身线条很好看,她很喜欢。假如它在这种天气里没有冰得刺骨的话,她会更喜欢。

"躲什么躲,做作业你也躲,你最好是进考场前还能躲,我还能省点力气。"游安理一把将她拽回来,一只手按着她,另一只手拿笔敲着桌子,耐着性子把那道题又讲了一遍。

左颜强迫自己集中注意力去听,免得再错一次,把游安理惹毛了。

游安理扫了一眼桌上的闹钟,发现时间差不多了,再继续讲,左颜那容量有限的脑袋也装不下,索性直起身来。

"你是想今晚都不睡了吗?"她开口时,刻意压低了声音。

走神的人立马看向她,如惊弓之鸟一般瞪大眼睛,然后拼命摇头。

"我在听,我真的在听。"左颜快吓死了,以前她还敢顶嘴,现在了解到游安理的"里人格"之后,她一点也不怀疑游安理真的会做出让她做一晚上卷子的事来。

游安理"哦"了一声,视线落在左颜的脸上,慢条斯理地道:"那你复述一遍。"

左颜眨巴着眼睛,只思考了三秒钟就果断选择投降。

"我错了。"左颜说完,略一挣扎,还是主动将脑门送了过去,一副任人宰割的模样。

游安理看着她被敲出了浅浅红痕的额头,修长的手指一抬就要伸过去。

左颜条件反射地闭上了眼睛。预料中的冰冷没有落下来,取而代之的是熟悉的指腹,带着暖意的手指轻轻落下来时,她的睫毛颤了颤。

近在咫尺的人叹了一声,轻得像是错觉。

"疼吗?"游安理开口问。

左颜小心翼翼地睁开眼,见她神色平静,甚至带着一点温度,不由得愣了一下。原来游安理也会露出这样的表情。左颜想着,不知怎么回事心里酸酸的,委屈地说:"疼。"

骗你的,不疼。

游安理揉了揉她的额头,低声道:"以后不会敲你了。"

左颜用鼻音"嗯"了一声,心里却想着,萝卜头原来吃这一套。她的脑子飞快地转了起来,思考着以后怎么利用这一点反败为胜。

下一秒,左颜就听见游安理说:"我打算换个方式。"

冰凉的手拉开了校服,擒住了左颜的痒痒肉,左颜顿时一动也不敢动。

游安理收起那点温和,平静地说:"错一道题,加罚一次。"

她说着,微微一笑:"我不保证范围。"

左颜已经不记得自己怕痒这件事是什么时候暴露的了。

"我觉得这样不好,咱们换个方式吧?"左颜装出一副可怜的模样,开口求饶。

很快,她就真的只剩下"求饶"了。

从马克杯中洒出来的水全都浇在了两个人的身上,水不烫,在冷空气中迅速失去了温度,睡衣被打湿的地方也变得冰凉。

游安理并不打算因她的示弱而放过她。利息当然是越早收回来越好,谁会嫌钱多呢?

好不容易到了做晚饭的时间,左颜才逃脱游老师的"制裁"。

"炖个汤?"游安理看着冰箱里的食材,开口问她。

左颜随口回答:"炖萝卜吧,又白又甜,水分还多。"

游安理顿了一下,转头看向她。

左颜被她看得后背一凉,连忙往厨房外走,边走边说:"要不银耳汤也行。"她直奔卧室,钻进去把门一关,才觉得自己的小命保住了。当初"萝卜头"这个外号被游安理发现的时候,她可真是去了半条命。

左颜在游安理的卧室里磨磨蹭蹭,直到估摸着游安理已经顾不上她了,才悄悄地钻出卧室,往厨房走去。

游安理不知道在剁排骨还是什么,搞出的动静挺大,左颜悄无声息地溜过去,自她身后探出头去看了一眼。看起来应该是刚从冷冻室

回避

224

里拿出来的肉,还没完全解冻,所以剁起来有点费劲。游安理提起菜刀,狠狠砍下,把一小截腿肉砍了下来。

左颜一个四体不勤五谷不分的人,很难从干干净净的生肉上来判断它生前是哪个物种。她看了半天,最后还是忍不住好奇地问:"这是什么肉啊?"

游安理像是早就知道她在后面一样,平静地回答:"兔子肉。"说着,她又手起刀落,剁下了另一条腿。

左颜吓得浑身一哆嗦。

游安理拿出新买的锅,当着左颜的面把新鲜的白萝卜、兔子肉一并下锅,一起红烧了。

这倒是一道稀罕菜。

"萝卜烧兔肉?为什么是萝卜?"

游安理接过她递来的菜碗,将色香味俱全的菜盛进碗里,平静地回答:"冬吃萝卜夏吃姜,你没听过吗?"

左颜觉得游安理在敷衍自己,但她找不到证据:"那多买点萝卜,每天炖一锅,水灵灵的多甜啊。"左颜一边说,一边观察着游安理的反应,但这一次她什么反应也没有。

游安理把菜锅放进水槽里刷洗,头也没抬地说:"买,想吃多少买多少。"

左颜总觉得这句话怪怪的,不等她想明白,游安理就让她盛饭。

等这顿晚饭吃了一半时,左颜瞄着对面的游安理,忽然就想明白了那句话到底哪里奇怪,这不就相当于"我要买包包""买,喜欢多少买多少"吗?

可恶的游安理!左颜转念一想,自己现在住游安理的、吃游安理的,好像没有底气反驳。这么一想,左颜突然觉得还挺爽的。

左颜心里舒坦了,吃饭都香了,一大半的萝卜烧兔肉都进了她的肚子,她专挑甜滋滋、水嫩嫩的萝卜吃。

现在的左颜同志还不知道,一切看似免费的大餐其实早已在暗中标好了价格,就等着她一步一步欠下巨债,利滚利再利滚利,直到变成一辈子也还不完的天文数字。

美好的周六一眨眼就快结束了,左颜坐在沙发上玩手机,时不时偷瞄一眼游安理。

坐在懒人沙发上的游安理还在敲击键盘,像是没有察觉到左颜的视线。

左颜瞄着瞄着,索性连手机也不看了,一直盯着那张脸看。严格来说,这张脸跟以前相比没什么变化,最初她之所以不敢认游安理,除了游安理的穿衣风格变化太大,更多的是因为她觉得自己在梦游。

天上不会掉馅饼,如果被馅饼砸中了,那一定是在做梦。

这些年来,左颜做过的梦不止一个。她梦到过各种各样的游安理,在那些离奇的梦境里,无论游安理的模样有多大的变化,有一样东西一直没有变,那就是冷漠。

人们常说,梦反映了一个人内心深处的恐惧或渴望,左颜以前不信,后来梦到游安理的次数多了,也就信了。她不怪梦里的游安理对自己那样冷漠。虽然她很委屈、很难过,但她知道是自己咎由自取。

无名指上的纯银戒指还没摘下,左颜不知道自己是怕弄丢了,还是习惯了有事没事就去摸一下,转两圈,感受那属于过去的质感。

"困了就去洗澡,别在沙发上睡。"

头顶响起的声音叫醒了打瞌睡的左颜,她迷迷糊糊地睁开眼。

"你真的要少吃点零食了。"游安理扫了一眼左颜的腰。

左颜听见这句话后总算清醒过来,她立刻抬起脚去蹬游安理,骂骂咧咧地说:"吃你点零食怎么了?我就要吃,就吃。"

游安理平静地道:"晨跑加一圈,零食不减,你选吧。"

左颜陷入了被动,只能选识时务:"我困了,睡觉睡觉。"

拖延战术是她惯用的伎俩,游安理懒得拆穿她,说:"那你先洗。"

左颜打了个瞌睡醒来后,忽然变得更黏人了。游安理没有去问原因。时间是一个无声无息却又无人能反抗的怪物,世人从它这里得到了多少,就会失去多少。

游安理已经不会再小看它,所以她会更谨慎、更耐心地藏起自己的渴望,再从它手里抢回属于自己的一切,而且绝不只那七年的东西。

十八岁生日之后，左颜的生活其实没有什么变化。她和游安理的关系好像变了，但看起来又跟以前一样。她依旧按部就班地上学放学，跟游安理一起吃早饭晚饭，被游安理看管着做作业背单词，甚至还因为期中考试临近，被迫多补习了一个小时。

与此同时，坏消息接踵而至。孟年华所在的城市没能控制住流感疫情，情况持续恶化，导致她的行程一再被耽误，最后索性接受了当地卫生组织的邀请，以志愿者的身份参与疫情防护工作。

左颜虽然很失望，但她的矫情早在上个月那次通话中就被打击得一点不剩，所以比起失望，她更多的是担心。谁也不知道情况会严重到什么程度，而孟年华也不是遇到事情就往后退的性格。

不过，这一次，左颜没有开口阻拦。她的父母一直在做很了不起的事情，这是她从小到大都坚信并引以为傲的一点，虽然这辈子她可能都不好意思说出口。

跟亲妈通过电话后，她又从亲爹那里听到了一个不算好的消息。左增岳在电话里没有明说，只交代了可能回家的时间，嘱咐她入冬了要多穿衣服，最后让她好好听游老师的话。

以前左颜每次听到这句话都很不耐烦，这一次她拿着手机，莫名脸一红，也不管她爸在说什么，都"嗯嗯"地答应，惹得左增岳打趣她懂事了。

左增岳虽然没说具体的事情，但隐隐透出了"过年前也不一定能回家"的信号。左颜想到这里就犯愁，往年再怎么样，逢年过节父母都会在家里陪她，今年则出奇的忙。因为这两件事，再加上期中考试，左颜这段时间的心情是一点也不好。

唯一能给她一点慰藉的，大概是今年她至少不用一个人待在家里，不用麻烦爷爷奶奶，也不用家政阿姨来做饭，更不用一个人缩在被窝里黯然神伤。

游安理依然在接翻译文件的工作，像她这种不去公司上班的兼职打工人，只能靠走量来保持收益稳定，接的单子越多，抽成也就越多。工作的间隙，她还在自学金融管理，因为她很清楚自己的目标不是给别人打一辈子工。

左颜心血来潮问了一句她和正式员工的收入差距，然后吓了一跳，用看傻子一样的眼神看她。

"那你干吗不去上班啊？"在左颜的认知里，天底下不可能有公司不要游安理这样的人才，所以一定是游安理不愿意去上班。

事实也的确如此。不过，游安理没有回答她的问题，一边敲着键盘，一边说："不要在床上吃东西。"

左颜盘腿坐在她的床上，刚从玻璃碗里拿了一颗红彤彤的摘了蒂的草莓，正要张开嘴就听到了游安理的话，现在是吃也不是，不吃也不是。

她眼珠子一转，起身跪在床上，上半身往前倾，从游安理背后靠了上去，将草莓送到游安理的嘴边。

"我是给你洗的啦，这个可甜了，我奶奶说了没有打农药，放心吃。"

左颜说着，在她耳边"啊——"了一声。

昨天周五，左颜照例去了爷爷奶奶家吃饭，连吃带拿地抱了两箱草莓回来。草莓是左爷爷的熟人送来的，大爷们身体硬朗，退休后没事做就一起出钱租了块菜地，种了些水果和青菜，而且个个长势良好。尤其是这草莓，外面卖的指不定还没有这个好吃。

游安理顿了一下，手上的动作没有停，目光也还放在笔记本电脑的屏幕上，久久没有反应。左颜知道游安理不喜欢别人在她工作的时候打扰她，但相处久了，左颜就会想去挑战这些"不可以"——别人不可以，只有我可以。

想证明自己在对方心里是特别的，这是很多人都有的毛病。然而，左颜还没有意识到这一点，因为早在很久以前，她就天天给游安理发短信打电话了，既然这么久以来游安理都容忍了她，那么再多包容一点，也没什么不可以吧？

果然，游安理只是顿了一下，片刻后还是张嘴咬住了她递过去的草莓。

有时候左颜觉得挺不可思议的，明明在一个多星期之前，她想靠近游安理都找不到理由，只能仗着自己年纪小，使性子耍赖。

回避

228

之前跟游安理一起睡的每一个晚上，左颜都睡得很好。她也不知道是不是心理作用，反正游安理的床就像有某种磁场一样，让她觉得怎么睡都很舒服，床舒服，被子也舒服，还会做很多美梦。

最让左颜得意的是，游安理在一天天的相伴入眠中，慢慢变成了习惯和接受。这可是飞跃般的进步！

很快，左颜又有了更想要的东西——她想要这种亲近不再有局限，而是随时随地都可以。

现在，左颜得到了自己最想要的东西。

左颜一边有所期待，一边又感到惶恐。左颜害怕游安理这一次也是"被迫妥协"，就像之前无数次面对自己的任性时那样，她不愿意争吵，不愿意反击，索性就一直忍让，用吃亏来换取相安无事。左颜不会因害怕而选择逃避，相反，她会更主动地去试探，去争取，去探求自己想要的答案。

凭借年纪小的优势，也仗着游安理习惯了容忍她的胡闹的心态，左颜的试探从来不会充满攻击性。然而，那时的她绝不会想到，自己"包藏祸心"的试探会像火星掉进装满易燃物的木桶那样，"轰隆"一声将其彻底引爆。

她吃到了自己造的孽，后悔了半晌，就又不得不接受新一轮的"惩罚"。游安理是真的很讨厌别人打扰她工作。

游安理给左颜上了一课，教会她这世界上有一种东西叫买一赠一。买一个人见人爱的游安理，附赠一个谁也受不了的游安理。认真算算，谁亏了还真不好说。

左颜回到家就潜心学习，奋笔疾书，看起来终于有了学生的样子。无论她藏起来的心思有多少，只要游安理不出门，她就得乖乖在房间里看书做题背单词。

由于两个人的关系发生了质变，游安理对付她不再手软，左颜领教了几次之后，再也不敢挑衅她的权威，该听就听，该做就做，免得遭罪。

左颜还发现，游安理给她辅导功课不再像以前那样根据学校的进

229

度来了。她的基础很差，月考的时候两眼一抹黑，跟大部分题目相见不相识。之前的大小考试之所以能低空飞过，都是因为游安理提前根据学习进度给她出题，让她死记硬背把分数凑够的。

开学考试那一次，左颜对游安理佩服得五体投地，最后演变成了依赖游安理的提前出题来蒙混过关的情况。其实她自己也清楚，这样下去是不行的，游安理不可能押对所有考试题目，死记硬背不会永远有用。

左颜对学习一向是消极应对，游安理怎么教她就怎么听，根本不管将来怎么办。也许家庭环境对一个人真的有很大影响，左颜之所以这么有底气，也是因为她知道自己饿不死。

左颜的这种态度，游安理早就发现了，所以她一直选择最简单省事的方式来完成这份工作，毕竟再好的医生碰上不肯吃药的病人也束手无策。现在，游安理改变了辅导方式，左颜也迎来了悲惨的生活。

学习就像盖大楼，地基不打好，越往上问题就越多，最后变成烂尾楼的也不在少数。左颜不是个没有脑子的学生，她只是没有危机感。一出生就站在罗马，她当然有恃无恐。

父母常年不在家，也不愿意用严格的手段管教她，陪伴她长大的基本是爷爷奶奶，他们对她更是宠溺，连她晚上看一会儿书都怕她看坏了眼睛。可以说，左颜活到现在没有长歪真是一件让人称奇的事情。

她除了学习不好和任性了一点，没有别的让人头疼的毛病，对父母言听计从，连人生规划都由他们做主，虽说没有半点志气，但也没有在青春期犯大错误。相比之下，她是个很让人省心的孩子了，家里人也知道她就算考不上好大学，也有不少出路。

左颜的底气就来源于此。她从来没有想过认真学习，她不喜欢学习，不喜欢就不做，没什么大不了的。偏偏她遇见了游安理，她的人生轨迹从此彻底改变。

游安理调整后的补习方案不能说有很大变化，只能说与之前的毫不相关。

她彻底摒弃了以前那套临时抱佛脚的方法，把课程内容重新进行分类，按照左颜目前的水平，有针对性地从基础入门，每隔一段时间加一点难度，以确保左颜的学习积极性不会受到打击。

然而，左颜还是苦不堪言，她不知道游安理为什么要把自己往死里折磨。明明这段时间自己没惹到她，除了一天打十几通电话、发几百条短信，真的没干别的了。

游安理对此没有发表任何意见，对她的求饶和撒娇无动于衷，只严格执行新的补习方案。一段时间后，左颜整日神情恍惚，只觉得抬头看一眼天空，空中那朵云都是根号的形状。

一开始她觉得自己再坚持一天就是极限了，再过一天她就要撂挑子不干了，但每过一天她就发现自己好像还能再坚持一下。渐渐地，左颜就习惯了。不得不说，游安理对她的了解远比左颜自己以为的还要多。那份新的补习方案一直踩在左颜的极限边缘，并且随着时间的推移不断拓展着她的极限范围。

在某种意义上，这跟左颜对游安理做的事情几乎一模一样。可惜的是，现在的左颜还不知道游安理有多了解她。

期中考试前夕，左颜一边应对接二连三的模拟测试，一边努力完成游安理安排的学习任务，还为了能考试及格而想办法让游安理再动用那套"特效药"，但这次游安理说什么也没同意。

左颜心里那个着急啊，期中考试可比月考重要多了。她知道没有游安理的帮忙，自己不可能考及格，先前月考的账绝对会被一起清算——孟年华可一直对左增岳给她买新手机一事很不满。

手机要是被没收了，左颜每天唯一的快乐就没了。偏偏油盐不进的萝卜头根本不懂，任凭她求爷爷告奶奶的，游安理就是不答应。

左颜气得整整十分钟没跟她说话。

经过上次的冷战后，左颜不敢再犯这种错，十分钟就足以证明她的愤怒。

游安理问了一句："吃蒸蛋吗？"

左颜很没骨气地回了一句："吃。"

最后，被一碗香滑可口的蛋羹收买了的左颜认清了现实，不再动这种走捷径的歪脑筋。她恋恋不舍地吃完最后一口蛋羹，准备老老实实地去洗碗，然后上楼做作业，坐在旁边的人却说："对了，那两张温泉度假村的体验券，1月1号就要过期了。"

左颜的耳朵立刻竖了起来，她连忙放下碗筷，凑到游安理身边，等着下一句话。

游安理觉得她生下来的时候一定出了点意外，才导致那条摇来摇去的尾巴隐了形。

"期中考试结束那天是周五，直接出发的话，周日回来应该能来得及。"

左颜没想到还有这种好事，她不觉得游安理会这么好说话，于是小心翼翼地确认："不等考试成绩出来？"

游安理有些懒散地靠在椅背上，侧头看她。

"我相信你能做到。"游安理说着，脸上带着一点笑。

无数次的惨痛经历和直觉告诉左颜，这是一个陷阱！不要信！然而，她的心还是在这一秒酸得不像话。

期中考试最后的几天冲刺，左颜终于有了"自己在用功学习"的真实感。游安理对她一点不客气，每天的学习计划完不成，该有的惩罚一个也没落下。无论她怎么耍赖都无济于事，最后折腾累了，只能老老实实地擦干眼泪继续奋战。

尤其是被游安理赶回自己卧室睡觉那天，左颜一晚上都没睡好，觉得这里也冷那里也凉，最喜欢的胡萝卜抱枕看起来都特别可恶，简直糟透了！她再次认识到了游安理的说一不二，不会因为她俩的关系而放水，相反，因为关系的变化，游安理才对她更加严格。

在这个过程中，左颜甚至隐隐感受到了游安理的焦躁。这种情绪一般不会出现在游安理身上，但左颜相信自己的感觉。她从来不怀疑自己有多了解游安理，早在冷战之前，她的观察日记就写了满满几十页。游安理的喜好和嫌恶虽然不明显，但并非不存在，认真观察久了，左颜就能找到了一些蛛丝马迹。

"焦躁"这两个字似乎跟期中考试是相关的。左颜不太明白为什么自己的考试成绩会让游安理产生这样的情绪，但她不希望游安理在自己身上付出的努力白费。

最后几天的复习和补习，左颜咬着牙，逼自己去完成游安理安排的学习任务。哪怕难度一天一天增加，睡觉的时间也越来越晚，整天都筋疲力尽，倒床就睡，她也没有喊累，更不想放弃。

左颜想，游安理一定希望自己考出一个好成绩，这样不仅她的工作完成了，自己今年过年也能舒坦一些。她完全没有想过未来，还不成熟的心性让她只看得见眼前，而忽略了以后。

"这次复习你来吗？老样子，去市图书馆，跟班长他们一起。"

晚自习之前，左颜照例陪吴悦琳和李明明去食堂吃晚饭，她只打了一碗小米粥，刚熬出来的热粥能让身子迅速暖和起来，待会儿的晚自习也能勉强撑下去了。

吴悦琳打完饭回来，在左颜旁边坐下，问她："你们在说复习吗？"

李明明一口馒头堵在喉咙里，话都说不出来，只能拼命摆手。

吴悦琳赶紧把自己买的那杯热米浆给他，李明明顾不得太多，拿过来喝了一大口，才算缓了过来。

左颜瞧他那副没出息的样子，摇着头叹了口气，端起小米粥继续喝着。

李明明连忙找了个新话题："我们在说元旦晚会的事呢，左颜在问我们班出什么节目。"

左颜朝他翻了个白眼，她什么时候关心过这种无聊的活动？

吴悦琳丝毫没觉得哪里不对，笑盈盈地看着左颜，把班上的节目安排告诉了她。

左颜看着这个傻姑娘，严重怀疑只要是李明明说的话她都会信。

吴悦琳是班里的文艺委员，她家里人望女成凤，从她还没上学开始就给她报了很多才艺课，如古筝、古典舞、美声声乐等，仿佛在培养一位未来的艺术家。对于文化课，她家人的要求也并没有放低，甚至早就放言"别想走艺术学校这条捷径，否则对不起我们给你交的补习费"。

那时候，左颜突然就理解了吴悦琳身上的那股子"优越劲"，仿佛看谁都不如她，但又生怕有人超越她。

吴悦琳对这种活动向来很积极，左颜不想扫她的兴，做出一副认真听的模样,一边喝粥,一边畅想自己的"绝密计划"。

李明明也被拉了壮丁,帮忙写剧本。没错,他们要表演话剧,左颜有一瞬间真的以为他们学校是艺术类专业院校。

比起这件事,左颜更好奇的是李明明居然会写剧本,她喝完小米粥,坐在凳子上跷起了二郎腿,开口道:"你居然会写话剧?你不是要当摄影师吗?"

"略懂,略懂。"李明明十分谦逊地道。

"这么一看,好像就我什么也不会,啧。"左颜觉得自己不喜欢跟这帮好学生一起玩是有原因的,毕竟谁想自信心天天遭受打击啊?

李明明摇摇头,认真地告诉她:"不,你还是有很多优点的,别这么丧气。"

"比如呢?"左颜斜眼看他。

吴悦琳也好奇地看着他。

李明明站起来,拿起自己的餐盘往后退了一步,然后道:"你的优点就是吃得多,想得少,我认为非常好!"说完,他转身就跑。

左颜:"……"

吴悦琳忍了半天,还是忍不住"扑哧"一声笑了出来。

晚自习下课后,左颜抓起书包就追在李明明的身后,两人一路吵吵闹闹、骂骂咧咧,疯跑到了校门口。

李明明仗着校门口人多,看左颜追不上了,还停下转身过来,冲她挑衅一笑:"后天考试加油,你一定能及格的!"他说完就潇洒自如地穿过人群跑远了。

左颜气得不行,冲着他的背影大喊道:"有本事明天在市图书馆单挑!"

早已经跑远的人当然不会回应她,倒是校门口的一群人都看了过来,左颜稍稍冷静了点,不太自在地背上书包,撇开头往门口走。她刚要走出校门,就被人一把拉住了手腕。左颜条件反射地想挣开,但先一步闻到了熟悉的味道。

游安理拉着她的手离开了人群,往公交车站走去。

左颜敏锐地感觉到危险正在向她逼近。

"那个……我刚刚是跟他闹着玩的,我没打算明天去图书馆。"左颜果断选择了先撇清关系。她是真的怕游安理发脾气了,这人闷葫芦一个,心里装了什么全靠别人猜,还不一定能猜对。反正这种情况先认错就对了。

游安理没有开口,在快走到公交车站时松开了她的手。左颜心里一慌,连忙抓住她的手,紧紧地握着不肯松开。

一群刚放了学的学生在公交车站等车,有家长接送的早已离开,左颜远远看见吴悦琳跟在她妈妈身后,往附近的学区房走去。

游安理没挣开,只得低声道:"你松手。"

左颜愣了一下,最后只能在走到公交车站之前把手松开。她看着游安理若无其事的模样,不知为何有点委屈,又有点难过。

从大阪回来后,左颜一直不敢问游安理为什么去大阪,是不是为了她的目标,又是否已经快要达到这个目标。左颜的鸵鸟精神总能发挥作用……

坐公交车回家的路上,两个人并肩坐在最后一排,左颜在内,游安理在外。左颜想起两个人走在街上时也是这样,游安理总是牢牢看管着她,让她远离人潮车流,为她挡住一切危险。

左颜已经习惯了她的"保护",并以此为荣。她侧头看着透明玻璃窗,观察着上面游安理的身影,猜测游安理有没有消气。

"要下车了。"旁边的人开口提醒她。

左颜回过神来,"哦"了一声,起身抓起书包跟在游安理后面。

两个人一前一后从公交车站往坡道上走,左颜没了那点乐子,无聊得开始数游安理走了多少步。自从开始上晚自习以后,她们已经很久没有在这条坡道上看见过夕阳了。

左颜总会想起那一天,游安理在一天中最温和的阳光下看着自己,说"不讨厌"。

左颜正天马行空地想着,这句话钻进脑子后,她脚步一停。她刚刚说什么来着?不对不对,她没有说出来。她刚刚想的是什么来着?

走在前面的游安理见她没有跟上来,也停下了脚步,转过头看向她。

此情此景，竟有些昨日重现的感觉。

"怎么了？"游安理站在坡道上方，开口道。

左颜站在几步开外，听见她的声音时一个激灵，抬头看了过去。

她满脸震惊，一双眼睛瞪得圆圆的。游安理忍不住走回去，正要开口再问一遍时，左颜已经找回了组织语言的能力。

"游安理，我发现了一件了不得的事情。"

游安理脚步一顿，不知为何突然就不想过去了。左颜每次一说这句话，准没好事。不过游安理还是给出了回应，她问："什么事？"

左颜抬起手指了指自己，又指了指她："我、我好像，不不不，不对，不是好像。"

她语无伦次地说着，游安理听得蹙眉，不禁怀疑她是不是又着了凉，脑子烧起来了。

游安理迈开腿，两步走到左颜面前，抬手摸了摸她的额头，顺手把她的校服衣领收拢，挡住了脖子。体温不高，甚至有点凉。外面太冷了，得赶紧回家才行，否则在考试前感冒就麻烦了。

游安理去拉左颜的手，左颜却先一步抓住了她的手，踮起脚凑到她面前，激动地说："我发现，我很在乎你欸！"

游安理的动作顿住了。左颜一个劲在地上蹦跶着，想要跟坡道上方的游安理一样高。

游安理久久没有反应。

左颜拉了拉游安理的手，想让她给自己一点反应："你听见了吗？"

二十多年来，游安理为数不多的情感都给了母亲。偏偏游纪也不是一个感情充沛的人，母女俩相依为命的那些年，两个人连一句温情的话都没说过。为了生存，她们已经费尽力气，只剩苟延残喘。游纪沉默寡言的性格有一大半源自她对生活的绝望，剩下一半源于夙愿难了的耿耿于怀。因此，病发之后，她没有丝毫求生意志，放任自己解脱了。

自有记忆起，游安理就知道游纪不怎么待见自己。这个聪明且理性的女人有着一身的本领和学识，在现实中却屡屡碰壁，只能在家务琐事中蹉跎，为柴米油盐所困。她能在短短几秒内算出竞赛中的一道

回避

压轴大题,却连缝扣子这样的小事都做不好。

邻居家的大婶总是主动来搭把手,飞快地穿针走线,还不忘说一句:"就没见过你这样的女的,你看哪个当妈的不会给孩子缝衣服啊?"

邻居家的大婶说的次数多了,游纪便不再接受她的帮助。游安理很清楚自己的自尊心继承自她,在这一点上她们如出一辙。游纪的一生短暂得连笔墨都耗不了多少。对游安理来说,游纪不是个合格的家人,因为她的情感少得可怜,她的悲哀与痛苦却又太满,让她在世界上多活一天都是折磨。原本她可以飞上天空,可以去任何地方。然而,她被困在烂尾楼里,最后在医院走廊里那张临时加的病床上闭上了眼。

游安理觉得,她在那一刻是快乐的,至少自己从没见过她那么轻松,那么平和。在她离开之前,游安理拿到考试成绩的那个晚上,她第一次对游安理说出了可能会影响其人生的话——在此之前,她从不插手游安理的事情。

"你若是想离开,那就不要犹豫,不要回头,不要因为任何人改变自己的决定。"

游安理知道,这些话是说给当年的那个她听的。游安理也明白,自己早已厌倦了这样的人生。在僵化的社会里,以最悲哀的方式消耗生命,且过程毫无价值。她分明有站到高处的能力,无论是言语的障碍,还是性别的束缚,都无法撼动她的野心。

游纪没有做到的事情,不代表她做不到。她不仅要做到,还一定会做得最好。

任何因素都不会成为她的绊脚石,尤其是像魔咒一样刻在游纪身上的那两个字——感情。

游安理没有怀疑过自己的能力。当她仅剩的那点情感跟着游纪一起消失在医院之后,她认为自己已经坚不可摧。因此,错失大学保送资格没有打倒她,与成绩不匹配的大学没有打倒她,四年的昂贵学费和生活费也没有打倒她。拿不到别人给的资格,她就自己走过去争取。

游安理已经厌烦了这个地方,也烦透了那些贴在她身上的标签。"温顺漂亮""吃苦耐劳""会读书""一定是个好老婆"……在游纪下葬后,数不清的标签像雪花一样朝她飘来。无论走到哪里,她都逃不开"热心肠"的人给她的"善意"。

"刘老板是开连锁超市的,虽然离过婚,有个儿子,但至少不需要你生啊。你嫁过去就是吃香的喝辣的,当阔太太过好日子,总比你现在这样好啊。再过几年你二十七八,奔三了,可就找不到这种条件的男人了。"

"再说了,你住在这里隔三岔五就发生这种事,街坊邻居都不安生,早点结婚,也早点省了麻烦,你说是不是?"

游安理不怀疑这些人的善意是真心的,但他们永远不会知道,这种善意远比最简单直接的恶意更让她厌烦,就像深陷泥潭的人拼了命地抓住她的裤脚,想要把她拉下去,嘴里却喊着:"大家都是这样的,你怎么不懂呢,我是为你好啊!"

游安理挣脱开裤脚上的束缚,忍住了踹上一脚的冲动,因为这会让她失去努力营造的无害形象。

她要离开这里,她要去最远的地方。在这之前,她不能被任何事物绊住。

"你听见了吗?"

左颜声音小得几乎要消失在这条长长的坡道上。

左颜半天也没等到一个回应。她偷偷抬起头,想看一眼游安理的表情,结果发现这个人正在走神。

左颜一下子跳了起来:"这、这种时候你怎么能发呆呢!"

她很生气,她要给臭萝卜头一点教训。

回家后,左颜气得一晚上没跟游安理说一句话。她板着脸一言不发地吃了饭,一言不发地洗了碗,然后一言不发地拿着书包上了楼,走进游安理的卧室开始做作业。游安理则像个没事人一样,仿佛没发现她在生闷气,照常做饭吃饭,照常给她辅导功课、布置作业。

左颜特别憋屈。都这样了,她还是要听游安理讲课,除非她不想顺利考完期中考试。

期中考试要持续两天半，考完当天就放假，那天也就是左颜心心念念的温泉度假之行之日。为了这次旅行，她甚至撒谎骗了李明明和吴悦琳，现在他们一提到"元旦为她补过生日"，她就一阵心虚。

想不到她也有撒谎骗朋友的一天，还是为了一个天天气她的臭萝卜头。

然而，一想到自己对游安理死缠烂打的行径，还有衣食起居都依赖对方时，左颜就不是很生气了。不过，游安理还是得哄她才行，因为这次游安理真的很过分！

做完了作业，又做完了游安理布置的任务，左颜把钢笔盖上笔帽，往桌上一放，双臂抱在胸前，一副等着人哄的样子。

游安理看完一页资料，滑动椅子到旁边的书柜前，打开书柜翻找起来。左颜用力地清了清嗓子，引来游安理的一瞥，但很快她就收回了视线，继续翻找东西。

左颜坐直了身子，又用力地清了清嗓子，附带两声咳嗽。

"冰箱里有胖大海，锅里还有银耳汤。"游安理头也没抬地说。

左颜"啧"了一声，俯身过去，一把拉住她的椅背，用力将滑轮电脑椅转向自己，然后抢过她手中的文件往桌上一放。她语气不善地说："我不开心！"

游安理没挣开，看了她一会儿才道："你不开心啊？"

"你看不出来吗？！"左颜凶巴巴地吼她。

游安理直接忽略了这个问题，反问："那你要我怎么哄你？"

这个女人怎么这么可恶，白长了一张好看的脸蛋。不过，不趁火打劫她就不叫左颜了。

"我今天真的超级无敌生气，你最好识相一点，否则我要生气很久很久很久的。"左颜刻意加重了语气，明目张胆地威胁她。

游安理点点头，看起来很好说话的样子："好吧，你说，我尽量做到。"

左颜这才稍微满意了一点，迅速提出自己早已想好的要求："以后不准拿睡觉的事情威胁我！"

"嗯。"游安理应了一声。

左颜飞快地说出第二个要求:"生气的时候不准闷不吭声的,要跟我说!"

游安理顿了一下,片刻后才点了点头。

左颜"哼"了一声,又道:"要主动给我发消息,这个你答应过我的。"

游安理正要反驳,左颜打断她:"一周发一次不算,要每天发三次以上!"

"……"游安理最后还是点了点头。

左颜不放过任何一个可以得寸进尺的机会,要求一个又一个,都在游安理能接受的范围内,每个小要求看起来都不过分,甚至合情合理,但加在一起就足见她的贪心。

在游安理的忍耐差不多要到极限的时候,左颜率先开口:"最后一个!"

"等去了度假村之后,你只能穿我带的衣服。"

"早啊。"

"早啊,孙姐。"左颜点头回答了一声,走到自己的工位前,放下了包和手机。

对面工位上的张小美正拿着小镜子补妆,她从化妆镜里看到左颜,滑动椅子靠过来,低声问:"听说周五你出事了,怎么个情况啊?没伤到哪儿吧?"

张小美是公司里最热衷于八卦的那拨人,连她都不知道具体情况,也就意味着刘经理没往外说一个字。虽然游安理当时在微信上跟刘经理请假时只说了"入室盗窃",但这种事情落在一位独居女性身上很容易发酵出一些流言蜚语。

左颜突然对自己的领导有了一点改观,别的暂且不论,人品可比她见过的某些男人好太多。

"没事,就是被偷了东西,已经报警了。"左颜坐下来随意地回道,一边说一边打开电脑,准备整理今天早会的资料。她一个普通文员现在快变成游安理的助理了,大大小小的事情都是游安理安排给她的,这在别人眼里就成了"倒霉被针对"。

左颜宁愿他们这么想，好过发现那些"猫腻"。

张小美听她这么说，心里一阵后怕，低声道："要不你换个地方住吧。"

"嗯，在考虑了。上周五有什么事吗？"左颜随口敷衍了一句，然后问她。这只是为了转移话题，因为工作上落下的事情她昨天已经在游安理家里处理了。没办法，在游安理那样的工作狂身边，她根本不好意思打游戏，只能在美好的周日干起了活。往好处想，这也算是给周一的自己减减负了。

张小美脑子里压根没有"工作"两个字，一听这话就满脸八卦地说："还真有。"

左颜抬头看她，问："什么？"

张小美往总监办公室门口看了一眼，随后才看着左颜，小声说："咱们这位新领导入职才一周，第一天迟到，第五天直接请假不来了，好嚣张啊。"

左颜的动作一顿，她当然知道游安理周五请假了，因为她俩就在一起。张小美这句话的重点在周五，但左颜却想起了另一件事，游安理到底为什么会在入职第一天这么重要的时候迟到？

周一的早会一如既往地死气沉沉。也许是因为三天没见到新领导了，整个部门的人都忘了之前的教训，打瞌睡的打瞌睡，走神的走神，偷偷玩手机的也变多了。

游安理就像没发现一样，简单明了地把该说的事情说了就宣布散会。一群人陆陆续续离开会议室，左颜埋头收拾资料，然后去把投影仪关了。以前他们开会很少用投影仪，领导随便讲讲，他们随便听听，糊弄过去就了事。游安理一来，大大小小的会议都要用投影仪，还必须准备纸质的会议资料，搞得所有人都不习惯。

左颜隐隐能猜到游安理的用意，这是一种仪式感，会让人不自觉地认真对待。游安理可能低估了这群人懒散的程度，这故态复萌的速度不要太快。

她关了投影仪之后就走出会议室，去了洗手间。这个月的生理期来得突然，持续的时间倒是正常，刚好在周四晚上结束。这几天兵荒马乱的，她都忘了做记录，这会儿想起来了，她拿出手机点开软件，把这一次的记录补上。

她以前没有这种习惯，再加上喜欢熬夜打游戏，生理期总是不准，她自己都记不住什么时候来，什么时候结束。去年年底因为作息太乱，月经彻底不来了，左颜连喝两个月中药才调理好，她心有余悸，于是养成了记录生理期的习惯，以防这种情况再发生。人就是在这种过程里慢慢学会照顾自己的。过去的几年，左颜得过且过，日子一天天重复，像是没有往前走一丁点。她总是下意识地觉得自己还年轻，挥霍得起，所以从来不顾及身体，想怎么折腾就怎么折腾。

这种模糊不清的认识终止于去年年底她第一次去医院看病。

医生填写病例的时候问她："多大了？"

在那一瞬间，左颜竟然想回答："十八岁。"

这个念头一闪而过，很快她就反应过来，如实回答道："二十五岁。"也就是在那一刻，左颜猛地意识到，距离她十八岁已经过去了这么多年。

她明明那么努力地想要改变自己、证明自己，到头来她才发现自己一直在同一个地方打转，没有往前踏出过一步。

十八岁，十九岁，二十岁，二十一岁，二十二岁，二十三岁，二十四岁，二十五岁。

又一个初冬到来之际，左颜知道，自己快要二十六岁了。活到这个岁数，她才终于理解了游安理，哪怕只有一星半点。当她已经比最初相遇的那个游安理还要年长时，如今的游安理又在什么地方准备迎接寒冬呢？

"周五请假不来了？哇，牛啊！"

"你要是有人家那样的履历，你也可以这么做。"

"说的也是，她来咱们公司相当于做慈善了，请个假算什么。不知道她以后会不会来我们部门，我可不想天天开早会。"

"说不准啊，但愿别来。"

外面闲聊的声音渐渐远去，彻底消失后，左颜才从洗手间的隔间里

回避

出来，走到洗手台前，伸出手去接水。公司的洗手液有一股很香的味道，所以左颜从来不用，她不喜欢身上留着明显的气味，尤其是香水。

去年，在各部门的提议下，公司给每层楼的洗手间都换上了热水器，冬天的时候总算不用再接触冰凉的冷水了。左颜的双手被暖洋洋的热水包裹着，她舒服得眯起了眼，一不留神就洗得久了点。

兜里的手机振了振，她收回手，在烘干机下面烤了一会儿，等手上水干了才去拿手机。锁屏界面上有微信弹窗，左颜点进去一看，顿时抬头张望了一下，确定周围没有人之后，才低头点开了对话框。

对话框最上方的记录是游安理发来的文件包，中间是她打过来却没接的语音通话，左颜的表情一顿，视线往下一扫。

"你是专门来公司带薪上厕所的吗？"

左颜："……"

她噼里啪啦地按着手机键盘，准备撑回去，此时对话框里又弹出一条消息。

"来我办公室一趟。"

左颜编辑的消息就这么卡在了输入框里，她"啧"了一声，删掉了编辑好的文字，拿着手机走出去，直奔游安理的办公室。

左颜停在总监办公室门口，伸手敲了敲门。等里面的人回应之后，她才推门进去。

游安理正坐在办公桌后面，专注地看着电脑屏幕。

游安理今天将一头长卷发扎成一个简单的马尾，露出了光洁的耳朵和脖颈，额前碎发落了一些下来，增添了几分随意和自然感。

她出门时穿的那件驼色大衣挂在一旁的衣帽架上，身上只剩一件高领的修身毛衣，深青色牛仔裤搭着一双黑色短靴，比之前几天少了一点正式感，再配上那张看不出年纪的脸，任谁都不会相信她的真实年龄。

左颜的目光从玻璃桌下的那双腿上扫过，结果一不小心就忘了收回视线。

游安理头也没抬地开口道："擦擦口水。"

左颜回过神，给了她一个白眼："你还以为我会上这种当呢？这都多少年前的老把戏了。"

她十分记仇地把游安理说过的话还了回去。

游安理这才抬眼看过去，身子往后一靠，转动滑轮椅往桌后一退，空出了大半空间。

左颜顿时警惕起来，游安理每做出一个举动她都不会掉以轻心。

见到这架势，左颜不动声色地往后退了一步。

游安理毫不在意，神态放松地靠在椅子上，看着她道："刘经理准备再招一个总监助理。"

左颜顿了一下，撇了撇嘴，道："这不挺好，省了我很多事。"

游安理点了点头，说："我也这么觉得。"

左颜心里酸溜溜的，要是几天前听到这句话，她能高兴得当场给老刘发红包。

游安理观察着她的表情，欣赏够了之后才慢条斯理地说："多招一个人就要多开一份薪水，如果助理的能力足够强，为了节省不必要的支出，可能就得裁掉一个没有多大用处的员工。"

游安理装出一副思索的模样，看着她，问道："我们部门里有没有这种员工啊？比方说工作能力跟助理差不多，能随时被取代的那种。等助理招到了，那个人就可以辞退了。"

左颜不动声色地往前走了一步，又往前走了一步，直到整个人都贴在玻璃桌的边沿上。她镇定地回答："没有这种人，大家都很努力，助理能干的活我们也能干，实在没必要多一份支出。"

游安理不置可否，只是看着她，没有说话。

左颜摸不准她的意图，毕竟七年过去了，游安理的心机究竟深到了什么程度，她实在不敢想。这种时候的沉默让人害怕，左颜想象了一下自己失业后的凄惨景象，一咬牙，擦着办公桌慢慢靠近游安理。

游安理从容地看着她，没有任何反应。

左颜都快贴到她身上去了，一看她这个表情，顿时气不打一处来。她俯身贴上游安理，看着那双什么都窥探不到的眼睛，咬牙切齿地低声道："你能不能别在公司里耍我，把公私分清楚行吗？"

游安理对前半句的提议很感兴趣，并正面回答了第二个问题："如果公私分明，我入职第一天就会把你写进裁员名单，而不是等到现在。"

游安理说的是实话。然而，大多数实话都很难听。左颜这一周已经被游安理的"特殊对待"搞得晕头转向，这还是头一次在重逢后听到她说出这么不留情面的话。

哪怕知道这是事实，而且这也是她之前提心吊胆害怕新领导来公司的主要原因，左颜依旧很难受。她又一次被最在乎的人否定了。

游安理没有在这个时候安慰她，甚至继续说着刺耳的实话。

"我不知道你是怎么做到在公司里安安稳稳地待了三年的，可能之前的总监比较顾及情面，但我不是这种性格，这一点我想你比他们都清楚。"

左颜慢慢直起身来，拉开了两人之间的距离。她沉默地听着，没有反驳一个字。

游安理认真而专注地看着她："如果我需要招人进来才能完成所有的工作，让每个项目平稳且顺利地推进，那招够人之后我做的第一件事就是把所有不能完成任务的人裁掉，我说的是所有。"

游安理停顿了一下，接着道："在合法合规的范围内，我有这个权力。"

左颜不知道有多久没被人这样当面"训斥"了。离开家之后，她在大学四年里没加入任何社团和学生组织，只沉浸在自己的世界里，避开了所有的社交活动。

入职后，她没用多长时间就摸索到了职场生存规则，不出风头，不跟任何人结怨，必要的时候吃点亏也行。她从不在领导面前表现自己，也就避开了所有的机遇和风险。

像这样刺耳的话，左颜已经很久没有听到过了，因为没人会在意她做得好还是不好，毕竟她只是一个不起眼的小员工。左颜知道，比起所谓的难受，这更多的是难堪。

她离开总监办公室前，游安理最后对她说："在我招到助理之前，你要证明给我看，否则我会像你要求的那样做到公私分明。"

左颜头也不回地走出游安理的办公室，回到了自己的工位上。

叽叽喳喳的同事们都因为她埋着头出来的模样而安静了一些，张小美满脸不安地靠过去，小声问："被训了？"

左颜已经调整好了表情，随口回答："干活吧，现在的日子没以前好混了。"

张小美一听，也绝望地叹了口气，转回身去。

周一的下午，整个部门出奇的安静。谁也不希望第二个倒霉的人是自己，玩手机的人不玩了，频繁跑到茶水间闲聊的人也老实了，一个个都装得像大忙人一样，整个下午都不敢离开工位。

于是，这天的工作进度前所未有的快，就连突然新增的工作他们也在下班前完成了。由此可见，人的极限是可以不断拓宽的。

左颜在下班前准时完成了自己的任务，该提交的提交，该整理的整理完，她收拾好东西准时下了班，然后直奔地铁站。

回到公寓后，她走出电梯，在走廊上徘徊了一会儿，磨磨蹭蹭地走到自己家门口。她在包里翻找了半天，也没找到自己家的钥匙，反倒找到了隔壁的大门钥匙。这时她才想起来，她家的钥匙还在游安理家的鞋柜上。

估摸着游安理还没回来，左颜掉头回到那扇装着监控的大门前，拿钥匙开了门。她打算找到钥匙就走，却在开门后看见了玄关摆着的那双黑色短靴。

听到开门声，站在冰箱前的游安理回头看过去，开口问："炒青椒还是甜椒？"

见她一副没事人的样子，左颜感到很不快，但她知道自己理亏，所以什么话都说不出来。道理谁都懂，但谁也不想在自己身上贯彻执行。

左颜站在玄关，走也不是，进也不是，最后只能生闷气。

游安理关上冰箱门，从厨房里走了出来。她身上还穿着大衣，可见也没有比左颜早回来多久。

看到站在门口发呆的人，游安理走过去，抬手在她面前晃了晃："开着门干什么？把屋里的暖气都放跑了。"她说着，伸手关上了左颜身后的大门。

熟悉的气味钻进鼻子里，左颜觉得鼻子有点痒，又有点泛酸。

游安理没有退开，垂下头看她。两个人之间的距离非常近，却始终没能对上视线。

人还是会变的,游安理不由得想。以前,左颜生气的时候绝不会这样闷着,一定会闹到所有人都看出来她生气了,去哄她才行。简单哄两句还不行,还要"割地赔款",签下一条条只有她获利的"不公平条款",这样她才能消气。然而,看着现在的她,游安理宁愿她一直是从前那样。

游安理问:"到底吃青椒还是甜椒?一起炒也行,'绝代双椒'。"

听到这个老土得不能再老土的冷笑话,左颜十分烦躁,反手拍开了她的手。

"别管我。"左颜嘴上这样说,却没有转头就走。

游安理忍住笑,要是现在笑出来,这个梁子可就彻底结下了。

"你怎么回了家一直闷闷不乐的,发生什么事了?"游安理表情自然,像是真的不知道一样。

左颜忍无可忍,气冲冲地道:"你能别演了吗?要我给你颁发最佳女主角奖啊?说了那么多难听的话还来问我怎么了,你当我脾气好是不是?"

她噼里啪啦地说了一堆,火气一句比一句大。

游安理只等她发泄完,才平静地开口:"你不是说要公私分明吗,在家里说公事干什么。"

左颜听到"公私分明"这四个字就来气,冲着她吼了一句:"分个屁!"

游安理点点头,回道:"好,那就不分。"

她改口得这么快,左颜不由得愣了一下,心中翻涌的情绪也慢慢平静下来。

游安理抬手去安抚她。

左颜并不傻,只是很容易被游安理影响,冷静下来后就知道了游安理的真正意图。

"你太过分了。"左颜气得眼睛都红了,哽咽着控诉她。

游安理没有否认,只说:"我不介意给你特殊待遇,但我不能让你觉得,你可以因为这种优待就高枕无忧。"

左颜忍不住反驳:"我没有这样想过,都是你要给我的,我主动要了吗?"

游安理平静地反问:"难道你没有因为新总监是我,就放任自己消极地对待工作吗?不要说那些你完成的任务,如果我不强加给你,你能天天在公司带薪玩电脑。"

左颜被说中了心思,脸上挂不住,耳朵也烧了起来。

"你好像觉得我在公司你就可以放心了。"游安理放轻了声音,用更温和的语气说,"虽然我很高兴你能这么放心,但我不希望你把全部筹码压在别人身上。"

"如果你不是左颜,我真的会在上任第一天就辞退你。"

这句话不全是真话。游安理看着强忍着泪水的左颜,有些愧疚地想。

这句话从一开始就不成立。当她放弃一切,来到这个陌生的城市时,游安理没有想过自己会在短时间内走到今天这一步。

无数个备用方案随着时间的推移而作废,每一步都那么顺利、那么快速,可游安理并没有因此而变得乐观。

她已经尝过了一败涂地的滋味。因此,在这个过程中,她一边失控着,一边又更冷静、更清醒。

游安理还是做了左颜很嫌弃的"绝代双椒",其实就是青椒和甜椒一起炒的回锅肉,辣度适中,肉香四溢,对左颜这种从小偏爱咸辣口的人来说有着致命的吸引力。不过,她觉得这个菜名太土,像七八年前的网络老梗。

吃饭的时候,左颜也没给游安理好脸色看,吃饱喝足后跟个大爷一样将碗筷一放,坐在椅子上不动了。游安理吃饭速度不快,总是细嚼慢咽,全程不发出一丁点声音。

左颜胃口大开,两碗米饭下肚已经撑了,但她不敢说出来,生怕待会儿被拉出去"散步"。昨晚她就是这么被骗出去的,累得一路上骂骂咧咧:"你散步是用跑的啊?"她一张嘴,冷风就直往嗓子眼钻,把她冻傻了,只得老老实实地跑起来,努力让身体回温。

"你白天叫我去办公室到底是干什么?"吃得舒坦了,左颜也懒得再斤斤计较了,反正游安理就是这种心思深沉的人,她又不是第一天见识到。所以等游安理吃完饭,她问出了自己现在最大的困惑。总不能就是把她叫过去臭骂一顿吧？

左颜虽然想得通，但说不生气不委屈是不可能的。这个仇她已经记下了，游安理以后最好别落到她手里。

游安理喝了一口白开水，一边放下马克杯，一边看过去，回答道："我忘了，可能就是想跟你说话吧。"

左颜用看傻子一样的眼神看着她，指了指自己，问："你觉得我像傻子吗？"会相信这种鬼话？

游安理突然笑了一声，像是被她的表情戳到了笑点。

左颜很想给她一拳，但因为吃得太饱，整个人懒洋洋的，一点力气都没有。

游安理看着她，状似认真地说："不可以吗？"

左颜张了张嘴，半晌后才干巴巴地回了一句："可以，都可以，你开心就好。"

游安理收拾了碗筷和厨房，左颜心安理得地坐在沙发上玩手机，时不时瞥一眼开放式厨房里的那个忙碌的身影。

看着白天使唤自己干活的人，晚上被自己使唤着做家务，她就觉得特别爽。

左颜这下才算真的舒坦了，她跷起腿来，往沙发上一躺，一副游手好闲的样子。

游安理收拾完厨房，看见她这姿势，只说了一句："你早上消耗掉的脂肪又要回来了。"

游安理说完就直接去了浴室。

左颜一个起身坐好，见她走了，又慢悠悠地躺回去，活像被家长管教的儿童。

等游安理洗漱完，穿着浴袍出来开始忙工作了，左颜才自觉地放下手机，去卧室找换洗衣服，进了浴室洗澡。每次看到浴室里的浴缸，左颜都要感叹一句"房东真会享受"，不过现在享受的人多了一个她。

左颜脱了衣服，在花洒下冲干净身体，然后钻进浴缸泡澡。游安理每次用过浴室后都收拾得很干净，但左颜还是能闻到一点属于她的气味。这种味道很难描述，因为游安理不用香水，身上最多只有沐浴

249

露和洗发水的味道，或者护肤品的淡淡气味。

左颜知道，不是这些东西的味道。那是从很多年前起就没变过的、只存在于游安理这个人身上的气味。

左颜瞄了眼紧闭的浴室门，她没上锁，但也不用担心游安理会进来。浴缸不算宽敞，容纳她倒是绰绰有余，左颜深呼吸一口气，往水下一沉，整个人浸泡在了水中。

暖流包裹了每一寸肌肤，在身上轻轻荡漾，她让身体舒展开，接受温热水流的抚慰。左颜很喜欢这种感觉，就像泡温泉一样，很快就舒服得放松下来。

从家里出来后，她再也没有住过有浴缸的房子了。有时候快坚持不下去的时候，她就格外怀念家里的浴室，想回去泡个澡，睡一觉，醒来后一切回到原样。孟年华女士要是知道了，多半又要骂她没出息。

左颜从水里冒出头来，张开嘴换了口气，然后就听见浴室门外响起一道声音："如果你再多憋一会儿，我就要打急救电话了。"

左颜吓得浑身一个哆嗦，猛地看了过去。

"你干吗不敲门啊？！"她身子往水下缩了缩。

游安理靠在门口，语气平淡地回答："我敲了一分钟，喊了你三次。"

她说到这里顿了一下，看了浴缸一眼，道："现在我更想知道你在里面干什么。"

左颜被她说得脸更烫了，全身泡得发红，肩头和脸蛋粉扑扑的，光滑得像剥了壳的鸡蛋。

"不要说得好像我在做见不得人的事情一样。"她嘟囔了一句，心跳慢慢平复下来。

游安理直起身子，神色自若地道："我可没有说这句话。"

左颜翻了个白眼。你是没说，但你话里话外都是那个意思！

第五章

所以,都是你活该

这就像在做一场美梦的时候,你满心欢喜地沉浸着、享受着,却又感到忐忑,想要跟梦里的那个人确认:"你是梦吗?"

为期两天半的期中考试几乎让左颜没了半条命。

她走出考场的时候神情恍惚,不知道自己是谁,从哪里来,要到哪里去……想到这里,左颜一个激灵,背着书包冲出了教学楼。

要到哪里去?要去开启她的美好计划!左颜甚至忘记了还要回教室听老师布置作业,她直接冲到学校门口,伸长了脖子东张西望。

她正奇怪校门口怎么没几个人的,就见一辆出租车停在门口,坐在后座上的人打开了车门。

左颜连忙跑过去,说:"不用下来了,直接出发!"

见她动作迅速地上了车,游安理无言半晌,最后还是对司机说:"那麻烦您往北郊走。"

司机应了一声,转着方向盘开始掉转方向。

"怎么不坐公交车去啊?我的行李箱呢?你没打开看过吧?"左颜一秒钟都闲不下来,叽里呱啦问了一大堆。

游安理帮她把书包取下来放到一旁,又从自己的包里找出纸巾给她擦汗,然后挨个回答她的问题:"坐公交车要转几次,马上就到晚高峰了,提着行李箱不方便。"

游安理看了她一眼,继续道:"行李箱都在后备箱里,你是准备搬家吗,行李箱那么重。"

左颜并不担心她真的会打开看,毕竟她是游安理。她自动忽略了游安理的后半句话,擦了汗之后把纸团塞进校服口袋,开始跟游安理对题。左颜这次自我感觉良好,至少及格她是有把握的,所以一路上眉飞色舞,不知道的还以为她是成绩优异的好学生呢。

游安理面上认真听着,实际上心里没多大感觉,因为这都在她的意料之中。要是这么长时间的针对性辅导都没用,那她也该下岗了。

打车到北郊的度假村花了不少钱,左颜看着计费表都心疼,游安理却面不改色地付了钱。

下车的地方离度假村还有一段路,说是郊区,其实就是乡村。两个人拉着行李箱在水泥路上走着,两边的田里种着各种农作物,左颜一路上东张西望,对这种地方充满了好奇。

她只知道爷爷奶奶年轻的时候种过地,所以现在他们那群老大爷

回避

252

承包了几块地种蔬菜水果，除了打发时间，也有点怀念青春的意思。像她这种从出生就在城市里生活的小姑娘，对"乡下"两个字没有具体的概念，所以看到什么都觉得新奇。

"那里种的是什么啊？"

"土豆。"

"旁边那片地里呢？"

"大白菜。"

"大白菜旁边的那个呢？"

"萝卜。"

两个人一问一答，没多久就看到了温泉度假村的招牌。

左颜觉得那个"村"字取得很讨巧，如果不看前面那两个充满欺骗性的字，这完完全全就是个村子啊！

连招牌都是一块木板，上书"温泉度假村"五个大字并插在地上，还敢再敷衍点吗？

游安理沉默了片刻，然后掏出手机打了个电话。令人失望的是，她们没有走错地方。度假村的老板很快就开着三轮车来接她们了，天还没黑下去，老远就看见一个矮胖的人影在冲她们招手。

左颜小声问："我怎么觉得心里七上八下的呢？"

游安理拉着她的行李箱，平静地道："来都来了，先去看看吧。"

度假村的老板的确是游安理认识的那个客户。老板是个四十多岁的女人，人称雯姐，做房地产生意的。她人不高，还有点圆润，据说学历不高，也不是本地人，但做生意很厉害。她之前因为拿下了海外某公司联合开发的竞标，打算往海外发展，所以与李潇所在的事务所达成了长期合作。

雯姐很欣赏李潇这种学识渊博的人才，用她的话来说就是："我年轻时没怎么读书，吃了很多亏，所以很羡慕你们这些知识分子。"

虽然游安理只是个兼职的，但雯姐并没有像其他大老板那样把她当个花瓶，反而多次表达了自己对游安理的欣赏和招揽之意。

"做生意的人，眼光才是最重要的。"这是雯姐最常说的一句话。

游安理感谢她的赏识，但从没有回应过，直到这次才主动来到她的温泉度假村。雯姐接到电话的时候很高兴,让她们在原地等着,自己亲自去接人。

这是左颜第一次坐敞篷三轮车,唯一的感受就是太冷了。她在风中神情呆滞,甚至想了一百遍现在回家还来不来得及,但这条小路并不长,很快三轮车就停在了一片空地上。

雯姐从三轮车上下来,热情地招呼她们:"到了到了,先下来吧,我带你们去办理入住。"

左颜被游安理扶着跳下车,冷得在原地跺了跺脚,游安理帮她拉上了校服的拉链,收拢了衣领。雯姐带着两个人穿过空地,沿着一条石子小路绕过竹林,走了没几分钟,眼前便豁然开朗。

度假村建在一座矮山上,完美利用了矮山的地形优势,将木制的建筑物和山体结合起来,浑然天成。她们提着行李箱爬上一条石阶,穿过一扇木门,门后是颇为冷清的大堂,内里装潢很像古装剧里的酒楼。

左颜打量了一圈,想回家的念头便消失无踪。度假村刚开业,又正值淡季,人流量很小,但要处理的事情一点也不少。雯姐是个大忙人,带着她们办理了入住,给了她们房卡之后就告罪了一句,让她们先住下,自己忙完再来招待。

游安理谢过了雯姐,提起左颜的行李箱,两个人按照雯姐指的方向走进了一条长廊。大概是因为建在矮山上,很多天然的山石和绿植都保留了下来,稍作美化就成了不错的景观。左颜一路上看个不停,她拉住游安理的袖子,小声说:"这个老板真是个商业鬼才,好好宣传一下,这里说不定能成为网红店。"

游安理瞥了她一眼,开口道:"原来你这么聪明。"

左颜再傻也听得出来她在嘲笑自己,顿时"哼"了一声,不理她了。

游安理继续道:"这个地方是很有特色,而且因为选址有优势,地皮成本省了很多,但这也是把双刃剑,怎么引流是个大问题。"正因如此,度假村才会在开业前送出那么多张免费体验券。

走廊拐了两次,最后一间房就是她们住的地方。看得出来这也是雯姐特意给的优待,因为这个房间位置很好,档次也不一样。

游安理拿出房卡,刷卡进了房间。这个度假村最大的特色是将古朴的风格和现代科技巧妙结合，该有的暖气、空调和卫浴一样不缺，装修上则是典雅的中式风格。

进了门之后，两个人才发现这个房间最有价值的不是它背靠竹林的位置，而是阳台上的小型露天温泉池。

"你老实说，那个雯姐是不是太看重你了？"左颜神情复杂地看着阳台。

游安理心里清楚原因，但也有些诧异，这是第一次有人如此肯定她的价值。

游安理不搭理她，在她松开魔爪后就转身去收拾自己的背包。她一共就带了一套衣服、一套睡衣和两套换洗的内衣，连行李箱都用不着。也不知道左颜的箱子里到底装了什么。

左颜哪会轻易放过她，追在她后面不依不饶地问："游安理，你刚刚还想说什么啊？"

"你快说嘛！"

"游——安——理——"

"你说嘛，你不说出来，我怎么知道呢！"

游安理不为所动，整理好了自己的背包，然后去拿横在过道里的行李箱。

左颜见状，吓得心脏都要骤停了，一个冲刺过去准备抢走自己的行李箱。现在还没到打开的时候呢，她的"完美计划"绝对不可以葬送在这种时候！

游安理在她冲过来的时候就已经预感到了不妙，闪身准备躲开。然而，她没算到左颜这个傻子能在短短几步内自己绊倒自己，朝着她躲开的方向摔过去，最后两人双双摔在地上。

好在地上铺了一层地毯，起到了缓冲效果，游安理眼疾手快地护住左颜的头，让她摔在自己身上。

"哐——"左颜摔个了结结实实，脚磕在行李箱上，痛得她龇牙咧嘴。

游安理后背着地的方地方火辣辣地疼，她缓了口气，准备让左颜从自己身上起来，一睁眼却看到一片黑色的布料。她正要去拿那块布料，身上的人压过来，抢先一步拿走了，藏在身后。

游安理闷哼一声，彻底起不来了。

左颜一颗心跳得飞快，她慌里慌张地把手上的东西往校服裤子里一塞，也不管这地方能不能塞东西，只想着现在不能让游安理看见。等藏好了东西，她才发现身下的游安理有点不对劲。

"游安理？"左颜连忙撑起身子，有些忐忑地小声叫她。

见游安理闭着眼没有反应，左颜真的慌了，低声喊她："游安理，你是不是摔到哪里了？"

游安理还是一动不动地躺在地上，像是失去了意识。左颜赶紧跪在地上抱住她，想把她扶起来，但怎么也扶不起来。她不敢用力，怕弄疼游安理，急得眼睛都红了。

"你不要吓我啊，你怎么了？"左颜一遍遍地叫她，声音都在发颤，又伸出手臂抱住她的腰，想用力把她抱起来。

游安理被她抱得坐起来，整个上半身都压在她肩上。左颜深吸一口气，准备抱着她站起来。

这时，一只冰凉的手不知不觉扭动着掏出那个被她藏起来的东西。然后在半空中一抖，将整片布料抖开了。

"这是什么？"游安理撑着下巴研究了一会儿，又问，"你是什么时候买的这种东西？"

左颜不好意思地道："我填的学校地址。"

游安理低声说："你很勇敢嘛。"

左颜"嘤"了一声，指责她："你不守信用，你答应我的，这次出来要穿我带的衣服。"

游安理面不改色地说："会穿的，等你都穿一遍。"

这时，手机铃声突然响了。

左颜小声说："不是我的。"

"嗯，是我的。"游安理的声音听不出情绪，但已经传达了一种情绪。她松开左颜，然后去翻自己的包，拿出手机接通电话。

片刻后，游安理对电话那端的人道："对，我也在。"

她听着对面那人的声音，侧头看了左颜一眼："嗯，好，待会儿见。"

冷不丁听见这一句，左颜顿时看过去，问："谁的电话啊？"

回避

256

游安理说:"一个好消息。"

"嗯?"

"你的同学也来了。"游安理面色平静地说。

"这边这边。"李明明坐在包间门口,看见她们后立刻挥了挥手。

左颜垮着一张脸,不情不愿地跟在游安理后面朝那个包间走去。

李潇笑着跟她们打招呼:"真巧啊,你们也来度假。左颜同学,又见面了。"他特意跟左颜打了个招呼,看起来完全不介意上一次的事。

左颜看了游安理一眼,回了一句:"李大哥好。"

游安理带着她进了包间,坐下没多久,雯姐就风风火火地赶了过来,端着一盘子的菜,身后还跟着几个端着菜的人:"你说说你俩,这不是赶巧了吗,正好我还没谢谢你们,今天这顿我请。"

李潇带着李明明去帮忙,闻言本想婉拒,雯姐瞪了他一眼:"别说,说了我可要生气了。"

李潇只能笑着道谢。

游安理也起身帮忙端菜,左颜跟在她后面帮忙,很快就摆了一桌子的菜。

桌子中央的铜锅正冒着热气,包间里自带暖气,木门一关,整个包间都暖洋洋的。吃火锅就是要人多才有气氛,左颜以前很喜欢家里人一起热热闹闹地吃顿饭,现在面对自己爱吃的火锅,却一点胃口都没有,不仅没有,她还觉得很倒胃口。

李明明调好一份蘸料递给她,小声问:"要麻酱吗?"

左颜扫了他一眼,虽然心情很差,但跟李明明没关系,所以还是接了过来,回道:"不要麻酱。"

"得嘞。"李明明继续调蘸料,一份给他哥,一份给自己。

左颜闷闷不乐地拿筷子搅着碗里的蘸料,觉得自己盼了那么久的美好假期已经结束了。

饭桌上,大人跟小孩没话聊,话题自然就转移到了生意上。游安理还在事务所兼职,时不时搭几句话,虽然话少,但没有冷场。

李明明听不懂大人们聊的事情,只能跟左颜闲聊。他怎么想都觉得很奇怪，凑近了低声问她："你不是说家里有家教看管你，每天都很痛苦，根本没时间出来玩吗？所以这次我才没有叫你。"

李明明刚说完就感觉左颜旁边的女人看了自己一眼。他知道这位姐姐是自己大哥的同事，能力特别强，李潇提起她的时候满脸都是赞赏之意，说想把她招揽进事务所。

李明明很了解自己的大哥，他看起来谦逊，实际上有几分傲气，当然他也有骄傲的资本。李明明还是第一次见到他这么欣赏一个人，而这个人又是一位漂亮的姐姐，听他提了两次后，李明明就上了心。对于李潇的人生大事，他可比其他人都着急。

左颜被他的话吓了一跳。游安理就在旁边坐着呢！她连忙凑过去压低声音道："这件事等会儿我们在短信上说。"

李明明心领神会，对她挤眉弄眼，示意了一下她身旁的人，然后用口型说："你的家教老师？"

左颜竖起手指"嘘"了一声，让他赶紧闭嘴。

李明明伸出手在嘴边做了一个拉上拉链的动作，让她放心。两人打完暗语就拉开了距离，继续吃饭。

雯姐抽出一顿饭的时间已经很不容易，吃得差不多了就赔了个罪，让他们随意吃，自己先去忙。游安理顺势跟他们道了别，拽起还在吃涮羊肉的左颜，离开了包间。

走之前，左颜回头看了李明明一眼，示意短信联系，她还有事要问他。

"吃饱了？"回房间的路上，游安理开口问她。

左颜摸了摸肚子，正想说还没吃饱，一道目光扫过来，她只得吞了吞口水，点头道："饱了，我都吃撑了。"

游安理笑问："我看你也没吃多少啊，怎么就撑到了？"

左颜挤出一个干巴巴的笑，有些讨好地说："那什么，你光顾着聊天，没吃多少吧？要不咱们再去找点吃的？"她说这句话没有别的意思，只是心里这么想的，也就这么说了。

游安理却听出了她话里的意思，随口道："没有你们聊得开心。"

左颜没讨着好，反而讨了嫌，干脆不说话了，闷不吭声地跟着她回了房间。

游安理习惯性地反锁上门,拿了一个玻璃杯放在门边。上次在大阪时左颜就有点在意这件事,但现在她实在拉不下脸去问,只能像闷葫芦一样自顾自地找出换洗衣服,钻进浴室洗漱。

左颜磨蹭了半天,把自己洗了个干净,才扭扭捏捏地从浴室里出来。

游安理扫了她一眼,拿起自己的睡衣进了浴室。

左颜:"……"

游安理洗完澡之后时间还早,她擦干了头发直接躺上床,一副要早睡早起、提前养生的架势。

左颜在落地窗边等了半天,却被游安理直接无视了,她气得牙痒痒,但又觉得不能这样被游安理牵着鼻子走,得矜持。

游安理在床上翻了个身,左颜立马竖起耳朵,从落地窗看了一眼床上的人,然后等着等着,就没下文了。

左颜只穿了一件浴袍,虽然屋里有暖气,但她依旧冷得直哆嗦。她忽然就想通了,跟游安理置气是一件很愚蠢的事,她要用魔法打败魔法!

于是,左颜爬上床,钻进被子里,还霸道地占了大半张床,裹紧被子一个翻身,抢走了三分之二的被子。

游安理睁开眼看着她,准备看看她又想干什么,左颜却直接闭上眼准备睡觉。吃的亏多了,总会有长进。游安理觉得很欣慰,然后一把将被子抢了回来。

长达十分钟的"被子争夺战"就此拉开帷幕。等两个人累得精疲力尽,左颜也消停了,喘着气翻过身,背对着游安理。

半晌后,左颜小声说:"不讲信用,坏女人。"她的语气里是藏不住的委屈。

游安理只能开口说:"我没生气。"因为没生气,所以没有说出来,这不算食言。

"你哪次不是这样?"左颜转过身冲她发火。

游安理不喜欢应对这样的争执,所以平静地道:"我真的没有生气。"她只是在忍耐某种会吓到左颜,甚至伤害到左颜的情绪。现在,她已经快要忍不下去了。

"那你到底在想什么？"

左颜的眼睛都气红了，游安理依旧没有回答这个问题。

时间一分一秒地过去，无声的对峙似乎即将以沉默告终。左颜觉得很委屈，游安理答应她的事情总是做得这么敷衍，就好像她还是小孩子一样，糊弄过去就行了。她明明已经不是小孩子了，为什么她想要的，就得一次次撒娇耍赖去央求呢？真不公平。

左颜不再说话，翻过身背对着游安理。在长久的沉默和慢慢涌上来的疲惫中，左颜湿了眼眶，昏昏沉沉地睡着了。

游安理听着她变得绵长的呼吸声，再一次睁开了眼。这一睁眼，就一直到了天亮。

后来，左颜已经记不太清那天清晨她们是怎么和好的了，只记得游安理说出的那句让她灵魂战栗的话——"所以，都是你活该"。

游安理是一朵吃人不吐骨头的"食人花"。左颜一直很懊恼自己没有从一开始就认识到这个事实。

时隔多年，左颜再一次认识到游安理的"食人花"本质时，她才追悔莫及，并再一次深深认同游安理的那句话——她真的活该。

一点引诱就会上钩，死性不改，记吃不记打，可不就是活该吗？

她明明知道那是个火坑，却还是一边说着"我不会再犯傻了"，一边主动跳了进去。在这个过程中，唯一让她感到不安和迟疑的竟然只是那句"游安理真的原谅她了吗"。

又一个忙碌的清晨降临，几缕阳光钻进窗帘的缝隙，落在两个人身上。

左颜先醒了过来，趁游安理还没醒，左颜决定冷静下来好好捋一捋。虽然她的确因为再次遇见游安理而方寸大乱，甚至这一个多星期以来完全被游安理牵着鼻子走，但她不是真的丧失了理智和思考能力。

在这之前，左颜一直在回避，不仅回避她和游安理的过去，也回避她们的未来。显然，她失败了。无论主观认知里的她再怎么认定自己在回避，从客观情况来看，是她自己造成了眼下的局面，要不怎么说她活该呢。

被窝里暖乎乎的，让她烦恼的罪魁祸首睡得正香，左颜怒从心起，满脑子只有一个念头：我不好过，你也别想好过。

最后，两个人连早饭都来不及吃，洗漱完收拾好东西就匆匆忙忙出了门。

眼看着要堵在路上了，能不能准时上班成了未知数，左颜先发制人，将责任往游安理身上推。

"都怪你，昨晚说了八百遍今天要上班，今天要是迟到了全赖你。"

游安理握着方向盘，面不改色地反击："早上趁我睡着偷袭我的人不是你？今天迟到了该扣的钱照样扣。"

左颜听到前半句话已经心虚了，后半句却戳中了她的痛处："凭什么？！又不是我想搞成这样的！"她每个月的工资就那么点，全指望着全勤奖能让她加个餐了，凭什么要遭受这种无妄之灾？

游安理早就习惯了她遇事推卸责任的毛病。

"那你就好好祈祷吧。"游安理淡淡地道。

最后，在游安理卡着不超速的极限"行军"之下，左颜的全勤奖好歹是保住了。

左颜仿佛回到了学生时代的百米体测，脚步虚浮地在自己的工位上坐下时，身体都要散架了，她恨不得把游安理大卸八块。不等她松口气，在最后一秒走进办公区的游安理就开口道："五分钟后开会。"

左颜："……"好，这个仇她记下了。

经过昨天的"挨训"，左颜便夹紧尾巴做人，力求不再被游安理抓到小辫子，给她说教的机会。人要脸树要皮，左颜再怎么不上进，再怎么没志气，也是有自尊心的。被人当面给难堪，而且还是被那个人戳中隐秘的心思，她脸上挂不住，心里也憋了一股气，反而激起了好胜心。

不就是证明给游安理看吗？说得好像她做不到一样。即便这是激将法她也认了，反正这口气必须得出。

早会上，游安理神色如常，看不出跟平时开会时有什么区别。散会后，左颜磨磨蹭蹭地收拾好材料、关了投影仪，等其他人都出去了，才走出会议室。

她本来以为游安理会留下来一会儿，没想到对方拿上东西就走了，从头到尾都没有看她一眼。

坏女人，上了班就六亲不认了。左颜撇了撇嘴，决定以牙还牙，以后不管她怎么示好都不再搭理她。不就是装不熟吗？谁不会啊。

度过每天最难熬的早会后，整个部门的人明显放松下来了，开始在八卦群里摸鱼。

左颜在心里冷笑一声，同志们太天真了，你们知道自己即将面对的是什么吗？不，你们不知道。她看着那群人，就像看见了当初那个愚蠢的自己。算了，反正死道友不死贫道。

左颜从抽屉里拿出新的日程表，这是周日下午游安理特意给她做的，当着她的面打印出来交给她的，美其名曰为"爱的教导"。

左颜敢怒不敢言，她现在要在游安理的手底下讨生活，无论是上班还是下班时间。她还能怎么样呢？

左颜一边按照日程表开始干活，一边开着小窗口看聊天的信息。她不想做个消息闭塞的人，所以关注群消息是很有必要的，否则哪天倒霉了都不知道为什么。一大早，群里聊的都是些没营养的闲话，还有一些拼团的链接、外卖红包的链接等，让群里的人帮忙点一点。

左颜看到那些链接才想起来自己还没吃早饭，难怪她一早上都没什么力气。她拿出手机，点击那个外卖红包的链接，看到数额最小的红包，她"啧"了一声，还是点开了外卖软件，准备买一份早饭。

公司在外卖这方面管得不严，只要别在办公室里吃味道大和不好收拾的东西就行，刘经理和上一任总监都是睁一只眼闭一只眼。游安理也是不拘小节的性格，只在大方向上坚持原则，所以左颜一点也不怕。

她选好了一份三明治和一杯热奶茶，准备下单的时候动作一顿，犹豫着要不要给游安理也点一份。游安理工作用的手机号在上任第一天就发给了部门里的人，如果外卖填她的手机号，也不会有人发现是自己点的。

回避

左颜想到这里，回到刚刚的界面，又选了一份早餐，把奶茶换成了咖啡，准备下单付款。

这时，有人敲了敲玻璃门，一道男声响起："您好，外卖到了。"

孙姐正好在门边的茶水间，走出来看了一眼，问："谁点的外卖啊？"

穿着员工服的外卖员放下手里的箱子，又把身后的箱子搬过来，确认了订单后才回答："是一位姓游的女士点的，说是员工餐，你能签收一下吗？"

孙姐看着地上那一堆外卖，半天没回过神来。左颜拿到自己的那份早餐后，总监办公室里的游安理终于出来了。

一群人立马热情地跟她道谢："谢谢总监，这一份是您的。"

游安理接过来，点头道："不客气，这周会比较忙，大家要辛苦一些了。"

他们哪里敢说自己辛苦，脸上全都挤出虚伪的笑容，一个个演得像真正的好员工似的。

游安理没有多说，拿着自己的早餐回了办公室。

办公室里的人总算松了口气，高高兴兴地吃起了这顿免费的早餐。

左颜咬了一口香喷喷的三明治，里面全是香甜可口的蛋黄酱——每一份早餐都是蛋黄酱口味。一口奶茶下肚，让又累又饿的身体稍稍恢复了一点。

游安理这女人真是花样多，啧。

微信窗口弹出一条信息，左颜刚吃完三明治，一只手端着奶茶，另一只手点开那个熟悉的头像。她心情还不错，正打算取消刚刚的那个决定，破例搭理一下这个狡猾的女人，就看见了一张截图。

左颜握着冰凉的鼠标，点开了图片，上面是一个卡路里计算器，开头写着奶茶，下面写着准确的数字。

这时，又一条微信消息弹出来："晚上加跑一圈。"

左颜嘴里的吸管"咔嚓"一声被咬断了。

温泉度假村的体验券里包含了三餐，但左颜注定没机会尝到早餐和午餐的味道了。

263

她昨晚赌气,还是有点着凉了。她浑浑噩噩地在床上睡到了傍晚,直到天色灰暗,才睁开眼。

她身上一点力气也没有,只能眨着眼睛,从一团糨糊的脑子里找回意识。她想起了罪魁祸首和李明明,也想起了那顿倒胃口的火锅,以及突然生起气来的游安理。

哦,对了,她还在跟游安理闹脾气。后面发生了什么,左颜就想不起来了,脑子里一片混沌,睡太久的困倦疲惫和长时间没进食的饥饿都让她很难受,很想闭上眼再休息一会儿。不过,比起这些,她更想先起来洗个澡。

房间的门被人从外面拉开,左颜听见声音又睁开了眼,侧头看去。

门关上后,游安理端着一个木盘走进来,见她醒了,便径直走到床边,把木盘放到床头柜上。左颜闻到了一阵香味,像是鸡汤之类的东西。她咽了咽口水,一直往那个盖着盖子的白盅里瞄,但还记着自己在跟游安理闹脾气,所以始终不肯开口。

游安理在床边坐下,将她从被子里捞出来,再用被子把她裹紧,不让冷空气钻进去。

游安理揭开盖子,又拿起勺子在白盅里搅拌了一下。左颜闻到浓郁的香味,确定就是鸡汤——准确来说是鸡汤炖的粥。

游安理端起白盅,舀了一勺粥,送到嘴边轻轻吹了吹。左颜眼巴巴地望着她,生怕她一张嘴就把那勺粥吃了。好在游安理吹完之后就喂了过来,左颜立刻张开嘴含住勺子,像几天几夜没吃饭一样。

左颜吃了小半碗粥,身上便没那么难受了,终于有力气想吃饭以外的事情。

她觉得身上很不舒服,吃完那碗粥就开始提要求——既然游安理主动来哄她了,那她就不用再闹脾气了。

肢体语言往往比说出来的话更能表达情感,左颜原本以为自己这辈子都不可能从游安理的话语里感受到温柔了,但在这一刻,她听到了游安理内心的"声音"。

左颜猛地想起来了昨晚的游安理,那是她从来没有见过的游安理。

游安理用吹风机把她的头发吹干,让她在浴室里等一会儿,自己出去换床单。

左颜的行李箱里也装了床单,箱子摔开的时候游安理就看见了,但那时两个人吵着架,完全忘了这回事。

游安理从行李箱里拿出床单换上。左颜想找点话题来缓和气氛,但一开口就发现自己的声音哑了,把她自己吓了一跳。她清了清嗓子,被这么一打岔,那点不自在就消散了。

左颜看着游安理的侧脸,忍不住走过去。

游安理顿了一下,继续换着床单,开口问:"怎么了?"

左颜闷声闷气地说:"你早上骂我。"

游安理低着头,平静地问:"哪一句?"

左颜的脸开始发烫,她控诉道:"你骂我活该。"

游安理笑了一声,声音有些闷,像是从咽喉里挤出来的。

"你不活该吗?"她问。

左颜不服气地说:"搬起石头砸自己的脚才叫活该。"

游安理"嗯"了一声,低声道:"你现在就是搬起石头砸自己的脚。"

左颜半晌后才闷闷不乐地说:"你不是石头。"

左颜冷不丁对上了那双深褐色的眼睛。对于那双眼睛里的东西,她已经不陌生了。

片刻之后,游安理垂下头,继续换床单。

左颜终于明白了游安理在大多数时候保持沉默究竟意味着什么。人之所以在某个时候选择沉默,一部分原因是不想说,一部分原因则是习惯了不说。看似没有多大区别,实际上是主动与被动的区别。不想说,所以不说,这代表开口的权利在自己手上。习惯了不说是知道说出口后的结果多半不会是自己想要的,甚至是无意义的。

左颜原本并不了解两者之间的差别,因为她从来都是一个畅所欲言的人。她说的话会有人听,会有人在乎,也会得到她想要的反馈,所以她学不会沉默。可游安理跟她不一样。这个还很年轻的女人也许在很久以前就明白了,她说的话并不具备多少价值,因为没人在乎。因此,她学会了沉默,久而久之,她就习惯了沉默。当她终于想要表达、想要索取的时候，也再难开口。

　　这是她第一次从游安理平静的脸上得到了自己想要的答案。她终于开始了解游安理了。可为什么她这么难过呢？不止难过，还有一种比难过更复杂的、更酸涩的感觉钻进了她的胸腔。

　　左颜想了很久，还是鼓起勇气，用只有两个人能听清的声音说："你想说什么都告诉我，不要忍着。"

　　让一个习惯了沉默的人主动表达是一件很难的事。左颜一直知道游安理不像表面上看起来那么无害，但她究竟多么"有害"直到今天才发现。原来，她以为的"了解游安理"也只是最浅显的了解。

　　如果游安理永远不展露那一面，她大概永远不会发现——幸好，她发现了。

　　李明明的电话打过来时，左颜正在等游安理洗澡。看见手机上的来电显示，她立刻看了眼浴室，然后悄悄打开阳台的落地玻璃窗，钻出去之后才接通了电话。

　　"什么事？"左颜压低声音问。

　　她的嗓子到现在还哑着，听起来有些变调。

　　李明明听见她的声音，连忙问："你感冒这么严重啊？"

　　左颜一愣，两秒后才回答："嗯，你找我什么事？"她又问了一遍，说完还回头看了一眼浴室的方向，生怕被游安理抓个现行。

　　李明明那边的风声似乎很大，他拔高了声音说："没事，就是告诉你一声，我们已经走了，明天早上我哥还要飞加拿大。"

　　左颜觉得这真是一个好消息，如果他们能早点走就更好了。虽然心里这么想，但她嘴上却说："这么快就走了啊，体验券上写着可以体验两天两夜呢，可惜了。"

　　左颜一边暗骂自己变得虚伪了，一边迫切地等待着李明明挂电话。

　　偏偏李明明跟她从来没有默契，喋喋不休地说："我也觉得可惜，但是我哥接下来都没时间，这次不来，体验券就过期了，更可惜。我还送了两张给吴悦琳，就是不知道她爸妈同不同意她出来玩。"

　　左颜随口说："有点悬。"

李明明附和道:"我也觉得。"

提起吴悦琳,左颜就想起自己昨晚想问李明明的事。她正要开口,屋里有了动静,她立即低声道:"我先去吃药了,回聊。"

李明明一点也没怀疑,让她注意休息,别让感冒加重了,又说把老师布置的作业发给她,让她记得看消息,然后就挂了电话。

左颜立刻收起手机,往浴袍里一揣,靠在阳台的栏杆上假装看风景。她脚边就是小型的露天温泉池,烟雾缭绕,水雾弥漫。

洗完澡的游安理推开落地窗,走过来问:"怎么不把衣服穿上,外面气温低,会感冒的。"

郊区的矮山上气温比市区要低,左颜洗完澡出来一会儿了,身上只裹着一件浴袍,再这样下去恐怕真的会感冒。

她转头看向游安理,下巴往温泉池一点,说:"泡泡温泉就不冷了。"

"你还有精力啊。"

洗完澡之后的游安理好像又恢复了平时的模样,语气很平淡。

"明天就要回去了,不得赶紧体验一下?"左颜边说边往旁边挪,一副想悄悄溜开的样子。

游安理没有靠近她,撩起浴袍的衣摆,露出腿来,踩了踩温泉池里的水。

她自顾自地卷起浴袍,在池边坐下,两条腿泡进温泉里,并给出了评价:"是挺舒服的。"

左颜怀疑她是故意的,但是没有证据,只能时不时偷瞄几眼,然后耐心地等待最佳的时机。

游安理弯下腰去撩水,洗完澡之后本就一身水汽,身体被水池里的白雾罩住,没擦干的头发湿淋淋地披在肩上,贴着她白皙的侧脸和额头,露出浅粉色的耳朵。

左颜看见她神情放松,于是悄悄挪到她背后,蹲下去慢慢圈住了她的肩。

"我们约定的事情,可以兑现了吧?"她凑到游安理耳边小声问。

游安理抬起头,看了眼屋内角落里的那个行李箱,随口道:"你买了那么多，不会是要现在都穿一遍吧？"

左颜原本还有点忐忑，怕她反悔不答应，现在看见有戏，连忙说："也不是要你现在就全都穿，两套就行！"

游安理没回答，两条腿在水池里晃荡。

左颜急了，只能再退一步，说："一套也行，你答应我的，不准反悔。"

游安理没看她，只问："你最喜欢哪一套？"

左颜没想到还有这种好事，她立刻起身跑进屋里，从行李箱里翻找出最喜欢的那一套，又一溜烟地跑回来。

"这个这个。"

游安理扫了一眼她手里的那两件衣服，点点头，说："行，你换上吧。"

左颜刚听了一个字，正准备高高兴兴地把衣服给她，就被后面四个字钉在了原地。

"啊？"她以为自己听错了。

游安理点了点下巴，示意她动作快点："就在这儿换吧。"

左颜的热情顿时被浇灭了，她气得跳脚，脚下差点打滑，慌忙中扶住了旁边的椅子："你！你说话不算话！"

游安理不解地看着她，问道："昨晚不是说好了吗？"

"说好什么了？！"左颜很愤怒。

"你全部穿一遍，我就穿。"游安理淡淡地道。

左颜没花多长时间就从混乱的记忆中找到了关键词，然后她绝望地发现，游安理说的是真的。她一下子就蔫了，低头看了看手上的衣服。之前买的时候有多喜欢，现在看见它就有多嫌弃。

可恶！可恶的萝卜头！自己期盼了那么久的"完美计划"怎么能葬送在这个坏女人的手上？她不服！

"是你先答应我的，总要讲究先来后到吧？"

左颜已经学聪明了，不等游安理开口就继续说："虽然你狡辩，乘人之危，还不讲先来后到，但我心胸宽广，不跟你计较，所以答应你了。我们各退一步吧。"

左颜指了指屋内的行李箱，说："我再给你找一套，咱俩一起换。"

游安理最后"勉为其难"地答应了这个提议，接过她递来的衣服。

两套衣服的款式一模一样，但她更喜欢白色那套，穿在某人身上应该不错。游安理想着，也懒得从水池里起来了，就这么坐在池边解开了浴袍，准备换上。

左颜讲究仪式感，不允许自己提前看见拆了包装的礼物——不是自己拆开包装的礼物，还算什么礼物！

她捂住眼睛转身跑进了房间，钻进浴室开始换衣服。

等换好之后，左颜打开浴室门，扯着嗓子问了一句："你好了吗？"

游安理懒洋洋地回了一句："自己看。"

左颜穿好衣服，踩着小碎步从浴室里走出来。

落地窗开着，她一眼就看见了坐在温泉池边那个正对着她的身影。

这就是她盼星星盼月亮期盼了那么久的"完美计划"。

"晚上我有事，下班后你先回家。"左颜刚收拾好东西，正准备关电脑，就看见微信窗口弹出来一条消息。

她下意识地往游安理办公室的方向瞥了一眼。几秒后，她又坐回去了。

左颜敲击键盘回复了一句："你去干吗？"

她不觉得一个在国外生活了那么多年的人在国内会有什么朋友，而这个点有关部门大部分都下班了，游安理也不可能去办什么手续。剩下的事情，还有什么是不能带着她去办的？

游安理一直没回复，连输入中的状态都没出现过，左颜撇了撇嘴，点开了游安理的朋友圈，准备翻一翻，找找线索。之前出于各种原因，她一直忍住没看，就怕看到自己不想看见的东西。

"左颜，你还不走啊？"张小美已经补好了妆，提起手包走了过来。

左颜面不改色，飞快地关掉游安理的朋友圈和聊天窗口，然后按了关机键。

"刚弄完，一起走吧。"她说着，拿起收拾好的东西从座位上离开。

张小美没觉察到异常，她现在的心思都在今晚的约会上："你帮我看看，我这身衣服有没有问题。"

她大衣里面穿了一件藕粉色的连衣裙，丝质的料子，裁剪很贴身，完美地展现了她的身材。

左颜将她从头到脚打量了一番，然后竖起大拇指，评价道："你就是金华刘亦菲。"

张小美是金华人，身上有江浙沪独生女的很多特点，但她本人最在乎的是自己的脸蛋，用她的话来说就是："谁不想每天照镜子的时候心情好点？"

左颜非常赞同，谁不想天天看见美女呢？她太懒了，不想花力气收拾自己，所以就看看周围的美女养养眼了。

张小美笑着白了她一眼，显然很受用，还亲昵地挽住她的手臂，一起往电梯走去。

左颜从来没跟别人这么近距离接触过，有点不自在，花了好大力气才没有表现出来。她大学的时候为了避嫌，都是在校外租房子住，虽然花的钱是多了点，但总好过看见不该看的，也能保护自己的隐私。

也因为这件事，她上大学的时候没有像其他人一样有那么多可以挥霍的时间，提起大学的美好，她是一点也感受不到，但要说赚钱有多累，那她可就有话说了。

两个人进了电梯，不知道是运气好还是她们出来得太晚了，电梯里没别的人。

张小美心情很好，一直在摆弄头发和衣领，左颜不用猜都知道她今晚又有"好事"了。按理说张小美比左颜小一岁，还是个很年轻的姑娘，根本用不着担心自己的人生大事，但纵观他们办公室里的未婚女性，对相亲最积极的反而是张小美。

左颜虽不太能理解，但从来不说什么，人各有志嘛。

"看来你这次遇到的人不错啊。"左颜略带"恭维"地说了一句。

与同事聊他们引以为傲的事情也是一种职场生存规则，不仅给了他们"炫耀"的机会，也能联络一下感情，不需要多么亲密，能维持一点好感就行了。

左颜私下里不参与社交，却能跟办公室里的人相处融洽，跟这一点脱不开关系。

张小美已经憋了一天了，她最近跟要好的孙姐产生了隔阂，不好意思找对方倾诉，这会儿被左颜一问，话匣子就打开了。

"哎呀，其实一开始我是不喜欢的，他年纪大了点，而且工作特别忙，感觉跟我不太合适。"张小美虽然嘴上这么说，但表情不是那么回事。

左颜心里了然，嘴上却问："你俩认识多久了？多相处一下才知道合不合适吧？"

张小美露出一个有些羞涩的笑，说："也就一个多星期吧，他好像对我挺满意的，还问我要不要跟他家里人一起吃顿饭。"

左颜这下是真的有点惊讶了。进展这么快，听起来就不靠谱。不过，她识趣地没有说扫兴的话，只附和了几句，跟着张小美一起出了电梯。

连着两天不走地下停车场，左颜有点不太习惯，没忍住掏出手机看了一眼微信。

游安理还没回复她。臭女人，忽冷忽热玩得很熟练嘛。左颜心里憋了口气，连准时下班的快乐都没法让她开心起来。反观笑得春风得意的张小美，人类的悲欢是真的不相通。她收起乱七八糟的心思，准备跟张小美道别，直接去坐地铁。

张小美先一步开了口："他来接我了！"

左颜顿了一下，顺着她的视线看了过去。

一辆黑色轿车停在路边，西装革履的男人靠在车门前，正抬手看时间。左颜眯了眯眼，不知为什么，这人让她觉得很不舒服，甚至已经超过了不舒服的程度……

张小美理了理头发和裙子，冲着那个男人喊了一声："这边！"她挥着手，一副恋爱中的小女人的模样。

男人抬起头看了过来，对她露出一个温和的笑。随后，他的目光在左颜脸上一扫。

左颜："……"她想也没想就转身离开，甚至暗中祈祷他没认出自己，毕竟她的变化挺大的，不是熟悉的人很难一眼认出来。

下一刻，那人开口道："左颜？"

左颜闭了闭眼，心里长叹一声，最后还是转过身来。

她看着走过来的男人，努力挤出一个自然的笑容来，哪怕她已经尴尬得头皮发麻了。

"李大哥？这么巧啊，我差点没认出你来。"左颜虚伪地说着，脸上的笑容却半点看不出她的不真诚。

张小美看了看他俩，问："你们认识啊？"

李潇已经走到她们面前，回答了一句："是啊，真巧，在这里遇到你。"

他说完才扶着张小美下台阶，同时接过她手里的包，解释道："左颜跟我弟弟是同班同学，以前经常见。"

李潇说得随意，左颜却一秒钟都待不住了，连忙说："我还要去赶地铁，不打扰你们约会了，小美，明天见。"

平时一直缺心眼的张小美今天不知道怎么就长出了心眼，竟然拉住她，热情地说："我完全没想到还有这么巧的事，这真是缘分啊，正好今天要跟李潇的弟弟一起吃饭，你跟我们一起吧。"

左颜不难读懂她的心思，也看得出来她挺喜欢李潇的，但自己去了不仅帮不了她，说不定还会弄巧成拙。

左颜实在不知道该怎么跟她说好，旁边的李潇开口道："说的也是，小明这几年一直在打听你的消息，今天难得遇上，不如你就跟我们一起吃顿饭，顺便叙叙旧。"

最后左颜还是没能拒绝。她坐在后座上，看着前面那对情侣卿卿我我，感到如坐针毡，浑身都难受。再一想到待会儿要见到李明明，她就更难受了。

李潇一直是个有风度的人，一路上他也没有冷落左颜，偶尔起个话头，带起的话题也都把握好了尺度，不会让人觉得有距离感，却也没有被冒犯。

左颜嘴上附和着，心里不得不承认，无论她对李潇的成见有多深，都无法否认他是一个很适合结婚的对象。学生时期的她不懂，觉得喜欢一个人是自己的事情，跟别人没有任何关系。长大后她才知道，喜欢和在一起完全是两码事，更别提婚姻这门学问了。这个世界上结婚的人不计其数，真正看清婚姻本质的又有几个？

在社会上走一遭，再回头一看，当年刚满三十岁的李潇的确是婚恋市场上的"优质股"，他完全有资本追求那些优秀的女生。

出乎意料的是，吃饭的地方不是浪漫的西餐厅，而是左颜上周三才来过的地方——平安饭店。当然，这家饭店的档次也很高，可以说是本地的中餐厅里味道和价格最匹配的一家。左颜一走进这个地方就想起那天晚上自己耍酒疯的事情，本就混乱的心情现在更糟糕了。

李潇带着她们往包间走去，当初刘经理提前大半个月才订到的包间，对他来说好像是一件很简单的事。

左颜胡思乱想着，心思已经飞出了天际。她在想李明明看到她会有什么反应，毕竟他们断开联系之前的经历实在算不上愉快，所以最有可能发生的事情是，自己的出现会让这顿本来很融洽的晚餐变得尴尬。

三楼的包间隔音很好，所以走廊上比较安静，左颜路过几扇紧闭的门时都没有听见里面的动静。李潇订的包间是最后一间，还没走到包间门口他的手机就响了，这一路上他接了很多个电话。

"小明已经到了，你们先过去吧，我马上就来。"他露出一抹抱歉的笑来。

张小美自觉地承担起了照顾客人的责任，看来已经进入了"主人家"的角色。她挽着左颜的手臂，一边往最后一个包间走，一边在她耳边小声说："待会儿你得帮帮我，拜托啦。"

左颜心情复杂，正想跟她坦白自己可能帮不上忙，就见前面右手边的一道门打开了。张小美紧张得抓紧了左颜的手臂，故作自然地朝门口的青年打了个招呼："你好。"

高瘦的青年笑了笑，也打了个招呼："你好。"他的态度既不疏离也不过分热情，与李潇的风格如出一辙。

打完招呼之后，李明明就看向左颜。

左颜正想着该怎么跟他打招呼才不会显得那么尴尬，这时倒数第二个包间的门就从里面被人推开了。她和张小美正好站在门口，只能让开位置，等服务员离开。

这一挪动，包间里的人就出现在了视野里。

张小美吓了一跳，没忍住开口道："游总监？"

左颜下意识地看了眼李明明，又看向包间里坐着的女人，顿时眼前一黑。玩我呢？

包间不算特别宽敞，坐满一桌人之后就更显拥挤了，毕竟订包间的人没料到会出现这样的情况。

"来来来，大家想吃什么尽管点，今天我做东，谁都不准跟我抢。"左颜听到这句话，心里感慨万千。

坐在包间里的六个人中，一半的人身上已经很难找到当年的痕迹了，这位大姐却还是风风火火的性格，一点也没变。左颜看着她，不知怎么的，那颗乱糟糟的心稍微平静了一点。可能她就是一个念旧的人吧，看到和过去一样的人和事心情就会变好。

雯姐其实也变了，整个人瘦成了竹竿，留着洋气的贴耳短发，烫得又直又服帖，还染了个黑里透着蓝的颜色。她的穿衣风格相比以前也有了很大变化，现在完全就是一个时尚达人了。然而，她一开口还是湘南方言的口音，让人觉得很亲切。

雯姐等他们都点了菜，看着服务员离开后，才端起茶杯，看着包间里的人，笑着说："这叫什么？这就叫来得早不如来得巧，缘分啊！"

李潇看起来也很高兴，他端起茶杯敬雯姐："这几年一直没机会跟您聚一聚，今天刚好遇上，必须得敬您一杯，我待会儿还要开车，就以茶代酒了。"

雯姐跟他碰了杯，说："我现在也不喝酒了，早些年真是累坏了，现在想通了，赚那么多钱干什么，没命花啊。"她似乎觉得这话不讨喜，立刻岔开话题,看向旁边的游安理。

"幸好听了小游的建议,这几年转做投资,我这人没什么本事,也就看人的眼光还可以,几年下来虽然赚的钱不多,但人轻松了,心情也好了,吃得下睡得着,满足了。"

左颜听到这话,不着痕迹地看了她一眼,发现她的气色确实很不错。刚开始她没有认出雯姐,因为雯姐瘦太多了,看着有点吓人,好在现在看起来没什么大问题。

游安理闻言笑了笑,说:"我只是提个建议,真正有能力的人是您自己。"

李潇看了游安理一眼,又看向雯姐,问道:"你们今天是约好了聚餐还是聊正事,我们会不会打扰到你们了?"

"打扰什么,我就是听说小游回国了,来看看她,过两天就回去了。"雯姐说完,摆了摆手。

李潇笑道:"那真是赶巧了,错过了今天,还不知道什么时候能有机会跟您聚一聚。"

雯姐见他们三个人聊着,几个年轻人插不上嘴,立即招呼道:"这小伙子我差点没认出来,是你弟弟吧?都这么大了,时间过得真快啊。"

李明明露出一个爽朗的笑来,大方地跟她打招呼,谈吐举止都不像小时候那么拘谨了。

左颜忍不住多看了他几眼,有种"明明说好了一起混日子,结果你背着我变得更好了"的感觉。这就是左颜删掉了中学时代所有同学的联系方式,并且至今没跟任何人联系的原因之一。至于同学会之类的,她更是避而远之,就算有人联系上她,她也坚决不去。

左颜没有兴趣去看别人炫耀自己过得有多好,也不想知道哪些人现在落魄潦倒,她连自己的日子都没过明白呢,为什么要去关心别人?她努力降低自己的存在感,最好能顺顺利利地混过去,至于晚上回家后将要面对什么,到时候再说。然而,她刚冒出这个念头,就感觉到雯姐的目光落在了自己身上。

左颜心里咯噔了一下,生怕她把话题扯到自己身上,张小美还在旁边坐着呢！

说来也是可怜，张小美原本以为这次是见李潇家里人，来之前精心打扮了一番，结果变成了现在这个样子，左颜都要同情她了。真是个倒霉孩子。

雯姐看着左颜，正要开口，坐在她旁边的游安理看向张小美，问道："小张今天也来吃饭？"

张小美一直摸不清状况，冷不丁被自己的领导点名，还有点茫然。

李潇替她回答："我忘记介绍了，雯姐，这是小美，我女朋友。今天小明难得回来，我就约了一起吃饭，没想到老熟人都碰到一起了。"他说完，用目光安抚着张小美，显然也是担心她不自在。

雯姐的注意力一下子就转移到了张小美身上，一个劲夸李潇眼光好，一句话就把两个人都夸了。

张小美更娇羞了，恐怕现在让她跟李潇去民政局领证她都不会犹豫。这傻孩子，前几天还说要教她看男人呢，结果陷得比谁都深。

左颜想到这里，悄悄看了游安理一眼，这女人起了个话头就翩然退场，安安静静地喝起了茶。左颜收回视线，垂下头用茶杯挡住自己，弯了弯嘴角。

人多的饭局很热闹，也很容易浑水摸鱼。左颜一开始提心吊胆就是害怕这次聚餐的氛围会因为自己变得尴尬，现在有人活跃气氛，她心里也松了口气，一个劲埋头吃菜，坚决不给任何人跟她搭话的机会。

兜里的手机振动了几下，左颜拿出来放到桌下看了一眼，然后塞回兜里。

坐在雯姐旁边的游安理拿着正在振动的手机，小声道："抱歉，我去接个电话。"

一分钟后，左颜喝了口茶，又擦了擦嘴，对身旁的张小美说："我去一下洗手间。"

她离开了包间，直奔这层楼的女用洗手间。洗手间里点着香薰，隔间在里面，洗手台在外面，中间隔了一张竹帘，整个空间除了香薰的味道没有别的异味。

左颜洗了洗手,听见洗手间的门被关上也没什么反应。游安理随手反锁了门,走到洗手台前,伸出手在水龙头下接了点水。她的手不可避免地碰到了左颜的手,也沾到了一点洗手液的泡沫。

游安理看着两人的手,平静地开口:"我让你下班后回家。"

左颜用同样的语气道:"我也问了你去干吗。"在这件事情上,谁也别想说教谁。

在聚餐中途离场太久会露馅,先离开的人就得先回去,左颜就是清楚这一点才敢挑衅游安理的。

她也的确成功扳回了一局,就在这短短的十分钟里。

等左颜洗完了手,回到包间里时,游安理已经坐在了自己的位置上。

张小美看起来已经放开了,跟其他人聊得很投入,连她回来了都没发现。

左颜刚坐下来准备继续吃饭,就发现饭桌上的话题不知怎么转移到了游安理身上。

"小李都有着落了,小游,你什么时候能让我喝上喜酒啊?"雯姐的脸被暖气熏得发红,她今天心情很好,话也更多了点。本来这种话她是很少说的,年轻人都不爱听,说了讨人嫌,但看见李潇这个满世界跑的人都要定下来了,她委实有点心疼游安理。

当年雯姐还以为李潇对游安理有意思,想撮合一下,没想到惹得她不高兴,优质股最后成了别人家的。雯姐是个重义气的人,她辍学出来打拼,一路吃了数不清的亏,也知道女孩子在社会上有多不容易,尤其是游安理这种漂亮的女孩子。当初她对游安理是有几分欣赏,但更多的是从游安理身上看到了年轻时的自己,无依无靠,只能咬着牙往前走,即便摔了跟头也得擦干净血爬起来继续走。雯姐曾经识人不清,所以才练出了看人的眼光,她觉得游安理是个有本事的姑娘,不想看到她走得那么艰难,才想帮她一把。没想到当时说定了的事情最后也吹了,好好一个人才愣是没留住。

这句话一出,饭桌上安静了几分。李潇看向游安理,张小美也怀

277

着八卦之心看向自己的领导，就连李明明都放下了杯子。

只有左颜一个人还在吃菜，她反应过来后，很合群地停了下来，看向游安理。

一瞬间变成焦点的人没什么反应，只抬头看向雯姐，想了想才回答："喜酒应该是没可能了，我的计划里没有这一项。"

雯姐一点也不意外，她就是替游安理着急，才借这个机会调侃一句。李潇收回视线，无声地叹了口气，他看了张小美一眼，又笑了笑。当其他人都看着游安理的时候，李明明飞快地扫了左颜一眼。

散席之前，李潇借着打电话的由头打算出去把账结了，雯姐发现得及时，就跟他拉扯了一番，张小美只能过去帮忙。游安理岿然不动，左颜拿起手机出去接电话，发现是一个陌生的号码，她还没接通对方就挂了。

左颜茫然地看着手机，安静的走廊上忽然响起一道男声："那是我的号码。"

她回头看去，见到李明明那张轮廓分明的脸，实在是很不习惯。跟小时候相比，他的变化有点大。

左颜挠了挠头，说："你怎么知道我没换号码？"

李明明耸了耸肩，回道："本来不知道，现在知道了。"

左颜愣了半晌，不知道应该说什么，索性沉默下来。

最后还是李明明打破了沉默："我一直想跟你道歉。"

左颜愣了一下，抬头看他。

李明明叹了口气，露出了一丝懊恼的神情，这个表情总算让人找到了他以前的影子。

散席后，雯姐的女儿来接她，母女俩一起出来旅游，这会儿就一起直接回了酒店。

李潇主动提出送左颜回家，她急忙婉拒了，说自己住得近，坐地铁回去就行。他就送左颜去了地铁站，她下车后挥别三个人，被他们目送着进了地铁站。

几分钟后，左颜爬楼梯走出地铁站，径直走到路边一辆没熄火的车前，打开了副驾驶座的车门。

游安理等她系好了安全带就一脚踩下油门，握着方向盘驶离了地铁口，往家的方向驶去。

左颜一路上都在想李明明说的那几句话，实在想不通自己到底哪里露了馅，只能问旁边的游安理："你觉得我脸上写着字吗？"

游安理给了她一个疑问的眼神。

左颜松了口气，自我安慰道："对吧，你也觉得看不出来吧。"

游安理看着这个没有意识到自己在说什么的人，良久才开口道："你那个同学跟你说了什么？"

左颜不知道第多少次纠正她："人家有名字，你不要每次都'那个同学''那个同学'地叫，很没礼貌。"

游安理嗤笑一声，看着前面的路，没再开口。

左颜脑子里有一堆问题，没时间跟她斗嘴，反正回家后有的是时间把所有账一次性算清。

关于李明明说的那些话，左颜其实是觉得很过意不去的。她没想到李明明会跟她道歉，还因为这点事愧疚了这么多年。严格来说，该道歉的人是她。

当初是她自己什么都不肯说，又心怀不满，最后积攒的情绪太多，迫切需要爆发出来，所以她就借着机会发泄在了最好欺负的李明明身上，其实李明明什么也没做错。

左颜知道，自己才是那个没义气的人。李明明把她当作好朋友，但她什么事情都不跟他说，享受友情带来的便利，却不付出，也不信任自己的朋友，最后才造成了那样的局面。

去饭店的路上，左颜一直坐立不安，就是因为她没有办法忘记自己当年是怎么对李明明破口大骂，把一个真心对她好的人伤得那么深的。她从小骄纵惯了，总觉得身边的人围着自己转，他们都应该先考虑她的心情，所以一点委屈都不能受。

那个时候的她只看得到自己的难过，学不会站在别人的立场去考虑问题，在遇到游安理之前，她甚至不知道为别人付出是一种怎样的感觉。

离家时放了多少狠话,现在她的脸就有多痛。左颜想,可能这辈子她都是这么没用的人了。

两人回到家的时候时间有点晚了,左颜因此侥幸逃过了今晚的"加一圈"。

她还没来得及高兴,游安理就当着她的面定了明天早上起来晨跑的闹钟,两个床头柜一边一个,手机上两个,不怕叫不醒她。

左颜万念俱灰,抱着自己的掌上游戏机默默落泪。自由的生活就这样离她而去,连带着电脑里没打完的单机游戏,愿望单上没付款的新游戏,甚至是购物车里那款放了不知道多久的VR头显一起消失……

这些念头一闪而过时,左颜突然坐直了身子,探身问坐在懒人沙发上正在处理工作的人:"算算时间,明天该发工资了吧?"

"你要买什么?"游安理头也没抬地问。

左颜搓着小手,整个人趴在沙发上,半个身子探出去:"咱们上次在商场里玩的那个,我早就想买了。"

游安理敲击着键盘,抬眼看了她一眼,随口道:"那个不能全身追踪。"

左颜翻了个白眼。她能不知道吗!

"全身追踪太贵了,没必要。"左颜毫不掩饰自己的贫穷。

游安理敲完一行字,停下来看着她。

"如果你能坚持每天晚上玩三十分钟的节奏光剑,我可以买一套全身追踪给你。"

左颜花了三秒钟理解游安理在说什么:"我坚持每天玩游戏,你白送我一套?"

还有这种好事!见游安理点头,左颜想也不想就答应了。

游安理当着左颜的面打开购物平台下了单,买了两套设备。

海外直邮要等很多天,左颜只得按捺住内心的激动。

她开始思考游安理怎么突然这么好说话了。想着想着,她悄悄观察了游安理一会儿,发现她的心思都在工作上,决定先溜了,回到卧室里找出换洗衣服,进了浴室泡澡。

左颜在浴缸里舒舒服服地泡了个澡，把自己泡成了一个刚蒸熟的大白馒头，才晕乎乎地擦干身体，穿上衣服，把头发吹干，走出了浴室。

游安理站在落地窗前打电话，讲的是英文，左颜只听清了几个单词，她就挂掉了电话。

这还是左颜第一次窥见她在国外的那个圈子。即使这段时间她们住在一起，也没有谁主动提及关于过去的一切，无论是之前的，还是之后的。大概是因为只有这样，她们才能假装彼此还跟以前一样，没有任何改变。

左颜很清楚，她们之间的问题不会因为回避而消失。就像这通电话一样，还会有无数个瞬间提醒她，七年不是一个数字，而是一段漫长的时光。在这段时光里，她们不存在于对方的世界。

"怎么了？叫你都没反应。"游安理走过来，停在她面前。

左颜回过神，看了她一会儿，最后还是什么也没问。也许未来的某一天她会鼓起勇气去揭开那道伤疤，去触碰那个未知的世界，去探究游安理在外的日子，但不是现在，也不能是现在。在梦和现实之间，人总是更想逃避现实。

这一晚左颜怎么都睡不着，说来也奇怪，和游安理分开之后的这些年，左颜对交朋友失去了兴趣。工作后的这几年就更别提了，工作日没精力，周末的时候光是睡懒觉和打游戏的时间都不够，哪还有心思去社交。

左颜偶尔会在女同事的小群里看她们聊家庭，说来说去除了老公和孩子，也没别的话题。人都是需要认同感的，有些人通过炫耀得到认同感，有些人则通过抱怨生活来获得安慰。左颜看着她们的聊天记录，常常会有一种"自己好像活在另一个世界"的感觉。她不仅对这些话题无感，还对自己的生活无感，只要过得去就行，就像便利店里的熟食便当，不难吃就行。工资也是，够用就行。

抱着得过且过的心态，她很顺利地融入了社会，但她知道，自己其实一直游离在外。不得罪任何人，意味着跟任何人都没有过深的交情。

在公司三年了，除了领导和管理员工档案的人，没有人知道她住在哪里。微信和社交账号她都有两个，私人用的那个她从不告诉同事。

电话号码也有两个，装在双卡双待手机里，一个用来应对工作以及快递和外卖之类的，另一个号码已经没人会打进来了，只有每个月交话费的充值短信，以及时不时收到的垃圾广告。左颜没有刻意去建造这样的壁垒，只是无意识地选择了一种能带给自己安全感的方式。

在这种方式下，她的生活很单调，也很单纯，只要下了班回到自己的房子，她就可以彻底放松下来，沉浸在自己的世界里，短暂地快乐一会儿。在不久之前，她难得在打游戏的空隙里分出一点心神来想，她这辈子说不定就这么过下去了。

在那之后，游安理回来了。

清晨的闹钟准时响起，左边一个，右边一个，枕头下面还有一个，全方位无死角地包围了左颜。她在后半夜睡得很沉，还做了一堆乱七八糟的梦，被吵醒的时候正在买一套很好看的衣服，眼看着就要付款了，结果闹钟响了。

左颜飞快地从被窝里伸出手，把闹钟一按，又去关另一边床头柜上的闹钟，她不可避免地压在了游安理身上。这两天她起来的时候，游安理都还没醒，跟上周那个勤快贤惠的邻家姐姐简直判若两人。

左颜算是看出来了，就是因为自己太容易上钩，游安理才会这么快就暴露本性。

本着亏谁也不能亏自己的原则，左颜关掉游安理那边的闹钟后，又把手伸进暖暖的被窝里，凑到她耳边说："领导，该起床了。"

左颜说完就翻身下床，拿起衣服一边往身上套，一边冲进浴室，反锁上门，坚决不给某人发起床气的机会。

游安理现在还把她当以前那个小屁孩欺负，那她就让这个女人见识一下小屁孩的威力。她从小到大别的本事没有，耍赖皮和不讲道理的水平可以说是无出其右。

左颜在浴室里洗漱完，又把头发扎成了丸子，免得待会儿跑步的时候扫到脸。游安理喜欢跟在她后面监督她，也被她的头发扫到过好几次，但一直没说。闷葫芦不管过了多少年还是个闷葫芦。

左颜撇了撇嘴，打开浴室门走了出去。卧室的门敞开着，游安理站在衣柜前,脊背上的蝴蝶骨随着她的动作而起伏。

左颜又瞄了眼她光滑平坦的小腹,看着看着,她就情不自禁地掀开了自己的衣服,低头瞅了瞅自己的小肚子……

游安理还没从睡意里彻底抽离,就发现蹦来蹦去的左颜已经蠢蠢欲动了,积极得让人以为她们不是要去晨跑,而是去抢购甜品店限量出售的蛋糕和甜甜圈。

"快点快点,你怎么刷个牙都这么磨蹭。"左颜全副武装,一身运动套装,连运动鞋都穿好了,正在玄关做热身运动,拉伸着身体。

游安理慢条斯理地洗漱完,擦干了脸,一边绾起长发一边走出来,走到玄关准备换鞋。

"给你推荐一款低卡路里的美食。"她开口时,声音还有一点刚睡醒的低哑。

左颜扭着屁股活动腰,听见这话顿时来劲了,问:"什么?"

游安理扶着她的肩,弯着膝盖穿好鞋,然后笑了一声,回道:"甜甜圈里的那个洞。"

"……"这个段子已经过时了好吗!

左颜愤怒地关上门,在进电梯之前忽然抬起腿,用膝盖顶了一下游安理,以此泄愤。这一次,她被游安理监督着跑了整整三圈。

每到这种时候,左颜就会觉得这个小区怎么这么大。她出门前的跃跃欲试和信心在第一圈就抖了一地,第二圈的时候又被踩了个稀碎,到第三圈的时候,她已经是一条气喘吁吁的哈巴狗了。

游安理则只是出了点薄汗,说话都不带喘气的。左颜心里那叫一个悔恨啊。好端端的减什么肥!肉长在自己身上多好啊,抗冻不说,摸着还舒服。她又不是天天照镜子的人,犯得着这么拼吗!然而,左颜没胆子把这话说给游安理听,以免在这个精疲力尽的早晨被人新仇旧恨一起清算。

游安理晨跑完之后,看起来恢复了精神。两个人轮流去浴室里洗了澡,又一起做了早餐,中途还因为"吃番茄对身体好"和"我不听"两种观点而发生了口角。具体过程不再赘述,反正谁也没讨着好。

不管过程如何,至少今天她们没有像昨天那样卡着点进公司。左颜已经跟游安理达成了共识，单数日自己先进公司，双数日游安理先进公司，即日起生效。

为了贯彻执行这一原则，左颜要求游安理在离公司还有一段距离的地方把自己放下车，但被驳回了。

"你以为街边就没人看见了吗？欲盖弥彰。"

左颜想想也是，她俩本来就是邻居，就算被发现了也可以用这个借口。

想通这一点之后，左颜在公司里反而很坦荡了，除了在停车场里会有意避开别人下车外，其他时候都以一个员工的态度对待游安理，力求做到表面上看起来正常。

左颜到达办公室后，时间还有一点富余，她给自己倒了杯水，开始工作。

趁着领导还没来，张小美在椅子上一转，滑了过来，隔着办公桌问左颜："你昨晚怎么不回我微信啊？"

左颜拿出手机扫码登录电脑上的工作微信，回道："哦，我昨晚没看手机。"

她点开张小美发来的微信消息，大致浏览了一下。原来张小美是问左颜觉得她昨天的表现怎么样，顺带打听了一下游安理的事情，最后才问她了不了解李潇他们家、李潇的父母好不好相处。

左颜寻思着，最重要的难道不是李潇这个人的人品怎么样吗？张小美跟李潇才认识了一个多星期，这就开始考虑婆媳关系了？

左颜在心里叹了口气，也不想在这种时候泼人冷水。她跟张小美只是普通的同事关系，经过昨天的事情之后，在张小美看来，她们之间可能又多了点交情，但在左颜这里，她们连朋友都算不上。朋友这个词对左颜来说已经很陌生了。

杂乱的思绪一闪而过，左颜面色如常，对张小美说："马上要开会了，我在微信上跟你说。"

张小美点点头，又说了一句："一定哦。"她回到自己的电脑前，开始做开会前的准备。

左颜看了张小美一眼，一时间心情有点复杂。虽然她对李潇这个人有很深的成见，但绝对不会影响她对他的评价。李潇的确是一个不错的结婚对象，对渴望婚姻的女孩子来说，他甚至是可遇而不可求的。然而，左颜并不看好张小美和李潇的这段关系。

认识不过一个多星期，男方就带着女方去见家里人，虽然大部分人会觉得男方这样做比较靠谱，能给女方带来安全感，但在左颜看来，这个举动只能说明他急着结婚。

李潇学历高、工作好，人品有目共睹，还长得一表人才，外人看了肯定觉得是张小美捡了漏，可是张小美的条件在相亲市场上也不差。她年轻漂亮，又是独生女，家庭条件不算特别好，但绝对是有些资产的。从她单纯到有点缺心眼的性格不难看出，她在家里一定是父母手心里的宝贝，将来结了婚，父母指不定给她置办多少嫁妆，就盼望她能过得好，在男方家里有地位。

左颜不免从最现实的角度去解读李潇的想法，因为这种姑娘太适合结婚了。对，就是"适合"，似乎也只有"适合"。别人觉得李潇是个适合结婚的对象，他本人未必就不想找个同样适合结婚的女人。现在的张小美显然已经变成恋爱中的小女生了。

左颜不担心李潇的人品，她担心的是，如果两人结婚只是因为"适合"，而不是因为真正的感情，那这段婚姻能维持下去吗？左颜的婚姻观念其实主要受孟年华和左增岳的影响。要说"适合"，这两个人是绝对不适合彼此的，因为一个的心思都在科研上，另一个的心思全在仕途上，两个工作狂凑在一起，那都不能说是结婚了，就是一对合租的室友，还是半个月都见不上一面的那种。两人当初能走到一起，连左颜的奶奶都觉得很不可思议。

"我们根本不知道他俩是怎么看对眼的，我原本还想给你爸说一门亲，结果他把证领了才回来告诉我们，你说说这臭小子，那个时候哪有他这么娶媳妇的啊？也不嫌丢人。"

说是这么说，左奶奶其实很满意孟年华。她这个儿媳妇不仅聪明，为人处事也很有一套，再难对付的七姑六婆碰上她，都会被她治得服服帖帖，也难怪左颜这个天不怕地不怕的小魔王只怕她亲妈。左增岳当然也怕孟年华，但这种怕不是左颜的那种惧怕，非要说的话，其实是一种尊重。

他尊重自己的妻子，无论是她的事业，还是她教育孩子的方式，甚至是处理人际关系和矛盾的手段，他都尊重。该他做决定的时候，他也不会含糊，孟年华也会尊重他，给他话语权。

虽然两口子过日子，吵架是肯定会有的，但他俩吵架的情景，左颜曾经有幸围观过一次，不能说是目瞪口呆，只能说佩服得五体投地。

其实两人从不会在左颜面前吵架，那天晚上左颜喝多了水被尿憋醒了，起床去上厕所，回房间的时候听见客厅里有动静，就摸着楼梯扶手想去看看情况。

她看到自己的亲爹亲妈端坐在沙发上，为了一件事进行了冗长且寸步不让的辩论，双方从道德层面、法律层面，甚至情感层面，都争论了一遍。左颜一头雾水地听了半天，才听明白那件事到底是什么——究竟应不应该主动给青春期的女儿进行全面的性教育普及。

令人震惊的是，持正方观点的人竟然是左增岳。他认为女儿不同于男孩，要面对的不确定因素太多，他们不常在她身边，所以得提前做好准备，尽到身为父母的责任。

孟年华并不是反对这一点，她一直在容忍左增岳偷换概念，最后实在忍无可忍，压着声音说："我最后重申一遍，你不要偷换概念。我从来都是主张做这件事的，但我不认同你的方式，太简单粗暴了，与其说是尽责任，不如说是完成任务走捷径，这么敏感的事情是能随随便便给她灌输的吗？"

左增岳也是有脾气的，当即就跟她争论起来。左颜在楼梯上尴尬得脚趾头都蜷缩起来了。她该怎么委婉地告诉自己的父母，网络是个好东西？

拜自己的这对"奇葩"父母所赐，左颜对婚姻的认识从来都不在于"适合"两个字。再南辕北辙的性格，再不会过日子的两个人，凑在一起也会产生意想不到的化学反应，毕竟婚姻从来不是一道有标准答案的数学题。婚姻的本质不该是"适合嫁的男人"跟"适合娶的女人"的标准配方，而是一个双方是否愿意为了彼此去磨合、经营，甚至做出让步的"长期型求生副本"。

可不要小看这个副本,要是队友选错了,你搞不好就会命丧副本之中,来世再见了。"游戏结束"的方式也千奇百怪,不仅要渡过重重难关,共同进退,还要提防你的队友给你一招"背刺",让你提前出局。

因此,在左颜看来,"适合"两个字就是一个谬论。人不是死物,是会随着时间的推移而改变的。当下适合就会一辈子适合吗?除了"适合"两个字,什么都没有的婚姻,真的能存续下去吗?左颜不知道,也不打算亲自去实践以得出答案。

开完早会后,左颜一边按部就班地做自己的工作,一边抽时间回复张小美。其实她也不了解李明明和李潇的父母,毕竟自己只见过一次,而且只是远远看了一眼,连对方长什么样都不记得了。想到这里,左颜不可避免地回忆起了当时之所以会见到李明明父母的原因,她心情一下子变得很糟糕。

她耐着性子回复了张小美,把自己想知道的那点事情"知无不言,言无不尽"地告诉了对方,然后就埋头工作了。然而,注意力这会变得很难集中,左颜烦躁地撕开一颗薄荷糖塞进嘴里以提神醒脑。偏偏这个时候,某些人非要来招惹她。

"上周做营收报表的是谁?来我办公室一下。"穿着高领毛衣的游安理从过道里走出来。

左颜从座位上站起来,拿上报表走了过去。游安理扫了她一眼,转身往办公室走,左颜只能顶着一群人同情的目光跟上去。

一进办公室,游安理就关好门,准备把东西给左颜,却被她一手打落。

游安理拾起散落的报表随手扔在茶几上,这东西她早已经确认过了,只是以此为借口叫她进来而已。

左颜也很清楚这一点,她一边走到镜子前检查自己身上有没有可疑的地方,一边开口问:"你找我干什么?"

"显然不是无事生非。"游安理走回办公桌前,平静地回答。

左颜飞快地瞄了她一眼,不大自在地挠了挠耳朵。见游安理脸上没有任何表情,左颜开始默默祈祷她不要秋后算账。

游安理从办公桌上拿起一个细长的深蓝色盒子,侧头看着左颜,随口道:"给你的。"

左颜整理好有些凌乱的衣服,又抓了两把头发,才走过去看了一眼。一看到那个礼盒的尺寸,她就停下了脚步说:"你来打开。"

游安理轻轻挑眉,不置可否地看了她一眼,然后直接打开了礼盒。

左颜对盒子里的东西已经失去了期待,对游安理这种女人抱太多期待就是自讨苦吃。

深蓝色的细长礼盒里,银闪闪的东西躺在墨蓝色的绒布上,左颜眯了眯眼,凑近一看,才发现是一条项链。

准确来说是一条没有吊坠的项链。游安理拿起那条银链,放下盒子,拉起左颜的左手。这只手上还戴着那枚纯银戒指,因为放置了太多年,戒指已经不像最初那样光亮,看起来毫不起眼,只有取下来仔细看,才能在它的内侧看到两个大写字母。

手被握住时,左颜愣了一下,抬头看了游安理一眼。

游安理从她的无名指上取下那枚戒指,串在了银链上,为她戴上了项链:"你不是嫌洗手的时候麻烦吗,这样就方便了。"也不用再担心随手乱放会弄丢它。

左颜听出了她的潜台词,想要反驳:"谁担心弄丢了?它又不值钱,丢了就丢了呗。"

但最后她只是张了张嘴,到底没能说出口。

游安理将她后颈上的发丝拨开,以免缠绕住项链,然后手指捏住戒指,撩开她的衣领,将冰凉的戒指藏了进去。

胸口被一片凉意覆盖,左颜忍不住瑟缩了一下,很快它就沾染了她的体温,成了胸前的一个没什么存在感的物件。

游安理整理好她的领口,退后两步,开口道:"好了,回去吧。"

左颜"哦"了一声,拿起茶几上的营收报表,转身往外走去。

走出总监办公室时,左颜才记起自己是在众目睽睽之下跟着游安理进去的,于是她赶紧低下头,装出一副蔫了吧唧的模样,穿过办公区回到了自己的座位。

聊天群里,同事们纷纷为她点蜡烛,孙姐还在群里给她发了个红包,

回避

安慰她受伤的心灵。

张小美不知道是为了跟孙姐抬杠还是真的缺心眼,发了一个更大的红包,一时间群里下起了"红包雨"。

托左颜的"福",整个上午,部门里的人看起来都认真极了,连隔壁部门来抓壮丁的"地中海"都怀疑自己走错地方了,第一时间退出去仔细看了一眼门上写的字,才又走进来。

每个人看起来都很忙的样子,他一时间竟然不知道从哪里下手,最后只能装作来通知消息的,说了两句废话就走了。聊天群里刷了屏,毕竟这种大快人心的结果堪称爽文剧情了。

左颜在群里附和了一句,继续埋头处理工作。她那塞满了工作的小脑瓜难得分出一点心思去想,有游安理这样的人当领导好像也不全是坏事。

"你的气色看起来不错。"苏雪雅说完,端起办公桌上的咖啡抿了一口。

游安理将百叶窗拉下来一些,临近正午,阳光太刺眼,电脑屏幕曝光过度,她看不清视频通话里的人。

她坐下来,随口回答:"可能是我今天的妆很浓吧,否则你会看见什么的。"

苏雪雅转着椅子,闻言发出了一声"哇噢",尾音被她拉得很长,听起来很浮夸。

"你占用了我宝贵的上班时间,只是为了欣赏我今天化的妆吗?"游安理连一个白眼都懒得给她。她打开笔记本电脑,完成这个岗位上的全部工作对她来说并不费时,但这点薪水对她来说完全不够,她还需要接别的工作来维持生计。

苏雪雅看了她一会儿,忽然说:"虽然我不喜欢在别人高兴的时候泼冷水,但……"

游安理顿了一下,没有阻止她继续说下去。

"你得知道,完全依赖某一种药物是一种高风险的行为,也许现在的她对你来说是能让你获得短暂疗愈的良药,可一旦……"

"苏医生，"游安理打断她，头也没抬地说，"我们签订的协议上写明了，我接受你的治疗方式，你也要接受我的选择。"

苏雪雅抿着唇，看了她很久才轻声道："你真是一个彻头彻尾的赌徒。"

游安理敲着笔记本电脑的键盘，对这句话没有太大的反应。她淡淡地道："我以为你会高兴，毕竟像我这么难缠的病人，早点结束治疗对你来说是一件好事。"

苏雪雅看着屏幕上的人，很难不去回想那些令人心力交瘁的经历，不由得揉了揉太阳穴。该死的，她的头又开始痛了。

外行人总是以为她的职业很神圣、很美好，但只有干这一行的人才知道，这个职业不仅没有任何成就感，反而会从入行开始就感到无力和挫败。虽然从业时间久了，自我调节的能力提高了，应付大部分患者她都有自己的一套办法，但这些人里绝不包括游安理。

她从没见过像游安理这样比心理咨询师更像心理咨询师的患者，逻辑缜密无漏洞，心理防卫强到无懈可击，不仅看起来很正常，还能一眼看出自己的问题所在，反客为主地给她上一堂课。苏雪雅对这份工作的信念感差点在第一次面谈时葬送在游安理的手上。

苏雪雅从那些不堪回首的经历中抽身，拿出自己积累的经验来对付……哦，不，是和自己的患者沟通。

她中午还要去约会，不能把时间浪费在体验挫败感上。

"我当然比任何人都希望你能结束治疗，毕竟我拿了你付的工钱。"

见屏幕上的人没什么反应，苏雪雅继续道："正因为如此，我才想告诉你，正视自己将要面对的风险，并为此做好准备，不要让将来的自己被彻底压垮。"她顿了一下，又补充了一句，"我是说，可能失去。"

游安理等她说完之后才平静地回答："不会有这个可能。"既然她做的那些预设一个都没有应验，甚至种种情况都利于自己，那她就不会行差踏错，输掉全部筹码。

苏雪雅暗暗叹了口气，对这种情况已经习以为常了。游安理就是这样一个极端自卑又极端自信的人。自卑与自信这两种状态会在她身上反复出现，从某种意义上说，这两种状态推动了她在事业上的成功，但也加剧了她的精神压力和心理压力。尤其是当她不知疲倦地燃烧自己，却不肯寻找一个宣泄口的时候，苏雪雅会忍不住为她维持正常生活的能力而感到心惊。

任何一种能力都是有极限的，再强大的人也会有油尽灯枯的那一天。更何况，游安理并不像她看起来的那样强大。

午休时间一到，整个办公区很快就没人了。左颜见张小美接了个电话就满面春风地补了个妆下楼，只能叹息一声，等其他人都走了，她径直走到总监办公室门外。

她象征性地敲了敲门，然后直接推开门走了进去。办公桌后面的人靠在真皮电脑椅上，不知道是没有听见动静还是在出神，左颜都走进办公室了，她也没看过来。

左颜放轻了动作，慢慢走向她，准备给她一个"惊喜"。

还不等她喊一嗓子，椅子上的女人就开口道："锁门了吗？"

左颜一愣，顿在原地，没反应过来。

游安理抬眼看过去，一头长卷发随意地搭在肩上，靠在椅子上的半个身子慵懒地挺直，她歪了歪头，看向左颜身后的门，再次开口："锁门。"

左颜在原地站了一会儿，默默转身走到门口，把办公室的门反锁上。

左颜发现自己已经开始兴奋了。这几年她一直以为自己丧失了这种情绪。网络上有一种说法，当你在某方面经历了更高层面的愉悦体验后，再回到初级层面就会失去兴趣。简单来说，就是阈值已经升高了，无法再通过一般的形式来达到一样的效果。

左颜一直以为自己也是这样的情况，此刻她忽然意识到，自己的问题似乎压根就不在阈值上。

大学时不是没有人认真追过她，对方不仅锲而不舍，而且很热情，每天守在她宿舍楼下给她送早饭、鲜花、巧克力。如果换成一个没什么经历的普通女孩，早就感动了，想着"他对我这么好，应该可以试试"，然后就顺水推舟地接受对方的追求。

年轻人谁不对这些事情好奇呢，顺便还能收获周围人的艳羡，不是赔本的买卖。然而，对左颜来说，这些没有任何价值。感情经历先不提，单单是她的出身就决定了她的眼光和见识。

那些让人眼花缭乱的鲜花和礼物在她看来实在上不了台面，左增岳一直明白"女儿要富养"的道理，他自己再节俭，给左颜的生活都是力所能及的范围内最好的。名牌包包、进口巧克力、昂贵的玫瑰花等，左颜在小学的时候就司空见惯了，毕竟想讨好左增岳的人太多，挡都挡不住，而她外公在世的时候更是把她当公主一样养着，这也导致她很容易喜新厌旧，对什么事情都是三分钟热度。

那个在学校里小有名气的帅哥说过一句话，让左颜印象深刻，那也是他说过的无数句废话里唯一一句让她记住了的话。

当时也是个冬天，这个南方城市难得下了场雪，学校里的人都沸腾了。小帅哥在飘雪的大冷天里制造了一个"惊喜"，让她的同学把她骗过去，给了她一场声势浩大的真情告白。

站在鲜花和蜡烛围成的一个圈前，左颜忘了戴手套，全程双手插兜听完了他慷慨激昂、满含真情的告白，见他说完了，她才开口道："谢谢，你是个好人。"

小帅哥的鼻子都被冻红了，嘴里哈着热气，脸上本来带着期待和势在必得的神情，但在她的话音落下后，他的表情慢慢凝固了。

周围一下子安静得可怕，左颜不想给他难堪，哪怕他不打招呼搞这么一出已经是给她难堪。她说完后就准备转身离开，小帅哥却激动起来，大声道："为什么？我做得还不够多，还不够好吗？"

左颜理解他现在的心情，也听说过他在学校里很有人气，但他是什么样的人跟自己又有什么关系呢？

"你挺好的，只是我不喜欢你。"左颜回头看着他，神情依然冷淡。

可能是她全程无动于衷的冷静给了他最后，也是最致命的一击，他突然用力地将手里的那一大捧玫瑰花摔在地上，溅起了一层雪花。

周围的人不由得倒吸一口冷气，生怕他一个激动做出极端的事情来。把左颜骗过来的那个女生已经准备上前来拉走左颜了，左颜却没有往后退，等着他把话说完。这点尊重还是应该给他的。

他站在蜡烛围起来的圈子里，胸口剧烈起伏着，像是在努力控制着自己的怒火。左颜也等着他，直到他彻底冷静下来。

"像你这样的人，懂什么是喜欢？"他开口的时候已经没那么激动了，但这话听着十分刺耳。

左颜抿起唇，一言不发地看着他。

他继续说道："我追了你两年，就算是石头也该焐热了吧？你哪里是不喜欢我，你是谁都不喜欢，你有病，情感缺失的病！"

左颜没有反驳。在大学三年里，周围的人大多是这么看她的，因为她不合群，不参与社交，不跟任何人做朋友，也不接受任何追求者。这个男生不信邪，锲而不舍地追了她两年，她虽然觉得烦人，但也佩服他的毅力。

她说："你是个好人。"唯独眼神不怎么好使。

这天之后，最后一个不信邪的人也放弃了。

在接下来的一年里，左颜总算清净了点，专心地准备毕业论文和找工作的事情。这个过程不顺利，因为她人生地不熟，没有门路和人脉，折腾了很久才找到一家福利不错的小公司。自那之后，她的精力就用在了怎么适应社会和职场，以及如何让自己避免失业上。

在成年人的世界里，示好都变得更加暧昧，也更加心照不宣。左颜装作看不懂，无视了那些或明显或隐晦的信号，因此被人送了一个"榆木脑袋"的外号。

她喜闻乐见，继续自己悠闲的生活，上班的时候能偷懒绝对不放过，下班的时候能早走绝对不多待一分钟，除了需要早起去挤地铁及偶尔得抽时间去超市采购必需品，她过得还算自在。这份自在的前提条件就是不去想复杂的人际交往，不去碰触会迷失自己的世界，多听少说，明哲保身。千言万语汇成一句话，即单身万岁。情啊爱啊欲望啊，哪有游戏好啊。

办公室里静悄悄的，左颜发觉了游安理不同以往的沉默，这种沉默好像从昨晚就开始了,她沉默的时候很温顺,自己再怎么恶劣,她都没有要算账的意思。

左颜向来得寸进尺,她越放任,左颜就越想更肆意。

这可是游安理,不是梦里的虚影,也不是短信记录里永远停留的文字,更不是她藏在心里不能告诉其他人的回忆,而是真实的游安理。

左颜舍弃了语言,有些东西是不能说出来的。这就像在做一场美梦的时候,你满心欢喜地沉浸着、享受着,却又感到忐忑,想要跟梦里的那个人确认:"你是梦吗?"

如果她回答"是",你该多难过。

如果她摇头否认,让你相信了,然后在你们最快乐的时候梦醒了,你又该多难过。因此,左颜在一次次梦醒之后明白了,是梦也不错,梦里那么快乐,去相信并感受就行了。

管它会不会醒,又会在什么时候醒。不拆穿是聪明人的沉默。

左颜最后还是为自己的"逞口舌之快"付出了代价。走出办公室的时候,左颜捂住胸口,怨念地回头看了游安理一眼。

左颜回到自己的座位上坐下,正想着剩下这么点时间她该怎么解决午饭,手机突然振动了一下,弹出一条消息。她解锁屏幕看了看,是游安理发来的消息:"外卖要到了,帮我拿一下。"

左颜想了想,当即回了一句:"你的外卖不错,现在是我的外卖了。"

左颜刚点击发送,外卖就送到了,她从外卖小哥手里接过来,一点也不客气,先逐个打开看了一眼,然后把两份便当里的菜重新分配了一下。像番茄这种自己不喜欢的东西,她统统丢给游安理,顺便从游安理的那份便当里偷了几块炸鸡,这么油腻的东西,游安理不喜欢,所以她勉为其难帮忙分担了。

当她把重新分配好的便当拿进总监办公室时,游安理看起来心情还不错。虽然留下来一起吃饭是个不错的选项,但职场经验告诉她,这个选项容易造成悲惨结局,所以她放下便当就走了。

她回到座位上开始吃便当的时候，出去吃饭的同事们陆陆续续回来了。张小美回来得比左颜预想中早一点，而且看起来没有出去时那么高兴，左颜扫了她一眼，一边打开电脑登录微信，一边继续吃饭。

果不其然，张小美一坐下就给她发消息，一条接着一条，左颜只能放下筷子，握着鼠标点开了对话框。

"左颜，你有没有见过李潇的前女友啊？"

看见第一条消息，左颜差点被一口炸鸡呛住。她拿起柚子茶吸了一口，缓过来后才继续往下看。

"我今天跟他吃饭的时候随口问了一句，真的只是随口一问，然后我就感觉他不高兴了。这种事有什么好生气的啊？要是他问我，我肯定也会说啊。"

左颜大致扫了一眼张小美发来的消息，看到最后只剩叹气了。张小美完全就是一个彻底沦陷了的傻姑娘。谁相亲不到一个月就开始问感情经历啊？以前她说起恋爱技巧和经验来一套一套的，现在怎么全都忘了。左颜虽然心里这么想，却还是下意识地怪罪到李潇身上。

在她看来，李潇的算盘打得很响，他就是看中了张小美的条件，这么急着带女朋友见家里人，未必不是因为家里施加的压力。他这么做无可厚非，可是张小美显然没有意识到这一点，还以为两个人在谈恋爱。

一个将近四十岁的事业有成的男人，心机和手段都不是张小美这种傻白甜能应付得了的，如果她真是奔着结婚去的，那就应该冷静下来，好好相处一段时间，把各方面都考虑清楚。闪婚是最不明智的。

左颜挣扎了一下，最后还是决定多几句嘴。得罪人总比看着别人跳火坑好。她又喝了口柚子茶，然后抓紧时间吃了几口便当，收拾了桌子上的垃圾之后就给张小美发消息："我觉得，既然你已经见了他家里人，不如也找个机会带他去见你家里人，这样比较公平，也是对他的尊重。"张小美是傻了点，总不至于家里人全都是傻的吧？

左颜发完消息之后，对面没有回复了，只有"对方正在输入"这行字时不时出现一下。她没再管这件事，继续处理自己没做完的工作。

也不知道是不是因为预支了今天的"甜头",整个下午左颜都神清气爽,工作也是如有神助,下班前半个小时就做完了今天的工作。

她坐在椅子上活动了一下肩颈,然后点开聊天窗口,准备问一下游安理今晚要不要顺路去买点菜。

微信未读消息里有几条来自张小美,左颜点开扫了一眼,见她回答得模棱两可,就知道她还在考虑。别人的私事,多一句嘴就够了,再插手就惹人烦了,左颜抛下这件事,正要打开游安理的对话框,就见左边的联系人一栏多出来一个小红点。

那是一条未读的好友申请。左颜好奇地点开看了一眼,看到昵称那三个大写字母时不由得一愣。这年头竟然还有人拿自己名字的首字母当网名。

左颜点了通过便没再管,点进了游安理的对话框。

左颜全然忘了中午的事,直接发过去一句:"晚上吃什么?"

当游安理回了一句"下班后来我办公室"时,左颜毫无警惕心地答应了。

生活处处有惊喜。如果这惊喜不包括被游安理按在办公桌上教训的话,左颜会更开心一点。游安理吓唬了她一番,看她高涨的气焰差不多灭了才放过她。

"晚上出去吃。"

左颜坐在玻璃桌上缓了一会儿,才问:"又要去聚餐?"昨天晚上那一出够折腾人了,她可不想再来一次。

游安理回道:"不是聚餐,就我们两个人。"

左颜用自己还没恢复思考能力的小脑瓜消化了一下这句话,顿时有力气蹦跶了,她从桌上一跃而下,迫不及待地问:"吃什么?"

游安理发现这两天她越来越不把自己当外人了,有礼物就收着,别人请吃饭的时候她甚至直接忽略了那个"请"字,吃得那叫一个心安理得。

游安理一开始以为她是个缺根筋的小姑娘,谁向她示好她都乐于接受,不知道"拒绝"两个字怎么写。很快,游安理就发现自己错了。

左颜借同学的笔记，会送一些新鲜好玩的零食玩具给对方；家政阿姨来帮忙的时候给她带了家乡特产，她也会送一堆进口巧克力给阿姨，让对方带回去给孙子吃。她看起来懂礼貌，实则不肯收任何人的东西。

后来游安理才知道，这都源于她从小接受的家教，因为左增岳的地位越来越高，想攀关系的人越来越多，那些人就会从他的家庭方面寻找突破口。

"有些人啊，你拿了他一样东西，他就想从你身上成倍地讨回去。这话是我爸说的，我觉得特别对。"她得意扬扬地说出这个"诀窍"时，完全没发现她的行为已经和这句话本意背道而驰了。

游安理没忍住指出了这一点。

小姑娘用看傻子的眼神看着她，理所当然地道："你又不是他们，你是游安理啊，不一样的。"

哪里不一样？这句话游安理没有问出口，因为她知道答案不是当时的自己能坦然接受的。

"你在我这儿白吃白喝，还连吃带拿的，想好怎么还债了吗？"游安理开着车离开停车场，看着前面的路，平静地开口。

坐在副驾驶座上的左颜"啧"了一声，质问她："我不是当你的下属任你压榨了吗？"

游安理接过话："是吗？我还以为被压榨的是我呢。"

左颜心虚地瞄了她一眼，嘴硬道："瞧你这话说的，真见外。"

"你认为自己是一个有原则的人吗？"

咨询室的墙刷成了明亮的糖果绿，三面环绕着落地窗，室外绿林茵茵，四周花开得烂漫，阳光从鹅黄色的窗纱透进来，洒在女人苍白的侧脸上。

苏雪雅坐在女人对面的沙发上，轻声问着，试图解除她的防备心理。

女人的一头长卷发扎成了马尾，衣着简约大方，每一处褶皱都被打理得一丝不苟，像一个严谨到有些刻板的人。当她终于开口时，她平静地给出了一个否定的答案："我从不这么认为。"

她说"从不"。苏雪雅立即从这句话里提取出了关键信息。

从不,就是一次也没有过。真是令人惊讶,却又是一个事实。

苏雪雅想着,压下了立刻在病历本上记录下这句话的念头。

这两个月来,她已经在这个病人身上吃过很多次亏。如今,她已经脱掉白大褂,舍弃了病历本,甚至打造了一个更安静的咨询室,以便为这个患者提供治疗。在治疗的过程中,她必须以一个普通朋友的身份和立场去跟患者沟通。

扎着马尾的女人侧头看了眼窗外,苏雪雅立刻顺着她的视线看过去,窗外是一片草坪,同事们饲养的小白兔正在草坪上跑来跑去。现在又到了它们放风的时间,而自己还得继续工作。

苏雪雅想着,准备进行下一步的沟通,这时面前的女人难得主动开口:"认识我的人大多都认为我是一个有原则的人,因为我看起来很像这样的人。"

她说"看起来很像"。苏雪雅再次意识到,今天的她有了倾诉的意愿,这可真是两个月来的最大进展。

"只是看起来吗?"苏雪雅顺着往下问。

"是,只是看起来。"这句话她用了中文回答。

苏雪雅开始期待接下来的谈话了,为此她不着痕迹地探出上半身,以一个更专注的姿态去倾听。她的患者终于收回了看向窗外的视线,继续道:"社会总是更容易接受一个认真且严肃的老好人,而非性情不稳定的人,不是吗?"

女人说出这句话时明明没有任何情绪,苏雪雅却读出了她的嘲弄之意。

"是的,所以人在适当的时候必须扮演一个好人,这样才能被认可,也不会被排斥。"

苏雪雅盯着女人的眼睛,慢慢回答。

女人似乎并不在意苏雪雅的窥探,只平静地说着她现在打算说或者想说的话。

"严谨、有能力、美丽、毫无攻击性……这些词汇组成了一个最适合生存的角色,这个就是旁人眼里的我。

"他们认为她是个不错的女人,美丽且优秀,认真又有原则。最重要的是，她很无害，使唤起来再方便不过了，无论是在工作上，还是在家庭里。"

两张相对而放的单人沙发中间有一个小圆桌，上面摆放着一个标准的棋盘，黑白棋子都在最初的位置上，显然这位患者对它并不感兴趣。

苏雪雅听着她平缓到几乎没有起伏的语调，心情却很难平静。她与面前的女人共情了。虽然她的职业要求她必须要和患者共情，但此刻她并不是一个医生，而是一个单纯的聆听者，在这样的立场下，她的共情只是源于动容——推己及人的动容。

她们聊了很多，话题没有边界，看似跳跃，实则全由患者主导。苏雪雅想，若不是清楚地知道这个女人是一位需要治疗的患者，她一定也会像旁人那样看待她。聪明、强大、美丽，每一个都像她的代名词。可惜现实里往往没有这么完美的人。

"所以你曾有过吗？因为某件事或某个人而改变原则，哪怕只是你自己设定给别人看的原则。"最后苏雪雅问出了这个有些敏感的问题，这触及了更深层面的东西，面前这个防备心理过强的女人多半不会给出答案。

出乎意料的是，对方并没有停顿太长时间就给出了答复："那可太多了。"

女人在说出这句话时，那双深不见底的褐色眼眸里第一次照进了阳光。

"太多了，吃得完吗？"左颜看着满满一桌菜，嘴上这么说，眼睛却已经粘在了那一盘盘羊肉卷上。她咽了咽口水，等服务员一走，便迫不及待地开始往锅里下菜。

游安理懒得回应她的"虚伪"，调好了蘸料放到她面前。第一片羊肉卷正好烫熟，左颜立刻在蘸料里裹了一圈，然后趁热塞进嘴里。滚烫的火锅热油锁住了羊肉的鲜嫩汁水，被蘸料那么一裹，鲜香中带着爽口的老陈醋，她吃得眼睛都眯了起来。

地道的牛油火锅最适合在冬天吃，又辣又麻，爽出一身热汗。左颜吃着吃着就脱了大衣，撩起袖子。

游安理几乎没动过筷子，左颜也不劝她吃，毕竟她是一位口味清淡、晚上还不爱吃东西的"仙女"，能纡尊降贵陪自己大晚上来吃火锅已经是破天荒头一遭了。

左颜这么一想，突然就有点心慌。游安理可不是慈善家，这两天没把自己往死里折腾已经是大发慈悲了，现在还带她来吃火锅，肯定有猫腻。

左颜胡思乱想着，手上却没停，她不断把熟了的肥牛卷塞进嘴里，一边被烫得直哈气，一边飞快地吃着，腮帮子鼓鼓的，看起来倒有点小时候的圆润感了。

游安理刚刚尝了一下味道，嘴里就全是刺激性的辣味，她只能喝白开水缓解痛感。严格来说，辣本身就是一种痛觉，辣椒素受体放大了人体的灼热感，会让人在吃辣时感到疼痛。爱吃辣的人则享受这种痛感。

游安理用手撑着头，看了一眼被辣得直哈气的人，并不怀疑她很享受这种感觉，毕竟连绝大多数人都无福消受的东西她也能享受，可见她本就是个"潜力"无限的人。

左颜捕捉到了她的目光，立刻说："你干吗偷看我？"她一边说，一边去咬豆奶瓶里的吸管，这瓶豆奶拿出来的时候是热的，现在已经快凉了。

"你怎么会得出这个结论？"游安理连姿势都没换，就这么撑着头开口道。

左颜伸出手指点了点她："都被我抓到了，还不承认。"

游安理不知道她到底想到了什么，也没有继续和她争论。逞口舌之快是没有意义的，她向来喜欢通过行动达成目标。耐心和沉没成本，她都耗得起。

刚才说着吃不完的人，最后把满桌的肉扫了个光。离开闹哄哄的火锅店时，左颜小肚子撑得圆滚滚的，都走不动道了。

游安理拿着车钥匙，大步流星地走在前面，姿态那叫一个潇洒。左颜踩着小碎步跟在她后面，有一种"孕妇当街被抢车钥匙，不得不挺着大肚子奋力追赶小偷"的悲壮感。

"你能不能慢点啊,遛狗呢,走那么快。"左颜实在走不动了,一只手撑着腰,另一只手在半空中指指点点,企图用意念拉住前面的人,最好还能将她拉回来。

游安理还是第一次听到有人这么自己骂自己,脚步一停,转身看着她:"我要是遛狗,应该是狗走在我前面才对。"

左颜一听这句话差点气晕:"合着我在您这儿连狗都不如是吧?"

游安理站在原地等她,将她从头到脚仔细打量了一遍,随后道:"要不这样吧,我背你。"

骂人的话还没出口,左颜就被噎住了。她瞪大了眼睛,像第一次认识游安理一样看着她。

"你要是在开玩笑的话,还有三秒钟的时间跟我道歉。"左颜说着威胁的话,语气里却是跃跃欲试。

"上不上来?不上来我走了。"游安理说着就要走。

"我上,我立马上。"左颜瞬间腰不酸腿不沉了,以百米冲刺的速度奔向游安理。

游安理压住衣摆,在她冲到自己面前时微微下蹲,一把接住跳上来的人。左颜搂紧了游安理的脖子,游安理双手抱住左颜的腿往上一抖,左颜就势趴在了游安理的背上。

"谢谢领导。"

"不客气,明早跑三圈。"

"⋯⋯"

火锅店离停车场有一段距离,左颜搂着游安理的脖子,在她徐徐前行的步伐里被晃出了困意。人行道上,路灯一圈一圈地画地为牢,她们的影子不断走进圈里,又不断走到了圈外。

左颜收紧了双臂,贴在她的发梢上,眯着眼睛打了个哈欠。昏黄的灯光,黑沉沉的夜幕,冬日的凛冽寒风,还有鼻子嗅到的属于游安理的气味,一个个让人怀念的符号汇成一段记忆,是左颜在睡梦中重温了无数次的记忆。以公交车站为起点，沿着坡道一路往上走到家门口，需要二百一十四步。这个数字很准确，因为游安理每一次走完这条坡道都是一样的步数，不多也不少。

后来，在放学回家的路上，左颜跟在她后面往坡道上走时，最大的乐子就是数她这一次有没有打破这个数字。很遗憾，一次也没有。左颜不知道该说她严谨到一丝不苟，还是刻板得像个旧时代的人，虽然这些话她一句也不敢在游安理面前说出来。

总而言之，在游安理出现之前的那些年里，回家的这条路对左颜来说没什么特别的，不过就是从小到大一直走的路，熟悉到闭着眼睛也能走回家。

在遇见游安理之后，这条路就变得有些不一样了。它有时候很长，有时候很短，有时候让人雀跃，有时又让人失魂落魄。

左颜沿着坡道往上走，步子总比游安理的小一些，无法用二百一十四步走完这段路。她那时候便想，要趁着身体还在发育，再长高一点，等以后有游安理那么高了，就能用一样的步数走完这段路。

十八岁的她只想着跟游安理一样，没有想过为什么要一样。现在，即将二十六岁的左颜穿上高跟鞋才勉强跟游安理一样高，但她还是追不上游安理的步子，也不再走那条回家的路了。

到了停车场，游安理开口道："下来吧。"

左颜睁开眼，打了个哈欠，不情不愿地从她身上跳下来。没了为她挡风的人，迎面吹来的冷风让她哆嗦了一下，连忙打开车门爬上了越野车，系好了安全带。

游安理上了车，见左颜哈欠连连的犯困样子，侧身拿过后座上叠着的毛毯，给她盖在身上，随后系上安全带，发动车子，驶出停车场。

左颜上车之后倒是不困了，只时不时打个哈欠，等车内暖和起来后就有了精神。

她天马行空地想着，一边想一边问游安理："人类为什么不冬眠呢？"要是人也有冬眠期就好了，冬天就不用上班了。

游安理开着车，连一个眼神都懒得给她，简洁明了地回道："因为人不吃东西会死。"

左颜缩了缩脖子,想到一整天没吃东西饿得眼冒金星的经历,忽然觉得不冬眠也挺好的:"做人真好,夏天有雪糕冰西瓜,冬天有火锅羊肉汤,秋天来碗莲藕排骨汤,春天有春笋……"她一边说着,一边咽了咽口水。

游安理有理由怀疑她刚吃的食物已经消化完了,于是"友善"地提醒她:"一年四季都可以晨跑。"

左颜立马安静了,甚至往窗边挪了挪,转过身背对着游安理,拒绝一切交流。

两人就这么一路无话地回到了家。从地下停车场出来后,游安理跟在左颜后面进了电梯,状似随意地说:"周六我要出趟门,午饭你自己解决,可能还有晚饭。"

左颜立刻转头看她,问:"你干吗去?"

"去办点事。"游安理按了楼层,收回手放到大衣的口袋里。

左颜可不觉得她有什么事情要办一整天,而且现在都什么时代了,大部分事情都能通过网络搞定。

"你刚回国可能不知道,很多事情都可以网上办理,你不会的话我教你。"左颜"好心"地提醒她。

游安理看了她一眼,平淡地说:"我要办的事情不能网上办理。"

左颜被她勾起了好奇心,又不能追着问,只能憋着一肚子问题跟着她进了家门。

左颜洗了澡,又把浴室收拾了一下,将衣服晾在阳台上后,见昨晚洗的几件衣服都干了,就全都收了下来,抱着回到卧室里。

游安理难得没有开着电脑工作,正坐在电脑桌边翻看着什么,左颜瞄了一眼,打开衣柜把几件衣服挂进去,然后又瞄了她一眼,也不知道在看什么,看得那么专心。

左颜实在是好奇,干脆偷偷从她背后走过去,想探出头看一看。游安理坐直身体,换了个姿势,将她的视线挡住了。

左颜只能往左边探头，游安理起身端起桌上的水杯，又挡住了她的视线。

"啧。"左颜不耐烦了，一把按住游安理的脑袋，俯身过去看桌上翻开的图册。

游安理也不挡了，拿起厚厚的图册立在桌上，慢悠悠地翻阅。

左颜看清楚图册上的图案后，才发现这是一本家具宣传图册，游安理翻看的这一页正好是一张单人床。

单人床？左颜瞄了她一眼，不动声色地看了看身后的床。这间卧室跟自己的卧室格局一样，所以放不下太大的床，但这张床至少是双人床，虽然并不算宽敞。

游安理这女人为什么要买单人床，想把自己扫地出门吗？左颜突然想起来她之前说买了新房子，还在装修，现在又在看家具，难道……

"你周六要去家具城？"她凑到游安理耳边问。

游安理不咸不淡地道："对，装修和买家具都挺费事的，早点做准备比较好。"

左颜嗅到了一丝丝阴谋的味道。这种感觉她太熟悉了，每次游安理给她下套的时候差不多就是这样。

左颜没忍住，开口道："你早说嘛，我可以帮忙啊。"

"那怎么好意思麻烦你呢。"游安理轻飘飘地说。

左颜暗骂她虚伪，嘴上却说："我也不能白吃白住不干活啊，周六我陪你去，多个人效率高点。"

游安理陷入思索，片刻后点了点头："既然你这么说了，那好吧，周六一起去。"

左颜觉得自己果然钻进套里了，但她想不通关键点在哪里，只是帮个忙而已，即便游安理不开口，她也会帮忙的，她又不是光吃不干活的那种人。

想不通的事情就先不想了，左颜一直是个心态很好的人，不然也活不到现在了。

两人敲定了这件事就准备上床休息。左颜抱着那本图册躺上床，借着台灯的光,一页页翻看着,看得比房主还认真。她这辈子都不可能凭自己的努力买房了,没想到还能过一把挑选家具的瘾,而且还不用自己出钱,多好的事啊。

左颜直接跳过了单人床的分类,继续往后面翻。这本图册里的家具都是极简风格,每一款家具都是实物拍摄,照片上的家具跟室内设计融合得恰到好处,甚至别出心裁。

看室内装修和家具设计是会上瘾的,左颜一直翻着,连游安理回了卧室都没发现。

等床垫轻轻下陷,一阵水汽和沐浴露的气味钻进被窝,她依旧舍不得从图册上移开目光,直接说:"你看这张餐桌,好好看哦,这款椅子也不错,虽然是网红款,但搭配起来很和谐。"

游安理扫了一眼图册上的家具就大概知道了她的审美和喜好,随意答道:"看起来是因为整体的室内设计比较出彩,买家具还是要看装修。"

左颜想也没想就问:"那你房子的装修是什么风格啊?"

游安理靠在她旁边,手指捻起图册翻了几页,找到了一张图片,说:"大概就是这种风格吧,但具体不太一样,因为还没装完。你想去看看吗?"

左颜完全上头了,她现在摩拳擦掌、跃跃欲试,就想着参与这件事,最好还能展现一下自己的审美水平。她立刻应下:"好啊,要不周六先去看装修,毕竟装修决定了家具嘛。"

游安理笑了笑,说:"周六再说吧,现在先睡觉。"她拿走左颜手里的图册往床头柜上一放,然后关了灯。

"睡吧,明天还要早起呢。"游安理说完就转过身去。

左颜这才想起来明早等着她的晨跑,顿时就不想睡了。只要她不闭眼,明天就不会来!左颜本就是个夜猫子,睡得晚是家常便饭,但起得早就很折磨人了。一想到早起和晨跑,她就浑身抗拒,甚至还想"践踏"游安理的原则。

左颜又开始骚扰游安理了,只要不让游安理睡,她的目的就算达成了。

"你觉得小美跟李潇能成吗？我怎么觉得不靠谱呢？"左颜没话找话。

游安理算是看出来了，她就是不想让自己睡，索性转过身面对着她，开口道："别人的事情你操那么多心也没用，不如想想自己没解决的事。"

左颜没解决的事情一点都不少，别说公司里的了，就是生活里也一团糟，上次快递员入室盗窃的事还没结束，后面还有的忙。

游安理这几天没跟她提过这件事，怕她又想起来那天晚上的情景，但等到警察联系她的时候，总是要面对的。她知道左颜就是鸵鸟心态，能拖就拖，选择性解决问题，只想活在当下，不想居安思危。以前她没心没肺的时候就这样，现在还是这样。不是说这样不行，而是不利于解决真正的问题。如果她一直逃避下去，游安理做再多也没用。

当年就是这样，她能做的准备都做好了，想逃避的人依然能把"放弃"说出口，让她的努力瞬间失去意义。左颜一听到这句话，上学时被教训的那种感觉就回来了。

左颜不想让自己不开心，她本来只是想跟游安理聊聊天。她伸出手指戳着游安理："说点开心的事情行不？"

游安理拿开她的手，开口道："你觉得什么是开心的事情？"

当然是打游戏和吃吃喝喝啊。左颜这样想着，不过没有把这话说出来。她要是敢说，游安理准能把她踹下床。那她们聊什么事情才算"开心"呢？

左颜一时间竟然被问住了。如今，她们之间的交集就是公司和家里，工作永远不会在"开心事"的范畴里，那就只剩下家里这个范围了。两人无非就是柴米油盐、洗衣拖地这类事。左颜想了半天，愣是没有从这些事里找出一件值得说的"开心事"。她终于明白游安理问这个问题的用意了。其实两个人都很清楚，她们现在只是在放纵"快乐"，并且回避一切跟"快乐"无关的话题。

如果不装出一副忘记隔阂的样子，她们就无法平静地相处了。左颜原本是想面对的，但游安理那时候没给她这个机会。她自然以为游安理跟自己一样，既贪图现在的享受，又没准备好面对过去，才会一

回避

直这么平淡地相处着。就在她放下心来，彻底投入这场放纵的时候，游安理却突然掀开了她的伤口。

左颜觉得有点不公平。要是装傻，两人就心照不宣地装下去啊。若是不想装，一开始就说清楚啊——我都要加速了，你却半道别车，不遵守规则。

游安理的视线还落在她的脸上，左颜沉默半晌，回道："还真的没有什么开心的事，算了，睡吧。"她说着就翻过身去，背对着游安理。

又逃避。游安理早就习惯了，甚至没觉得多么失望。同样地，她也没有任何办法。世界上有那么多揣着明白装糊涂的人，难不成要冲着他们大吼大叫，把他们骂一顿吗？如果这样真的有用就好了。事实上，这只会变成毫无意义的发泄，除此之外没有任何作用。

游安理闭上眼，一动不动地侧躺着，直到清晨的闹钟响起。左颜这一觉睡得很不好，还梦到了她最讨厌的事情。清晨被闹钟吵醒后，她的心情就更差了，因为她发现梦醒之后也没有多大区别。

心情差到极点，平时能咬咬牙坚持的事情就变得格外难以忍受。左颜对闹钟的响声充耳不闻，她把自己裹在被子里，一副坚决不起床的模样。

游安理已经起身将闹钟关掉了，左颜枕头下面的手机还在孜孜不倦地响着，吵闹得很。左颜不去管它，游安理也没管她，把衣服穿上就下了床，走出卧室。

门关上后，左颜动了动，转头看了一眼，然后摸出枕头下的手机，关掉了闹钟。左颜听着浴室里传来的水声，心情糟糕透了。她往被子里一钻，打算彻底赖在床上了，直到游安理回卧室换上衣服，准备出门了，她依旧不打算起来。

人活着为了什么？为了争口气。今天她要做一个有骨气的人，绝不向恶势力低头。游安理穿好晨跑的休闲装，直接走出卧室，到了玄关换鞋。左颜在床上一个翻滚起了身，听见外面的动静，一双眼睛瞪得老大。她心里一慌，连衣服都来不及穿，裹着被子下了床，跑出了卧室，大喊一声："游安理！"

游安理正要打开大门，听见声音转头看过去，冷淡地问："怎么了？"

左颜看见她这个态度，心里更慌了，光着脚冲到门口，对游安理说："我……"她张着嘴，"我"了半天也没想好要说什么。

游安理作势要出门，左颜立刻拉住她，急急忙忙地道："我想起了一件开心的事！"

"什么事？"游安理终于给了她一点好脸色。

左颜的脚心被地板冻得发麻，裹在被子里的身子冷得也直哆嗦。她没时间仔细思考，只能胡乱地说了一句："你回来之后，我二十六岁生日终于不用一个人过了！"

未完待续……

番外
一条充满未知的路

像每一个故事里的勇敢少年那样,背上行囊,带上利剑,走向勇气谱写的赞歌。

又是一日的下班高峰期，街道上行人行色匆匆，穿梭在雨幕中。白的绿的红的，颜色不一的伞构成了一片斑斓的风景。雨下了一整天，给人平添了几分苦恼。它一直下着，令深秋的风变得更冷了。

"您的热拿铁。"服务生端着杯子来到桌前，轻轻放下咖啡，望着窗外的人猛然回神。

"谢谢。"她笑了一下，端起咖啡杯搅拌着，看着浅褐色的咖啡又出了神。

从洗手间回来的吴悦琳在她对面坐下，等服务生走远了才开口问："怎么了？没精打采的。"

左颜抬起头看了她一眼，叹了口气，放下杯子，单手撑着下巴，语气里尽是惆怅："明天我过生日。"

吴悦琳觉得莫名其妙："对啊，不然我今天约你出来干吗，我很忙的好吧。"

她特意跨越大半个城市过来待一下午，就是为了提前给左颜过生日，连老公和孩子都被她扔在一边。李明明可没少为这事吃醋。

"你不至于连今天都不想跟我一起过吧？"吴悦琳扬起眉，生了孩子后，她更直爽了，气场逼人。

左颜又一次叹气，眼睛一闭，抬手将刘海撩开，露出自己的发际线："我的发际线又变高了。"

吴悦琳露出一个疑惑的眼神："所以？"

"所以！"左颜的表情变得悲痛了几分，"我又老了一岁！"

吴悦琳："……"这两件事有因果关系吗？

"你知道吗，我今天早上起来化妆的时候都有点难以置信。"

左颜抱着胳膊靠在桌上，化了淡妆的脸上满是哀怨："我居然二十七岁了，天啊，我都奔三了！我怎么感觉自己昨天才十八岁，还是个小孩呢！"

"……"跟她同岁且已经当妈了的吴悦琳感觉自己被冒犯了。

回避

310

左颜像是没看见她凌厉的眼神，慢悠悠地端起咖啡喝了一口，入口的温度刚刚好，缓解了一点糟心的感觉。喝完咖啡后，她看向吴悦琳，用老气横秋的语气道："我在重新思考人生的意义。"

吴悦琳已经懒得吐槽了，干脆露出一个假笑，示意她继续说，然后不着痕迹地看了一眼手表，琢磨着要不要让李明明早点来接自己，她再听下去就要手痒痒了。

左颜呼出一口气，忽然收敛了情绪，接着开口："其实我已经写好辞职信了。"

吴悦琳刚要给李明明发消息，闻言差点被口水呛住："你要辞职？你不是刚升职吗？"

能升到这个职位多不容易啊，尤其是在这个人口饱和、物价偏高的城市，这样的工作多少人抢破头都得不到。更何况，左颜是花了很多精力和心血才获得升职的。每次出来聚餐都要见缝插针地处理工作，简直和小时候判若两人，连李明明都啧啧称奇。大家都以为她转性了，接受现实不再逃避了，没想到今天又搞这一出。

左颜当然知道吴悦琳在想什么，对方的不认同是出于朋友间的关心，所以她一点也不生气，反而有种松了口气的感觉，她笑着说："这件事你是第一个知道的，先别急，听我说。"

什么第一个知道，还不是没胆子跟家里商量，直接来个先斩后奏呗。吴悦琳深吸一口气，冷静下来听她说。

左颜也不知道从哪里讲起，因为这个念头已经出现很久了。她顿了一下，几次想开口，话到嘴边又咽了回去，最后放下把玩着的杯子，用手撑着下巴，看着窗外，轻声开口："咱们认识这么多年了，我一直没问过你，当年你最想去的是哪所大学啊？"

吴悦琳一怔，一时间竟被问住了。迟疑几秒后，她才说："不记得了。"

左颜闷笑一声："你这张嘴真是谁也撬不开。"

吴悦琳不置可否，因为她知道，左颜真正想说的不是这个。

左颜望着窗外的风景，雨还在下，街景与行人都染上了一层冷色调。她眨了眨眼，没头没尾地道："我不知道你后不后悔，毕竟那时候我连个梦想都没有,每天都在混吃等死。

"也不止那时候,很长一段时间里我都不知道自己在干什么。两年前我以为自己知道了,但最近又开始思考这个问题……"她回头看向吴悦琳,脸上的淡妆和一头长发已经让她显得足够成熟,衣着也透着职场人的气质,但那双眼睛还像以前一样干净——这就是吴悦琳至今仍喜欢跟她玩在一起的原因。

左颜见她也看着自己,不由得耸了耸肩:"说出来可能有点幼稚,但是我真的发现自己这二十七年的人生好像缺了一点东西。"她有些烦躁地拂开头发,垂下眼,"我也不知道具体是什么,虽然我现在过得比以前好多了,但是还差一点什么……"

吴悦琳吸了吸鼻子,难得在别人说话的时候插嘴:"我那时候想学文科类的专业,第一志愿准备填首都大学的文学系。"

左颜愣了一下,抬头看向她。

吴悦琳语气轻松地说:"为了这件事,父母跟我大吵了一架,因为他们对我的期望很高,希望我走出去,出人头地,否则花在我身上的时间、精力和金钱都白费了。"

左颜安静地听着,这是吴悦琳从不向别人提及的过去。

如今,吴悦琳已经晋升为母亲,似乎比年少时更懂得释放情绪了,她很坦然地说:"你若问我后不后悔出国,我真的不知道。我只知道我现在很幸福,我努力争取到了自己最想要的东西,这样不也挺好的吗?"她笑了一下,"当然,我有时候也会忍不住想,要是那时候我选择了我想走的路,我会变成什么样。也许真的有平行世界吧,不一样的人生选择造就了不一样的我。"

"她会不会跟我一样幸福?她是不是也和李明明在一起了?她得到了一个很好的结果吗?"

吴悦琳摇摇头,眼含笑意:"我不知道,只希望她也努力争取到了她想要的人生。"

李明明最后还是提前了一个小时来接吴悦琳,因为雨下大了,他不放心。

他一只手推着婴儿车,另一只手接过吴悦琳的包,一副家庭主夫之貌，走之前还不忘跟左颜打个招呼，聊了几句家常。他再三暗示左颜，下月孩子的周岁宴，她必须"拖家带口"去参加。

左颜笑眯眯地目送他俩离开了咖啡厅，才拿出手机扫码点了一杯热美式，等咖啡做好送上来，一道身影从咖啡厅的二楼下来了。

时间把握得刚刚好。

"给你点的。"左颜一见她下来，连忙献殷勤。

游安理端起咖啡杯，头也没抬地道："我知道。"

她左耳上的蓝牙耳机还没摘下来，单手拿着平板电脑，时不时看两眼，显然还在工作。

左颜耐心地等着她完成工作，顺便在心里打着草稿。在习惯了这样的相处模式后，游安理的寡言少语也变成了一种生活基调，还能让她多一些思考时间。

其实跟吴悦琳聊完之后，左颜心里就踏实了很多。可能在外人看来，在这个年纪放弃这么好的工作简直愚蠢至极。但对她来说，这份工作已经不能再教给她更多东西了，在克服了那些能力上或者心态上的问题后，工作带给她的就只剩下日复一日的重复了。生命似乎都会因此而失去厚度。

因此，她开始感到焦虑，尤其是意识到年纪的变化时，这种焦虑就更加真实而强烈——她想改变现状，想从千篇一律的生活里找到新的方向。

热美式还没变凉，游安理就结束了工作。期间咖啡厅的店长来过一趟，问游安理要不要参加待会儿的员工会议，她直接就推掉了。工作是做不完的，更何况她已经花钱请人了，哪有再事事亲力亲为的道理。要是每个投资项目都得盯着，十个她也不够用。

"晚上想吃什么？"游安理收起平板电脑，喝了口咖啡，拿起手机问了一句。现在时间还早，订个位置或者直接买菜回家做饭都来得及。

左颜犹豫了一下，在想是直接开口，还是等回了家再说，一时间没有应声。还没等她想好，对面的人就抬起头看向她，突然笑了一声。

左颜递过去一个疑惑的眼神。游安理放下手机，朝她勾了勾手指，示意她靠过来一点。

左颜只好倾身靠了过去。

窗外的雨下得很大,世界的嘈杂被挤压在车水马龙和霓虹灯里。游安理凑到她额前,低声道:"机票我已经买好了,你到底什么时候提交辞职信?"

左颜一怔,许久之后才抬起头看向她。

游安理平静地注视着她,深褐色的眼眸一如往常般深邃。

——似乎无论她做什么,只需放手去做就可以了。

——无须踌躇盘算,也不必询问谁的意见。

左颜终于笑了,她呼出一口气,从座椅上站起来。

"晚上吃麻辣烫吧?"

"不怕长肉了?"

"长了再减呗。"

"你最好是真的起得来。"

"……"

两个人肩并着肩,说着家常话,一起走入嘈杂的街景里。

在"奔三"的年纪,放弃努力打拼得来的事业,从头开始寻找方向,是一件可怕的事吗?

左颜想,应该是可怕的,毕竟这是一条充满未知的路。

但她跃跃欲试,早已渴望踏上冒险的旅程。

像每一个故事里的勇敢少年那样,背上行囊,带上利剑,走向勇气谱写的赞歌。

在这条路上,她已不再孤独。